狙われた英国の薔薇

ロンドン警視庁王室警護本部

ジェフリー・アーチャー

戸田裕之 訳

NEXT IN LINE
BY JEFFREY ARCHER
TRANSLATION BY HIROYUKI TODA

ハーパー
BOOKS

NEXT IN LINE

BY JEFFREY ARCHER

Published by K.K. HarperCollins Japan, 2024

ジャネットに

謝辞

貴重な助言と調査をしてくれた以下の人々に感謝する。
サイモン・ベインブリッジ、リー・ベネット首都警察巡査部長（引退）
ジョージ・バーン、ポール・バレルＲＶＭ、ジョナサン・キャプラン勅撰弁護士
ケイト・エルトン、クレイグ・ハッサルＡＭ、アリソン・プリンス
ロブ・セイト首都警察捜査警視正（引退）
ケン・ワーフＭＶＯ・ＡＷ

以下の人々に特別な感謝を。
ミシェル・ロイクロフト捜査巡査部長（引退）
ジョン・サザーランド警視正（引退）
Ｒ・コピンガー－シムズ准将（引退）ＣＢＥ、英国海兵隊

これは実話では——?

狙われた英国の薔薇

おもな登場人物

ウィリアム・ウォーウィック――ロンドン警視庁捜査警部
ベス・ウォーウィック――ウィリアムの妻。フィッツモリーン美術館の絵画管理者
ジャック・ホークスビー(ホーク)――ロンドン警視庁警視長
ロス・ホーガン――同捜査警部補。元囮捜査官
ジャッキー・ロイクロフト――同捜査巡査部長
ポール・アダジャ――同捜査巡査部長
レベッカ・パンクハースト――同捜査巡査
ブライアン・ミルナー――同警視。王室警護本部長
レナルズ――同警部補。王室警護本部次席
レイ・ジェニングズ――同巡査部長。王室警護本部
ジェニー・スマート――同巡査。王室警護本部
ブルース・ラモント――同元警視
マイルズ・フォークナー――美術品の窃盗詐欺師
クリスティーナ・フォークナー――マイルズの元妻
ブース・ワトソン――マイルズの弁護士
ダイアナ――英国皇太子妃
ヴィクトリア・キャンベル――ダイアナ妃の女官
ジャミル・シャラビ――ドバイの大富豪の御曹司。ダイアナ妃の友人
マンスール・ハリファ――リビアのテロリスト

1

先導役の特別護衛隊のオートバイがロンドン警視庁《スコットランドヤード》に滑り込んでくると、すぐその後ろに緑色のジャガーと特徴のないランドローバーがつづき、最後に、殿《しんがり》を務める二台の警察のオートバイが姿を現わした。王族の車列を構成する三台のオートバイと二台の車のすべてがエンジンを切ったとき、ビッグ・ベンが十一時三十分を告げた。

身辺警護官がすぐさまジャガーの助手席を出て後部席のドアを開け、サー・ピーター・インバート警視総監が一歩前に進み出てお辞儀をした。「スコットランドヤードへようこそおいでくださいました、妃殿下」それに対して、一般市民もよく知っている、はにかんだような温かい笑顔が返された。

「ありがとう、サー・ピーター」彼女が応えて握手をした。「異例のお願いにもかかわらず承諾していただけたことに感謝します」

「どういたしまして、妃殿下」サー・ピーターが応え、彼女を出迎えて待機している上級警察官の列を見た。「ご紹介します、警視副総監の……」

皇太子妃は列に並んだ一人一人と握手をしていき、最後に首都警察の殺人捜査担当指揮官を紹介された。

「〝鷹《ホーク》〟の異名を取る切れ者、ジャック・ホークスビー警視長です」サー・ピーターが告げた。「そして、本日の案内役を務めるウィリアム・ウォーウィック警部です」そう付け加えたとき、小さな女の子が前に進み出てピンクの薔薇《ばら》の小さな花束を皇太子妃に差し出し、お返しに最高の笑顔を受け取った。

皇太子妃が腰を屈《かが》めて訊《き》いた。「ありがとう、お名前は?」

「アルテミジアです」俯《うつむ》いた顔が地面に向かってささやいた。

「とても素敵なお名前ね」皇太子妃が応えた。

皇太子妃が腰を伸ばして動き出そうとしたとき、アルテミジアが顔を上げて訊いた。

「どうして冠を着けていないんですか?」

ウィリアムがとたんに真っ赤になり、彼の次席のロス・ホーガン警部補は笑いを嚙《か》み殺して、それを見たアルテミジアは泣き出してしまった。皇太子妃はふたたび腰を曲げて少女を抱擁《ハグ》した。「どうしてかというと、王妃ではなくてただの皇太子妃だからよ、アルテミジア」

「でも、いつか王妃になるんですよね」

「そのときは、冠を着けるわ」

アルテミジアはそれを聞いて満足したらしく、父親が王室からの賓客を案内して建物に入るころには笑顔になっていた。

　皇太子妃はドアを開けて押さえている警察学校の若い生徒に足を止めて声をかけ、ウィリアムはそれを待って、待機しているエレベーターへ彼女を先導した。皇太子妃を迎えるにあたっては、事前準備の話し合いに長い時間が費やされた。たとえば、二階まで階段を上がってもらうか、エレベーターを使ってもらうかについても同じで、最終的には票決となり、五対四でエレベーターが辛勝したのだった。そのエレベーターにだれが同乗するかについてもなかなか結論が出ず、警視総監、ホークスビー警視長、そして、ウィリアムがようやくのことで最終候補に残った。皇太子妃の女官には二台目のエレベーターを使ってもらい、ロス・ホーガン警部補とジャッキー・ロイクロフト捜査巡査部長が同乗することになった。

　ウィリアムはしっかりと台本を練り上げていたが、その筋書きは皇太子妃の最初の質問によって、あっという間に変更を余儀なくされた。

「もしかしてアルテミジアはあなたのお嬢さんかしら？」

「はい、妃殿下」敬称の発音をいい加減にしてはならないとホークに釘《くぎ》を刺されていた。

「ですが、そうお考えになられた根拠は何でしょうか？」ウィリアムは相手が自分の部下でないことを一瞬忘れて訊いた。

「わが子でなければ、あなたが赤くなることはなかったはずですものね」エレベーターに乗り込みながら答えが返ってきた。

「話しかけてはならないし」ウィリアムは言った。「何であれ質問するのは絶対に駄目だと注意しておいたのですが」

「その言いつけに従わなかった事実が、わたしが今日出会ったなかで、たぶん彼女が最も興味深い人物になることを意味しているのではないかしらね」扉が閉まろうとするエレベーターのなかで、ダイアナが小声で訊いた。「アルテミジアという名前の由来を教えていただけるかしら?」

「バロック時代の偉大なイタリア人画家、アルテミジア・ジェンティレスキに因《ちな》んでいます」

「それなら、あなたは芸術を愛しているに違いないわね」

「熱愛しています、妃殿下。ですが、その名前を選んだのは、私の妻のベスなのです。フィッツモリーン美術館で絵画管理責任者を務めています」

「では、お嬢さんにもう一度会う機会がありますね」皇太子妃が言った。「わたしの記憶が正しければ、来年のフィッツモリーン美術館のフランス・ハルス展でオープニングに出席することになっていますから。でも、そのときにはせめて小冠《コロネット》は着けていったほうがいいでしょうね。どうして着けていないのかとまた訊かれないようにね」彼女がそう付け加えたとき、二階でエレベーターの扉が開いた。

「犯罪博物館――〝黒博物館《ブラック・ミュージアム》〟の名前のほうが一般的ですが――は、妃殿下」ウィリアムは台本に戻って説明を開始した。「ニームという警部補の発案によるもので、彼は有名な犯罪事件を研究することができれば犯罪の解決、あるいは阻止の一助にもなるはずだと考えたのです。そして、ランドルという巡査と力を合わせ、様々な凶悪な犯罪者や犯行現場から材料を集めて、一八六九年に、ここの最初の犯罪者写真台帳を作り上げました。五年後の一八七四年四月に博物館になったのですが、いまも一般には公開されていません」

ちらりと後ろを見ると、ロスは皇太子妃の女官とお喋《しゃべ》りをしていた。ウィリアムは自分の賓客を先導して長い廊下を進み、一〇一号室へ向かった。そこでも王族のためにドアが開けられ、押さえられていた。皇太子妃は自分でドアを開けたことがあるのだろうかという疑問が一瞬頭をよぎったが、ウィリアムはすぐにそれを振り払って台本に戻った。

「この博物館がお気持ちをあまりにひどくかき乱すことがないといいのですが、妃殿下。というのは、ときとして気を失ってしまう見学者がいるものですから」ウィリアムは言い、一行は薄暗い明かりがさらなる不気味さを付け加えている部屋に入った。

「気持ちをかき乱されるとしても、アスコット競馬場の四日間には到底敵《かな》わないでしょう」皇太子妃が応えた。「あそこときたら、行くたびに必ず気を失いたくなるもの」

ウィリアムは笑いたくなったが、辛うじてこらえた。「最初に展示されているものには」ウィリアムは大きなガラスのキャビネットへ皇太子妃を案内しながら説明を始めた。「ニームとランドルが集めた重要な資料の初期のものが含まれています」

皇太子妃は十七世紀の犯罪者が殺人に使った凶器のコレクションに目を凝らした。そこには、剣を仕込んだ杖《つえ》、様々な種類の飛出しナイフ、頑丈な棍棒《こんぼう》、メリケンサックが含まれていた。ウィリアムは長居をすることなく次のキャビネットへ移動した。そこには〝切裂きジャック〟関連のものだけが集められていて、連続殺人事件の真っ只中《ただなか》の一八八八年に彼が〈ロンドン・セントラル・ニューズ・エージェンシー〉へ送り、自分は絶対に捕まらないと予想する、警察を馬鹿にした自筆の手紙も含まれていた。それはしかし、ウィリアムが自分の賓客に思い出させたとおり、首都警察が犯罪者を特定するために指紋を使いはじめる前、さらに言えば、ＤＮＡ鑑定が始まる百年前のことだった。

「いまのところは気を失わずにすんでいるわ」皇太子妃が言い、一行は次のキャビネットへ移動した。そこに収められている年代物の双眼鏡を見て、彼女が訊いた。「これのどこがそんなに特別なのかしら？」

「これはアスコット競馬場用に作られたものではなくて、妃殿下」ウィリアムは答えた。「格別に不快な個人が、破談にされた数日後に許婚《いいなずけ》に送ったものなのです。彼女がそれを目に当てて焦点を合わせようとダイヤルを回した瞬間、左右の接眼レンズがあるはずのところから針が飛び出し、彼女の両眼を潰したという代物です。なぜそんな残忍で非道なことをしたのかと検察側に問われたとき、被告は一言、こう答えました。『二度とほかの男に目を向けてほしくなかったからだ』と」

　ダイアナが思わず自分の目を押さえるのを見て、ウィリアムは急いで次の展示へ移動した。

「これからご覧いただく展示品は特に興味深いかと思われます」ウィリアムは何の変哲もない金属の小箱を指し示した。「首都警察が指紋を証拠として提出して解決した最初の事件で、決定的な手掛かりを提供してくれた装置です。一九〇五年、アルフレッドとアルバートのストラットン兄弟が、商店を経営していたトマス・ファロウとアン夫妻を殺した容疑で逮捕されました。空の金庫にアルフレッドの親指の指紋が一つだけ残っていて、そのおかげで二人とも有罪が宣告され、絞首刑に処せられました。指紋が採取できなかったら、二人ともまんまと逃げおおせていたでしょう」

　一行は次のキャビネットへ移った。皇太子妃はそこに展示されている一枚の写真を一瞥《いちべつ》すると、ウィリアムを見て訊いた。「この人物について教えてもらえるかしら？」

「一九四九年二月十八日、ジョン・ヘイグはクローリーにある自分の工場を訪れた、オリーヴ・デュランド・ディーコンという裕福な未亡人を殺害しました。そして、身に着けたり持っていたりしたもののなかで価値のあるものを一つ残らず奪い取り、硫酸を満たしたドラム缶に死体を漬けて溶かしてしまいました。死体さえ発見されなければ、殺人罪での告発は認められないと信じていたのです。しかし、彼が思いも及ばなかったことに、キース・シンプソン博士なる検視医の熟練の目が、工場の裏のごみの山から胆石を三つと被害者の義歯を二つ発見し、それによってヘイグは有罪を宣告されて絞首刑に処せられました」

「さしものあなただって、最初のデートのときはもっとロマンティックな場所を選ぶんでしょうね、警部？」皇太子妃の言葉にウィリアムは初めて緊張が緩み、声を出して笑った。

「もう一つの最初は」ウィリアムは次の展示の前で足を止めて説明をつづけた。「ホーリイ・ハーヴェイ・クリッペンという医師の逮捕です。毒をもって毒を制する《ホメオパシー》治療を支持していたアメリカ人なのですが、妻のコーラをロンドンで殺害し、愛人のエセル・ル・ネーヴェを伴ってブリュッセルへ逃走します。ブリュッセルからアントワープへ向かうと、そこでカナダ行きの汽船〈モントローズ〉のチケットを二枚購入し、エセルは若い男を装いました。父親と息子に見せかけようとしたのですが、出港前に指名手配書を見ていてそもそも不審に思っていた船長は、クリッペンとエセルが抱き合ってキスをしているところまで目撃したために、スコットランドヤードへ電信で通報します。それによって、世界初の無線電信による逮捕となりました。事件を担当していたウォルター・デュー警部はすぐさまリヴァプールへ急行し、はるかに足の速い〈ローレンティック〉船上の人となって、〈モントローズ〉よりかなり早くモントリオールに到着します。そこで水先案内人《パイロット》を装い、セントローレンス川に入ってきた〈モントローズ〉に乗り込んでクリッペンとエセルを逮捕すると、イギリスへ連れ戻して法廷に立たせました。陪審員はわずか三十分討議しただけで、クリッペンに殺人罪での有罪を宣告しました」

「では、彼もまた絞首門行きになったわけね」納得の口調だった。「だけど、エセルはどうなったのかしら？」

「事後従犯と見なされ、罪に問われませんでした。しかし、その判断に至るまで、陪審員は主犯のときよりはるかに長い時間を必要としています」

「興味深いわ、女性がうまく逃げきってしまう場合って本当に多いのね」皇太子妃が感想を口にし、一行は次の部屋へ移った。そこはこれまでより好奇心をそそりそうなものがあるようには見えなかった。

「ここでは、かなり名の知れたイーストエンドのギャングどもと対峙《たいじ》していただきます」ウィリアムは宣言した。「最初は、そのなかでも最も悪名高い、レジーとロニーのクレイ兄弟です」

「この二人のことなら、わたしでも聞いたことがあるわ」悪名高い双子の白黒の顔写真の前に立って、皇太子妃が言った。

「長年にわたって数えきれないほどの凶悪犯罪を重ね、そこには複数の殺人まで含まれていたにもかかわらず、告訴することすらほとんど不可能で、いわんや有罪にするなど論外でした。なぜなら、事後の報復を恐れるあまり、彼らに不利な証言をしようとする者が一人としていなかったからです」

「でも、最終的には捕まったんでしょう。どういう経緯だったのかしら？」

「一九六七年にジャック・〝ザ・ハット〟・マクヴィティという犯罪者仲間を殺したレジーをようやく逮捕することができて、クレイ兄弟に終身刑を言い渡すことができたのです」

「その証人はどうなったの？」皇太子妃が訊いた。

「次の誕生日を祝うことができませんでした、妃殿下」

「わたしはいまも倒れないで立っているわよ、警部」皇太子妃が冗談を口にしながら次の部屋へ向かった。そこで彼女を待っていたのは、ジュートで綯《な》われた、長さも太さも異なるロープだった。

「十九世紀までは、公開処刑を見ようと大勢の人々がタイバーン刑場に集まりました」すぐ後ろに控えている警視総監が説明を開始した。「野次馬を楽しませることになるこの野蛮なやり方は一八六八年に廃止され、それ以降は刑務所の壁の向こうで、一般市民の目に触れることなく行なわれるようになりました」

「総監、あなたも若い警察官だったころに刑の執行に立ち会ったことがあるのですか？」皇太子妃が訊いた。

「一度だけ立ち会いました。有難いことに、二度目はなくてすんでいます」

「教えてもらえるかしら」皇太子妃がウィリアムを見て訊いた。「絞首刑になった最後の女性はだれなの？」

「これからお話ししようとしていたのですが、妃殿下に一歩先んじられてしまいました」ウィリアムは次のキャビネットへ皇太子妃を案内した。「ナイトクラブのホステスだったルース・エリスです。一九五五年七月十三日に刑が執行されました。愛人をスミス・アンド・ウェッソン三八口径リヴォルヴァーで射殺したのです。いま、そこに展示されているのが、そのときの凶器です」

「最後の男性は？」皇太子妃が拳銃を見つめて訊いた。

ウィリアムは懸命に記憶をまさぐったが虚《むな》しかった。そもそも準備した台本になかった。警視総監に目顔で助けを求めたものの、やはり答えは出てこなかった。

博物館のキュレーターが助け舟を出し、一歩進み出て答えてくれた。「グウィン・エヴァンズとピーター・アレンです、妃殿下。ジョン・アラン殺害の罪で一九六四年八月十三日に刑が執行されました。翌年、議員立法によって絞首刑停止法案が成立しています。ですが、興味をお持ちになるかもしれないので付け加えますと、妃殿下、反逆罪、あるいは、暴力を伴う海賊行為に関しては、絞首刑に処することが可能です」

「わたしの場合、該当する可能性があるのは反逆罪かしらね」皇太子妃が言い、全員を笑わせた。

ウィリアムは賓客をツアー最後の部屋へ伴い、そこに並んでいる様々な毒を収めた瓶と対面してもらってから説明を始めたが、女性が殺人を犯すに際して、とりわけ対象が夫である場合に好んで使う手段であると教えた瞬間に、そういう言葉を発したことを後悔した。

「これでこのツアーは終了ですが、妃殿下――」ウィリアムはそこで一瞬言いよどみ、台本にあった〝楽しんでいただけたのであれば〟を差し替えて、こう締めくくった。「興味を持っていただけたのであれば幸いです」

「それを言うなら、〝とても面白い経験をさせてもらった〟のほうがよりふさわしいのではないかしらね、警部」博物館を出ながら、皇太子妃が応えた。

一行は長い廊下をエレベーターへと歩いていき、この王室からの訪問者のために特に設置した洗面所の前を通り過ぎた。警備に当たっていた二人の若手女性警察官が声がかからずにがっかりしていることに気づくと、皇太子妃はそこで立ち止まり、彼女たちと少しお喋りをしてからふたたび歩き出した。

「またお目にかかるのを楽しみにしていますよ、警部。奥さまともフランス・ハルスの展覧会のオープニングで会えますね」皇太子妃がエレベーターに乗りながら言った。「少なくとも今日よりは愉快な時間でしょう」

ウィリアムは何とか笑顔を作った。

一階でエレベーターの扉が開くと、警視総監がウィリアムに代わって皇太子妃を先導し、身辺警護官が後部席のドアを開けて待っている車へ案内した。皇太子妃はそこでも足を止め、道の反対側に集まっている群衆に手を振った。

「きみがあっという間に妃殿下のお付きの女官とお近づきになったのを、おれが気づかなかったとでも思うか？」ウィリアムは隣りにやってきたロス・ホーガン警部補に言った。

「それが、見込みがなくもなさそうなんだ」ロスが即答した。

「身の丈に合わない高望みだと、おれならそう考えるだろうけどな」

「あんただってそうだったんじゃないのかな？」ロスがにやりと笑って言い返した。「奥さんのことはどうなんだ？」

「参った、一本取られたな」ウィリアムは友人に軽く頭を下げた。

「レディ・ヴィクトリアが教えてくれたんだが、妃殿下の専属身辺警護官が今年限りで引退するけれども、交代要員がまだ見つかっていないそうで、あんたにおれを推薦してもらえないかと思っているところなんだが」

「どういう言葉で推薦すればいいんだ？」ウィリアムは訊いた。「〝信頼できない〟か？〝胡散臭《うさんくさ》い〟か？〝気まぐれ〟か？」

「彼女が求めている言葉とほぼ一致しているんじゃないかな」ロスが答えたとき、件《くだん》の女官が皇太子妃の前の車の後部席に乗り込んだ。

「考えておこう」ウィリアムは答えた。

「何年もあんたに尽くしてきたおれへの返事がその一言か？」

ウィリアムは笑いをこらえるのに苦労しなくてはならなかった——ついこのあいだの、あの逸脱行動の問題の片がまだついていないのを忘れたのか？　ウィリアムとロスはスペインから帰ってきたばかりだった。そこでマイルズ・フォークナーを追跡し、ついにバルセロナで長年の強敵を捕らえて、前年にフォークナーが脱獄したベルマーシュ刑務所へ引きずり戻したのだった。ウィリアムもロスも勝利の満足に浸ったが、避け難い問題に直面せずにいられないこともわかっていた。何しろ、ホークスビー警視長の言葉を借りるなら、〝警察官としての規則という規則をすべて破った〟のだから。ウィリアムは〝マイルズ・フォークナーにはそもそも規則などない〟こと、自分たちが警察官の規則——しかも中途半端な——とやらを破らなかったら、フォークナーは今度もまんまと逃げおおせたであろうことを、上司に思い出させなくてはならなかった。

〝他人が悪事を働いているからといって、自分が悪事を働いていいことにはならない〟というのが、そのときのホークの最後の言葉だった。

それにしてもいつまでフォークナーを刑務所に閉じ込めておけるだろうか、とウィリアムは考えた。自分の〝立派な依頼人〟が確実にすべての容疑を逃れ、まったくの善良な市民として釈放されるという保証があれば、あの腐り果てた弁護士のことだ、フォークナー同様、規則を限界まで捻《ね》じ曲げるのを一瞬たりと厭《いと》わないに決まっている。それに、おれとロスが規律委員会の審問を受け、現役警察官としてあるまじき行ないをしたかどで屈辱的に解雇されるまでは、ブース・ワトソン勅撰弁護士《ちょくせんべんごし》が満足しないこともわかっている。これからの数か月が容易でないことは、もうベスに伝えてはあるが。

「次はどうするの？」ベスはすでにそう訊いていたし、ブース・ワトソンが彼の〝立派な依頼人〟と一緒に鉄格子の向こうに、すなわちあの二人が本来いるべきところに閉じ込められるまで、自分は満足しないと付け加えていた。

ウィリアムははっとわれに返った。皇太子妃が車の後部席に腰を下ろし、王室の車列は警察のオートバイ隊に前後を護《まも》られながらスコットランドヤードを出て、ヴィクトリア・ストリートの方向へゆっくりと進んでいった。

皇太子妃は群衆に向かって車のなかから手を振り、全員がそれに応えたが、ロスだけは例外で、いまも女官に笑みを送りつづけていた。

「きみの問題は、ロス、ぶら下げている玉のほうが脳味噌《のうみそ》よりでかいことだな」ゆっくりとスコットランドヤードを離れていく車列を見送りながら、ウィリアムは友人に言った。

「そのほうがはるかに面白い人生になる」というのがロスの返事だった。

皇太子妃の車列が視界から消えると、警視総監とホークが二人のところへやってきた。

「われわれのような頭の固くなった老兵ではなく、若い二人に賓客を案内させるというきみの考えは正解だったな。そのうちの一人があれほどしっかり予習をしていたとなれば尚《なお》更《さら》だ」サー・ピーターが言った。

「ありがとうございます、サー」ロスが応え、ホークの苦笑を誘発した。

「実はウォーウィックに今日一日、休みを与えようと考えている」サー・ピーターが提案し、警視総監室へと引き返していった。

「それは無理だ」耳に届かない距離まで警視総監が遠ざかると、ホークがつぶやいた。

「きみたち二人には可及的速やかに、班の全員と一緒に私のオフィスへきてもらいたい。可及的速やかにとは、い、い、い、いますぐにという意味だからな」

2

ホークスビー警視長は上座に腰を下ろした。テーブルを囲んで勢揃《せいぞろ》いしているのは五年がかりで育て上げた子飼いの面々で、班はいまやスコットランドヤードでも精鋭中の精鋭と認められていた。だが、その評価を決定的にしたのは、間違いなく、脱獄したマイルズ・フォークナーをスペインまで追いかけて捕らえ、法廷に立たせるべくイギリスへ連れ戻したことだった。

しかし、その件についてこの班の何人が呼び出され、証言を求められるかは、ホークをもってしても予想がつかなかった。ウィリアムとロスはフォークナーの弁護士、目的成就のためなら手段を選ばないブース・ワトソンの反対尋問を受けなくてはならないだろう。やつのことだ、首都警察の最も経験豊かな警察官二人がバルセロナに旅行中の自分の依頼人の身柄を不法に拘束した事実を、陪審員に知らしめるのをためらうはずがない。それでも、ホークにはまだ切札が一枚残っていた。一流の弁護士なら法廷弁護士評議会に知られたくないことが、ブース・ワトソンにはあった。しかし、その切札も、勝ちを確かなものにしてくれる保証はなかった。

　ホークはテーブルを囲んでいる部下たちを仕事仲間ではなく、むしろ家族と見なしていた。どの家族でもそうであるように、それぞれが異なっていて、それぞれに問題を抱えていることは承知していた。だから、これから自分が発表することにどういう反応があるか、予想するのは難しかった。

　ウィリアム・ウォーウィックは捜査警部として首都警察史上最年少であるとはいえ、〝少年聖歌隊員〟と呼ぶ者はもはやいなかった。例外の可能性があるとすれば、彼の向かいに坐《すわ》っているロス・ホーガン捜査警部補だけだった。ロスは明らかに家族のなかの黒羊、異端、一匹狼《おおかみ》で、延々と書類仕事をするより犯罪者を刑務所にぶち込むことに関心があり、たびたび上司と衝突しながらも生き延びていた。その理由はたった一つ、これまで一緒に仕事をしたなかで最も優秀な囮《おとり》捜査官だと、ホークが認めているからにほかならなかった。

　ロスの右に坐っているジャッキー・ロイクロフト捜査巡査部長はロスの数多《あまた》いる元恋人の一人で、このテーブルを囲んでいるなかで最も勇敢な警察官だった。ヘンドン警察学校を出たての下っ端巡査だったとき、背丈が六フィート六インチもあるアルジェリア人銃器仲買人に飛びかかって地面に押さえつけ、応援が駆けつけるより早く手錠をかけたという武勇伝を持っていた。しかし、同僚のあいだで有名なのは、勤務中に腿を撫《な》でてきた警部補をノックアウトしたことのほうかもしれなかった。それを報告した彼女を擁護しようとする者は一人もいず、証人は当該の警部補だけで、そのあといきなり昇任が止まった。そうでなくなったのは、潜在能力をホークスビー警視長に認められ、チームに加わるよう要請されたときだった。

彼女の向かいに坐っているポール・アダジャ捜査巡査部長は、聡明《そうめい》かつ野心的で、問題への対処解決能力に長《た》け、警察内外での人種的偏見に威厳と余裕を持って対応していた。彼が黒人最初の警視総監になることをホークは疑っていなかったし、ポール自身もそれを疑っていないことを頼もしく思っていた。

最後に、レベッカ・パンクハースト捜査巡査は最年少の班員で、パブリック・スクール出身であることも、最優等名誉学位を持っていることも、もちろん、最も有名な祖先の一人が刑務所に入っていた――それも、一度ならず――事実を鼻にかけることもしなかった。このテーブルを囲んでいる者のなかでおそらく最も賢明な警察官で、彼女を遠からず昇任させると、本人にはまだ伝えていないけれども、ホークはすでに決めていた。

これほどに頭がよくて精力的なグループを指揮するに際しての困難は、彼らより常に一歩先んじていたいと思うなら早起きを、しかも、とんでもない早起きをしなくてはならないことだった。だが、この件については、彼らの目覚まし時計が鳴る前に、自分のほうが起きて走っているという自信があった。

「まずは諸君全員におめでとうを言わせてもらう」ホークスビー警視長は口を開いた。「警視監から要請のあった一連の迷宮入り殺人事件を解決するにあたって、諸君は全員がその役目を全うしてくれた。だが、それはすでに過去のことであり、いまはこれからのことに目を向けなくてはならない」

ホークはちらりと目を上げた。全員が彼を注視していた。「警視総監は熟慮されたうえで、この班を殺人事件の担当から外し、さらに大きな挑戦とも言うべき任務に就かせると決定された」ホークはそこで、ほんの一瞬だったが、間を置いて勿体《もったい》をつけた。「現在の王室警護本部は、警視総監の見るところ、慣習を無視し、恣意的に、自分たちのしたい放題をするようになっている。本部長のブライアン・ミルナー警視は、自分たちはアンタッチャブルで、王室以外は無視してよく、したがって、自分たちはもはや首都警察の一部ではないという幻想に囚《とら》われている。われわれはその幻想を打ち砕くことになる。しばらく前から、部下が異動したり退職したりした場合でも、ミルナーは外部からの候補者の面接を受け付けていない。そうすれば、自分がそこを牛耳りつづけていられるからだが、それが問題なのだ。なぜなら、最近の世界各地でのテロ攻撃に鑑みてＭＩ６がわれわれに警告してきているのだが、次のテロ攻撃の対象がわが王室になる可能性が低くないからだ。全員が簡単すぎるほど簡単な標的になる可能性が大いにあると、彼らはそう感じている。そして、そこには女王陛下も含まれる」

それを聞いて全員が一瞬沈黙し、ややあってポールが訊いた。

「そんな攻撃をしてくるのはどこだとＭＩ６は考えているんでしょうか？」

「たぶん、中東だ」ホークは答えた。「イラン、イラク、リビアが最も明白な候補と特定されていて、その三国から入国してきた者には、テロ対策部門がしっかり目を光らせている。さらに、われわれがどういう敵と相対することになるかについては、ハリー・ホルブルック警視監から、一点の疑いも残さない詳細な説明が私にあった。そこで、監視リストに載っていて差し迫った脅威と見なされている、三つのテロ組織を名指ししてもらった」

テーブルを囲んでいる全員がメモを取りつづけた。

「彼らの大物が安全な自国を出るだろうとは警視監は考えていないが、その三つのテロ組織のすべてがイギリス各地に小グループを潜入させ、指示があり次第行動できるよう待機させていることは疑っていない。すでにチームを編成して最も明白な候補者十数人を厳しく監視しようとしているけれども、警視監も認めるとおり、全員をしっかり見張りつづけるには手駒が不足している。人的資源が限界にきているんだ。それを考慮して、何であれわれわれが遭遇したり獲得したりした情報を共有するよう要請された。その時点では取るに足りないとわれわれが判断した些末《さまつ》なものもすべて含めてだ」

「まあ、警官が盗人《ぬすっと》を相手にしていればいいという時代は確かに終わりましたからね」ロスが多少の感慨を込めて言った。

「そうだな、とうの昔に終わった」ホークは応じた。「それで、ミルナー警視は王室警護の責任者としてもはや不適切だととりわけ警視監は見なしておられて、できるだけ早く交替させたいと考えておられるが、それは当然のことでもある」

「特に理由があってのことですか?」ロスが訊いた。

「もちろんだ――警視監がバッキンガム・ゲートに電話をして至急連絡するようにとミルナーにメッセージを残したとき、ミルナーは一週間も返事を寄越《よこ》さなかった。挙句、差し迫っていると思われるテロリストの脅威についての警視監の詳しい説明を聞いて何と応えたと思う?『心配しなさんな、警視監殿、おれたちがすべて把握して抑え込んでますから』と、文字どおりにこう抜かした」

「だとすると、お訊きしないわけにいかないのですが、サー」ジャッキーがノートから顔を上げた。「ミルナーがいまの任に堪えられないと警視総監が考えておられるというのが、本当にわたしたちが王室警護本部に配属される唯一の理由なのでしょうか?」

ホークはしばし沈黙したあとで答えた。「いや、違うな。実は警視監でさえ、今回のわれわれの異動についてすべてを知っているわけではないんだ。だとするとこれは警察組織内部にまつわることだろうと、私は依然として睨《にら》んでいる」そして、自分のファイルを閉じて付け加えた。「これから話すことについてはメモを取るな」全員が黙って指示に従った。「警視総監はミルナーとやつの子飼いの者たちが堕落腐敗していると信じる理由を持っておられる。その理由の最たるものは、ミルナーが警視の俸給ではあり得ない贅沢《ぜいたく》な暮らしをしているらしいことだ。それが事実なら、やつが十年前からどんなよからぬことしていたかを明らかにする、議論の余地のない明白な証拠がわれわれには必要になる。それまでは、やつを逮捕することすら考えられない。その最大の理由は、わかりきったことかもしれんが、上層部にミルナーの味方が巣喰《すく》っていて、そのなかには何年も前からやつの一味になっている者がいるということだ。というわけで、ミルナーは近い将来四人の新人を迎え入れることになるが、そこにロス・ホーガンは含まれない。彼は私の直属になってもらう」

「また囮捜査ですか?」

「違う」ホークは否定し、こう付け加えた。「実は、きみにはこれ以上ないほど公然と姿を晒《さら》してもらうことになる」説明はしなかった。

そのあと、わかりきった質問をする者も、話をさえぎる者もいないなか、ホークは淀《よど》みなく説明をつづけた。

「ウォーウィック警部はミルナー警視の次席として王室警護本部に加わることになる。だが、それは彼を除く全員が、これから立ち向かうことになる問題についての情報を最新のものに更新してからだ。それには少なくとも二か月はかかるだろう。これは肝に銘じてもらいたいが、われわれが何をしようとしているかをミルナーに気取られることがあっては絶対にならない。したがって、いまこの部屋の外にいる同僚には、それがだれであれ、いかなる意見も口にしてはならない。われわれが登場する前に悪事の足跡を消す隙を、いささかでもあの男に与える余裕はないんだ。ウォーウィック警部はかなり広範な自由裁量権を与えられ、だれであれ自分は法を超越していると思い上がっている警察官を探り出すと同時に、ミルナーたちがテロリストの脅威を本当に深刻に捉えているかどうかを突き止めることになっている」

ホークがウィリアムを見て付け加えた。「きみが遭遇する最初の問題はミルナー本人だ。樽《たる》のなかで一番大きな林檎《りんご》が腐っていたら、もっと小さな林檎が無事ですむ望みがどこにある？　忘れるなよ、ミルナーは十年以上も王室警護本部を率いていて、自分が対応すべきは女王陛下だけだと自惚《うぬぼ》れている。やつがどうやってうまく逃げおおせているかを探り出すために十分な時間をかけて周辺を調べるとしたら、慎重のうえにも慎重を期さなくてはならん」そして、テーブルを囲んでいる者のなかで唯一完全な情報を提供されている人物にバトンを渡した。

「これからの数週間」ウィリアムは口を開いた。「みんなにはいまの王室警護本部が公共に奉仕する者としてどのように義務を果たしているか、それを深く突っ込んで調べてもらいたい。ただし、何であれ彼らについて耳に入っている評判や噂《うわさ》には耳を貸さないこと。白紙の状態で始めて、全員を捜査の必要な犯罪者であるかのように扱うんだ」

「面白そうじゃないですか」ジャッキーが言った。

「きみには王族がだれも滞在していない日のウィンザー城ツアーに参加することから始めてもらおう。目的は一つだけ、そこの地形と警護状態の確認だ。王室警護本部要員としての初日の報告をするとき、みんなには一歩後れを取るのではなく、一歩先んじていてもらいたい」

「あの城にだれにも気づかれずに潜入するについては、おれの右に出る者はいないと思いますがね」ロスは不満そうだった。

「そんなことは夢にも考えるな」ホークが諫《いさ》めた。「きみはいまでも十分に厳しい立場にいるんだからな。だが、最近王室警護本部を辞めた連中と出くわしたら、それとなく探りを入れて情報収集するのは自由だ。ただし、気取られるなよ。気取られたが最後、すぐさまミルナーに連絡が行き、きみがこの件から外されるのは必定だからな」

「しかし」ウィリアムは言った。「実際にわれわれが配属になった初日には、数か月後にはいなくなっているかもしれない同僚から、そうとは知らずに無視され、侮辱され、嘲られることは覚悟しておくほうがいいぞ。ただし、彼ら全員が堕落腐敗しているわけではないことは忘れないようにしよう。なかには、ミルナーについて警視総監と同じように思っている者がいるかもしれない。もっとも、不本意ながら、どうにも救いようがないと思わざるを得ない連中が大半だろうけどな。われわれの会議は毎朝八時から十時まで、スコットランドヤードのここで行なう。そのときに最新情報を共有する。実際に配属になる前に敵の正体がはっきりわかることを期待しよう。質問はあるか？」

「おれの役割は何でしょう？　一言もありませんでしたがね」ロスが不機嫌そうに言った。

「それは彼女がきみに仕事を提供するかどうかにかかっている」

「彼女？」ロスが訝《いぶか》った。

「皇太子妃殿下だよ」ウィリアムは旧友の顔を見て答えた。「来週金曜午後三時、ケンジントン・パレスでのお茶会にわれわれも出席するよう、彼女に要請されているんだ」

ロスが一瞬言葉を失った。冗談ではないかと疑ったのだった。

「残念ながら、おれは無理です」ロスが大胆にもあっさりと断わった。「来週金曜の午後はもっと大事な用があるんですよ。散髪屋を予約してるんです」

そこにいる全員がホークの反応を待った。

「もしケンジントン・パレスに時間どおりに現われなかったら、警部補、きみの来週金曜の午後の大事な用はたった一つしかなくなるぞ。ロンドン塔での拷問だ。私の指示でウォーウィック捜査警部が指揮を執り、ロイクロフト捜査巡査部長が拷問台を操作して、アダジャ捜査巡査部長がきみの親指を締め上げる。パンクハースト捜査巡査の役目はもう少し難しくて、十分な大きさの石を見つけてきみの頭の上に載せることだ。死刑執行人がだれかは訊くまでもあるまい。まだくだらん質問があるか、ホーガン捜査警部補？」

今回、笑いはテーブルを叩《たた》くもっと大きな音に取って代わられ、ウィリアムはそれが収まるのを待って口を開いた。

「みんな、今日は休んでいい。新たな任務に取りかかるのは明日からだ。明日の朝八時に私のオフィスへ集合してもらいたい。そこで個々の役割について遺漏なく説明する。ただし、それまでにこれをしっかり読み込んでおくのを忘れるな」そして、一人一人に分厚いファイルを渡した。

ポールが自分のファイルを一瞥して言った。「あなたが常々求められていることでもあるので、証拠として正確を期すべく訊いてもいいと思うんですが、このファイルをしっかり読み込んだうえで明日の朝八時に集合するとすれば、実際にはわれわれに休みはないのではないですか？」

「まったくそのとおりだ」ウィリアムは即答した。「だが、遅刻したり、資料のすべてに目を通していなかったりしたら、アダジャ捜査巡査部長、この班に二人目の捜査巡査ができることになる。二人いる必要はないから、一人にはどこか別の——」

「遅刻はしません、サー」ウィリアムが最後まで言い終わらないうちに、ポールはファイルを手に取った。

「それは何よりだ」ホークが言った。「では、きみとジャッキー、そして、レベッカは、とりあえず退《さ》がってくれていい。ウォーウィック捜査警部とホーガン捜査警部補は残ってくれ、話がある」

三人が退出し、ドアが閉まるのを待って、ホークは口を開いた。「さて、二人ともよくわかっているとおり、もう一つ、もっと深刻だと考えてもいいかもしれない問題の相談をしなくてはならない。いまやマイルズ・フォークナーは刑務所へ戻り、脱獄前に務めていた盗品故買と麻薬所持罪の刑期を再開したわけだが、スペインからベルマーシュ刑務所へやつを連れ戻したやり方に関して、非常に深刻な疑問が提出されるものと思われる」そして、身を乗り出してテーブルに両肘をついた。「きみたち二人がスペインでした課外活動について、信用できる説明ができるかどうかという疑問だ。それは拉致であり、窃盗であり、言うまでもなく自分の依頼人の人権を全面的に侵害するものだと、ブース・ワトソンは陪審員に向かって間違いなく指摘するだろう。私はそれを懸念している」

「法律の定義では、〝窃盗〟が成立するのは、〝正当な所有者に返すつもりのない何かを盗《と》ったとき〟です」ウィリアムは言った。「フランス・ハルスの肖像画をフォークナーのスペインの隠れ処《が》から持ち出したことは認めますが、すぐにイギリスの正当な所有者に渡しています。それはフォークナーの元の妻のクリスティーナが文書で確認している事実です」そして、一通の手紙をホークに渡した。

「それで、その絵はいま、どこにあるんだ?」手紙を読んだあとで、ホークが訊いた。

「フィッツモリーン美術館です。来年、そこでフランス・ハルスの展覧会が開かれることになっています」

「きみの奥さんが展覧会のキュレーターであることは助けにはならないな」ホークが正面からウィリアムを見て言った。

「クリスティーナは妻の数年来の友人ですが」ウィリアムは言った。「人の一番いいところを見るのが妻の癖でしてね」

「友人と言ったって、いいときだけのことで、まさかのときには当てにできないだろう」ホークが言った。「それに、ミセス・フォークナーはこれまでも、そのほうが自分の目的に適《かな》うとあらば、回転するコインより速く寝返ってみせてくれているじゃないか」ウィリアムもロスも反論しなかった。「だから、彼女の確認文書があるからといって、窃盗の主張に対してわれわれが動きが取れずにいる事実を覆してくれる保証にはならない。きみたちが信頼できると思われる説明をできると考えるのは期待のしすぎだろうか？」

「おれに命を救われたというのに」ロスが冷静とは見なしがたい口調で言った。「あの野郎、それ以上の何を望むというんだ」

「釈放カード《ゲット‐アウト‐オヴ‐ジエイル‐フリー・カード》だ」ホークは即答した。「何があろうと、陪審員はきみたちがフォークナーの命を救った方法と理由を知りたがるはずだ」

「どういうわけか、フォークナーは自分だけの特別な隠れ処の二つの扉のあいだの空間に自分を閉じ込めてしまい、それを開ける方法を知っていたのは、そこにいた者のなかでおれだけだったんです」ロスが言った。「実際、おれがそこにたどり着いたときにはすでに時間切れ寸前で、さもなかったら、フォークナーは気の毒にも死ぬはめになったはずです」〝気の毒にも〟と付け加えはしたが、まるでそんな様子はなかった。

「これも陪審員に明らかにするつもりですが、救出されたとき、フォークナーは意識を失っていました」ウィリアムは報告書を確認した。「スペイン国家警察のファン・サンチェス中尉がマウス－トゥ－マウスの人工呼吸で蘇生《そせい》させました」

ホークが訊いた。「ブース・ワトソンの次の質問はこうだろうな――『なぜすぐに救急車を呼ばなかったのですか？』」

ロスがちょっと考えて答えた。「呼ぼうとしたときに意識を回復して、いくつか言葉を発しました。かなり朦朧《もうろう》としてはいましたが、私にこう懇願――」

「〝言い張った〟のほうが説得力があるはずだ」ホークが提案した。

「こう言い張って譲らなかったのです――かかりつけ医に診てもらうんだ、とね。てっきりスペインの医師ことを言っているんだろうと思ったのですが、そうではなくて、彼が口にしたのはロンドンのハーレー・ストリート一二二番地で開業しているドクター・サイモン・レッドウッドという医師でした」

ホークはウィリアムを見た。「それで、どうなったんだ？」

「フォークナーを車で空港へ連れていきました。そこで、彼のプライヴェート・ジェットが離陸準備を完了して待っていました」

「ずいぶん都合よくできているじゃないか」ホークが言った。「だが、どうして最寄りの病院へ連れていかなかったのかと、パイロットが訊かずにはいなかったんじゃないのか？　まあ、きみたちが答える前に、ブース・ワトソンがそのパイロットを証人として呼ぶに違いないがな」

「確かにその質問はパイロットからありました」ロスがかなり満足そうに答えた。「それで、ミスター・フォークナーの指示を実行しているだけだと答えました。上司に報告したければしてもらって構わないと言ってやりましたが、結局、報告しませんでした」

「それは運がよかったな、そうだろ、警部補？」ホークは皮肉を隠そうともしなかった。「だが、きみはまだ陪審員に説明しなくてはならないぞ。ヒースロー空港に着いたとき、フォークナーをハーレー・ストリートへ連れていくのではなくて、ロンドンの最重警備刑務所であるベルマーシュに連行した理由をな」

「朝の六時で」ウィリアムは言った。「ハーレー・ストリートの診療所に車から電話をしたのですが、診療開始は九時だという留守番電話のメッセージが返ってきただけでした」

「その電話の時刻は記録されているのか？」ホークが訊いた。

「はい、サー。六時七分です。九時になってすぐにもう一度電話をし、午前中の都合のいいときに刑務所の診療所でかかりつけの患者の詳しい診察をしてほしい旨を告げて、そのとおりに実行してもらいました」

「きみたちのうちの一人が医者に診せるについて機転を利かせてくれたのは神の恩寵《おんちょう》だが」ホークが言った。「それでも、私としてはこう提案せずにはいられない。法廷に立ったときに一切食い違うことのない同じ証言ができるよう、いまからでもしっかり口裏合わせをしておくようにとな。なぜなら、断言してもいいが、ブース・ワトソンはスペインから帰ってきて依頼人に面会したとたんに、きみたちの証言を吹っ飛ばすに十分な弾薬を手にしたことに気づくはずだからだ。そうなったら、きみたちは陪審員がフォークナーの主張ではなくて、ロスの主張を受け容《い》れてくれるのを祈らなくてはならなくなる。どうしてかと言うと、マイルズ・フォークナーを法に触れる方法で捕らえ、イギリスへ引きずり戻したことを彼らが知ったら、きみたちは刑務所で相部屋になる可能性があるからだ」

机の上の電話が鳴り出した。ホークは受話器をひっつかむと、ほとんど怒鳴るようにして言った。「電話は一切つなぐなと言明したはずだぞ、アンジェラ」そして、束《つか》の間耳を澄ましたあとで前言を翻した。「つないでくれ」

3

　フォークナーのヨットの船長は航路を再確認して、絶対に何かがおかしいと感じた。出港して以来、ずっとつきまとって離れない感覚だった。そもそも別荘のスタッフがそこにあった絵画のすべてをヨットに積み込んで貨物室に収めたことが、自分の目で見ているにもかかわらず信じられなかった。雇い主の指示がないのだから、船長は手助けしようともしなかったし、絵に指一本触れていなかった。

「ミスター・フォークナーは合流されるんでしょうか?」船長は操舵室《ブリッジ》にやってきたブース・ワトソンに訊いた。

「いや」ブース・ワトソンが答えた。「予想外のことがあって同行できなくなった。だが、指示はこれ以上ないほどはっきりしている」

　レドメイン船長はその言葉を信じなかった。ミスター・フォークナーがアート・コレクションと離れ離れになったことなど一度もないのを知っていたのだ。過去に一再ならず念を押されつづけている指示はこうだった――急いでそこを離れる必要が生じたときにほんのわずかでも逮捕される危険があれば、陸路も空路も使わない。だから、指示があり次第出港できるよう、常にヨットの準備を完了しておいてもらわなくてはならない。そういう必要が生じたのなら、ミスター・フォークナーはいまどこにいるのか？　本当の答えを教えてもらえるとは思えなかったのでブース・ワトソンにその質問をぶつける手間を省き、こう訊くだけにとどめた。「それで、われわれの次の寄港地はどこなんです？」

ブース・ワトソンの頭にはすでにいくつか候補となる寄港地があったが、多少の危険は引き受けざるを得ないとわかってもいたから、最終的にこう答えた。「イングランド南岸の、積荷をしっかり検査しなかったことでボーナスをもらうのを嫌がらない税関員がいるどこかだ」

レドメイン船長の顔に疑いが現われた。思いがけない出港を余儀なくされたときに向かう次の寄港地はすでにミスター・フォークナーからはっきり教えられていたが、いまのブース・ワトソンの指示はそれと異なっていた。異議を唱えようかと思わなくもなかったが、雇い主とまったく同等の権利を有していると言っても過言ではない代理人に逆らう権限が自分にないことも認めざるを得なかった。

「理想的な港を知っていますし」レドメイン船長は結局指示に従うことにした。「名指しすることもできますが、正当な書類すべてにゴム印を押してもらうなら一万ポンドの現金が必要になることは申し上げておきます」

ブース・ワトソンは滅多《めった》に手元から離すことのないグラッドストーンバッグを一瞥した。マイルズ・フォークナーの仕事を長くしていれば、こういう不測の事態に備えて現金を所持するのが常にならざるを得なかった。秘密の入り江を出てしまうや、あの惨事の現場を振り返ることは一度もなかった。

前日、メイキンズから連絡があって別荘へ急行したのだが、その時点で少なくとも四時間は経《た》っていた。それならもう間違いなく生きてはいないだろうとブース・ワトソンは結論した。あそこにそんなに長いあいだ閉じ込められているのなら、生き延びるのは不可能だ。そもそも空気が足りない。

最初にこの考えが頭をよぎったのはそのときだったが、それでももう一時間待つことにし、そのあとでようやく、依頼人の伝説的なアート・コレクションを今夜着くコットの貨物室に積み込むよう、明確に指示したのだった。

スペイン警察が別荘に姿を現わす前に出発できれば、逮捕状を携えてやってきた彼らが発見するのは、対象が死んでしまっているという事実だけになるはずだという自信があった。長時間苦しんでの死に違いないだろうと思いながら書斎を歩き回っているときも、隠れ処の扉からほとんど離れることのない目に涙が浮かぶことはなかった。

次の一時間がのろのろと過ぎたあと、マイルズが生きている可能性は万に一つもないという確信はさらに強まった。それからの一時間で計画が形を成しはじめ、ヨットが着いたときには動き出す準備ができていた。イギリスへ帰り、絵を安全なところへ移す。そして、依頼人――故人ではあるが――の弁護士としての力はいまもあるから、複数の銀行に預けてあるマイルズの全資産を、何年も前に香港《ホンコン》に作っておいた国外口座へ計画的に移す。例によってマイルズが教えてくれた、もう一つの大事なことだった。

次に、資産価値がしっかりある三件の不動産すべてを市場に出し、急ぐ必要はないから、適正な価格が提示されるのを待つ。そのあと、アート・コレクションを買いたいと近づいてきて、マイルズににべもなく撥《は》ねつけられるだけに終わった中国人コレクターと連絡を取り、こう説明する――依頼人が悲しいことに他界してしまったために、自分は依頼人の遺言執行者として、価格が適正であれば依頼人のコレクションを売ることを再検討する用意がある。唯一問題が生じるとしたら、マイルズの元妻のクリスティーナかもしれない。以前おれの企《たくら》みに気づいたあの女のことだ、もし気づいたら、今度も分け前を要求してくるに決まっている。この豪華ヨットを所有したいと言ってくれないだろうか。もはやおれには無用の長物なんだが。

引退を考えていることを法曹院とその周辺に知らしめるのは、何週間か経ってからでいいだろう。その審査が終わって引退が認められたら、だれにも知られないように、移った先の住所を知らせることもしないでこの国を去るとしよう。

マイルズ・フォークナーはゆっくりと服役囚用大食堂《カンティーン》に入った。自分の弁護士が海の上で何を企んでいるかは知らなかった。嬉《うれ》しかったのは、昔の囚人仲間のチューリップが変わることのない定席にいるのを見たときだった。

「おはようございます、ボス」向かいに腰を下ろしたマイルズにチューリップが挨拶した。脱獄していたことなどなかったかのように看守が注いでくれた朝のコーヒーを一口飲んでから、マイルズは〈デイリー・テレグラフ〉を読みはじめた。その記事はただでさえ面白くも何ともなかったが、それに添えられている、皇太子妃と談笑している天敵、ウォーウィック警部の写真は、自分が刑務所に逆戻りすることになった元凶がこの男であることを思い出させてくれる役にしか立たなかった。

刑務所におけるマイルズの目でもあり耳でもあるチューリップは、マイルズが朝食に姿を現わす前に新聞全紙を大食堂から消してしまわなかったのを後悔していた。ほぼ例外なく、第一面に同じ写真が掲載されていたからである。

さらにまずいことに、〈デイリー・テレグラフ〉の王室担当記者はウィリアムを〝脱獄囚マイルズ・フォークナーを自らの手で刑務所に連れ戻した優秀な若手警察官〟と称揚し、すべての刑務所で一番人気の〈サン〉は〝自らの手で〟のあとに〝マイルズ・フォークナーが本来いるべき〟という形容を付け加えていた。マイルズは新聞を脇へ放った。もうすぐもっと大きなニュースを新聞に提供してやるつもりだったが、それは絶好のタイミングでなくてはならなかった。

「こいつを消す手配ならいつだってできますよ、ボス」チューリップが写真を指さして言った。

「殺すのは駄目だ」マイルズは応えた。「もっとずっと長く苦しむように復讐《ふくしゅう》してやる」

「死よりも長い復讐なんて何があるんです?」

「警察を追い出され」マイルズは答えた。「拉致と窃盗で告発されて、死ぬまで恥辱にまみれるようにしてやるのさ」そして、自分の前に看守がベーコンと卵の皿を置くのを待って付け加えた。「われわれに運が味方してくれたら、やつが囚人としてここへくる可能性だってある」

「そいつはいいですね、ボス。だけど、そんなこと、どうやってやるつもりなんです?」

「おれの裁判が始まったら、陪審員はおれの供述を興味津々で聴くことになるはずだ。ウォーウィックとロス・ホーガンが、送還命令もないのにどうやっておれをスペインから不法に連れ出したかをじっくり話してやる。さらに、保証してやるが、ブース・ワトソンが冒頭陳述と最終弁論のときに、〝賞金稼ぎ〟という言葉を何度も繰り返す」

「やつらに捕まって以降、あの弁護士と話したんですか?」

「いや、まだだ。この一週間、何度かブース・ワトソンの事務所に電話をしてるんだが、常に秘書が出てきて、弁護士はいま国外にいるので戻ってきたら電話があったことを伝えると応えるばかりなんだ。どうも、ブース・ワトソンはいまもスペインにいて、今度の件の後始末をしているんじゃないかと思われるんだが、とりあえずはもっと切羽詰まった、早急に片づけなくちゃならない問題がある」

「裁判の準備をする以上に急がなくちゃならないことなんて何があるんです？」

「元の女房だ」マイルズはほとんど吐き捨てるように答えた。「いま、おれが手出しできないのをいいことに何を企んでいるか、わかったもんじゃないからな」

「情報源から聞いている話だと、まるで明日がないかのようにあんたの金を遣ってるってことですよ」チューリップが言った。「ディナーは〈リッツ〉の常連で、ボンド・ストリートのブランド・ショップでねだられ放題に買い物をして若いツバメに貢いでいるそうです」そして、それとなくマイルズの顔をうかがってから仄《ほの》めかした。「ボンド・ストリートへ行く途中で運悪く交通事故に遭わせることもできますがね。買い物時間帯のあの通りは恐ろしく交通量が多いんでね」

「いまは駄目だ」マイルズはきっぱりと拒否した。「少なくとも裁判が終わるまでは、それはできない。何しろ、改心して善人になっていて、この逮捕は不当だと陪審員を納得させるつもりでいるんだから、あと数か月はカエサルの妻のようでなくちゃならない――〝完全な潔白〟であることが不可欠なんだ」

チューリップが意味を理解しかねて怪訝《けげん》な顔をした。

「だが、クリスティーナを一文無しにすることは、裁判が始まるはるか前に必ずやり遂げる。そして、裁判が終わったときには、ウォーウィックをフィッツモリーンの警備員になれたらめっけもんだという目に遭わせてやる」

マイルズはそう付け加えて、卵とベーコンを脇へ押しやった。

「ホーガン警部補はどうするんです？」

「いつでもおまえの好きなときに、好きなように片づけていい。だが、絶対に人の記憶に残るやり方をするんだぞ」マイルズは〈デイリー・テレグラフ〉の一面を見直しながら言った。「ブラック・ミュージアムに展示されるだけじゃ終わらないようなことを計画しているんだからな」

「バルセロナのサンチェス中尉からだ」受話器を置いたホークが報告した。「ブース・ワトソンはあの晩、フォークナーのヨットに乗り込んでバルセロナを出港したらしい」

「それは興味深いですね」ウィリアムは言った。「行先はどこなんですか？」

「ビスケー湾を回っているところまでは視認されている――そこまでは国際刑事警察機構《インターポール》がしっかり監視していたとのことだ」

「ブース・ワトソンはイギリスへ帰るつもりでいるに違いありません。あの別荘をあとにしたときはまだ依頼人が隠れ処に閉じ込められていて、生きている可能性はないという幻想を抱いてね」

「その見方は当たっているんじゃないか、ウィリアム。壁に残されていたのは絵を掛けるフックだけだったとサンチェス中尉も言っていたから、あそこにあった絵を一つ残らず持ち出したのはたぶん間違いない」

「そうだとしたら、サー、沿岸警備隊に知らせ、ヨットを見つけて監視してもらったらどうでしょう。そうすれば、やつが領海内に入るのを、港で手ぐすね引いて待つことができます」

「いい考えだ」ホークが応えて受話器に手をかけた。


「ミセス・クリスティーナ・フォークナーからお電話です、一番ですが?」秘書が告げた。

「つないでくれ」彼女の弁護士は答えた。いそいそというわけではなかったが、言葉での応酬は常に楽しかった。ミセス・フォークナーにさして関心があるわけではなかったが、言葉での応酬は常に楽しかった。昔からウィリアムが彼女に手を焼き、彼の妻のベスの友人ぶっていることに気を揉んでいるのはわかっていたが、それでも、まるっきり予想していないときに思いがけない展開を見せてどういう結末になるか最後までわからない、出来のいい小説のようでもあった。

「おはようございます、ミセス・フォークナー」弁護士は言った。「ご用件をうかがいましょうか」

「あなたのことですからもうご存じでしょうけど、サー・ジュリアン、元の夫が刑務所に逆戻りしたんです」

「詳しいことはともかく、それは聞いています」

「だとしたら、これはご存じないかもしれないわね。実は、彼のヨットがイギリスへ向かっていて、ミスター・ブース・ワトソンと、本物と断定してまったく差し支えない百九十一点の油彩画が同乗しているんです」

「それをどうやってお知りになったんです？」

「昨夜、マイルズの執事が電話をしてきて、十日ほど前にヨットがバルセロナをあとにしたと教えてくれ、マイルズに連絡する方法を知らないかと訊いてきたんです」

「それ以外に、何か教えてくれましたか？」サー・ジュリアンはペンを手にしてメモを取りはじめた。

「ブース・ワトソンがマイルズの絵を全部持ち出し、彼のスペインの別荘を市場に売りに出すよう指示したことも教えてくれました」

「執事はその指示に従ったんですか？」

「とんでもない。実際、マイルズがいまも生きていてイギリスの刑務所へ戻ったと知ったとたんに、何とかして彼と連絡を取ろうとし、結局わたしに電話をかけざるを得なくなったということなんです」クリスティーナが一拍置いた。「それで、昨日の真夜中にだれが電話をしてきたと思います？」

サー・ジュリアンは答えなかった。ミセス・フォークナーが返事を待てないことはよくわかっていた。

「ほかでもない、ヨットの船長本人ですよ」クリスティーナはその理由を明らかにしなかった。弁護士がそれを訊かずにはいられないことはわかっていた。

「それで、船長の用件は何だったんですか？」サー・ジュリアンがついに待ちされずに訊いた。

「イギリスへ向かっていて――正確にはクライストチャーチですが――もうすぐ入港するとのことでした」

「もう一度お尋ねしますが、船長はどうしてよりによってあなたに電話をしたのですか？」

「わたしのほうがまだしもましな悪《あく》だからですよ」クリスティーナが明言した。「実はレドメイン船長はブース・ワトソンをまるで信用していないんです。半分でも成功の可能性があるなら、海へ突き落としてしまうんじゃないかしら」

そうなったらわれわれの問題はすべて解決するんだが、とサー・ジュリアンは思ったが、口には出さなかった。

「そういうわけなので、クライストチャーチの港長へ連絡してもらって、ヨットの入港時刻を教えてもらえれば」クリスティーナが提案した。「桟橋で高名な弁護士先生をお出迎えし、あなたに作っていただいた離婚調停書で同意したとおり、アート・コレクションを返していただけるんじゃないかしら。さしものミスター・ブース・ワトソンも選択の余地はないでしょう」

マイルズとクリスティーナが瓜《うり》二つの狡猾《こうかつ》極まりない悪であり、しかもどっちが狡猾さで上回っているかが判然としないことに、サー・ジュリアンは常に興味をそそられた。しかし、ブース・ワトソンとマイルズ・フォークナーを同時に破滅させるのは、控えめに言っても魅力的だった。

「できるかもしれませんよ、ミセス・フォークナー」サー・ジュリアンは言ったが、距離を近づけることはしなかった。

「船長が保証してくれましたけど、ヨットが領海に入る時刻を教えてもらえれば、少なくとも二時間の余裕を持って盛大かつ適切な歓迎準備を整えられるんですけどね」

いつだろうと自分の都合のいいときにすぐに対応してもらえるものとミセス・フォークナーが信じているのがサー・ジュリアンはいつもながらおかしかったが、いま高等法院で検察側に立って担当している脱税事件――娘のグレイスにはまだ手に余る事案だった――よりもはるかに面白いことは認めざるを得なかった。そして、決して認めるつもりはなかったが、ブース・ワトソンが、おそらく何日も前から彼と連絡を取ろうとしているはずのフォークナーにどう説明するかを知りたくてたまらなかった。自分のコレクションを勝手にイギリスへ持ち帰った理由、スペインの別荘を所有者に一言の相談もなく売りに出した理由を、フォークナーが突き止めようとしないはずがなかった。

しかし、もう一つの不意打ちの準備をしなくてはならないこともよくわかっていた。旧敵ブース・ワトソンは狡猾さにかけてはクリスティーナにまったく引けを取らないから、もし自分の得になると思えば簡単に寝返ってみせるに違いない。

「改めて連絡を差し上げます」サー・ジュリアンはそう言って電話を切った。

4

ウィリアムは受話器に手を伸ばしたが、明かりはつけなかった。ベッドサイドのディジタル・クロックの表示が05：17から05：18に変わった。こんな時間に電話をかけてくる可能性のある人物は一人しかいなかった。

「たったいま、港長から連絡があった」完全に覚醒している声だった。「ヨットが視認されて、入港推定時刻は九時ごろだそうだ」

ウィリアムはベッドを飛び下りたが椅子にぶつかって転んでしまい、ベスを起こすはめになった。一日の出だしとしては幸先がいいとは言えなかった。

その朝、港長が二番目にかけた電話の相手はサー・ジュリアン・ウォーウィックだった。サー・ジュリアンはベッドサイドの明かりをつけてから受話器を取った。すでに目は覚めていた。港長に礼を言って受話器を戻すと、ドレッシングガウンを羽織って書斎に入り、ある数字を見上げた。その番号に電話するのは結構楽しみでもあった。しばらく呼出し音が鳴りつづけたあと、ようやく返事があった。

「こんな時間にいったいだれ？」難詰の口調だった。

「サー・ジュリアン・ウォーウィックです」依頼人にとっては真夜中だったかもしれない時間に起こしたことへの謝罪はまったく感じられない声だった。港長のメッセージを伝えたとたん、彼女がこう言って驚かせた。「二十分で車を迎えに行かせます」

サー・ジュリアンは受話器を戻すや二階へ駆け上がってバスルームに飛び込み、ドレッシングガウンとパジャマを脱ぎ捨ててシャワーの下に立ったが、髪のなくなった頭を冷たい水に直撃されて、大声で悪態をつくことになった。


ウィリアムがスコットランドヤードに着いたのは六時を過ぎてすぐだったが、ホークスビー警視長はすでにパトカーの後部席にいて――驚くことではなかった――、指が焦《じ》れた様子で前部席の背中を叩いていた。ウィリアムは急いでホークの隣りに席を占めたが、ドアを閉めるより早く、運転席のダニーがパトカーを発進させた。

二十分ではなくて四十分後、ミセス・フォークナーの専属運転手がハンドルを握る車がリンカーン・イン・フィールズの専用区画に入ってきて、サー・ジュリアンのフラットの前で停《と》まった。二十分前からそこを行ったり来たりしていたサー・ジュリアンは、すぐさま後部席に乗り込み、依頼人の隣りに腰を落ち着けた。

「おはようございます、ミセス・フォークナー」サー・ジュリアンは挨拶したが、彼女がベッドに入っていたかどうかを服装で判断するのは難しかった。

「おはようございます。サー・ジュリアン」クリスティーナが応え、運転手は後部席のドアを閉めると運転席へ戻って、クライストチャーチを目指して車を出した。


ウィリアムとホークは港へ一番乗りし、すぐに港長に連絡した。

「ヨットはほぼ四十分後に十四番バースに入ってきます」港長が二人と握手をして教えてくれた。「もし手助けの必要があれば、知識的にであれ、物理的にであれ、躊躇《ちゅうちょ》なく要請してください」

「ミスター・ブース・ワトソンの武器は頭脳だけです」ホークは応じた。「しかも、再装塡する必要がありません」そして港長に礼を言ってパトカーへ戻った。ダニーがゆっくりと港を移動し、十四番バースで車を停めた。

ホークが車を降りて海のほうを見つめ、さらに双眼鏡を覗《のぞ》いたが、ややあって宣言した。

「きたぞ」そして、双眼鏡をウィリアムに渡した。

ウィリアムは焦点を調整して水平線を見渡した。

「もうそんなに遠くないはずだ」ホークが言ったとき、ダークブルーのメルセデスが横にきて停まり、運転手が後部席のドアを開けて、ミセス・フォークナーと彼女の法的代理人が姿を現わした。「やっぱりな」ホークはそう付け加えてから、二人に挨拶した。「おはようございます、サー・ジュリアン」まるで待っていたかのような口調だった。

「会えて何よりです、警視長」サー・ジュリアンは応えると、息子から渡された双眼鏡を覗き、近づいてくるヨットの上で自分たちを見つめている肥満体を特定するや言った。

「この時をどれほど待ちわびたことか」


埠頭《ふとう》に焦点を合わせているレドメイン船長は、そこにホークスビー警視長、ウォーウィック警部、クリスティーナ・フォークナー、サー・ジュリアン・ウォーウィックの姿を認めた。全員がこのヨットを歓迎しようと両手を広げて待ち構えているに決まっていた。

「待たれているようですよ」船長は双眼鏡をブース・ワトソンに渡した。

ブース・ワトソンはよろよろと立ち上がった。この十日というもの、一日に数時間しか眠れず、たびたび手摺《てすり》にへばりついて胃のなかのものを海へ戻しているありさまだった。

「引き返すことはできないのか？」ホークスビー警視長の姿を見つけたとたんに、ブース・ワトソンは訊いた。

「できますが」船長は答えた。「お薦めしません」

「なぜだ？」

「後ろを見れば、すでにその可能性を考慮しているだれかがいるのがわかるはずです」ブース・ワトソンが何とか体勢を保って振り返ると、沿岸警備隊の警備艇が自分たちの後ろから港に入ってきつつあるのが見えた。「それから、もちろんご承知でしょうが、ここはすでにイギリスの領海内です」

「減速してくれ」ブース・ワトソンが言った。「考える時間が必要だ」

「依頼人が生きて刑務所に戻っているとブース・ワトソンが考えなかった理由は何でしょうね？」ウィリアムは訊いた。

「わが賢明なる息子が考えつかなかったことを、私が考えつく望みはほぼないだろうな」サー・ジュリアンが言った。

「仮説ぐらい立てられないのか？」ホークがヨットを見つめたまま促した。

「私には無理です」ウィリアムは正直に言った。「フォークナーがベルマーシュ刑務所に戻ったことを知らないとしたら、どこにいると思っているんでしょう？」

「マイルズしか鍵を持っていない隠れ処にいまも閉じ込められていて」クリスティーナが初めて口を開いた。「もう窒息死していると思っているんじゃないかしら」

ホークが双眼鏡を下ろしてウィリアムを見た。なぜブース・ワトソンがスコットランドヤードに連絡して救出を要請しなかったのか、それで説明がつくのではないか。

「マイルズが隠れ処から出たことを知っていたら」クリスティーナはつづけた。「ブース・ワトソンは次の空の便でロンドンへ戻ったはずよ。マイルズのヨットで海を渡るのではなくてね」

「脱帽ですな」サー・ジュリアンが畏れ入ったというように依頼人に頭を下げた。

ウィリアムはクリスティーナの見方に納得していないようだった。

「もうすぐわかるんじゃないかしら」クリスティーナは言った。「もしわたしの見立てが正しかったら、あのヨットにはマイルズが絶対にイギリスへ持ち帰るつもりのなかった大事なものが積んであるはずだもの」

「その大事なものとは何なんです?」ホークが訊いた。

「わたしが本当に久しぶりに再会することになる百九十一点の油彩画です」クリスティーナが答えた。「でも、もっと嬉しいのは、それがふたたびわたしのものになることかしらね」

「おれは何を見落としているんだ?」ブース・ワトソンは頭上を飛ぶ一羽の鷗《かもめ》に訊いたが、理解不能な甲高い啼《な》き声が返ってきただけだった。どうしてあの四人が雁首《がんくび》揃えて桟橋でおれを待っているんだ? このヨットの行先がどうしてわかったんだ? 「あいつら、あそこで何をしているんだ?」ふたたび訊いたが、鷗はもはや返事もしてくれなかった。

レドメイン船長が代わりに答えた。「ミスター・フォークナーが乗っていると考えて、待っているんじゃないでしょうか」

「そうだったら」ブース・ワトソンは言った。「サー・ジュリアンとミセス・フォークナーがあそこにいるはずがない。彼女はこの船に絵が積んであると考えているに違いない」そして、可能性のある選択肢すべてに思案を巡らせつづけたが、いい知恵が出てこないことを結局は認めざるを得なかった。そして、最後にもう一度繰り返した。「おれは何を見落としているんだ?」その答えはもうすぐわかるはずだった。

ヨットの係留が終わり、下船用の道板が渡されるまで、四人は一人として桟橋から動かなかった。

サー・ジュリアンが見ていると、旧敵は自信を漂わせて堂々と道板を渡ってきた。いざという場合でも、自分を護る準備は十分にできていると言わんばかりだった。

ウィリアムがブース・ワトソンの前に立ちはだかって口を開いた。「私は……」

「きみがだれかはよく知っているよ、警部」ブース・ワトソンはさえぎった。「唯一わからないことがあるとすれば、きみがここにいる理由だ」

「マイルズ・フォークナーについて尋ねたいことがあるからです、われわれには信ずべき理由があって——」

「思い出させてもらうにはまったく及ばないよ、警部。わが高名な依頼人が死亡したことならすでに知っている」

「残念ながら、死亡してはいないのですよ」ホークスビー警視長が応えた。「それに、かの脱獄囚が本来いるべきベルマーシュ刑務所に戻っていることを、どうやらあなたはご存じないようだ」

サー・ジュリアンは旧敵を注意深くうかがい、どういう選択肢が残されているかを一切気取られないよう完全な無表情に変わるのを見て、敵ながら感心せざるを得なかった。ブース・ワトソンはまずホークスビー警視長に目を向け、次にウィリアム、そして、サー・ジュリアンを見た。最後にミセス・フォークナーに視線を移したとき、彼女がどうしてここにいることができるのか、ようやく唯一の理由に思い当たった。

サー・ジュリアンは自分が落ち着きはじめているのをはっきり感じたが、それでも、ブース・ワトソンがクリスティーナを見てこう言ったときには、さすがに驚かないわけにはいかなかった。「私はあなたの指示を文字どおりに実行し、ミセス・フォークナー、あなたのご主人のアート・コレクションをスペインから持って帰ってきました。これからロンドンへ向かう道々、絵をどこへ運ぶかを相談すべきかもしれませんね」

見事な機転の利かせ方だ、とサー・ジュリアンは口には出さなかったが認めた。

全員がミセス・フォークナーを見た。今回、彼女はどっちにつくのか？

クリスティーナも時間をかけて自分の選択肢を考量したあと、ついに自分の法的代理人に向き直って淀みなく言った。「あなたに力になっていただく必要はもうないと思います、サー・ジュリアン」そして、それ以上は何も言わずに、待っている車へと歩き出した。ブース・ワトソンもそのあとにつづき、後部席の彼女の隣りに腰を下ろした。

ゆっくりと走り去っていくメルセデスを見送ると、サー・ジュリアンはホークスビー警視長に向き直って言った。「ロンドンまで同乗させてもらえますか?」

5

ベルマーシュ刑務所の場合、服役囚と法的代理人が面談する個室は全面ガラス張りだった。テーブルは中央に固定され、白いプラスティックの椅子は服役囚と法的代理人が距離を縮められないよう床に捩子《ねじ》留めされていた。看守はその個室のなかでの会話を聴くことはできなかったが、指定された一時間のあいだの動きは、ドラッグをはじめとする禁制品、あるいは武器の持ち込みまでも含めて、完璧に監視することができた。

ブース・ワトソンはその朝、珍しく早い時間に刑務所の門の前にいた。その理由は、この三十六時間眠っていないというだけではなかった。身体検査をされたあと、法律文書の詰まったグラッドストーンバッグを徹底的に検《あらた》められ、お定まりの誓約書にサインをして、上級看守に伴われて面会棟へ向かった。その間《かん》、どちらも一言も口をきかなかった。互いを軽蔑していた。

ガラス張りの面談室へ近づくにつれて、依頼人の姿をはっきり見ることができるようになった。青白の縦縞《たてじま》の囚人服の上衣にくたびれ果てたジーンズを穿《は》き、ガラスのテーブルに向かって腰を下ろしていた。顔にはまったく表情がなく、そこから読み取れるものは何もなかった。

ブース・ワトソンが入ってくるのを見てマイルズは立ち上がったが、握手は許されていなかったから、笑みのようなものを浮かべて挨拶代わりにした。

ブース・ワトソンは数日つづいていた緊張がようやく緩むのを感じた。「一時間しかないんだ、マイルズ」そして、腕のロレックスを外し、二人を隔てているテーブルに置いた。

「無駄にしていい時間はまったくない」マイルズがうなずいて腰を下ろした。

「まずは、私がきみと最後に会ってからのすべてについて情報を更新することから始めさせてもらおう」勅撰弁護士は腰を屈めると、グラッドストーンバッグから数通のファイルを取り出した。「私は月に一度の打ち合わせのためにバルセロナへ飛び、そこできみが逮捕されたこと、意志に反してプライヴェート・ジェットでロンドンへ連れ戻されたことを教えられた」

「教えたのはメイキンズだな？」

「違う」ブース・ワトソンは否定した。予期していた質問だった。「きみのスペインの弁護士のセニョーラ・マルティネスだ。私が到着する前にウォーウィックとホーガンが何をしたか、一切の遺漏なく事細かに説明してくれたよ」

ブース・ワトソンは自分の前のテーブルに置いたファイルの一通から一枚の文書を取り

出してつづけた。「セニョーラ・マルティネスはすでにスペイン当局に対して訴えを起こし、正式に苦情を申し立てている。裁判なしで市民の自由を奪っていて、一九五三年に成立したヨーロッパ人権条約に抵触するというのがその理由だ」

「そんなもの、糞《くそ》の役にも立たんだろう」マイルズが言った。

「普段なら、そのとおりだろうと私も思う」ブース・ワトソンは応えた。「だが、今回はそのおかげで、これからの裁判でスペイン国家警察のサンチェス中尉に出廷を要求し、なぜ自身がこの件の指揮を執らなかったのか、なぜウォーウィックに任せたのか、説明を求めることができる」

「そんなことを突き止めるのはものの何時間かでできたはずだ。どうして翌日にロンドンへ戻らなかった？」

　ブース・ワトソンが完璧に予期していたもう一つの質問だった。

「バルセロナにとどまり、きみの裁判に役立つ情報をできるだけ多く集めてから戻ることにしたからだ」

　納得できないとマイルズの顔が言っていた。

「きみの早期釈放の可能性を高めるだけでなく、警察がウォーウィックとホーガンを逮捕して、拉致と窃盗の容疑で告訴するしかなくなる情報だよ」

　マイルズの顔に初めて笑みが浮かんだ。

「必要な情報をすべて収集し終えるや、すぐに空路ロンドンへ戻り、依頼人と至急面談したい旨を間髪入れずに控訴局に申請したが、あっさり拒否されてしまった」

「なぜだ?」マイルズが詰め寄った。

「はっきりしたことはわからないが、首都警察の上級捜査官二人が逮捕される恐れがあると気づいたとたんに、力の限りを尽くして、私ときみが会うのを阻止しようとしたんじゃないだろうか。しかし、しつこく要請をつづけたおかげで、ようやくこうやって、この面会が実現したというわけだ。だが、時間は一時間しかない。もう一分たりと無駄にはできない」

ブース・ワトソンはマイルズを見たが、自分を信じてくれているのかどうか、その表情からはまったく読み取れなかった。「だが、打ち合わせを始める前に、一つ、確認させてもらいたい。今後も私が法律上の代理人をつづけることを望んでいるか?」

「なぜそんなことを訊くんだ?」不信が募ったようにさえ見えた。

「二年前にきみがベルマーシュを脱獄して以来、一度も会っていないからだ。少なくとも控訴局にはそう答えてある。今週初めにきみとの関係を訊かれたときにな」

ブース・ワトソンのいまの言葉の意味に気づくのに、マイルズは少し時間がかかった。

「シュレッダーが大活躍したんだろうな」彼は言った。

「いまや警察は破片になった書類を元通りに復元する機械を持っているから、焼却するほうが確実ではあるがね。しかし、私がきみの代理人にとどまるのであれば、それが事実だと認めてもらう必要がある」ブース・ワトソンはファイルからもう一枚の文書を取り出した。「主張しなくてはならないことはすでに文章にして準備してある」

マイルズはその文書に注意深く目を通したあとで訊いた。「認めなかったら？」脅しの色が滲《にじ》んでいた。

「きみも私も法的代理人を探すことになる」

それは勘弁だとマイルズが手を振り、差し出された万年筆で署名欄にサインをした。

「クリスティーナはどうなんだ？」マイルズが万年筆をポケットに入れながら訊いた。

「われわれの作り話を両方とも木端微塵《こっぱみじん》にできるんじゃないのか？」

「何であれそんな愚か極まりない真似《まね》をすることがどういう意味を持つかは、すでに嚙んで含めるようにして教えてある。そして、私の言い方をするなら、理解してもらっている」

「その合意とやらにはいくらかかるんだ？」

「二千万」

「いくら何でも法外だろう」マイルズが不服そうに呻《うめ》いた。

「まあ、そう言う前に同意書に目を通してくれ。きみのいまの刑期が絶対に倍にならないはずの付帯条項がついている。それを読んだら納得してもらえるはずだ」

「どうやったらそんなことができるんだ?」

「いいか、警察も控訴局も、ウォーウィックやホーガンを出廷させたくないんだ。極端かつ不法なやり方できみをイギリスへ連れ戻したことを認めざるを得なくなる事態に追い込まれたら、面目が丸潰れになりかねないからな」

「聞かせてもらおう」マイルズが言った。

「まず、ウォーウィックが出廷したら、やつはスペイン政府の許可なくしてきみをスペインの別荘から拉致し、きみの明確な希望を無視してロンドンへ連れ戻した理由を、宣誓したうえで説明しなくてはならない」

「おれが自由意志でロンドンへ戻ったわけではないことはどうやって証明するんだ? だって、戻るのに使ったのはおれの所有するプライヴェート・ジェットだったことを、やつは指摘するに決まってるぞ」

「一つ目は、ウォーウィックとホーガンがロンドンに着いたきみを文字どおり機から引きずり下ろし、待っていた警察車両に押し込んだことを、プライヴェート・ジェットの機長が確認してくれる。自分はそれをやめさせようとしたけれども聞き入れてもらえなかったと付け加えてだ。それに、正式なルートを通じて送還命令を得ようとした形跡も、それまできみをスペインにとどめておこうとした形跡も一切ないことを私が指摘したら、首都警察は恥の上塗りをすることになる。皮肉なことに、きみのスペインの弁護士のセニョーラ・マルティネスの信じるところでは、要請があればスペイン政府は送還命令を遅滞なく発令したはずだそうだ」

　それを聞いて、マイルズが笑みを浮かべてうなずいた。

「二つ目、同じぐらいやつらにとってのっぴきならないのは、オランダの巨匠の貴重な肖像画がスペインのきみの別荘から消え、数日後にロンドンのフィッツモリーン美術館の壁に忽然《こつぜん》と現われたのはどういうことかと、私がウォーウィックに説明を求めることだ。あの絵はきみと一緒にプライヴェート・ジェットに乗っていたと、私はそう睨んでいる」

「クリスティーナがあのハルスは自分のものであり、展覧会のためにあの美術館に貸し出したと主張するんじゃないのか？」

「いや、それはない」ブース・ワトソンは言った。「なぜなら、それが彼女の二千万ポンドの同意の付帯条項の一つでもあるからだ」そして、別の法律文書を取り出した。その最後のページの署名欄に記されている文字がだれのものかはすぐに見分けることができ、その同意書の該当する付帯条項を読んで、マイルズの笑みはさらに大きくなった。

「それ以外のおれのコレクションはどうなんだ？　いまもスペインのおれの別荘にあるのか？」

「メイキンズが面倒を見ているよ」ブース・ワトソンは答えた。

「メイキンズはできるやつだ」マイルズが明言した。「ボーナスを出すことに決めたぞ。

それだけのことはしてくれているからな」

「いいだろう、異議なしだ」ブース・ワトソンは新しく取り出した二本目の万年筆でメモを取りながら言った。

「それで、次は何だ？」

「サー・ジュリアンとの審理中協議を要請する。彼はいまもきみの事案での検察側代理人なんだ。新聞が真相を知ることになったら残念な結果を招くことを、やっこさんにはっきりわからせてやるんだよ。こっちの警察だけでなく、スペインの警察も面目を失うことになるし、状況を考えれば、今度の事案については、きみが沈黙を守ることと引き換えに告訴を取り下げるほうが賢明だと控訴局に助言したほうがいいんじゃないかとな」

「控訴局はその提案にどういう反応をするかな？」

「控訴局に選択肢はほとんどないはずだ。まあ、新聞全紙の一面に〝警部、拉致と窃盗に関与〟という大見出しが躍って、真相が暴露されていいというのなら別だがね」

「勝ち目は？」マイルズが急所を突いた。

「五分五分以上というのが私の見方だ。サー・ジュリアンはきみの刑期を倍にしたいかもしれないが、息子がきみの隣りの独房に押し込まれたうえに昇任もふいになるという高い代償を払ってまでそうしようとはしないだろう。私の聞いているところでは、ウォーウィックは警部から警視へ――」

ドアが鋭くノックされ、看守が顔を覗かせて言った。「あと五分です、サー」〝サー〟と呼ばれたのが自分なのかマイルズなのか、ブース・ワトソンは判然としなかった。

「次に会うまでに考えておかなくちゃならんことがほかにあるか?」マイルズが訊いた。

「ある――きみがもう一人の私の依頼人から買ったマレーシア茶葉輸入会社の株の五十一パーセントを買いたいという申し出がきている」

「もはやこの世にいないドラッグ・ディーラーが持っていた会社だ。いくらだ?」

「千六百万だ」

「それはとりあえず最初に提示してみせた額に違いない。〈マルセル・アンド・ネッフエ〉ほどの売上のある輸入会社なら、その倍の価値はあるに決まっている」

「きみが住所を変えて以降、株価が下落しているんだ」

「二千四百万にしろと言って、二千二百万で手を打つんだ」マイルズが言ったとき、またもやドアがノックされた。

ブース・ワトソンは書類をまとめてグラッドストーンバッグにしまい、望み得るすべてを手に入れたと感じて腰を上げながら言った。「きみには週に一度、法的代理人と面談する権利がある。毎週金曜日の午前十時でどうだろう?」

「いいとも」マイルズが答えた。「予見し得る将来、どこへ行く予定もないからな」

「私としては、〝予見し得る〟を〝近い〟に置き換えてもらうほうがいいな」ブース・ワトソンは言った。「また〈サヴォイ〉で一緒に朝食をとれるように」

「異議なしだ」

ブース・ワトソンは出口へ向かうと、束の間足を止めて看守に礼を言い、テーブルに置いたロレックスをマイルズが手首に着けられるよう時間を稼いだ。

看守は服役囚〇二四九番をA棟へと連行し、ブース・ワトソンは逆方向へ歩いて受付を目指した。これ以上望むべくもないほど最高の出来だったと思われたが、これからもクリスティーナにしっかり目を光らせ、約束を守らせつづけなくてはならないこともわかっていた。

6

「どう行けばいいかわからないんだが」ウィリアムはお定まりのクリップボードを手にしている警備員に認めた。

「では、ここは初めてなんですね、サー」警備員がウィリアムの身分証を確認し、名前の横にチェックマークを入れて応えた。

ウィリアムは身分証をポケットに入れながらうなずいた。

「この道をまっすぐ行くと、右手に大きな白い建物が見えます。あなたが向かわれると連絡しておきます」

「ありがとう」ウィリアムは言った。遮断機が上がり、ダニーが車を発進させて広い車道《ドライヴ》を進みはじめたが、時速十マイル——ほとんど経験のない遅さだった——を超えることはなかった。

クリストファー・レンが設計した壮大な屋敷が見えてくると、ダニーはさらに減速し、広大な薔薇園を周回してから車を停めた。

ウィリアムが後部席から降り立った瞬間、魔法のように正面入口のドアが開いた。

「いらっしゃいませ、警部」裾の短い黒の上衣、ワイシャツ、グレイのネクタイ、ピンストライプのズボン、近衛兵《このえへい》のそれのように磨き上げられた靴という服装の男が言った。

「皇太子妃殿下がお待ちです」

ウィリアムとロスは執事のあとにつづいて屋敷に入り、大きな弧を描いている広い階段を二階へ上がった。ウィリアムは緊張のあまり、壁を飾っている絵画を一瞥する余裕すらなかった。間もなく、応接室の入口に立っている彼女が見えた。

「再会できて何よりです、ウィリアム」皇太子妃が声をかけ、ウィリアムはお辞儀をした。クリスチャンネームで呼ばれて驚いたが、客の緊張を緩めるために彼女がしばしばそうすることがあるというのは、スコットランドヤードの儀典担当者から教えられていた。しかし、だからといって緊張を緩めすぎてはならないし、こちらから呼びかけるときは〝妃殿下〟と付け加えるのを忘れてはならないと、厳重に釘を刺されてもいた。

「畏れながらホーガン警部補を紹介申し上げます、妃殿下」

「スコットランドヤードのブラック・ミュージアムで会いましたね、警部補。ちょっとだけだけれど」ダイアナが言った。「あのときはわたしについている女官を案内してくれていたのでしたね。実は、あなたが次のわたしの専属身辺警護員に最適だと推薦してくれたのはヴィクトリアなのですよ」

ロスが応える間もなく、執事が再登場し、様々なものが載っている重たそうなお茶の盆を彼らの前のテーブルに置いた。ウィリアムは昆虫と花の模様をあしらった〈ヘレンド〉の磁器のティーセットに見惚《みほ》れた。ベスが聞いたら、その詳細を一つとして見落とすことなく、有能な刑事のようにしっかり説明するようせがんでくるに決まっていた。

「二人とも、お坐りなさいな」ダイアナが言った。「わたしが淹《い》れます。インドがいいかしら、それとも、中国がお好みかしら、警部補？」

儀典担当者はお辞儀の仕方――キャバレーの踊り子のように腰からではなく、首から――は教えてくれていたが、インドと中国には一言も言及していなかった。

「インドをお願いします」ウィリアムは答え、ロスが黙ってうなずいた。

「あなたの履歴書を興味深く読ませてもらいました、警部補」ダイアナがロスにカップを渡しながら言った。「クィーンズ・ギャラントリー・メダルを授与され、褒章に至っては数えきれないではありませんか。それに、一途《いちず》だけれども、目的のためなら手段を選ばないとも言われているわね。本当に印象的だわ」

「私としては後者のほうを強調させていただきます、妃殿下」ウィリアムは言った。「実際、公式懲戒処分を三度受けていて、おまけに、いまも暫定ではありますが、停職中なのです」ダイアナは声を立てて笑ったが、ロスは沈黙していた。「しかし、思いついたとたんに動き出すタイプでないことは確かです、妃殿下」ウィリアムはそう付け加えて助け舟を出してやった。

「ヴィクトリアはそうは言わなかったわよ」ダイアナがそう言いながらプラムケーキを一切れ載せた皿をロスの前に置いたが、ロスは手を出そうとしなかった。「あなたの履歴も読ませてもらったわ、ウィリアム。それに尋常でない速さで昇任していることについてもね」トングを手に取って角砂糖を一つカップに入れるウィリアムに、ダイアナが付け加えた。「でも、ちょっとだけどアルテミジアと会ったあとでは、それもほとんど驚くにはあたらなかったけどね」そして、ロスに視線を戻した。「あなたにもお嬢さんがいらっしゃるのよね」

　ウィリアムはロスが初対面の女性と――紹介してくれようともせずに――すぐに打ち解けてお喋りをするようになるところを何年ものあいだに何度も目撃していたが、いまのロスは背筋を伸ばして畏《かしこ》まったまま動こうとせず、紅茶は冷え、ケーキは手つかずのままだった。

「傑作ですね」ウィリアムは暖炉の上の壁に飾られているウィリアム・フリスの作品を見上げ、再度ロスの救出に乗り出した。

「そうなの、わたしのお気に入りよ」ダイアナが絵を見ようともせずに言った。「『アスコット競馬場の貴婦人たち』、王室のコレクションではなくて」そして声を落として付け加えた。「いまは亡き祖父がわたしに贈ってくれたの。ところで、ウィリアム、わたしの最新の親友のアルテミジアは元気にしているかしら？」

「あなたにお目にかかったことを誰彼なしに自慢していて、そのたびに物語が長くなっています。フィッツモリーン美術館のフランス・ハルス展のオープニングで再会できるのを楽しみにしていると伝えてくれと頼まれました。またあなたに花束を渡そうとするのではないかと、いまから心配です」

「それで思い出したけれど、彼女にささやかなプレゼントがあるの」ダイアナが身を乗り出すようにしてテーブルの下の棚に手を伸ばし、シルクのリボンのついた小箱を取り出してウィリアムに差し出した。「ジョジョのことも忘れていないわよ」そして、二つ目の小箱をロスに渡した。

「ありがとうございます、妃殿下」ロスがいきなり礼を口にしたが、舌がもつれでもしたかのような不明瞭な発音だった。

「あら、口がきけるのね！」ダイアナがからかった。

　ウィリアムは笑い、ロスは真っ赤になった。それはウィリアムが目撃する、もう一つの初めてのことだった。

「きっと」ダイアナがつづけた。「わたしの専属身辺警護官としての仕事がどういうものかはすでに詳しい説明を受けているはずだけど、わたしの見るところでは、それはまだ全体の半分でしかなくて、しかもいいところは省かれているのではないかしらね」

それを聞いて、ウィリアムでさえ返事に窮した。

「退屈している暇などないほど忙しいわよ」ダイアナはさらにつづけた。「しかも、何が起こるかわからないときているの。一度など、マザー・テレサと朝食を、ミハイル・ゴルバチョフと昼食を、ミック・ジャガーとディナーを、同じ一日に共にしたことがあるんだから。当てても賞品は出ないけど、だれとの食事が一番楽しかったと思う？」

「ミック・ジャガーですか？」ロスがあてずっぽうを口にした。

「わたしたち、うまくやっていけそうね」

ロスは応えなかった。

「お茶を新しいのと替えましょうか、警部補」手つかずのままのカップにちらりと目をやって、ダイアナが訊いた。

「いえ、結構です、妃殿下。ですが、私が知っておいたほうがいいとお考えの問題が特にありましたら、教えていただけないでしょうか？」

「言われてみれば、そうね、スポーツ・ジムへ行って泳いだり、ときどきショッピングに行ったりできるといいんだけど。大勢のパパラッチに追いかけられることなくね」

「それは必ずしも簡単ではないかもしれません、妃殿下。何しろ、世界でだれよりもカメラに狙われている方ですから」ロスは思い出させた。「ですが、連中を殺すわけにはいかないとしても、最善を尽くします」

いまや市民がよく知っている、はにかんだような笑みを浮かべてダイアナが言った。「それに、自分たちの顔が過去の生活を暴き立てる記事と一緒に、この国のすべての新聞の一面を飾るのを喜ばない友人もいるのです」

ロスはうなずいたが、意見は述べなかった。

「そして、その友人の一人か二人は、わたしを訪ねてくる可能性があります」ダイアナが間を置いた。「どう言えばいいでしょうね——公務時間外に、かしら」

「なぜそれが問題なのでしょう、妃殿下？」ウィリアムは訊いた。「ここにいらっしゃる限りは安全で、何の心配もないのではありませんか？　ついさっき私たちが経験したとおり、妃殿下が許可なさらない限り遮断機が開くことはなく、だれも門を通り抜けられないわけですから」

「断言してあげるけど、ウィリアム、少なくとも半ダースのパパラッチが一日二十四時間、一年三百六十五日、正門の前に車を駐《と》めて、昼食休憩も取らずに待ち構えているの。特にそのうちの二人は、わたしに私生活があることも、可能なときは常に人目につかないでいたいと願っていることも眼中にないみたいね」

「わかりました、妃殿下」ロスが言った。「私の人生に関わっているもう一人の女性は二歳になる娘だけですが、彼女にも妃殿下の秘密は明かしません。お約束しますから、ご安心ください」

「彼女に会うのが待ちきれないわ」ダイアナが言った。

「そろそろ失礼させていただきます、妃殿下」三十分経ったことをマントルピースの上の時計に教えられ、ウィリアムは言った。「妃殿下には今夜、出席なさらなくてはならない大事なディナーがおありになるはずですので」儀典担当者が教えてくれたもう一つのことだった。

「サウジアラビア国王を迎えての政府の公式晩餐会《ばんさんかい》よ」ダイアナが応えた。「国王は英語がほとんどおわかりにならないし、女王陛下はアラビア語をまったくお話しにならないの。だから、盛り上げるのに努力が必要でしょうね。でも、わたしは席が駐英サウジアラビア大使の隣りで、彼には妻が四人いるとのことだから、話題に事欠くことなくお喋りをしてくれるんじゃないかしら」

ウィリアムとロスは義務的に笑った。

「わたしのチームに加わることを前向きに考えてもらえれば、もちろんですけど、こんな嬉しいことはありません、警部補」ダイアナがロスに目を戻して言った。「わたしたちはほかの王室の人たちよりはるかに面白い体験ができますからね」そして、一拍置いて付け加えた。「彼ら全員のそれをまとめたよりもね」

ロスが何とか笑顔を作ったとき、ふたたび執事が現われた。

「次のお客さまがお見えになりました、妃殿下」

「嘘よ」ダイアナがウィリアムを見て認めた。「いまのはあなたたち二人を帰らせるための暗号メッセージなの。わたしとしてはサウジアラビア国王とのディナーより、あなたたちとお茶を飲んでいるほうがはるかにいいんだけど、でも……」

ウィリアムは即座に腰を上げた。「そろそろ失礼する時間です、妃殿下。お日見えの機会をいただいて、本当にありがとうございました」

「きっと、また会えますよね、警部補」二人を玄関ホールまで見送ろうと広い階段を下りながら、ダイアナが言った。ウィリアムはロスがダイアナ妃とお喋りをするのを喜ばしく思いながら、二度と見る機会はないかもしれない数点の絵画をじっくりと眺めた。そこには彫刻の巨匠ヘンリー・ムーアの手になる——彼は絵を描いていた時期があった——海の風景画が一点、含まれていた。帰宅したら、ダイアナ妃のお気に入りの画家はだれなのかとベスが訊いてくるに決まっていた。メモを取らずにどれだけ憶《おぼ》えていられるか、興味深い挑戦ではあった。

玄関ホールへ下りると、そこでちょっと足を止め、ターナーを一点、ミレーを一点、バーン゠ジョーンズを一点、検めた。しっかり鑑賞して評価する時間がないのが残念でならなかった。ダイアナ妃は車のところまでついてきてくれて、ウィリアムがまたも驚いたことにダニーと長々とお喋りをしてから、ようやく出発するのを許してくれた。そして、車が見えなくなるまで屋敷のなかへ戻ろうとしなかった。

ウィリアムは車がケンジントン・ハイ・ストリートに入るのを待って口を開いた。「さて、仕事を受ける気なのかな、お喋り男?」

「当たり前だろう」ロスが躊躇なく答えた。「ただし、一つ問題がある」

「まだ何かありますか、ミスター・ブース・ワトソン?」秘書が口述筆記用のノートを閉じて訊いた。

ブース・ワトソンは坐り直すと、マイルズ・フォークナーと彼の元妻のクリスティーナという、同時進行している二つの問題にどう対処するかを考えた。二人にはつい最近会ったばかりだが、それでも、スペインで起こったことについての説明にマイルズが納得したという確信は持てていなかった。クリスティーナはと言えば、元夫の弁護士が何を企んだかを間違いなく見抜いている。それが自分の一番の利益になると判断したら、躊躇なくサー・ジュリアンに助言を求めるに違いない。だが、こっちだってマイルズとクリスティーナを監視させ、おれだけに報告させるに打ってつけの人物を知っている。ベルマーシュ刑務所の鉄格子の向こうにもその周辺にも情報収集の手段を持ち、同時にクリスティーナ・フォークナーに目を光らせつづけて、彼女がだれと会い、何を目論《もくろ》んでいるかを知り得る人物を。疑惑を咎《とが》められて首都警察を辞めざるを得なくなったあの元警視は嫌いだが、リンドン・ジョンソンには同意してもいい。彼はジョン・エドガー・フーヴァーの首を切ることができずに自分が辞めるはめになったあとでこう言っている――〝彼をテントのなかにとどめておいて、外に向かって小便をさせるほうが、たぶんましだったかもしれない〟

「ある」ブース・ワトソンはようやく答えた。「ラモント元警視と至急会いたい。その手《て》筈《はず》を整えてくれ、ミス・プラムステッド」

「承知しました、サー。ですが、現時点では予定がぎっしり入っていて、空きがまったくありません。今週後半には裁判が二件、そして――」

「二十四時間以内に会いたい」ブース・ワトソンは秘書をさえぎった。

7

ウィリアムは玄関のドアに挿した鍵を急いで回した。子供たちが寝る前の読み聞かせに間に合ってほしかった。居間から元気な若い声が聞こえてほっとしながらホールスタンドにコートを掛け、内ポケットから小箱を二つ取り出して、賑《にぎ》やかな声のするほうへ歩いていった。

ドアを開けるや、アルテミジアが突進してきて、両脚に抱きついた。

「ほんとなの？」ウィリアムに口を開く隙を与えることなく質問が飛んできた。「ほんとにプリンセス・ダイとお茶をしたの？」

「皇太子妃殿下よ」ベスがたしなめた。

「答えはイエスだ」ウィリアムは言った。「おまえによろしくと言ってくださって、プレゼントまでいただいたぞ」

アルテミジアが両手を差し出すと、ピーターが訊いた。「ぼくには？」

「もちろんだ」ウィリアムは背中に隠していた二つの小箱を差し出した。一方のほうがもう一方よりはるかに高級な包装紙であることに気づかれるのではないかと心配したが、なかに何が入っているか早く知りたくてピーターがすぐさま包み紙を破ってくれたおかげで、杞憂《きゆう》に終わった。アルテミジアは時間をかけてシルクのリボンをほどき、ピンクの包み紙を外した。リボンも包み紙も、彼女のベッドサイドの大切なものを置いておく場所を占めるはずだった。

「すごい」アルテミジアがきらきら輝くビーズでできた小冠《コロネット》を取り出すと、ベスが声を上げた。

「本物かしら？」アルテミジアがコロネットを握り締めて訊いた。

「皇太子妃殿下がくださったのなら、本物に決まってるでしょう」ベスが答え、娘の頭にコロネットを載せてやった。

アルテミジアが玄関ホールの姿見でコロネットを着けた自分を確かめようと部屋を飛び出す一方で、ピーターはパジャマの一番上のボタンを外しはじめた。

「ぼくが応援しているチームも、お気に入りの選手がケリー・ディクソンだってことも知ってるんだ！」ピーターが背番号9のチェルシーのレプリカ・ユニフォームを着ながら歓声を上げた。

「もっとすごいのは」ベスがささやいた。「サイズまでご存じだってことね」

アルテミジアがいかにも女性王族であるかのようにすまし顔で戻ってくると、そっくり返ってゆっくりと部屋を歩き回りながら、猫に微笑《ほほえ》みかけ、甲のほうを外に向けて手を振ってみせた。そして、ピーターの前にくると命令口調で言った。「お辞儀をなさい」

「チェルシーのサポーターはだれにもお辞儀なんかしない」ピーターが言い返し、スタンドの観客にレプリカ・ユニフォームの背中をこれ見よがしに向けながら、反対の方向へ歩き出した。

ウィリアムもベスも笑い出さずにいるのが精一杯だった。

「これを着て寝てもいいでしょ?」何度目かの周回を終えたあとでピーターが懇願した。

「もちろんよ、ダーリン」ベスが許可を与え、すぐさま、アルテミジアに懇願の隙を与えることなく「あなたもね」とつづけたあとで付け加えた。「でも、二人とも、朝になったら皇太子妃殿下にお礼の手紙を書かないとね」

「わたしの手紙は長くて面白いものになるわよ。だって、この前会ってからの出来事をたくさん知らせなくちゃならないんだもの」アルテミジアが言ったとき、子守りのサラがやってきた。

「寝る時間ですよ」彼女がきっぱりと言った。

「わたしは王女よ」アルテミジアが言った。「でも、アルテミジアと呼ぶのを許します」

「ありがとうございます、王女さま」サラは片足を引いて小さくお辞儀をした。「ですが、たとえ王女さまでも、美しくあるためには眠らなくては駄目です」

アルテミジアは父親と抱擁《ハグ》するとピーターと一緒に、二人して同時にサラに話しかけながら部屋を出ていった。

「あなたって結構気が利くのね、ウィリアム・ウォーウィック」ベスが腰を屈めて夫の額にキスをした。「コロネットは確かに皇太子妃からの贈り物でしょうけど、チェルシーのレプリカ・ユニフォームは違うわよね」ウィリアムは微笑した。「でも、いま教えてほしいのは、ケンジントン・パレス訪問に関するすべてよ。彼女はどんな服装だった？　お茶のときにどんな話をしたの？　もっとも、何より知りたいのは、わたしには見る機会が絶対にないだろう、どんな絵が飾られていたかだけどね」

ウィリアムは早くも後悔しはじめていた。ダイアナ妃がロスとお喋りをしているあいだ、どうしてもっと長いあいだ階段にとどまっていなかったんだ。

「最初から最後まで、とてもいい時間だったよ」ウィリアムは答えた。「だけど、その前にもっと急いで相談しなくちゃならないことがあるんだ」そして、一瞬ためらったあとでつづけた。「子供をもう一人持つことをどう思う？」

ベスはすぐには答えず、いくらか間を置いてからようやく訊いた。「どうしたの？　だって、そのことについてはこれまで数えきれないぐらい相談して、いつも同じ結論に到達してきたじゃないの。どうにもその余裕がないという結論にね」

ウィリアムは深く坐り直して、これまでに何度も聞いた演説に耳を澄ました。

「わたしたちは現代の夫婦の典型なの」ベスが改めて念を押した。「両方がフルタイムで仕事をしていて、両方ともその仕事を諦めたくない。あなたは昔からずっと夢だった仕事を手に入れたし、いまさら言うまでもないことだけど、わたしはフィッツモリーンで仕事ができるのをとても幸運だと思っている。だけど、警部になったあなたには、仕事の量は減るどころか増えてさえいるのに、残業手当を請求する権利すらない。さらに悪いことには、同じ仕事をしている男性と較《くら》べてわたしの給料が少ない。美術、出版、あるいは演劇の世界で仕事をしている女性の大半がそうなのよ。でも、わたしは諦めない。いつかはこの状況を変えてやるわ」そして、腹立たしげに付け加えた。「どの職種でもそうだけど、席を巡っての競争が激しく、競争相手が何としてもその席を欲しがっている状況では、女性はこれからも、いまと同じように不当に扱われつづけるのよ。報酬について不満を訴える勇気がなければ尚更だわ。いまだって、女性よりはるかに資質において劣る男性がその仕事を取ってしまうことが珍しくないんですからね。子育てに時間を取られずにすむというだけの理由でね！」

ウィリアムはさえぎらなかった。同じような差別は警察でもあった。女性が昇任候補から外され、能力の劣る男のほうが先に出世していた。そして、〝彼には支えるべき妻と家族がいる〟という理由でそれが正当化されることが頻繁にあった。ウィリアムはベスに憤懣《ふんまん》を吐き出させ、落ち着かせてから、次の質問をするつもりだった。

「それから、忘れないでね」ベスがつづけた。「子守りを雇わなくちゃならないのよ。その報酬はわたしの給料とほぼ同額なの。誤解しないでほしいんだけど、サラにはそれだけの報酬を得る価値が完全にあるわ。だって、わたしが愛する仕事をしていられるのは彼女のおかげなんですもの。でも、彼女に夜の子守りを頼めないときにわたしたちが観劇とか食事に出かけるとしたら、ベビーシッターへの料金が別に発生するのよ」

溶岩はいまも衰えることなく山を下り、ウィリアムへと迫っていた。

「もうわたしたちの両親の時代とは違うのよ。女性は子供を育て、家をきれいに保ち、食事を作り、夫が仕事をするのを支えるためにこの世に遣わされたのだと思われていた時代とはね。あのころは〝愛し、敬い、従え〟だったのよ」ベスが強調した。「忘れているかもしれないから教えておいてあげるわ、野蛮人」

自分がこの女性を敬愛している理由を、ウィリアムは改めて思い出した。

「誓ってもいいけど、わたしの父は卵の茹《ゆ》で時間が何分かを絶対に知らないし、あなたのお父さまはクリスマスの七面鳥を辛うじて切り分けることしかできないわ」

「その前にナイフを砥《と》ぐのにずいぶん時間がかかるしな」ウィリアムは雰囲気を軽くしようとして言った。

「真実は」夫の茶々を無視して、ベスがさらにつづけた。「わたしの母もあなたのお母さまも、チャンスさえ与えられれば、難しいと言われている男の仕事を悠々とやってのけられたはずだということよ」

「きみのお母さんはお父さんの会社の重役をしているじゃないか」ウィリアムは思い出させた。

「わたしを育てながら、同時に帳簿をきちんとつけつづける報酬がいくらだったか、母に訊いてごらんなさいよ。言っておきますけどね、警部さん、革命はいつ起こっても不思議はないのよ。そこでは〝ホモ・サピエンス〟が〝フェミナ・サピエンス〟に取って代わられるの。わたしの見るところでは、そう遠くない将来に実現するはずよ。男性の大半には見えていないとしてもね」

声は落ち着きはじめていたが、口調は穏やかになっているとは言えなかった。狩猟採集生活をしていた時代の男女のありようが抜けている主張だったが、ウィリアムは敢《あ》えてそれを指摘しなかった。

「もちろん」ベスはつづけた。「わたしたちが自分たちだけの家庭を持てているのは運がよくて、わたしたちの両親の寛大さのおかげだということは認めるわ。でも、あなたのお父さまが孫たちの学資として信託基金を作ってくださっているとしても、わたしたちの収入の範囲内で生活をやりくりするのは依然として大変なの。わたしの銀行口座は大学を出たその日からずっと赤字のままだし、あなたの銀行口座だって給料日に一瞬黒字に変わるだけなのよ。駄目よ、ウィリアム、あなたの簡単な質問に対する答えは、〝わたしたちがどんなに望んだとしても、もう一人子供を作る余裕はない〟よ」

「でも、もう一人持つ余裕ができるとしたら？」

「六人持てる余裕が欲しいわね」ベスが言った。「いまだってアルテミジアとピーターは人生の喜びなんだもの」

「ぼくは三人でいいよ」ウィリアムは言った。「解決策が見つかったかもしれないんだ」

「サッカーくじでも当たったの、野蛮人？　それとも、ボニーとクライドみたいに銀行強盗でも企てるとか？」ベスがウォーレン・ベイティの口真似をしようとした。

「どっちも必要ない。これ以上養育費もかからないし、きみが出産休暇を取らなくてすむ形で三人目を持てる」

「そんなうまいことがどうやったらできるの？　早く教えてよ」ベスが大袈裟《おおげさ》にため息をついた。

「ダイアナ妃の専属身辺警護官が一人、来年早々に退職するんだ。それで、彼女はロスがその空席を埋めてくれるのを望んでおられる」

「あなたたち二人がお茶に招かれた理由はそれだったの？」

「そうなんだ。だけど、そんな責任の重い仕事をしながら、同時にジョジョを育てるのは無理だと、ロスはそう感じている。シングル・マザーは同じような状況でも何とかやっているけど、シングル・ファーザーは適応能力がはるかに劣るからね」

「そのシングル・ファーザーが仕事依存症なら尚更ね」ベスが言った。「もしロスがその仕事を引き受けたら、残業につぐ残業になるに決まってるわ。みんなが知っていることだけど、ダイアナ妃は夜、大人しく自宅にいるタイプじゃないもの。でも、わたしがどんなにロスの力になりたいと思っているとしても、それがどうしてわたしたちの問題である——」

「銀行口座の赤字の解決になるのか、だろ」ウィリアムはそのあとを引き取った。「いいかい、ジョゼフィーヌはロスに十分な資金を遺《のこ》してくれた。二度と仕事をしなくてもすむほどの大金をね。ところが皮肉なことに、ロスはとにかく仕事をしているときが一番幸せな男ときている。そこへ、長年蓄えてきた技術と経験をすべて注ぎ込むに値することをするチャンスを、ダイアナ妃が提供してくれようとしているんだ。正直なところ、あの仕事に彼ほどの適任者は、ぼくにはほかに見つけられないな」

「でも、ちょっと現実に戻りましょうよ」ベスが思案げに言った。「実際にはどうするの？」

「ジョジョがうちへきて、家族の一人として暮らす。ロスは休みの日に可能な限りうちへきて、彼女を外へ連れ出す。もちろん、定期の長期休暇を取ったときはずっと一緒にいる。見返りに、ロスはサラの給与を払い、余分にかかった経費分として週百ポンドをわれわれに渡して、学資信託基金の納入額の三分の一も負担する。そうすれば、ジョジョもアルテミジアやピーターと同じ利益を得ることができる」

「サラの給料までロスが肩代わりするの？　それって彼の負担が過ぎるんじゃないの？」

「われわれにとってのマイナス面があるじゃないか。二人ではなく三人の子供を世話することになって、負担が増えるわけだから」

「それはプラス面よ」ベスは提案を聞いて興奮を隠せなかった。「でも、この話をしたら、アルテミジアとピーターはどんな反応を示すかしら？」

「アルテミジアは母親そのものになるだろうな。それでロスがダイアナ妃の世話ができるようになるとわかったら尚更だ。ピーターは彼女とサッカーができるようになるまで気づかない振りをするんじゃないか」ウィリアムは深く坐り直してから付け加えた。「きみには考える時間が少し必要になるかもしれないということは、すでにロスに伝えてある」そして、ベスの返事を待った。

「少しって、一瞬でもいい？」ベスが答えた。


ブース・ワトソンは机の向かいに坐っている元警視をうかがい、自分も嫌悪しているが、それはお互い様らしいとの感触を得た。それでも、いま頭にある仕事をさせるには、この男をおいてほかにいないことは確かだった。ラモントはスーツ姿で、洒落《しゃれ》てはいたが窮屈そうに見え、首都警察を辞めてから体重が増えたことを示していた。

ブース・ワトソンは口を開いた。「特に細心の注意を払う必要のある、私のためにやってもらいたい仕事がある」ラモントが素っ気なくうなずいた。「知っているかもしれないが、マイルズ・フォークナーが刑務所に戻っていて、私は中央刑事裁判所《オールド・ベイリー》における裁判で彼を弁護することになる。そのためには、ミセス・クリスティーナ・フォークナーが信頼できることを確認し、そのうえで主要証人として証言させるかどうかを決める必要がある」

ラモントは今度もうなずくにとどめた。主要な収入源をさえぎるべきでないときは心得ていた。

「きみは過去にあのレディと取引をしていたよな」ブース・ワトソンはつづけた。「だとしたら、彼女が信用できないことはよくわかっているはずだ。彼女を夜昼なしに監視するだれかを私が必要としていても、驚くにはあたらないだろう」

「特に気をつけて目を光らせなくちゃならんことがあるか？」

「彼女が定期的に接触している人物を知る必要がある。とりわけ、ミセス・ベス・ウォーウィックとどのぐらいの頻度で会っているかを知りたい。もっと重要なのは、クリスティーナがベスの夫と接触しているかどうかだ」

ラモントの顔をよぎった表情が、彼にとってはウォーウィック捜査警部が依然としてけりをつけるべき問題の範疇《はんちゅう》に入っていることをうかがわせた。あとわずか数か月で満額の年金を受領できるようになるはずのラモントが警察を辞めざるを得なくなったのはウォーウィックが原因であることを、ブース・ワトソンはよく知っていた。もちろん記録には一切残されていなかったが、彼が辞めなくてはならなかった理由を、あるいはこっちのほうがもっと重要かもしれないが、彼が突然警察を去ることになった原因がだれなのかを、疑う者はいなかった。

「最後に」ブース・ワトソンは言った。「きみが過去にミセス・フォークナーのために働いたことはわかっている。また二股をかけたりしてそれが露見したら、二つの結果を招くことになる。まず、その日のうちにきみの収入が途絶えることになる」

もう一つは何かとラモントは訊きたかったが、その必要はなかった。

「次に、私の依頼人にきみの裏切りを知らせなくてはならなくなる」ブース・ワトソンは根底にある脅しをはっきり言葉にしないまま、付け加えた。「何を言っているか、わかってもらえたかな?」

「よくわかった」

ブース・ワトソンはうなずくと、机の最上段の引き出しから分厚い茶封筒を取り出し、ゆっくりとテーブル越しにラモントのほうへ押した。話し合いは終わったという合図だった。

「経費をごまかそうなどとは夢にも思わないでもらいたい」腰を上げて出口へ向かおうと

したラモントに、ブース・ワトソンが別れの挨拶代わりに言った。「そんなことをしたら、わずかな年金だけを最後の頼みの綱にして生き延びなくてはならなくなるぞ。それから、そうだ、きみの奥さんに浪費癖があることも先刻承知だからな」

ラモントにとってせめてもの慰めは、自分がブース・ワトソンに背を向けていて、いま顔に浮かんでいる表情を金主に見られずにすんでいることだった。

8

　ウィリアムはミルナーについての本格的な調査に早く着手したくてたまらなかったが、なかなか始まってくれないことがジョジョをもっとよく知る時間を与えてくれていた。家族にどう溶け込んでくれるだろうかと最初は少し不安に思いながら見ていたのだが、心配する必要はなかった。ベスが予想したとおり、アルテミジアはすぐに新しい妹を自分の庇《ひ》護《ご》のもとに置き、ピーターもジョジョを無視する振りをしたとしても、彼女が困っているときはだれよりも早く助けの手を差し伸べるのが常だった。デュオはあっという間にトリオになり、三人が一緒にいるところを目にした者は、だれもが一つの家族だと見なした。ベスの言うところの〝大甘な二人の祖父〟は、新しくやってきた少女に夢中になり、二人の祖母は彼女を溺愛した。

　過渡期が終わったことをウィリアムが受け容れたのは、ベスを訪ねてきたフィッツモリーン美術館の同僚がこう言ったときだった。「ジョジョって、あなたにほんとにそっくりね」

「お世辞でも嬉しいわ」ベスはロスの妻のジョゼフィーヌがどんなに美人だったかを思い出しながら応えた。

　ロスはできるだけ間を置かずに娘を訪ねてきてはいたが、ダイアナの専属身辺警護官の任務を開始するに先立ち、広範囲に及ぶ事前訓練を受けていたから、望んでいるほど頻繁にというわけにはいかなかった。それでも、クリスマスには数日を何とかやりくりし、当日の朝には、人生でたった一人の女性へのプレゼントを大量に積み込んだ車でウィリアムの家に乗りつけた。そして、ジョジョにしっかり抱擁《ハグ》されたあと、子供たちに大きな箱を手渡した。興奮した三人は許可を得る手間すら省いて箱を開けはじめた。

「どうしてこんなに長いこと会いにこられなかったの、お父さん？」ジョジョが贈り物の包みを剝がしながら訊いた。

「教えてもいいかな？」ロスがウィリアムを見て訊いた。

「もちろんよ」ウィリアムに答える隙を与えることなくベスが言った。「でも、説得力のある言い訳をしたほうがいいわよ。若いレディは言い訳もないまま長く待たされるのを好みませんからね」

「皇太子妃殿下をお護りするための色々な訓練を受けていたんだよ」ロスが娘の隣りに胡坐《あぐら》をかくと、ささやくように言った。

「詳しく、もっと細かいところまで！」アルテミジアが祖父の口真似をしてせがんだ。

「六週間前から、雨のなかで後ろ向きに車を走らせたり、猛スピードで走っているときに急ブレーキを踏んでJターンする方法を勉強しているんだ」

「Jターンって何?」ピーターがパトカーの模型を箱から取り出し、振子を巻いて床に置きながら訊いた。パトカーは警光灯を点滅させ、サイレンを鳴らして走り出した。

「後ろ向きに走りながらUターンすることだよ」ロスは答えた。「そうすれば、正反対の方向に車の正面を向けてすぐに走り出せるだろ。それができるようにならなくちゃいけないんだ」

「ダイアナ妃はここに住んでるの?」ジョジョが〈レゴ〉の箱に印刷されているバッキンガム宮殿の写真を見つめて訊いた。

「もちろん、そうじゃないわよ」箱の中身を床に広げているジョジョに、アルテミジアが教えてやった。「わたしのお友だちはケンジントン・パレスに皇太子と、彼女のお世話をするロスと一緒に住んでいるの」

「拳銃は持ってるの?」ピーターが人差し指をロスに向けて訊いた。

「持っているけど、おじさんの前任者は妃殿下を護っているときに一度も拳銃を抜く必要がなかったそうだ」

「あなたもその必要がないことを祈りましょう」ベスが言った。

「前任者ってどういう意味?」土台になる大きな〈レゴ〉のピースを嵌《は》め込みながら、アルテミジアが訊いた。

「おじさんの前にその仕事をしていた人のことよ」ベスが説明した。

「ダイアナ妃はこれと同じようなパトカーを持ってるの？」ピーターが模型の捩子を巻き直しながら訊いた。

「もちろん、持ってるとも」ロスが答えた。「おじさんが運転手の隣りに坐って、ダイアナ妃は女官と一緒に後ろの席にいるんだ」

「女官って何？」ジョジョが〈レゴ〉の窓を持って、箱の蓋に印刷されている写真を確かめながら訊いた。宮殿には七百八十の窓があるのだから、いま手にしているのがどこの窓にあたるかを知るのは不可能に近かった。

「ダイアナ妃が公式行事に出席するとき、必ずついていく女の人のことだよ」ロスが説明した。「仲のいい友だちが務めるのが普通だな」

「わたし、女官になりたい」アルテミジアが言った。

「儀礼についてはどうなの？」ベスが悪戯《いたずら》っぽい笑みを浮かべて訊いた。「王室の人たちの前での振舞い方は教えてもらった？」

「お辞儀は腰を折るのではなく、うなずくようにしてする。呼びかけるときは必ず正しい肩書をつける。それから」ロスが顔を上げた。「王族への質問は一切許されない」

「それだったら、一方的な会話にしかならないわね」ベスは言った。

「街で女王に出会ったら、何て呼びかければいいの？」ジョジョが訊いた。

「お辞儀ではなくて、片足を引いて腰を屈め、〝女王陛下〟と呼びかけるんだ」ロスが答えたとき、アルテミジアは宮殿の正面のアーチウェイを完成させた。

「アルティーのお友だちのダイアナ妃はどうなの？」ジョジョがさらに訊いた。

「初対面のときは〝皇太子妃殿下〟、それからあとは、話をするときは必ず〝妃殿下〟をつける。そして、話が終わって別れるときは〝皇太子妃殿下〟に戻る」

「おはようございます、皇太子妃殿下」アルテミジアが立ち上がり、片足を引いて腰を屈めた。

「でも、アルティーのようにお友だちだったら」ジョジョが訊いた。「〝ダイアナ〟って呼んでもいいの？」

「とんでもない」ロスは身震いせんばかりの素振りで答えた。「彼女をクリスチャンネームで呼ぶことは、女官でさえ許されない」

「それなら、だれだったら許されるの？」ベスは訊いた。

「王族と近しい友人だけど、それも、自分たちだけのときに限られる」

「その決まりは女王にも適用されるわけ？」ベスは訊いた。「王族の内輪でなら〝エリザベス〟と呼んでもいいの？」

「皇太后とマーガレット王女、そして、フィリップ殿下だけじゃないかな。三人とも、女王を〝リリベット〟と呼んでいるんだ。もっとも、人前ではあり得ないけどね」

「彼らもお辞儀をしたり、片足を引いて腰を折ったりするの？」

「公式の場では、答えはイエスだ。朝一番と夜寝る前にもそうするんだと聞いているけどな」

「フィリップ殿下がベッドに入る前にそんなことをするとは、わたしには絶対に思えないけどね」ベスが言った。

「二人は寝室が別々なんだ」ロスがアルテミジアとジョジョに目を走らせながら言った。二人とも、自分の宮殿の建設に余念がなかった。自分の娘がここに馴染《なじ》み、家族の一員として自然に受け容れられているとわかって嬉しかった。

ロスはピーターがパトカーを後ろ向きに走らせ、半円を描いたあとで前に進ませる様子を見ながら立ち上がると、ベスが渡してくれたホットワインを受け取って言った。「どんなに感謝しても足りないな」

「わたしたちにとって、ジョジョはわが子同然よ。そのぐらい愛しているわ」ベスが言った。「だから、連れて帰ろうなんてこれっぽっちも思わないでね」

「その見込みは、ダイアナの仕事をしているあいだはほとんどないと思う」

「ダイアナ妃よ」アルテミジアがぴしりと注意した。

ベスが笑い、ウィリアムを見て言った。「ロスと情報交換したらどう？　わたしは七面鳥をやっつけることにするわ。だって、七面鳥が自分で自分を料理してくれるなんて絶対にあり得ないもの」

ロスがウィリアムの隣りの椅子に腰を下ろしたとたんに訊いた。「ブース・ワトソンだが、おれがいないあいだに胸壁から頭を覗かせたか？」

「狙い撃ちできるほどではなかったけどな」ウィリアムは乾杯の仕草をしながら認めた。「だが、何週間か前から毎金曜日の午前中に、依頼人と法律的な相談をしていることはもちろんわかっている。実は、おれたちへの攻撃を取りやめようとしているんじゃないかという気がしはじめているんだ」

「なぜ？」ロスが訝った。「やつに失うものはないんだぞ？」

「もしかすると失うものができたんじゃないかな」ウィリアムは答えた。「というのは、自慢のアート・コレクションがもうスペインのあの別荘の壁に掛かっていなくて、ガトウィック空港近くの美術品保管所に押し込められていることをフォークナーは知らないんじゃないかと、おれはそんな気がしてきているんだ」

「そうだとすると」ロスが言った。「ブース・ワトソンはフォークナーのヨットでイギリスへ出港した時点で、やつがいまも生きているのを知らなかったことになる。まあ、絶対にそうとは言えないけどな」

「時期をほとんど同じくしてフォークナーのスペインの別荘が市場に売りに出され、以来、値が上がりつづけている事実が加われば、話は別だ」

「ブース・ワトソンは何を企んでいるんだ？」

「われわれと同じく、フォークナーが鉄格子の向こうにできる限り長くとどまっていてくれるのを望んでいるんじゃないかな。鬼の居ぬ間に……」

「あの二人のどっちが悪党として性質《たち》が悪いのか、おれにはわからなくなってきたな」

「いい勝負だろうよ」ウィリアムは言った。「だけど、今度の件が法廷に持ち出されたら、すぐにもわかるはずだ」

「ところで、おれがいないあいだ、本隊は何をしていたんだ？」

「ミルナー警視及びその一味との熾烈《しれつ》な戦いの準備だよ。われわれの本当の目的に気づいたら、そのとたんに死に物狂いで反撃してくるはずだからな」

「第一ラウンドはいつ始まるんだ？」

「今度の火曜日に、おれとレベッカはバッキンガム・ゲートに、同時にジャッキーとポールはウィンザー城に、初出勤することになっている」

「あんたたち二人が大歓迎されるとは思えないが、そんなことは問題でも何でもなくなるかもしれないぞ」ロスが声を低くした。「先週、内々で説明を受けたんだが、王族を標的にしたテロの可能性があるらしい」

ウィリアムはうなずいた。「ホルブルック警視監が定期的にホークと連絡を取り合っているし、ロッカビーのあとだからな、リビアのパスポートを持ってヒースロー空港に降り立った者はだれだろうと手荷物受取場へたどり着く前に何時間も事情聴取され、大半は利用可能な最初の便で帰ることになるはずだ」

「ホークは喜ぶだろうな、まあ、彼が社会自由主義者でなければだが」ロスが言い、ジョジョが両開きの扉をきちんと嵌め込んで手を叩くのを見ながら訊いた。「ところで、敢えて訊かせてもらうが、気難しいご老体は元気か？」

「短気で御しにくいのは相変わらずだが、最近になって引退の話をしはじめているよ」

「ここへきて、自分の代わりをするにふさわしいだれかが見つかったということか？」

「ブース・ワトソンがおれたち二人を刑務所送りにしようと目論んでいないと仮定しての話だし、そのあともすぐにというわけではないだろうけどな」ウィリアムが言ったとき、ベスが戻ってきた。

そして、片足を引いて腰を折ってから告げた。「みなさま、昼食の支度が調いましてございます」

「でも、わたしたちの宮殿がまだ完成していないんだけど！」アルテミジアが言った。

「昼食のあとで、わたしたちで完成させましょう」ベスが約束した。「ほら、あなたのお父さんとロスおじさんが洗い物をしているあいだにね」

「また訓練に行かなくちゃならなくなって、洗い物は手伝えないかもしれないな」ロスが腰を上げてジョジョの手を取った。

「今度は一緒に行ってもいい？」ジョジョが父親に尋ねるのを聞きながら、ベスはみんなをキッチンへ連れていった。そこでは、ウィリアムが七面鳥を切り分けるナイフを砥いでいた。

「もっといい考えがある」キッチンのテーブルに着きながら、ロスが小声で言った。「明日、ロンドン動物園へ行くというのはどうだ、そうすれば――」

「アルティーとピーターも一緒ならね」

ジョジョが本当にウォーウィック家の一員になったことをロスが最終的に受け容れたのはそのときだった。

9

火曜の朝、ウィリアムとレベッカは予定より少し早くバッキンガム・ゲート四番の建物の前に着いた。何が自分たちを待ち受けているかわからなかったからだ。レベッカの言い方を借りるなら、二人ともやる気満々で、新しい任務を始める以上の準備ができていた。

壁の小さなキイパッドに打ち込む入室コードを知らなかったから、ウィリアムはドアをノックした。返事はなかった。もう少し強く叩いたが、やはり応答はなかった。三度目を試みようとしたとき、ドアが半分開き、男がチェーンを外さないまま二人をうかがった。熟睡していたところを起こされて、髭《ひげ》を剃《そ》る暇もなかったかのようだった。

「何だ？」男が不機嫌に訊いた。

「入れてもらいたい」ウィリアムは答えた。

「だれだ？」

「ウォーウィック捜査警部だ」ウィリアムは身分証を見せた。「きみは？」

「ジェニングズ巡査部長です。ご用は何でしょう、警部補？」

「警部だ」ウィリアムは鋭く訂正した。「まずはこのドアを開けて、私のオフィスへ案内してもらおう」

ジェニングズがチェーンを外して渋々ドアを開け、二人のよそ者をなかに入れた。そして先頭に立つと、長くて暗い廊下の所々にある明かりのスイッチを入れながら進んでいった。階段を地下へ下りると、じっとりした悪臭が鼻をついて、ほとんど人が足を踏み入れていないことを物語っていた。ジェニングズは一番奥のドアの前で足を止めたが、その部屋のドアの鍵を選び出すのにずいぶん手間取る体たらくだった。

「ここです」ようやくのことでドアを開けたジェニングズが言った。過去にここに入ったことがないのは明らかで、身震いしながら脇へ退き、ウィリアムとレベッカを部屋へ通した。

天井から電球が一つぶら下がっているその下に、手を触れただけでぐらぐらする合板の小さな机が一つとプラスティックの椅子が二脚置かれ、木製の棚が何台か去年の埃《ほこり》をかぶって並んでいて、一九八四年版の警察年鑑が一冊載っていた。

「ほかに何か?」ジェニングズが訊いた。もっと大事な仕事が待っていると言わんばかりの口調だった。

「きみは夜間当直だったはずだな、巡査部長?」

「はい」ジェニングズがおどおどと答えた。

「はい、サー、だ」ウィリアムは訂正した。

「はい、サー」ジェニングズが踵《かかと》を鳴らして弾《はじ》かれたように言い直した。

「まずは」ウィリアムは言った。「髭を剃り、ネクタイを締めて、上衣を着る。そのあとで、もう一度ここへ戻ってくるんだ」

「そろそろ当直が明けるんですが」

「明けようとしていた、だ」ウィリアムはまたもや訂正した。ジェニングズがよく聞き取れないことをつぶやきながら部屋を出ていった。

「もっとひどい朝一番も経験がありますよ」ジェニングズが廊下に出てドアを閉めると、レベッカが言った。「でも、学生時代ですけどね」

「あの巡査部長のことか、それとも、この部屋のことか？」

「両方です」レベッカが答え、部屋を見回した。「でも、少なくともそのうちの一つは短期間で改善できると思います」

「あいつら、こういうやり方でわからせようとしているんだ、既得権を侵害しようとする者をどう思っているかをな。おれたちが弱腰じゃないとわかるまでは、きっとこの地下室に閉じ込めておこうとするだろう」

「ご心配なく、班長。あの警視が姿を見せるずっと前に、ルノワール、ピカソ、マティスで壁を飾ります」

「それより、電話、ファイリング・キャビネット、ごみ箱のほうがいいな」ウィリアムは机の引き出しを開けていったが、どれも空だとわかっただけだった。

レベッカがアタッシェケースから手帳とボールペンを取り出してウィリアムに渡したとき、ジェニングズがゆっくり部屋に入ってきた。

「戻れ、巡査部長」ウィリアムは言った。「まずノックをして、私が入れと応えるのを待って入室しろ。そのときに自分の椅子を持ってくるのを忘れるな」

王室警護本部の仕事の初日がどういうものだったかを忘れないために、レベッカはジェニングズの顔に浮かんだ表情を写真に撮って記録しておきたかった。今回、ジェニングズは何もつぶやくことなく出ていった。

「面白がっていますよね、サー」レベッカは思いきって言ってみた。

「ジェニングズが本当にあのとおりの男だとしたら、今回の仕事はおれが当初思っていた以上に難しくなりそうだな」

ドアがノックされた。

「入れ」ウィリアムは応えた。

ジェニングズがドアを開けて入ってきた。坐り心地のよさそうな椅子を抱えていた。

「着席してよろしい、巡査部長」ウィリアムは言った。

ジェニングズが机の前に椅子を置いて腰を下ろした。ウィリアムは立ったままだったが、ジェニングズは第一ラウンドのゴングが鳴るのをコーナーのストゥールに浅く腰かけて待つボクサーのように身を乗り出していた。

「姓名と階級は？」

「もう名乗ったはずですが」ジェニングズが言い返した。

「またもや不服従か、巡査部長。賞罰記録に不利な記述がなされることになるぞ」

「なぜですか？　おれが何をしたというんです？」

「したからじゃない、しなかったからだ」ウィリアムは言った。「きみは夜間当直だったにもかかわらず、われわれが正面入口に着いたとき、明らかにまだ寝ていただろう。髭も剃らず、欠伸《あくび》をしていたのがその証拠だ」

ジェニングズが椅子の上でそわそわと身じろぎした。

「姓名と階級は」ウィリアムは改めて訊いた。

「姓名はレイ・ジェニングズ、階級は巡査部長です」

「警察官になって何年だ？」

「六年です」

「六年です、サー、だ。現在の立場は？」

「皇太子専属警護班の第三警護官です、サー」

「その班のあとの二人はだれだ？」

「王室警護本部長のミルナー警視と、次席のレナルズ警部補です」ジェニングズは〝本部長〟を強調した。

「その二人のどちらかが出勤してくるのは何時だ？」

「火曜日ですから、レナルズ警部補は午前十時ごろに出勤されるのが普通です」

「十時ごろ？」

「週末に仕事があり、次の週の午前中に皇太子殿下に予定がない場合は、あまり早くきても大して意味はないようです。いずれにしても、国内にいるわけですし」

「ミルナー警視は？」

「今日向かわれるのがバッキンガム宮殿なのかウィンザー城なのかまったくわかりませんが、到着され次第、あなたがここへ見えていることを知らせます」

「きみは？」

「今週はずっと夜間当直だったので」ジェニングズがまた欠伸を嚙み殺した。「帰ろうとしていたところでした」

「帰る前に、きみの勤務日誌のコピーが欲しい。それと、きみの人事を承認する担当者の名前を教えてもらいたい。今度だらしない服装をしていたり、髭を剃っていなかったりしたら、巡査部長から巡査に降格して地域巡回に戻ることになるぞ」ジェニングズがとたんに坐り直して背筋を伸ばし、顔から不機嫌な表情を消した。「退勤していいぞ、巡査部長」

ジェニングズが立ち上がり、椅子を持って出口へ向かおうとした。

「椅子は置いていけ、ジェニングズ」

ジャッキーとポールは同じ日の朝早い時間にウィンザー駅の前で落ち合い、通勤者——城のほうへ向かう者はいなかった——の小グループに交じった。ポールはいつになく口数が少なく、ジャッキーと同じく、多少なりと緊張していることを示していた。八時前に城の門の前に到着すると、衛兵に呼び止められた。やってくることを明らかに知らないようだった。

ジャッキーは身分証を見せ、渋々開けてもらった門をくぐると、ポールと一緒に、少し前に観光客を装って偵察にきたときに特定しておいた警護官宿舎へ向かった。ためらいなく本部へ入っていくと、きちんとした服装の若い女性が机に向かって帳簿の数字を検めていたが、ジャッキーとポールを見たときは衛兵以上に驚きを顔に浮かべた。

「何かご用ですか？」彼女が訊いた。

ジャッキーはふたたび身分証を提示したが、待たれていなかったとわかって安堵《あんど》した。

「スマート巡査です」女性がすぐさま起立して名乗ったが、二人がここへきた目的は明らかに知らない様子だった。

「今朝、勤務している警察官はあなただけなの、巡査？」ジャッキーは訊いた。

「そうですが」彼女が身構えた口調で答え、そのうっかり犯した過ちを取り返そうとして付け加えた。「火曜の午前中に王室の行事がない限り、昼食前に出勤する者は多くないんです」

それをよしとしない色が声にあるのをジャッキーは聞き逃さず、時間はかかるかもしれないがスマート巡査は役に立つ味方になってくれるかもしれないという気がした。

「コーヒーをお持ちしますか、巡査部長？」スマート巡査が丁重に訊いた。

「ありがとう」ジャッキーは彼女の隣りに腰を下ろし、ポールに背中を向けた。

ポールはジャッキーの意図を察知し、自分たちが使うことになるかもしれないオフィスの探索に向かった。机が一つと掃除道具収納キャビネットが一つあるだけだとわかった。それでも、戻ってみるとジャッキーがスマート巡査と二杯目のコーヒーを楽しんでいたから、とりあえずはよしとすることにした。

ロス・ホーガン捜査警部補は、七時五十分に正面玄関のドアベルを鳴らした。数分後、ドアが開き、先日と同じ、きちんとした服装の無髭《むぜん》の男が姿を現わした。明らかにロスを待っていた様子だった。

「ケンジントン・パレスへようこそいらっしゃいました、警部補」執事が言った。「どうぞ、お入りください。妃殿下は自室で朝食をお召し上がりになっています。九時前にお出ましになることはまずありませんから、時間があるあいだにここをご案内させていただくというのはどうでしょう？　手始めに、あなたの居住区画へ参りましょうか。最上階です」

「私の生まれたところでは」ロスは言った。「〝屋根裏〟と呼んでいますよ」

警部補を先導して上階へ向かっているバロウズが笑って言った。「ここのあなたの住まいが多少狭いことは認めますが、手持無沙汰なときはいつでも厨房《ちゆうぼう》へいらしてください。私がお相手します」そして、部屋のドアを開けた。そこはこれまでロスが暮らしたどのフラットよりも広かった。隅にシングルベッドが一つ、目立たないように置かれていた。

「夜遅く戻ってきて、翌朝早くに仕事があるときにここを使ってください」バロウズが説明した。「それは珍しくないんです。すぐにわかると思いますが、妃殿下はひばりではなくて梟《ふくろう》ですから」

ロスはうなずき、部屋を見回した。しつらえが完璧なのが意外だった。机の上の手書きのカードを手に取ってみると、一言、〝ようこそ〟と認《したた》められていた。

「何とお呼びすればいいでしょう？」バロウズが慇懃《いんぎん》に訊いた。

「ロスで結構です」そう答えてワードローブを開けると、十二本のコートハンガーがレールに掛かっていた。

「それはできません。警部補か、サーか、どちらかでお願いしたかったんですが」

「ロスでお願いしたかったんですが」

「わかりました、ロス。私のことはポールでお願いします。ですが、妃殿下の前では駄目ですよ。来週の仕事の予定はコピーして机に置いてあります。今日の妃殿下はドーチェスター・ホテルで心臓病のための慈善昼食会に出席されることになっています。会場はすでに先遣隊が下調べを完了しています。いずれは、それもあなたの仕事になるはずです。ですが、屋内に閉じ込められて——妃殿下の言い方です——いるときは、いつでも休憩して構いません」バロウズが机の引き出しを開け、分厚いファイルをロスに渡した。「あなたの教科書です、ロス。どんな質問であれ私も答えるようにしますが、それはあなたがこの教科書での勉強を終えたあとです。失礼ですが、警察官にしては普通でないほどいい服装をしておられますね」

「亡き妻のおかげですよ」ロスは言った。「フランス人で、イギリス人の服装のセンスを評価していませんでした。高級な料理やいいワインを評価する能力の欠如についてはもっと手厳しく、レディの遇し方に至っては完全に匙《さじ》を投げてしまっていました」

「妃殿下があなたを気に入られたのも不思議ではありませんね」

ロスもバロウズも声を上げて笑った。二人の男がお互いを知りはじめた笑いだった。

「着替えを二着、常に手元に置いておいてください」バロウズがつづけた。「公式な場ではスーツですが、冠婚葬祭の場のためのモーニングと、夜のディナー・ジャケットが必要です。一日に全部が必要になる場合もときどきあります」

「何とかなりませんか」ロスは言った。

「気の毒ですが、どうにもなりません。そういう衣装をお持ちではないかもしれませんが、揃える手伝いはできます。サヴィル・ロウの〈キャシディ・アンド・キャシディ〉へ行けば、ミスター・フランシス・キャシディが万事遺漏なく調えてくれますし、請求書をどこへ送ればいいかも心得ています」

「本当にそこまでする必要があるんですか？」ロスは訊いた。「スーツならきらんとしたものをすでに二着持っているし、ディナー・ジャケットも――」

「気の毒ですが、それでは駄目なんです。場違いに見えることは厳禁ですからね。そこに溶け込んで、だれもあなたに見向きもしないようにしなくてはなりません。あなたが妃殿下の警護官であることがあからさまになってはまずいんです」

ロスは自分用になった新しい机に着くと、〝厳秘〟と記されたファイルを開いた。

「私はそろそろ妃殿下の朝食を下げに行かなくてはなりません。そのときに、最初の外出のための衣装をどうするか助言して差し上げるんです。セカンド・オピニオンを求められるのが常なものでね。あなたが到着されたこともお知らせします」

「皇太子殿下もそこにいらっしゃるんですか？」

「すぐにわかるでしょうが、ロス、ここには訊かないことになっている質問がいくつかあるんですよ」

ウィリアムの机の電話が鳴りはじめた。受話器を取ると、怒鳴るような声が聞こえた。

「すぐにおれのオフィスへこい」

その声の主がだれかは訊くまでもなく明らかで、ミルナー警視のオフィスは地下にはないはずだった。

途中、二回ほどミルナーのオフィスの在処《ありか》を尋ねたあと、ついに三階のドアの前に立った。大きな金文字の表札が迎えてくれた。

ブライアン・ミルナー警視――王室警護本部長

ノックをし、「入れ」という居丈高な返事を聞いてからドアを開けた。足を踏み入れた部屋はバッキンガム・ゲートよりもバッキンガム宮殿にふさわしいほど優雅な調度で整えられ、壁には様々な王族と撮ったミルナーの、まるで近しい友人であるかのような印象を与える写真が掛けられていた。

「坐れ、ウォーウィック」ミルナーが歓迎のかけらも感じさせない口調で言い、ウィリアムが腰を下ろしもしないうちに付け加えた。「勤務明けのおれの部下を叱りつけてくれたそうだな」

「ジェニングズ巡査のことを言っておられるのなら、サー、私が今朝七時四十四分にここへ到着したとき、彼はいまだ当直中であるにもかかわらず、だらしない服装で、髭も剃っていませんでした。私は叱りつけたりはしていません。警察官として勤務しているときの態度と外見をどう感じたかを明確に伝えただけです」

ミルナーの表情が、自分より階級が下の者からこういう物の言われ方をするのに慣れていないことを明らかにしていた。「憶えておいてもらいたいものだが、ウォーウィック、あいつらはいまもおれの部下で、おまえの部下じゃない」そして、しばらくウォリアムを睨みつけてから付け加えた。「もちろん、警部、おまえがおれの仕事を狙っているんなら話は別だがな」

「あなたの仕事に興味はありません、警視、私は自分の仕事をするだけです」

「正直なところ、ウォーウィック」ミルナーが言った。「見当がつかないで当惑してるんだが、おまえのここでの仕事は何なんだ?」

「ここの仕事に関して何らかの改善が可能かどうか、包括的な報告書を作成するよう警視総監から指示されています」ウィリアムは内ポケットから封筒を取り出してミルナー警視に渡した。

「いいか、警部」同封されていた指示書を読んで、ミルナーが言った。「ここのすべてが円滑かつ公明正大に運営されていると報告することにしかならないとおれは確信している が」容疑者が後悔することになる一言を吐くのを常に待て、というのがホークの教えだった。「何であれ手伝えることがあれば喜んでやらせてもらう」そして、つづけた。「だが、率直に言わせてもらうなら、時間を無駄にするだけだと思うがな」

「そうであることを祈りましょう、警視」ウィリアムは応えた。「ところで、パンクハースト捜査巡査と私が清掃員でないことを示せるオフィスを手に入れることは可能ですか?」

「いまは空いている部屋がない」

「あなたの部下の巡査の一人の部屋を——」

「無理だ」ミルナーが即座に撥ねつけた。

「秘書も必要です」ウィリアムは引き下がらなかった。「筆記と同様にタイプが打てなくては駄目です。バッキンガム・ゲートのあなたのスタッフ六十三名全員と、ウィンザーにいるスタッフの聴き取り調査をしなくてはなりませんから」

「本当にそんなことが必要なのか?」ミルナーが訊いた。口調が大人しくなっていた。

「考えてもみろ、おれの部下は厳しいスケジュールに追われているし、思い出させるまでもないと確信しているが、王族というのは公務の時間が常に流動的だ」

「仕事の邪魔にならないように努力します」ウィリアムは保証した。「しかし、意味のある報告書を完成させて警視総監に提出するためには——」

「提出する前に、おれが目を通す」ミルナーがさえぎった。

「もちろんです、サー。進展は常にあなたに報告します。きっとあなたの部下も同じことをするのではないですか」

「ほかに何かあるか、ウォーウィック？　ないのなら、仕事に戻りたいんだがな」ミルナーが素っ気なく訊いた。

「あります、サー。この調査のあいだ、私のチームの二人、アダジャ捜査巡査部長とロイクロフト捜査巡査部長がウィンザー城に詰めることになります、今朝の二人が私よりましな歓迎をしてもらったと思って構いませんか？」

「おまえがくることを知っていたら、警部、おれ自らがここで待っていて歓迎したさ」ミルナーは苛立《いらだ》ちを隠そうともしなかった。

「私がくることをあらかじめあなたに知らせていたら、目的が損なわれたはずです」ウィリアムは怯《ひる》まなかった。

「目的とは何なんだ？」

「あなたが率いるこの王室警護本部が、警視総監の言葉を借りるなら、本来あるべき形で活動していると証明すること、それだけです」

「断言してやるが、それを改めて確認することになるだけだ。だが、調査とやらを始める前にわかっておいてもらわなくてはならないことがある。それはこの王室警護本部は独特な存在で、通常の規則は適用されない。われわれは王室のみに対応し、王室以外には対応しない」

「われわれはみな女王の僕《しもべ》です、警視。しかし、私はホークスビー警視長にも対応します。そして、私の報告を警視総監に中継してもらいます」

ホークの評判をよく知っていることを、ミルナーの表情が物語っていた。

「おれたちはきっとうまくやれると、そう確信しているよ」ミルナーがいきなりいじめっ子からおべっか使いに変わった。「そうだよな、ウィリアム？」

「ウォーウィック警部です、サー」ウィリアムは訂正した。

「おれが日々、どんなに難しいことに当たり前のように向き合わなくてはならないか、それをわかってもらわないとな」

「全員がそういう難しいことについて詳しく、細かいところまでしっかり説明する機会を確保できるよう最善を尽くします、サー」

「そういう態度に出るのなら、ウォーウィック、おれの上司はホークスビー警視長より階級が上だということをしっかり憶えておいたほうがいいぞ」ミルナーはほとんど冷静を保つ限界にきていた。

「警視総監より上ではありませんよね」ウィリアムは言った。「このことについてのあなたの考えを、私の上司に必ず伝えさせてもらいます」

「退がっていいぞ、ウォーウィック」ミルナーが机の電話に手を伸ばした。「これからおまえの上司の警視長と話すから、腰を落ち着けてもらっちゃ迷惑だ。どのみち、今日はスコットランドヤードに戻るんだろう」そして、ウィリアムに向かって出ていけと手を振りながら、電話の送話口に怒鳴った。「スコットランドヤードのホークスビー警視長につなげ」

「失礼します、サー」ウィリアムは退室すると、静かにドアを閉めた。地下のオフィスへ帰ってみると、どうやったのかはわからなかったが、レベッカが紙を何箱かとタイプライター、そして、ファイリング・キャビネットまで徴発してきていた。

「どうでした？」彼女が訊いた。

「もっと悪くなっても不思議はないが」ウィリアムはミルナーとの会話を再現したあとで言った。「どこまで悪くなるかは想像がつかないな」

「それはわたしたちが昼食休憩に間に合うようスコットランドヤードへ戻れるということですか？」

「ホークが昼食休憩にいい顔をしないことは、きみもよくわかってるだろう」ウィリアムは机に向かって腰を下ろし、電話が鳴るのを待った。

10

「本件は理論的には至って単純明快だが」サー・ジュリアンが陪審員に呼びかけるときのように上衣の襟を引っ張り、オフィスを行きつ戻りつしながら宣言した。「現実には」そして、一拍置いてからつづけた。「検察側が無視できない変則的かつ実際的な問題が一つないし二つある」

グレイスもクレアもリーダーをさえぎることなくメモを取りつづけた。

「まずは本件の事実から始めよう。被告マイルズ・フォークナーは母親の葬儀に参列しているときに警察の手を逃れて逃走し、数か月後には彼自身の死を警察に信じさせるべく自らの葬儀を行なった」

「ミセス・フォークナーは彼の遺灰の提供まで申し出ました」クレアが言った。「ですが、その遺灰からだれのＤＮＡであるかを特定する技術はまだ確立されていないと、わたしが彼女に説明しました」

「フォークナーはそのことを熟知していたはずだ――そうでなければ、遺灰をミセス・フォークナーに渡したりはしなかっただろうからな」サー・ジュリアンは言った。「しかし、フォークナーが予期し得なかったのは慧眼《けいがん》の女性警察官である――」そして、机の上のノートを見下ろして名前を確認してからつづけた。「――レベッカ・パンクハースト捜査巡査だ。彼女はフォークナーの弁護士、ミスター・ブース・ワトソンがヒースロー空港の出発ラウンジでバルセロナ行きの便を待っているのを目撃した。パンクハースト捜査巡査は自分の休暇をいったん取りやめ、ブース・ワトソンに気づかれることなく、彼の搭乗便に同乗した。スペイン国家警察の協力のおかげで」サー・ジュリアンの足は依然として止まらなかった。「スコットランドヤードはフォークナーの追跡に成功した。彼はカタルーニャの州都から数マイルの大きなカントリーハウスに隠れて暮らしていた。彼は今度も警察の手を逃れることに成功したかもしれなかったが、パンクハースト捜査巡査に負けず劣らず有能な警部補――皮肉にも彼がフォークナーの命を救うことになったのだが――に阻止された。しかし、本件が単純明快でなくなった要因の一つ目は、まさにそれなんだ。クレア、情報を更新してくれ」サー・ジュリアンはそう言うと、今度は娘のグレイスを見て付け加えた。「一方で、グレイス、おまえは私の下級法廷弁護士として敵役を演じ、ブース・ワトソンの立場になって考えてくれ」

「狡猾で道徳基準を持たず、陪審員に呼びかけるとなると妙に愛想のいい魅力を発散させる、とそういう理解でいいんですね？」

「完璧だ」サー・ジュリアンは答えた。

「ウォーウィック捜査警部とホーガン捜査警部補からの聴き取りはすでに行ないました」クレアが報告を開始した。〝ご子息〟という言葉は使わなかった。「フォークナーは逃走を企てているときに意図に反してあの隠れ処に閉じ込められてしまい、自分が助けなかったら窒息していたはずだ、というのがホーガンの主張です」

「そこまでは私も信じられるが」サー・ジュリアンは言った。「それ以外の部分は信頼性が薄弱なように思われる。まあいい、つづけてくれ」

「ホーガン捜査警部補はつづけてこう主張しています——隠れ処から引っ張り出したとき、フォークナーはまだ生きていた。スペイン国家警察のサンチェス中尉がマウス-トゥ-マウスの人工呼吸を施してくれたおかげで、フォークナーは意識を回復し、かかりつけ医に診てもらいたいからロンドンへ連れて帰ってくれと言ったあとで、ふたたび意識を失った」

「そこが説得力が足りないんだ」サー・ジュリアンが言った。「ブース・ワトソンはホーガンを証人として呼び、すぐさま彼の証言にいくつかの穴を見つけるだろう。その最たるものが、フォークナーのプライヴェート・ジェットを徴発し、彼の口頭の許可なしでロンドンへ戻ることがどうして可能だったか、だ」

「でも、ホーガン警部補はハーレー・ストリートのフォークナーのかかりつけ医の名前をわたしたちに明らかにしているわ」グレイスが言った。

「ホーガンは危ない橋を渡るのを厭わないからな、ハーレー・ストリートに賭けて、運よく勝ったんだ」

「残念ながら、サンチェス中尉もウォーウィック捜査警部も、フォークナーとホーガンのあいだでそのやりとりがあったことを確認できていません」クレアがつづけた。「そして、その時点ではホーガンの言い分を信じたということです。ウォーウィック捜査警部が自分たちのやったことの重大さを考えはじめたのは、フォークナーをイギリスへ連れ戻して刑務所へ返したあとのことでした」

「わたしたちが憶えておくべきは」グレイスが言った。「フォークナーはホーガン警部補の妻の悲劇的な死の当事者であり、ホーガンの判断は法律用語でいうところの　時的心神耗弱によるという可能性があることよ」

「ブース・ワトソンのほうは一時的もへったくれもないだろうな」サー・ジュリアンは言った。「ホーガンが証人席に入るや、すぐさま〝拉致〟を持ち出すに決まっている。首都警察の手引書がその手段を推奨しているとは、私には思えない」

「そして、そのあとには少なくとも五十万ポンドの価値のある、フランス・ハルスの肖像画の窃盗を持ち出すでしょうね」グレイスが付け加えた。「オープニングに皇太子妃が臨席され、一般公開されるはずの展覧会に展示されることになっている名画よ」

「そして、会場はフィッツモリーン美術館」グレイスが言った。「偶然ですが、ウォーウィック捜査警部の妻が絵画管理者に昇進したばかりの美術館です」

「ブース・ワトソンはそれを偶然とは見なさないし、〝絵画管理者〟という単語を陪審員の耳にたこができるほど繰り返すに決まっている」サー・ジュリアンは言った。「何かいい知らせはないのか？」

「展覧会が終わるまで裁判が開かれず」クレアが言った。「絵が本来の所有者に返されてしまえば、その問題は自然に解決する可能性があります」

「本来の所有者がだれであれ」サー・ジュリアンの額の皺《しわ》がさらに深くなった。「それがわれわれの主張をどう利してくれるんだ？」

「あの絵は自分が所有するものだと宣言する、ミセス・クリスティーナ・フォークナーの署名入りの宣誓供述書があります」クレアが答えた。「したがって、彼女にはだれであれ自分がよしとする相手にあの絵を貸し出す権利があることになります」

「残念ながら、彼女が敵になるか味方になるかは、本人が証言するまでわからないでしょう」グレイスが言った。「ブース・ワトソンのほうが自分の得になると彼女が考えるかもしれないし、そうだとしたら、わたしたちは敢えて危ない橋を渡るべきじゃないわ。それに、いずれにせよ、そのときにはもう手遅れかもしれないし」

「私もおまえの言うとおりだと考える」サー・ジュリアンは言った。「自分たちの立ち位置を守るということについては、われわれはすでに強固ではなくなっているんだ。まあ、それは」そして、時計を見た。「二十分後に予定されている裁判前の予備的な話し合いの場で、ブース・ワトソンが間違いなく指摘してくるだろうがな」

「これはわたしの勘だけど」グレイスが言った。「フォークナーが脱獄後も連絡を取りつづけ、彼の葬式まで入念に計画して実行してみせたことを思うと、フォークナーを針から外す取引にブース・ワトソンは喜んで応じるんじゃないかしら」

「そうであってくれるといいんだが」サー・ジュリアンが言った。「それでブース・ワトソンが拉致と窃盗を持ち出すのをやめさせられるだろうか？」そして一瞬口をつぐむと、自分の机から一枚の紙を取り上げて宣言した。「われわれが考慮すべき、敵側の立場に立っての希望事項表《ウイッシユリスト》を作っておいた」

「わたしも作りました」クレアが罫線《けいせん》の入った黄色い用紙を一枚、開示合意文書の束から抜き出した。

「よかった。比較してみましょう」グレイスが言った。

「一つ目」サー・ジュリアンが口を開いた。「ブース・ワトソンは本件の裁判が公開の形で行なわれることを要求するはずだ。ウォーウィック警部の有罪を証明する証拠のすべてが公になるからだ。そうなれば、タブロイド新聞全紙が一面でそれを扱うに決まっている。犯罪者を鉄格子の向こうへ送る以上に新聞が喜ぶことが一つあるとすれば、警察を攻撃することだからな」

「裁判官は大衆紙《レッドートップ》に影響されないわ」グレイスが言った。

「だが、陪審員は影響される」サー・ジュリアンは言い返した。「それから、彼らの大半は〈ガーディアン〉を読まないことを忘れるな」

「だけど――」グレイスが再反論しようとした。

「したがって」サー・ジュリアンは娘に自説を述べる隙を与えることなくつづけた。「執行猶予と引き換えに、より軽微な容疑で有罪を認めるようブース・ワトソンがフォークナーに助言しても驚かないことだ」

「それはないんじゃないかしら」グレイスが言った。「そんなことになったら、フォークナーの刑がそんなに軽いものになった理由を新聞が知りたがらずにはいないはずだもの」

「二つ目」サー・ジュリアンが言った。「盗まれた絵のことを持ち出さない代わりに、ブース・ワトソンはフォークナーの現在の刑期を五年に半減することを要求してくるはずだ。それは、模範囚でいれば約一年で自由の身になることを意味する」

「ホーガンはフォークナーを隠れ処から助け出すべきではありませんでしたね」クレアが自分のリストに新たなチェックマークを入れながらつぶやいた。

サー・ジュリアンはそのコメントを無視して要約を開始した。「というわけだから、われわれがいま直面しているのは、検察側は脱獄を理由にフォークナーの刑期を倍増する判決を求め、被告側は拉致と窃盗を持ち出さないことと引き換えに最新の容疑を取り下げさせようとすると同時に、フォークナーが有罪を認めることで現在の刑期を半減させようと――しかも、新聞に絶対に何も知られることなく――するはずだ、という状況だ。こういう状況で、被告側の目論見を阻止するために、われわれにできることは何か？　なぜこんなことを訊くかというと、現時点で私に提案できることが多くないからだ」

「さっきも言ったけど」グレイスが答えた。「ブース・ワトソンにも一つか二つ、公開の法廷で持ち出されたくない、自分自身にまつわる問題が絶対にあるはずよ」

「おまえが陪審員に呼びかけることがあるかもしれないから、そうなった場合に備えて、その主張をしっかりと準備しておくんだ」サー・ジュリアンが上衣の襟を引っ張りながら指示し、ふたたび部屋を歩きはじめた。

「もしブース・ワトソンがフォークナーの葬式芝居に参加していたら――それはウォーウィック捜査警部が確認してくれるでしょう――、そして、そのあとでフォークナーに会いにバルセロナへ飛んでいたら――パンクハースト捜査巡査が目撃しているわ――、フォークナーが依然として生きていることを最初から知っていたに違いなく、それは一九六七年に制定された刑法に基づけば、犯罪人の逃亡を幇助《ほうじょ》し、教唆したことを意味します。わたしたちがそれを証明できたら、警察はその行ないについて予備捜査を開始するしかなくなるし、その結果を控訴局と法廷弁護士評議会に報告することになる。そうなれば、ブース・ワトソンは最終的に除名される可能性があるし、犯罪謀議の容疑で逮捕される可能性までであるはずよ。さらに言えば、フォークナーどころかほかのだれをも弁護する資格を失うことになるわ」グレイスが自説を述べた。

サー・ジュリアンがそれを少し考えてから言った。「私はブース・ワトソンが大嫌いだが、われわれがあそこまで下劣にならずにすむことを祈ろう」

「たとえわれわれが下劣なことをしたとしても」クレアが言った。「ブース・ワトソンには到底及びませんよ、それには絶対の確信があります」

ロスはジャガーの助手席に静かに坐っていた。後部席では皇太子妃とレディ・ヴィクトリア・キャンベルが楽しそうにお喋りをしていた。皇太子妃に公式に随伴するのは初めてで、それを思うと、緊張と不安が表に出ないよう努力しなくてはならなかった。

すでに今朝早い時間にドーチェスター・ホテルを訪れ、先遣検分官と情報交換をすませてあった。二人でルートを歩いて、皇太子妃が一歩たりと予想外の方向へ進まないよう改めて確認し、さらにそのあとで、探知犬が独自のやり方で検分を行なっていた。

先遣検分官は名指しこそしなかったがＶＩＰが客として訪れることをホテルの支配人に告げ、何であれ情報漏れがあったら行事は中止されて、直ちに別の会場へ移動することになる、と全員に警告していた。それによって、関係者の一人一人の口を例外なく封じられるはずだった。

検分チームが皇太子妃が建物に出入りするときの予定経路を検め、万一緊急事態が生じた場合に取り得る経路を選び出そうとしているところへ合流したロスは、皇太子妃が個人的な電話をする必要に迫られた場合に備えて固定電話のある専用の部屋と、彼女だけが使える洗面所も確保するよう要求した。

すべてが満足できる形で完了するや、最近馘首《かくしゅ》された従業員はいないか、一般社会にわかる形でこの日を台無しにしてやりたいと思うほどの不満を抱いていそうな者はいないかを支配人に訊いた。そして最後に、緊急に脱出しなくてはならない事態に備えて、脱出用の車両がすぐさま走り出せるよう準備を整えていることを確認した。運転手は近道をするのが好きで、医師も同乗していた。

ロスが引き揚げたあと、もう一度すべてをおさらいするために、第二次先遣隊が午前中の早い時間に到着しているはずだった。監視も警戒も見るからに物々しくはなかったから、一般市民がそれに気づく心配はなかったが、招待状と最近の顔写真付きの身分証なしではだれも正面入口を通り抜けられなかった。ロスは信頼できる筋から聞いていたのだが、皇太子妃との昼食会にやってきた有名スターのビリー・コノリーでさえ通過できなかったことがある、厳しいやり方だった。

それでも、万全の備えをしても想定外の何かが起こる可能性が常にあることは全員がわかっていた。そういう事態が生じたら、プロが〝迅速な決断〟と呼ぶ対応をロスがすることになっていたが、それは警護官にとって悪夢中の悪夢だった。自分一人で決断しなくてはならないし、自分の職業人生が懸かることになりかねないからである。アン王女の乗った王室の車がザ・マルでテロリストに襲われたときに、彼女の専属身辺警護官が〝迅速な決断〟を余儀なくされたことがあったが、彼にとってもアン王女にとっても運がよかったことに、それは正しい決断だった。彼はジョージ十字勲章を授与され、最終的には女王の専属身辺警護官に昇任した。しかし、自分のときにそんな事態が生じないことを、ロスはいまも願っていた。

車がドーチェスター・ホテルに近づくにつれて、建物の前の舗道の大群衆が見えてきた。皇太子妃の到着をいまかいまかと待っているのだった。車がボールルームの正面入口で停まるや、ロスは助手席を飛び出し、自分が警護すべき人物のために後部席のドアを開けた。舗道に降り立ったダイアナを、大歓声とカメラのフラッシュが迎えた。

注意するよう前任者から教えられていたのだが、それからの数分、ダイアナが立ち止まって一般市民の何人かと言葉を交わすときが、専属身辺警護官にとって最も緊張しなくてはならないし、油断してはならない時間帯だった。ロスは群衆を見渡した。彼らの九十九パーセントは無害だとしても、わずか一パーセントとはいえ、そうでない者を見過ごすわけにはいかなかった。手を振りもしないし歓声を上げてもいないだれか、スコットランドヤードに保管され、ロスの記憶に永久に刻み込まれた顔写真に酷似しているだれか、明日の新聞の一面を飾りたいと願っているだれかである。〝過執着〟と分類される一握りの個人、たとえば狂信者、思い込みに囚われている者、聴く気のない聴衆にまで自分の意見を押しつけたがっている熱狂的な共和制論者までもがそこに含まれていた。

インペリアル・カレッジの高名な教授で心胸郭手術の権威、サー・マグディ・ヤコブが、舗道でダイアナを出迎えた。皇太子妃は彼の仕事の長年の支援者だった。

歓迎が終わると、サー・マグディはダイアナを先導してホテルへ入った。そこでは慎重に選ばれた支援者と篤志者が長い列を作って、三十分前から辛抱強く彼女を待っていた。ダイアナはゆっくりと進みながらいちいち足を止めて一人一人と時間をかけて言葉を交わし、最後に若い看護師から恒例となっている花束を贈られた。ダイアナは上品な笑顔でそれを受け取って女官に預けると、さらに二十分、列に並ぶことができなかった者たちの何人かと歓談した。

彼女の行く手をさえぎろうとする者はいないか、手を握っている時間が少し長すぎる者はいないか、ロスは注意深く目を光らせつづけた。午前中に先遣検分チームが安全確認を終えているとしても、一秒たりと気を許す余裕のないことはわかっていた。

一時になる直前に銅鑼《どら》が鳴り、パーティの司会者が一歩前に進み出たと思うと、先任軍曹さながらの大きな声で、午餐会《ごさんかい》の席が整ったので食堂へ向かうよう招待客を促した。

ダイアナは招待客全員が部屋をあとにするのを待ち、サー・マグディだけがそこに残って、司会者がさらなる知らせを告げるのを待った。

「皇太子妃殿下がご入室になります。案内役は本日の座長のサー・マグディ・ヤコブです。みなさん、どうぞご起立ください」

四百人の招待客が起立し、皇太子妃が上座のテーブルに着いて席に腰を下ろすまで拍手をつづけた。これほどまでに崇拝されたら、その気になるなと言うほうが無理ではないだろうかと、ロスは改めて思った。

目は休むことなく部屋を見回しつづけた。混み合う室内では、大勢の招待客が、自分がここにいる興奮を隠せずにお喋りをしていた。二度、坐って昼食をとることを勧められたが、どちらも丁重に断わり、そこにとどまって警護対象から数歩以上離れないようにしつづけた。自分が舞台の中央に出て主役を演じる必要がないことを願った。

ダイアナがスモークサーモンを味わいながら上座のテーブルの隣人と話しているあいだ、ロスは油断なくウェイターを監視しつづけた。ロシアでは、ウェイターこそが最大の脅威と見なされていた。

最後の料理が下げられてコーヒーが運ばれるや、慈善事業についての座長の紹介を皮切りにスピーチが始まり、そのあと主賓を歓迎する言葉がつづいた。司会者が小さな講演台をダイアナの前に置き、女官が原稿を手渡した。皇太子妃は今朝一度目を通しただけで、個人的なコメントを一言か二言付け加える時間しかなかった。

　招待客はダイアナの言葉にうっとりと聴き入り、彼女の冗談に声を立てて笑い、彼女が着席するや立ち上がって拍手を送った。政治家でもこれほどの経験をした者はほとんどいないはずだった。皇太子と結婚していなかったらまったく違う人生になった可能性を彼女は考えたことがあるだろうかと、ロスはまたもや思わざるを得なかった。

　ようやくチャリティ・オークションが始まった。競売人がロイヤル・アルバート・ホールの夏の音楽祭、プロムス最終夜のボックス席からウィンブルドンの女子準決勝の特等席《ディベンチャー・シート》のチケット二枚まで、すべてを言葉巧みに誘導して、招待客の財布の紐《ひも》を緩めさせていった。最後の品物が落札されたあと、競売人がこのチャリティの売上金額が十六万ポンドに達したことを明らかにし、さらなる大きな拍手をもって迎えられた。皇太子妃が身を乗り出し、競売人の耳に何事かをささやいた。

「みなさん」競売人がマイクロフォンに向き直って言った。「このチャリティに千ポンド以上の寄付をしてくださる気前のいい方には、その方のテーブルクロスに皇太子妃殿下がサインをしてくださるとのことです」

　数本の手がすぐさま勢いよく挙がった。皇太子妃はロスを連れて、女官から渡された黒のフェルトペンを手にテーブルからテーブルへ移動し、白いリネンのテーブルクロスと、五百ポンドを寄付した招待客のためにたくさんのナプキンにサインをしていった。

皇太子妃がようやく上座のテーブルに戻ると、寄付金額がさらに四万二千ポンド増え、総額で二十万二千ポンドになったことが知らされ、全額が心臓の手術が必要な恵まれない子供たちのために使われることが宣言された。

ふたたび招待客が起立し、それは皇太子妃が退出する合図だった。ロスは一歩前に出て、皇太子妃がだれにも邪魔されることなく確実に正面入口へ戻れるよう道を確保し、先導役を務めた。彼女は競売人の前を通り過ぎながら小声で言った。「ありがとう、ジェフリー、いつもながらの大成功ね」競売人は頭を下げたが、言葉は発しなかった。首都警察ではあくどい詐欺をたびたび目にしていたが、王室のレヴェルでも行なわれているとは、さすがのロスも知らなかった。皇太子妃が建物の外へ出るやカメラのフラッシュがまたもや閃《ひらめ》きはじめ、ロスは群衆を見渡しつづけた。ちらりとでもいいからもう一度見たいと、何時間も粘っている者がいた。

そのとき、ダイアナが一般市民のあいだでこんなに人気がある理由、人間的な接触の一つを目撃することになった。彼女はここに着いたときに目にして記憶に残っているだれかを見つけ、足を止めて言葉を交わしたのだった。彼女が最終的に車の後部席に腰を下ろすまで、ロスは気を抜くことができなかった。ヴィクトリアはすでに車内で彼女を待っていた。

ジャガーはゆっくりと進んでいき、ダイアナ妃は見送りの人々に手を振りつづけて、最後の一人が視界から消えると深い安堵の吐息を漏らした。

「二十万二千ポンドですよ、妃殿下。悪くありません」ヴィクトリアが言った。車は速度を上げ、警光灯を点滅させながら先導する二台の警察のオートバイがすべての交差点で甲高いホイッスルを響かせて、皇太子妃が遅滞なくケンジントン・パレスに戻れるよう道を空けさせた。

「次は何かしら？」ダイアナ妃が訊いた。

「今日はもう終わりです、妃殿下」ヴィクトリアが答えた。「公務を忘れて、テレビでシラ・ブラックの『ブラインド・デート』を楽しんでいただいて結構ですよ」

「わたしも出演するべきかもしれないわね」ダイアナが物思わしげに言った。

皇太子妃が決してリラックスしたがらないことに、ロスはこの任務に就いてすぐに気がついていた。こういう社交的行事での興奮が冷めることがなく、それが彼女をじっとしていられなくしているのだった。ウィリアムにまだ教えていなかったが、ロスは皇太子と一度も顔を合わせていなかった。

「足を運んでくれたことに感謝する、ＢＷ」サー・ジュリアンは言った。ブース・ワトソンが何分か遅れてやってきたところで、それはホームチームにとって意外でも何でもなかった。「私の下級法廷弁護士のことはもう知っていると思う。フォークナーの最初の裁判で剣を交えたときに私を助けてくれたからな」

「今回はあのときと同じ結果を期待しないことですな、お嬢さん」ブース・ワトソンが見下したような笑みをグレイスに向けて浮かべたが、素っ気ないうなずきを返されただけに終わった。

「それから、本件の事務弁護士の」サー・ジュリアンは刺々《とげとげ》しさを無視してつづけた。「クレア・サットンだ」ブース・ワトソンはほとんどうなずきもせずにテーブルの向かいに腰を下ろした。「裁判の日時が決まったいま、予備的な話し合いをしたほうがお互いのためだと思ったんだ」

「もちろんだ」ブース・ワトソンが応じ、原告側を驚かせた。「私の依頼人が考慮する価値のある何かを提供してもらえると仮定してのことではあるがね」

「過剰な期待はしないでもらいたいが、まあ、そういうことだ」サー・ジュリアンは認め、渋々手の内を見せた。「われわれはフォークナーの現在の刑期を二倍の二十年に延長することを裁判長に提言するつもりでいる。それについてはきみも特に驚きはしないだろう。しかし」そして、ブース・ワトソンに応える隙を与えることなくつづけた。「きみの依頼人が有罪を認めれば刑期を二年短縮することに、カミングズ裁判長はすでに同意している。そうなれば、法廷も時間と刑期をずいぶん節約することになる」

サー・ジュリアン、グレイス、クレアの三人はブース・ワトソンが噴火するのを待ったが、溶岩は流れ出さなかった。

「その申し出を依頼人に伝えて」ブース・ワトソンは言った。「返事をきみにお知らせしよう」

「この時点で、わたしたちが酌量すべき情状があなたのほうに何かありますか？」グレイスが十分に準備した台詞《せりふ》を口にした。

「いまのところ思いつきませんな、ミズ・ウォーウィック」即座に答えが返ってきた。「しかし、ミスター・フォークナーと話し合って何か出てきたら、真っ先にあなたに知らせましょう」

サー・ジュリアンはふたたび驚き、ややあってからようやく応えた。「いや、これ以上話し合う問題がなければ、ＢＷ、時満ちてきみからの連絡があるのを待つことにしたい」

「そうしてもらえると助かるよ、ジュリアン」ブース・ワトソンが応えて腰を上げた。

「今週末に依頼人と会うつもりでいるから、彼の返事を聞いたらすぐに連絡させてもらおう」

サー・ジュリアンは不本意ながらも立ち上がると、あたかも旧友のように握手をし、ドアのところまで送って言った。「連絡を待っている、ＢＷ」

ドアが閉まるのを待っていたクレアが言った。「何を企んでいるんでしょう？」

「二つのうちのどっちかだ」サー・ジュリアンは答えた。「一つ目はフォークナーとの話し合いが終わるまで万一に備える。私にはそれが最もありそうな説明に思われる。さもないとしたら――」グレイスとクレアが続きを待っていると、ようやく言葉がつづいた。

「いや、いかにブース・ワトソンでも、そこまで落ちぶれるとは思いたくない……」

11

ウィリアムはその日の朝の会議に一番乗りできなかった。すでにホークスビー警視長の姿がそこにあり、この人は昨夜寝たんだろうかと訝るしかなかった。

いま、会議開始時刻のはるか前にやってきたチームの全員が、テーブルを囲んで席に着いていた。一人一人が分厚いファイルを自分の前のテーブルに置き、残業しなかった者が一人もいないことを示していた。

「おはよう」ホークが口を開いた。「この作戦に関しては、私は指揮を執っていないから、ウォーウィック捜査警部に情報を更新してもらうこととする」

ウィリアムは自分とレベッカがバッキンガム・ゲートの初日にどういう応対をされたかのあらましを説明し、そのあとジャッキーとポールを見て、ウィンザーでの応対が多少なりとましだったかどうかを知ろうとした。

ジャッキーが降格しているあいだに昇任して、結果的に先任になったポールがまず意見を述べた。

「われわれが仕事をしているこの組織では、そこにいる全員が同じ考えを持っているわけではないようです」ポールが言った。「ミルナーは先日の初の対面で私をサンボ巡査部長と呼びました。陰でどう呼んでいるか、わかったものではありません」

「意外だと言えないのが残念だな」ウィリアムは怒りを隠せなかった。

「ミルナーは人種差別だけでなく性差別も平気でしています」レベッカが付け加えた。

「ミルナーに言わせれば、女性にとっていいことは二つしかありません。その一つが、王室警護官でないことなんです」

「少なくともあなたはオフィスを手に入れたじゃない」ジャッキーが言った。「わたしなんか、以前は庭の物置小屋だったに違いない離れ屋をあてがわれたんですから。あるのは机じゃなくて、手押し車と植木鉢です」

　だれも笑わなかった。

「それを聞くことができてよかった」ホークが言い、全員を驚かせた。「なぜなら、やつらが何か隠しているのではないかという私の勘がまさに確認されたからだ。われわれの仕事は、その何かの正体を突き止めることだ」

「まずは金《かね》がきちんと処理されているかどうかを調べるんだ」ロスが言った。「先週の木曜、おれは自宅からケンジントン・パレスまでタクシーを使い、それを経費として請求した。実は五二番のバスの停留所がケンジントン・パレスの門の前にあるんだが、ミルナーはそれを問い質《ただ》そうともしなかった」

「きみがあいつらの内懐に入ってくれて運がよかったよ」ウィリアムは言った。「だって、われわれはいまだにスタートラインに立っているだけだからな」

「私なんか、文句があるなら皇太子に訴えろと言われて辟易《へきえき》していますよ」ポールが言った。

「どうやら」ホークが言った。「王室は自分たちの名前がどう使われているかをご存じないようだな」

「もっとまずいのは」ウィリアムは言った。「テロの可能性があることを伝えて相談しようとしたとき、ミルナーは過剰反応だと取り合おうともせず、自分がすべてを把握しているから脅威の心配などする必要はないとわかるだろうと抜かしたことです」

「それは何かがうまくいかなくなるまでだ」ホークが言った。「そのときに、もう何をしても手遅れだと気づくことになる」

「それまで」ウィリアムは言った。「われわれは煉瓦《れんが》の壁に虚しく頭をぶつけつづけるわけですか」

「可能性に過ぎませんが、サー」ジャッキーが言った。「その壁の煉瓦が緩んでいる部分を見つけたかもしれません。それを取り去ることができれば、建物全体が崩壊するんじゃないでしょうか」そして、明らかに楽しんでいる様子でわざわざ一拍置いた。

「勿体をつけるじゃないか、巡査部長」ウィリアムはからかった。

「ジェニー・スマートという巡査がいて、いまは庶務の仕事に甘んじているんですが、配属替えを申請することを考えています」

「理由は何だ？」ホークが訊いた。

「ミルナーは次の人事で王室警護官にしてやると一度どころかたびたび彼女に約束してきたにもかかわらず」ジャッキーは答えた。「これまでに引退した三人の交替要員はすべて男性で、そのうちの一人はたまたまかもしれませんが、最近引退した一人の息子でした。スマート巡査は自分より経験の浅い同僚が現場に招かれているのを、いまも指をくわえて見ているしかないんです。もう一度同じことをしたら、ミルナーは結局のところ自分で自分の足を撃つことになるかもしれません」

「足を撃つぐらい、やつにとっては何でもないだろうな」ポールが言った。「早期退職して、障碍者年金《しょうがいしゃ》の満額受領申請をするに決まっている」

「そう先走らないで」笑いが収まるや、ジャッキーが言った。「そんなに長く待たなくても、形勢がわたしたちに有利になるかもしれません」

「その根拠は？」ウィリアムは訊いた。

「アン王女の専属身辺警護官が今月末で退職するんですが、交替要員はスマート巡査でしかないはずなんです」

「もしスマート巡査がその仕事を得られなかったら」ウィリアムは言った。「それが彼女をわれわれのほうへ寝返らせ、内部告発者にするチャンスになるかもしれないな」

「あいつらのやっていることを、彼女は全部知っているに違いありません」ジャッキーが言った。「ですから、わたしたちのほうへ向かせる努力をつづけます」

「王室警護官としての次の候補がほかにいない理由を間断なく仄めかし」ホークが言った。「その仕事をうまくやれるという自信をことあるごとに持たせてやるんだ。そうやって、彼女の頭に疑いの種をまきつづけてやりさえすれば、ようやく自分の味方ができたと感じはじめるだろう」

「だけど、急ぐなよ」ウィリアムは忠告した。「長い年月同じところにいる仲間を裏切るのは簡単ではないはずだからな。その間《かん》、われわれは机や手押し車に戻り、できる限り多くの情報を収集しよう。ミルナーが抜け道、いかにももっともらしい言い訳、あるいは、何であれ逃げおおせるための方法を見つけられないようにするんだ」

「だが」ロスが言った。「ミルナーが皇太子の知己であることを忘れるな。海軍を除隊して以来の関係だからな。皇太子が出てくるようなことになると、ミルナーを排除するのはほとんど不可能になるかもしれないぞ」

「そういう輩《やから》が、自分たちは法の上にいると常に考えるんだ」ホークが言った。「だが、すでにロスがやつのアキレス腱《けん》を見つけてくれている」

「金《かね》ですね」ウィリアムは言った。

「当たりだ」ホークが言った。「だから、犯罪者を追う場合の伝統的なやり方に従うことにする。金を追え」

「しかし、慎重のうえにも慎重を期さなくてはならない」ウィリアムは言った。「ああいう連中は、敵の進む道に地雷を仕掛けるのをためらわないからな。一発でも踏んだら、われわれ全員が木端微塵に吹き飛ばされる」

長い間があったあとでホークが言った。「戦術を変えるときがきているかもしれんな」そして束の間ためらい、これから言おうとしていることの意味を考量してからつづけた。「とりあえずはロスのように連中の仲間の振りをして、甘い汁を吸っているように見せるというのはどうだろう。それから、ロス、ミルナーがきみの経費を確かめる前に、どれだけ水増しできるかやってみてくれ」

「今週末にダイアナ妃の女官をディナーに誘おうと思っていたところです」ロスが応え、ウィリアムを除く全員が笑った。

「彼女ならきっと最高の料理とワインに慣れているだろうから」ホークが口を挟んだ。「かなり高額の支払いをして、ミルナーがそれを不審に思うかどうか確かめられるだろう。だが、通常の警察活動においてもっと露骨かつ意図的な見て見ぬ振りがほかにもなされている証拠が必要だ。そうでないと、われわれは動けない。とにかく、用心して、口数を少なくすることだ。ポールにはそう難しいことではないだろうがな」

　ささやかなからかいがさらなる笑いを生んだが、それはほかの連中に負けないというポールの決意を強固にさせるだけだろうとウィリアムには思われた。

「ジャッキー」ホークが言った。「きみは新たにできた親友――」そして、メモを一瞥した――「スマート巡査を寝返らせる努力をつづけてくれ。われわれの切札になってくれる可能性があるわけだからな。幸運を祈る」


　ジャッキーはホークの指示に従い、週末、ジェニー・スマートとウェストエンドのナイトクラブで遊んだ。ことを急《せ》くな、辛抱しろとウィリアムに注意されていたけれども、辛抱はジャッキーが豊富に持っている美徳の一つではなかったし、薄暗い照明の下でたっぷりウォトカをきこしめしたことで、スマート巡査の舌は滑らかすぎるほど滑らかに動いてくれ、必要な弾薬のすべてを手に入れることができた。

　夜中の二時過ぎに帰宅すると、それからの一時間で、情報のぎっしり詰まった報告書を書き上げた。スマート巡査がアン王女の専属身辺警護官になることをどんなに期待しているかを――豊かな見返りがあることも含めて――話してくれたとしても、ジャッキーは今回も見送りになることを願っていた。そうなったらさすがのスマート巡査も忍耐の限界に達し、暗い地下のナイトクラブでなくても、ミルナーについて、ミルナーの課外活動について、自分の知っているすべてを明らかにしてくれる確信があった。

翌朝、仕事へ戻るべくバスを降りようとしているとき、レナルズ捜査警部補とジェニングズ巡査部長が〈プライド・オヴ・プレイス〉に入っていくのがジャッキーの目に留まった。ウィンザーで一番だとジェニングズが保証してくれた、フィッシュ・アンド・チップスの店だった。

向こう側へ渡って二人と合流しようとしたとき、レナルズが店主を脇へ連れていき、何事かを小声で話しはじめるのが見えた。ジャッキーは姿を見られないよう、向かいの店の入口の陰に滑り込んだ。レナルズとジェニングズはしばらくして店を出てくると、新聞紙にくるんだ昼食を食べながら城のほうへ戻りはじめた。ジャッキーは二人が角を曲がるのを待って向こう側へ渡り、素知らぬ顔でゆっくりと〈プライド・オヴ・プレイス〉に入って列に並んだ。

「鱈《たら》をチップス付きで一つ」彼女は自分の順番がくると注文した。

「承知しました」店員が応えた。

「おいしそうね」ジャッキーは言った。「ところで、さっきわたしの同僚が二人、ここにきたわよね」

「あなたも王室警護本部の人なんですか？」店員がしげしげと彼女を見た。

「そうよ」ジャッキーは答え、店員が時間をかけて鱈を選ぶのを待った。

「だったら、うちの常連になってくださいよ。お城の人たちはみなさんがそうなんですから。塩と酢はどうします？」

「お願いするわ」

店員が注文品を包んで袋に入れ、それをジャッキーに渡した。「三ポンドです」

ジャッキーは五ポンド札を差し出して釣りを待った。

「領収書はどうします？」

「お願いするわ」

店員がレジのほうにうなずくと、女の子が釣りの二ポンドと領収書を渡してくれ、ジャッキーは一瞥もしないでそれをハンドバッグに入れた。

舗道に出ると、思いがけずとることになった昼食の包みを開け、しっとりした鱈を齧《かじ》りながらゆっくりと城へと歩いた。〈プライド・オヴ・プレイス〉のフィッシュ・アンド・チップスの味は評判をまったく裏切っていなかったが、母の声が耳元で聞こえるようだった。「フィッシュ・アンド・チップスを食べてはいけないとは言わないけど、おまえ、新聞紙に包んだものを歩きながら食べるべきではないわね」母が百マイル以上離れたところにいてくれることが、今度もまた有難かった。

机に戻るころには最後の一口を食べ終え、先週の〈ニューズ・オヴ・ザ・ワールド〉の一面をごみ箱に棄《す》ててから両手を洗った。そのあとハンドバッグを机に置き、領収書を取り出して初めて検めた。九・五ポンドと記されていた。

昔とは逆で、服役囚はブース・ワトソンが現われるはるか前からガラス張りの箱のなかで坐っていた。

ブース・ワトソンはその内輪の聖域に入ると、依頼人の向かいに腰を下ろして言った。

「おはよう、マイルズ」二人の看守が目を光らせ、耳をそばだてているガラスの箱のなかではなく、自分の事務所で二人きりの相談を始めるかのような口調だった。「しばらく会えなくて申し訳ない」そして、グラッドストーンバッグを自分の脇に置きながらつづけた。「だが、報告に値することが手に入るまで待ちたかったんだよ。そのために、本件の検察側代理人でありつづけているサー・ジュリアンとすでに話をし、きみの元妻とも会った。一時間しかないから、クリスティーナの件をさっさと片づけてしまってから、サー・ジュリアンとのことに移ろう」

「あの女を黙らせておくにはいくら出せばいいんだ？」

「二千万」ブース・ワトソンは瞬《まばた》きもせずに答えた。

「冗談も休み休み言え」マイルズの声が思わず大きくなり、看守の目が厳しくなった。

「クリスティーナはユーモアのセンスがあることで知られてはいないだろう」ブース・ワトソンは思い出させた。「それに、彼女はきみと十年結婚していたわけだから、あのアート・コレクションにどれだけの価値があるかを熟知している。スイスの銀行にきみがいくら隠し持っているかは知らないかもしれないが、スイスのことを彼女のお友だちのベス・ウォーウィックに一言でも口にしたら、それだけで彼女の亭主が税務当局に全面調査を依頼するに十分だ。そして、それはいまのきみに最も不必要なことだ」

反論しようとしたマイルズを、ブース・ワトソンは手を挙げて制した。「しかし、二千万で落着させる自信がある」そして、間を置いた。「ただし、現金でなくてはならない。それなら資本利得税を回避できると説明すれば、彼女も納得するはずだ。それに、何であれきみのほかの活動について、だれかに知られる危険を彼女が冒せなくなるというおまけまでついてくる」

「おれの銀行の貸金庫に残っている現金はどのぐらいなんだ?」

「二千二百万とちょっとだ」ブース・ワトソンは答えた。予期していた質問だった。

「それはおれがほとんど文無しになるということじゃないか」

「イートン・スクウェアのフラットとモンテカルロの別荘をくれてやれば、現金の支出は一千万ですむかもしれない」

「くれてやる前にその二つの不動産を限度一杯まで抵当に入れてしまえば、その返済はクリスティーナがかぶることになるな」マイルズが言った。「できると思うか、BW?」

「簡単ではないが」ブース・ワトソンは認めた。「不可能でもないだろう」

「それなら、できるだけ早くクリスティーナと正式な合意を成立させてくれ」

「彼女とは今度の金曜の午後に銀行で会うことになっているから、そのときに空の大型スーツケースを二つ持っていこう。そのスーツケースに一千万が現金で詰め込まれるのを見れば、首を縦に振らずにはいられないはずだ」

「そのスーツケースだが、彼女の銀行に着く前に回収できるかもしれんぞ」マイルズは言った。返事を期待してはいなかった。

クリスティーナが銀行を出たらすぐにラモント元警視の助けを借りてやろうとしていることについてのマイルズの説明を、ブース・ワトソンは一切メモしなかった。

「それがまんまと成功したら、ＢＷ」マイルズが言った。「あんたは一千万を手元においておけるわけだ」それはブース・ワトソンの頭にある数字ではなかった。「だが、そうなったとしても、おれをここから出して結末を楽しませてくれなかったら、状況はまったく変わらない。だから、教えろ、ＢＷ。サー・ジュリアン・ウォーウィックとの話し合いの首尾はどうだったんだ？」

「私としてはこれ以上ないほど上首尾だったと思う。だが、判定はきみに任せる」

マイルズが椅子に背中を預け、腕を組んで、話を聞く体勢を整えた。

「拉致は重大な犯罪であることをサー・ジュリアンに思い出させ、同時に、百万ポンドを超える価値のある絵画の窃盗は新聞の格好の餌食になる可能性があることを指摘してやった。彼の息子が被告席に坐ることになったら尚更だろうとな。きみの刑期を延ばすほうか、息子がきみと同じ運命になるのを避けるか、どっちが大事かを彼が判断するのに時間はかからなかったよ」

マイルズの顔を笑みがよぎった。

「しかし、それでも肉一ポンドは欲しがった」

「一滴の血も流さずに、であることを願おうか」マイルズが言った。

「せいぜい引っ掻《か》き傷ですむ」ブース・ワトソンは保証した。「ただし、きみがある期間、刑の執行を逃れていた容疑での有罪を認めれば、だ」

「冗談はやめろ」

「私が冗談を言わないことはきみも知っているだろう、マイルズ。だが、きみが有罪を認めれば、サー・ジュリアンは執行猶予にとどめるよう検察に薦めるはずだ」

「検察がそれを受け容れる理由は何だ？」マイルズが信じられないという口調で訊いた。

「検察が最も望まないのは、スペインでの彼らにとって不都合な出来事が丸々公になることだ。首都警察はいまでも内部の問題をたくさん抱えている。そのうえ裁判での勝ちが見通せないとなれば、サー・ジュリアンは最終的に、きみを訴追するより自分の息子を護ることを優先せざるを得なくなるのではあるまいか。だから、私はかなりの自信を持って言うが、彼らは本件を法廷の外に置いておきたいはずなんだ。というわけで、文書にする

――私が作成するんだが――という条件でわれわれが彼らの言い分に同意する旨を向こうに伝達するようきみが指示してくれれば、私のほうからしかるべくサー・ジュリアンに伝えよう」

「それにはどのぐらいの時間がかかるんだ？」

「同意文書の第一稿はすでにできているから、長くても数日というところだ。決定稿にきみがサインしたら、すぐに早期釈放に向けての作業を開始する。それはつまり、これから数か月は模範囚でいてもらわなくては困るということだ。いいか、マイルズ、模範囚だぞ」ブース・ワトソンは腰を屈め、ファイルをグラッドストーンバッグに戻した。「釈放されたら、まず何をするつもりだ？」

「〈サヴォイ〉で豪勢な飯をあんたに奢《おご》ってやるよ。いいワインを一本つけてな。だって、もう独房に戻らなくてすむんだから」

「楽しみにしているよ」ブース・ワトソンは応えたが、マイルズがその文書にサインしてくれたら、〈サヴォイ〉の定席を予約する必要が向こう十八年はなくなることをわかっていた。

12

マイルズは日々の運動用の休憩時間を生産的に使った。

今日はある計画を可能にする人物との顔合わせをチューリップが設定してくれていた。

その人物とは、売春をさせた少年たちから上前を撥ねて五年の刑を宣告されている、ポン引きのレジーだった。

「どんな手伝いをすればいいんです、ミスター・フォークナー?」肩を並べて運動場をゆっくり周回しながら、レジーが訊いた。彼らの前にがっちりした体格の服役囚が二人、数歩後ろにさらに二人がいて、ボスに邪魔が入らないようにしていた。

「金曜の夜に、男娼《だんしょう》が一人必要だ」マイルズは言った。「頭がよくて、顔がよくて、すべてが備わっているやつでないと駄目だぞ」

「刑務所へこっそり引き入れるのは至難の業ですよ、ミスター・フォークナー。たとえあなたの連絡員の手引きがあるとしてもね」

「おれのためじゃない、馬鹿。おれの女房のためだ」

「すいません、旦那、あんたを誤解していました。それで、その男娼は何を期待されているんです?」

「おれの女房は金曜の夜、必ず〈トランプ〉へ行く。あとで家に持ち帰るだれかを探しにな。必要なのは、何でも言うことを聞いて、その晩確実に女房に持ち帰られる、より経験豊かな色男の一人をそこにいさせることだ」

「女ならそうせずにはいられない、打ってつけの候補を知ってますよ」レジーが言った。「セバスティアンって名前で通ってます」

「そこまでは容姿物腰の部分だ」マイルズは言った。「ここからは頭が必要な部分になる。もっと複雑な仕事になる可能性がある部分だ。最初の容姿物腰の部分をうまくやってのけたら、彼女が眠ってしまうまでしっかり起きていてもらわなくてはならない。金を稼ぐ作業が本当に始まるのはそこからだ。女房の自宅のどこかに〈トゥミ〉の黒のスーツケースが二つ、隠してあるはずだ。かなり大きなものだから、見つけるのは難しくないだろう。見つけたら、外で待っている男にそれを渡してもらいたい。仕事はそこまでだ。で、料金はいくらだ?」

「二千でどうでしょう、ミスター・フォークナー?」

マイルズはうなずいてレジーと握手をした。取引成立を示す刑務所で唯一のやり方で、その暗黙の契約を破ろうなどとちらりとでも考えた者はとんでもない目に遭うことになっていた。

「もう成功したも同然です、安心して任せてください」レジーが言ったとき、服役囚が監房へ戻らなくてはならない、休憩終わり五分前の笛が鳴った。「スーツケースの中身が何か、教えてもらっていいですか？」中庭から引き揚げながら、レジーが訊いた。

「駄目だ」マイルズは拒否した。「だが、そのセバスティアンとやらが仕事に失敗したら、おまえ、独りでシャワーを浴びないほうが身のためだぞ」


ブース・ワトソンは秘書が退出するのを待って直通番号を確かめ、電話をかりた。

「ウォーウィックだ」電話の向こうの声が応えた。

「ブース・ワトソンだ、ジュリアン。依頼人と相談したんだが、驚いたことに、きみの条件に同意した。それを知らせようと思ってね」

「刑期を二年短縮する代わりに、すべての容疑で有罪を認めるということか？」サー・ジュリアンは訊き返したが、ブース・ワトソンの言葉など鵜呑《うの》みにできるはずもなかった。

「もちろん、やめておけと助言したさ。まあ、きみも驚きはしないだろうがな」

サー・ジュリアンは驚いたが、沈黙を守った。

「全力を尽くして思いとどまらせようとしたが、わが依頼人の肚《はら》はすでに決まっていた」

口数が多すぎる、とサー・ジュリアンは判断した。つまりは事実を語っていないということだ。

「というわけだから、きみがそれでよしとして同意書を作成したら、わが依頼人がサインする手筈を整える」そして、付け加えた。「ふたたびきみと剣を交えるのを楽しみにしていたんだがな」

それは信じてもいいだろう、とサー・ジュリアンは思った。

「控訴局がそれを正式に認めたら、すぐに私からきみに連絡する」

「連絡を待っているよ、ジュリアン。いつか、一緒に昼食をどうだい。〈サヴォイ〉がいいかな?」

またもや余計なことを口走ってくれたが、これも何かを隠していることの証拠だ、とサー・ジュリアンが思ったとき、秘書が入ってきた。

「教えてくれ、ミス・ウィーデン、私は夢を見ているのかな?」サー・ジュリアンは受話器を戻して訊いた。

「そうは思いませんが、サー・ジュリアン」秘書が怪訝な顔で答えた。

「それなら、ミズ・ウォーウィックとミズ・サットンにすぐにここへくるよう言ってくれ。緊急に話し合うべきことがある」

「ミセス・フォークナーと私は五時ごろに銀行をあとにする」ブース・ワトソンは言った。

「彼女は大型のスーツケースを二つ持っていて、運転手がそれを車――ダークブルーのメルセデス、ナンバーはＪ４２３ＡＢＮだ――のトランクに入れる」ラモントがメモを取った。「その時間にはすべての銀行が業務を終えているから、彼女は自宅へ直行するはずだ」

「自宅の前で車を降りただけだったらどうするんだ？　スーツケースを車のトランクに入れたまま、運転手にあとを任せたら？」

「それはないと思う。ミセス・フォークナーが自分の目の届かないところに金を置いたままにするとは思えない。金が玄関をくぐって自宅のなかに入るまでは安心しないだろう」

「スーツケースが車のトランクから出されたところでおれが頂戴すればいいんじゃないのか？」ラモントが訊いた。

「その危険は冒せない。われわれの仕業だと一切疑われないよう、もっと目立たないようにする必要がある。たぶんスーツケースは彼女の住んでいるフラットの建物のなかまで運転手が運び込むはずだ。それに、入口にはポーターがいることも忘れるな。私が確かめたところでは、ポーターは身長が六フィート二インチもあって、鼻が折れ曲がっている。だから、おまえさんの案は採用しないほうがいい」

「それなら、どうやってスーツケースを二つとも手に入れるんだ？」

「ミセス・フォークナーは〈トランプ〉で夜を愉《たの》しんで、フラットに帰ってくるのはたぶん夜半だ。そして、彼女が最新の獲物と思い込んでいるだれかを同行しているに違いない。

セバスティアンという通り名のいかさまな若造で、実はこっちが仕込んだ道具だ。おまえさんは車で待機していてくれればいい。そうすれば、深夜にやつがスーツケースを持って外に出てくるから、こいつと引き換えにそれを受け取ってくれ」ブース・ワトソンは分厚い茶封筒をテーブルに置き、ラモントのほうへ押しやった。

「受け取ったスーツケースはどうすればいい?」

「まっすぐこの事務所へ持ってきてくれ」

「しかし、夜中の三時か四時だぞ?」

「時間は何時だろうと構わない。できるだけ早くここへ届けてもらいたい。おまえさんの配達料は品物が届いた時点で即金で渡す。それ以外のやり方はない」

ラモントが茶封筒を手にして腰を上げた。会見は終了したと考えたのだった。

「スーツケースの中身を見ようなどと思うなよ」ブース・ワトソンは警告した。「それから、おまえさんにスーツケースを渡す若造を騙《だま》そうとするなど、考えることすらご法度だからな。なぜなら、その茶封筒に入っている金額を正確に知っているのはわれわれ三人で、その一人はマイルズ・フォークナーだからだ」

「ブース・ワトソンが何を企んでいるか、わかったと思う」サー・ジュリアンは、娘とクレアが腰を下ろすや言った。

「それはわたしが考えている以上のことよね」グレイスが言った。

「まず自問しなくてはならないのは、フォークナーがわれわれの提案に乗ってもいいと考えた理由だ。有罪を認めたとしても、二十年の刑期が二年短縮されるだけなのに、だ。おまえたちのどちらかでも、その答えを見つけられるか？」

クレアが教室の一番前に陣取るがり勉のように勢いよく手を挙げ、サー・ジュリアンはうなずいた。

「この件が法廷に持ち出されたら、弁護士でいられなくなるだけでなく自分も服役することになりかねない質問を裁判長からされることを、ブース・ワトソンはわかっているんです」

「どんな質問だ？」

「ミスター・マイルズ・フォークナーがいまも生きていることを知ったのはいつか、です」

「ブース・ワトソンのことだ、はったりとごまかしで切り抜けようとし」サー・ジュリアンは言った。「フォークナーが逮捕されるまで知らなかったし、われわれ全員と同じぐらい驚いたと主張するだろう」

「ブース・ワトソンなら、フォークナーを見捨てることも厭わないでしょうね」グレイスが言った。「それで自分を護れるとなればね」

「でも、フォークナーが逮捕された当日、彼のバルセロナ郊外の別荘で自分が何をしていたかをどうやって説明するんでしょう?」クレアが訊いた。

「自分の依頼人であるミセス・フォークナーの利益を守る代理人として、彼女の亡き夫の財産目録を作成していたと主張するのではないかな」サー・ジュリアンは答えた。

「でも、ブース・ワトソンのスケジュールを書き込んだ予定表を証拠として提出するよう法廷が要求したら?」クレアが訊いた。

「保証するが、ブース・ワトソンは予定表を少なくとも二つは持っている」サー・ジュリアンは答えた。「だが、もしきみがとても抜かりなく考えられれば、ブース・ワトソンがどうやってフォークナーに、彼自身がこれから十八年を刑務所で過ごすことが確実になる同意書にサインさせるかを説明できるのではないかな?」

「それがわたしたち二人には謎でありつづけているんです」クレアが認めた。「今度ブース・ワトソンが刑務所でフォークナーに面会するとき、わたしはそこの壁に蠅《はえ》になって張りつき、聞き耳を立てたいぐらいですよ」

「もう一つ、もっと興味深いとさえ言える疑問があるんだけど」グレイスが口を開いた。「ブース・ワトソンはどうしてこれからの十八年、フォークナーを刑務所に閉じ込めておきたいのかしら?」

「それは死体が埋まっている場所をフォークナーが知っているからだ、というのが私の推理だ」サー・ジュリアンが答えた。

「死体？」

「レンブラント、フェルメール、モネ、ピカソ、ホックニー……」

13

うまくやってのけたいのであれば絶対に時間が重要であることをブース・ワトソンはわかっていたから、時計から片時も目を離すことなく、きっかり九時五十六分になったのを確認して行動を開始した。

十時一分にガラス張りの面会用の箱に入り、依頼人の向かいに笑顔で腰を下ろすと、自分の椅子の横の床にグラッドストーンバッグを置いた。

「おはよう、マイルズ。いいニュースから始めようか」ブース・ワトソンは腰を屈めるとグラッドストーンバッグから最初の文書を取り出し、テーブルに置いて、依頼人が目を通せるようにそれを押しやった。「この同意書はクリスティーナが将来のトラブルの原因になることを確実になくすものだ。それは間違いない。それでも、きみには慎重に検討してもらうべきだし、何であれよくわからないことはためらわずに質問してもらって構わない」

マイルズが眼鏡をかけ、書類にじっくり目を通していった。依頼人が時折笑みを浮かべたりうなずいたりするあいだも、ブース・ワトソンは腕時計から目を離さなかった。しかし、長針をもっと速く動かすことはできない相談だった。

最後のページにたどり着いたマイルズの顔に満足の笑みが浮かんだ。

「文句なしだ、訊くことなんか一つもない」マイルズが言った。「ただし、われらがツバメがスーツケースを持って出てきたあとどうするか、ラモントに完璧な説明がなされているとしてだけどな」

「受け取ったら、その足で私の事務所へ運び込むことになっている」

「持ち逃げされたらどうする？　やつは一生贅沢暮らしができて、おれはやつの追跡に一生を費やすことになるんだぞ」

「そうなった場合の追跡方法については、もう準備が終わっているよ」

「昨今はだれも信用できないからな」マイルズが言った。「前科者の手助けをした過去のある腐敗警察官は尚更だ。爺《じじい》だろうと小娘だろうとな」そして、すぐに話の向きを変えた。「もっと大事な同意書はどうした、おれが以前の生活を楽しめるようになるかどうかが懸かっている同意書は？」

ブース・ワトソンは壁の時計を一瞥した。十時二十五分。動き出す前に、さらにいくつかの質問をしておきたかった。

「大事なのは」ブース・ワトソンは最初の文書と次の文書を取り換えながら強調した。

「この同意書をもっと注意深く読んでもらうことだ。何しろ、きみのこれからの一生が懸かっているわけだから」

マイルズが控訴局のレターヘッドの入った用紙――今週、司法省を訪ねて控訴局からこっそり失敬してきたものだった――にタイプされた書類を見た。

「控訴局がこんな好条件に同意したとは信じられんな」最後のページに到達してもいないうちにマイルズが言った。

「陪審員への私の冒頭陳述の原稿を長官に読ませてやったのさ」ブース・ワトソンは言った。「それが方針を変えさせる助けになったというわけだ」

「万事において抜かりはないようだな」マイルズが最後の段落をもう一度確かめて言った。

そうであってくれることを祈ろうじゃないかと思いながら、ブース・ワトソンは言った。

「サインする前に質問はあるか？」

「一つだけある。不開示条項がどういう意味を持っていて、それを破ったらどうなるかを説明してもらえるか？」

「簡単に言うと、いつだろうと将来において、去年の九月にスペインの別荘で起こったことについてきみが言及したら、取引は無効になり、きみは刑務所へ逆戻りして元々の刑期を最後まで務めなくてはならなくなるうえに、新たな容疑で告訴される可能性が生じることになる。だから、何をするにせよ、マイルズ、裁判で判決が下るまでは、私以外のだれにも、一言も口にしては駄目だからな」ブース・ワトソンは脅しを依頼人がしっかり理解するのを待ってから訊いた。「ほかに何かあるかな?」そして、時計を盗み見た。十時五十一分。まだ時間は残っていた。

「月曜に仮釈放の担当者と話したんだが」マイルズが言った。「早期釈放については何も言っていなかったぞ」

「彼に早期釈放の件が知らされるのは、きみが同意書にサインをすませてからだ。そのときには、彼も上からの命令を実行に移すだけだ」

「どこにサインすればいいんだ?」

「いや、その必要はない。それはただの控えだから、持っていてくれればいい。ただし、だれにも見られないようにしてくれ」

ドアが強くノックされ、振り返ると、担当看守がそこに立っていた。「あと五分です、サー」

「ミスター・ハリス」ブース・ワトソンは言った。「頼みがある。私の依頼人がこれから重要な書類にサインをするんだが、立会人になってもらえないだろうか」

「喜んで」ハリスが応えた。

ブース・ワトソンはグラッドストーンバッグから新しい同意書を三通取り出して机に置くと、それぞれの最後のページを開いた。マイルズが喜んだことに、三通すべてにサー・

ジュリアンがサインを終えていた。ハリスはマイルズがサインを終えるのを待って、立会人署名欄に自分の姓名と職業を書き込んだ。

三通の書類に依頼人と立会人がサインを終えると、ブース・ワトソンはインクが乾くのを待つことなく、それをバッグに戻した。

「ありがとう、ミスター・ハリス」ブース・ワトソンは無邪気な第三者に礼を言うと、マイルズを見て付け加えた。「今日の私の仕事はこれで完了だ」そして、グラッドストーンバッグを手にして立ち上がると脇へ退き、担当看守がマイルズを独房へ連れ戻すのを見送ってから反対の方向へ歩き出した。

「幸運を祈ってるぞ！」マイルズは連行されながら声を張り上げ、ブース・ワトソンを振り返らせると、何のことを言っているのだろうと神経質に訝る弁護士に答えを教えてやった。「今日の午後、クリスティーナに会ったら、愛していると伝えてくれ」


その日の午後遅く、クリスティーナが銀行の前で車を降りると、ブース・ワトソンがすでにそこにいた。グラッドストーンバッグの代わりに、なかに何も入っていない、黒い大きなスーツケースを二つ持っていた。

手短に挨拶を交わしたあと、ブース・ワトソンはクリスティーナを先導してロビーの奥のエレベーターへ向かった。行先ははっきりわかっていた。地下へ下りる短い時間、会話は一切なかった。エレベーターのドアが開くと、挨拶の声が迎えてくれた。「お待ちしておりました、ミスター・ブース・ワトソン。警備保安担当のブラッドショーと申します。よろしければ、貸金庫室へご案内します」

そのあとは一言も発することなく先頭に立ち、煌々《こうこう》と明かりの灯《とも》る通路を金庫室へと案内した。そして、壁のパネルに八桁の暗証番号を打ち込み、束の間待ってから鋼鉄の巨大な丸扉を引き開けて、二人の客が貸金庫室に入れるようにした。大きな木製のテーブルが部屋の中央を占領し、クリスティーナに見える限り、壁には番号を打った貸金庫が天井から床まで並んで、まるで銀行版の書庫のようだった。

ブラッドショーがクリップボードを確認し、大きなキイ・リングから一本の鍵を選び出すと、部屋で最も大きな二つの金庫の前に膝をついて、鍵穴に銀行の鍵を差し込んで回した。そのあと、ブース・ワトソンが依頼人の鍵を使って金庫の扉を開けた。ブラッドショーが二つの金庫からそのなかに入っていた頑丈な箱を引き出し、テーブルへ運んでから言った。「私はこれで失礼します、サー。用件が完了したら、ドアのそばの緑のボタンを押していただければ、ドアが自動的に開きます。私は外でお待ちしています」

ブース・ワトソンはブラッドショーが出ていって巨大なドアが音を立てて閉まるのを待ってから、二つの箱の蓋を開けた。五十ポンドの新札が二十枚ずつきっちり帯封をかけられ、束になって隙間なく並んでいた。その現金を貴重品保管箱から二つのスーツケースに移す仕事は、二十分後に完了した。

クリスティーナの取り分が多すぎないことを再確認したあと、ブース・ワトソンは内ポケットから封筒に入った同意書を取り出した。クリスティーナは昨日読んだ憶えのある同意文書のコピー三通に、もう一度目を通すこともしないでサインした。

ブース・ワトソンはそれをポケットにしまったあとで言った。「いまや、ロンドンのフラットとモンテカルロの別荘はあなたのものです」マイルズの代わりにそれらの建物を抵当に入れたことと、その抵当に対する支払い責任がクリスティーナにあることは黙っていた。「しかし、警告しておきますが」彼は付け加えた。「この取引の条件をきっちり守ってもらえなかった場合には、あなたが思いがけない幸運で大金を手にしたことを、私は躊躇なく国税当局へ通報しますからね」

「税金は一ペニーも払わなくていいって、あなた、保証してくれたじゃないの」クリスティーナが思い出させた。

「だから、私たちのささやかな取り決めについて、あなたがだれにも知られないようにしてくれさえすれば、一ペニーも払わなくてすみますよ」ブース・ワトソンはそれ以上何も言わず、壁の緑のボタンを押した。ドアがゆっくりと開いて二人が外に出ると、ブラッドショーがふたたびドアを閉めて先頭に立ち、通路をエレベーターへと引き返した。ブース・ワトソンは重たくなったスーツケースの一つを引きずって警備保安担当者につづき、クリスティーナも二つ目のスーツケースを引きずって弁護士のあとにつづいた。

一階に着いてブース・ワトソンからスーツケースを渡されたクリスティーナは、二つのスーツケースを引っ張ってのろのろと出口へ向かった。待っていた車の運転手がトランクを開けてスーツケースを積み込み、運転席へ戻った。クリスティーナはそれと同時に後部席側のドアを開け、座席に腰を下ろしてドアを閉めた。メルセデスが動き出し、夕刻の車の流れに合流した。荷物を積んで走り出すまで一分とかかっていなかった。入念に計画され、たぶんリハーサルも行なわれたに違いなかった。ブース・ワトソンは内心でにんまりした。十分にリハーサルされた計画は、それだけではなかった。

ブース・ワトソンがゆっくりと銀行を出たとき、黒のボルボがメルセデスの後ろについたのが見えた。ラモント元警視がハンドルを握っていた。ブース・ワトソンは通りを渡り、反対方向へのタクシーを止めた。

メルセデスがイートン・スクウェアのクリスティーナのフラットの前で停まると、ラモントは数ヤード離れた、通りの反対側にある居住者用駐車場にボルボを入れた。運転手がトランクを開けてスーツケースを二つとも取り出し、それを持ってミセス・フォークナーに同行した。正面入口では、制服を着たポーターが二人のためにドアを開けて待っていた。

ラモントは数分しか待つ必要がなかった。運転手がふたたび現われ、メルセデスは走り去った。仕事は終わったということだった。まあ、完全にではなかったが。

14

ラモントはスコットランドヤードで囮捜査の経験があったから、監視対象が現われるのを何時間もぶっつづけで待つことに慣れていた。午後六時のニュース、お笑いゲーム番組、『ジ・アーチャーズ』の一話分が終わり、フォークランドの時事番組に移ったところで、クリスティーナが再登場した。ラモントなら一張羅と形容するはずの、鋲《びょう》をふんだんにあしらったボマー・ジャケットに、ボタンを一つ留めただけであとは外してあるゆったりしたブラウス、あちこち穴が開いている色の褪《あ》せたジーンズ、そして仕上げにハイヒールというでたちで、十歳若く見えてほしいという願望があからさまだった。

彼女が通りかかったタクシーを止め、ラモントはしっかり距離を取って尾行を開始したが、行先はわかっていた。タクシーがジャーミン・ストリートに入ると、ラモントは監視対象と反対側の路肩にボルボを駐めた。居眠りは許されなかった。その間《かん》に彼女がふたたび姿を現わすかもしれなかったし、時間的にもその可能性は高かった。腰を落ち着けて『ザ・ワールド・トゥナイト』を聴きはじめたとき、クリスティーナがロンドン一ファッショナブルなナイトクラブへの金属の階段を下りていった。

　ボーイ長が両手を広げてクリスティーナを歓迎し、彼女のお気に入りの奥まったテーブルへ案内した。カクテル・メニューに目を通すまでもなく、すぐにシャンパンのグラスが運ばれた。店内を見回すと、何人かの若い男が目に留まったが、全員が彼ら自身より若いようにさえ見える女性を隣りに坐らせていた。

　シャンパンが二杯目に入るころ、カウンターにいる彼に目が留まった。彼ならここにいる女性のだれだろうと口説けたかもしれないが、その女性たちが持っていない何かをクリスティーナが持っていることはお互いにわかっていた。目が合うと、クリスティーナはグラスを挙げて乾杯の真似をしてみせた。彼のほうもグラスを挙げてみせ、ストゥールを下りてゆっくりとクリスティーナのところへやってきた。

　ロスは目立たないよう距離を置き、いつもの柱の陰のテーブルに隠れてダイアナを警備していた。彼女はロスの知らない、しかし、どういう人生を送ってきたかは今朝一本電話をすることでわかった男とシャンパンを飲んでいた。男がそんなに前から彼女を知っているはずはなく、彼女が絶対にアルコールを口にしない主義で、いまも乾杯の声が上がるたびにグラスを挙げてみせているだけだと気づいている様子もなかった。男が美男であることをロスも否定はしなかったが、ポニーテイルが気に食わなかった。皇太子妃がこんなにリラックスして楽しそうなのを見るのは初めてなのは否定できなかったが、アイルランド人の老いた母親が耳元でこう言っていた。「いいこと、あれは絶対に泣きを見ることになるわよ」ダイアナはダンスフロアで男としばらく踊り、ロスはそれを見ていて、自分は皇太子妃よりダンサーを職業にしたかったのだと彼女が以前言っていたことを思い出した。だが、彼女のダンスの教師はこの教え子には問題が一つあると指摘し、こう断言した。「背が高すぎる！　男の気を引くことはできるが、ウェストエンドでは無理だ」いま、彼女はウェストエンドで男の気を引いていた。

店内を見回したロスは、クリスティーナ・フォークナーがダンスフロアの向かい側に坐っていることに気がついた。彼女が連れている若い男が、孤独な中年女と一夜を過ごすのと引き換えに何を欲しているかは想像に難くなかった。見返りはどのぐらいだろうか。

自分の警備対象と彼女のダンシング・パートナーに目を戻した。二人はいま、テーブルの下で手を取り合っていた。一方、ミセス・フォークナーの最新のツバメは早くも彼女の腿《もも》に手を置いていた。ロスはハウス・サラダを食べ、グラスの水を飲んだ。恐ろしく高価な水だった。ジョジョを思わずにはいられなかった。週末を一緒に過ごすと約束していた。ディスクジョッキーが曲をポップスからバラードに替え、ダイアナとパートナーがフロアに戻った。ロスはそこで目にしたものが気に入らなかった。顔を背けると、今度はクリスティーナが今夜の獲物の肩に頭を預けているのが目に入った。男の手が彼女の背中を下へ下へと下りていきつつあった。

ロスはブラックコーヒーを飲みながら思った。何としてもジョジョと動物園でチョコレート・ナッツ・サンデーを分け合いたいものだ。そして、頭を占めている欲望が一つしかない動物たちばかりの動物園のような光景を見ながら、ジョジョの母親のことを思った。人生で愛した、たった一人の女性のことを。ダイアナもクリスティーナも、羨ましくも何ともなかった。

夜半をわずかに過ぎて皇太子妃がナイトクラブから出てきたところを、ラモントが見落とすはずがなかった。その彼女を大勢のカメラマンが囲み、それをホーガン捜査警部補が押しとどめながら車のドアを開けて、彼女を車内へ逃げ込ませた。ラモントはパパラッチが大嫌いだった。

ロスは助手席に滑り込むと、皇太子妃のディナーの相手がどこにも見えないことに安堵した。カメラマンはフラッシュを閃かせつづけたが、車が角を曲がると、全員がフリート街へ引き揚げた。第二版に間に合わせたかったのだ。

さらに一時間経って、クリスティーナが若いツバメを連れて姿を現わした。男は一方の手で彼女のデニムの尻を撫でながら、もう一方の手を挙げてタクシーを止めた。ラモントは距離を保ちながら尾行し、二人がフラットへ戻ってなかに入るのを見届けてから、ふたたび腰を落ち着けて長い待機に入った。二つのスーツケースを受け取ったあとどうするか、熟慮する時間はたっぷりあった。スーツケースに何が入っているかは知らなかったが、危険を冒す価値があるのではないかと、ブース・ワトソンの脅しが示唆していた。

ロス・ホーガン捜査警部補はそこからは歩いて帰るという皇太子妃をケンジントン・パレスの前で降ろした。今夜目にしたことが何を意味しているかを考えるために、頭を明晰《めいせき》にしておきたかった。

ロイヤル・アルバート・ホールに差しかかったとき、反対方向からやってくるピンクのポルシェが目に留まった。ずいぶん悪趣味だとしか思わなかったが、そのとき、運転している人物の正体が明らかになった。間違いなくケンジントン・パレスを目指していた。ナンバープレートを頭に叩き込みながら思案した。目撃したことのすべてをホークスビー警視長に報告する責任があるだろうか、それとも、自分のことだけ考えていればいいだろうか。

そもそもは亡き妻のもので、いまは自分のものであるこぢんまりしたフラットに着くころには、目にしたすべてをウィリアムに報告し、それをホークに中継するかどうかは彼の判断に任せると考えが決まっていた。給与等級からしても、それはウィリアムの仕事だと思われた。冷たいシャワーを浴びてベッドに入り、数分で眠りに落ちた。

セバスティアンはそろそろと上掛けをめくると静かにベッドを出て、音を立てないように足を床に下ろした。ベッドの隣りの寝息が安定していることを確かめてから、暗闇で服を着た。手慣れた作業だった。

二つの黒い大型スーツケースを見つけるのは難しくなかった。ベッドの下に隠してあったが、完璧ではなかった。両膝をついてゆっくりと引っ張り出し、束の間動きを止めて、彼女を起こしていないことを確認した。さらに少し待ったあと、二つのスーツケースを静かに引きずりはじめた。敷物が音を消してくれた。目がベッドから離れることはなかった。予想していたよりはるかに重く、何が入っているのか訝らざるを得なかった。立ち上がって、ためらいがちに寝室のドアを開けた。軋《きし》むこともなかったし、ベッドサイドの明かりがつくこともなかった。安堵の吐息を漏らす危険すら冒さなかった。

二つのスーツケースを寝室から隣室へ出すや、静かにドアを閉めた。明かりはつけなかった。ゆっくりと部屋を横切っていると、ガラスのロー・テーブルの角に脛をぶつけた。ソファに倒れ込んだが、声は何とか漏らさずにすんだ。寝室のドアの下の隙間から明かりは漏れてこなかったが、それでも、しばらくは動かずにいた。自分の息遣いのほかに休むことなく音を立てているのは、グランドファーザー・クロックだけだった。ふたたび動き出し、これまで以上に用心して、二つのスーツケースを玄関へと引きずっていった。音を立てないようにドアチェーンを外し、やはり音を立てないようにゆっくりと掛け金を外すと、薄暗い廊下に顔を出して左右をうかがった。そしてスーツケースを通路へ押し出し、静かにドアを閉めた。かちんと乾いた小さな音がしただけだった。

二つのスーツケースを転がしながらエレベーターへ向かった。そのドアが閉まってようやく、初めて深い安堵のため息をついた。一階でエレベーターのドアが開いたときには、夜間担当のポーターに質問されたときに答える準備――しっかりリハーサルしてあった――が整っていた。〝ミセス・フォークナーもすぐに下りてくる。サリーにある彼女の実家へ行くことになっているんだ〟

彼女の実家がどこにあるかは、ラモントから聞いていた。

正面入口のホールを横切っていくとポーターが見えたが、彼は質問するどころではなく、机に突っ伏して低い鼾《いびき》をかいていて、脇では競馬新聞が開いたままになっていた。舗道に出ると車のヘッドライトが二度瞬《またた》き、運転手が出てきて、車の後ろへ歩いていった。通りに人気はなく、セバスティアンは二つの重たいスーツケースを引きずってラモントのところへ行き、彼の助けを借りてトランクに入れた。

ラモントはトランクの扉を閉めると上衣のポケットから分厚い封筒を取り出してセバスティアンに渡し、そのあと運転席へ戻って、シートベルトを締める手間も惜しんで車を出した。

通りかかったタクシーを捕まえるまでしばらくかかったが、セバスティアンとしては文句は言えなかった。何しろ、普段の一晩の仕事の倍の実入りがあったのだ。動き出すタクシーの窓から寝室の窓を見上げると、そこはまだ暗いままだった。クリスティーナとの朝食も楽しかっただろうけどな、とセバスティアンは思った。

いまや無事にトランクに収まっている二つのスーツケースの中身を推測し、ラモントは思わず考えを変えそうになったが、一台の車が後ろにいることに気づいて思いとどまった。

二十分後、ミドル・テンプルの前の遮断機が上がった。ブース・ワトソンが車のプレートナンバーを警備員に教えていた印だった。石畳の広場をゆっくりと横切っていくと、ブース・ワトソンの事務所に明かりが灯っているのが見えた。車を停め、バックミラーを覗いて、尾行されていないことを改めて確かめた。その結果に満足して車を出ると、トランクを開け、二つのスーツケースを舗道に降ろした。それを引きずって建物に入り、二つとも肩に担いで、石の階段を一段ずつ、ゆっくりと上がった。ようやく三階にたどり着くと、ブース・ワトソンが踊り場で待っていた。

ラモントが二つのスーツケースを事務所に運び込むと、ブース・ワトソンは相手に質問する間も与えずに分厚い茶封筒を渡して言った。「おやすみ、警視」また頼む、とは付け加えなかった。

ブース・ワトソンはラモントが出ていって閉めたドアに鍵をかけて窓のところへ行き、

黒いボルボが広場を横切って帰っていくところを見守った。遮断機が下りて車の姿が視界から消えるまで、その場を動かなかった。

そのあと椅子に腰を下ろし、舌なめずりしながら二つのスーツケースを見つめた。一千万ポンドの使い道はもう決めていたし、姿の消し方も軍事作戦のように緻密に計画してあった。十年を超す付き合いのあいだに、マイルズ・フォークナーから多くを学んでいた。

ヒースロー空港行きのタクシーを今朝の六時に予約してあった。時計を見た。六時までわずか一時間とちょっと、空港では香港行きのプライヴェート・ジェットに乗ることになっていた。安くはなかったが、隠しようのない大きさの荷物を持っているところを、だれであれ自分を知っている人間に出くわして目撃される確率は低くなる。香港に着いたら、夜半以降の到着あるいは一千万ポンドに満たない預金なら、だれであれ顧客として迎えてくれないプライヴェート・バンクの上級役員が出迎えている。現金輸送車が二つのスーツケースを銀行へ運び、上級役員は顧客を地味なホテルへ送る。

一千万ポンドを預け終えたら、南アフリカ航空のビジネスクラスでケープタウンへ飛び、空港のホテルに一泊する。一晩だけだ。翌朝、アメリカン航空でサンフランシスコへ飛び、そこからシャトルバスでシアトルへ向かう。最終目的地だ。そこならだれにも見つかることはない。まして、これからの十八年を刑務所で送る人間に見つかることなどあり得ない。

ブース・ワトソンは広場のほうへ目をやった。一台のタクシーがやってきて遮断機の前で停まるところが見えた。二つのスーツケースを運んでくれるよう運転手に頼む前に、最後に一目確認しておくことにした。一方を開け、きちんと詰められた中身を見たとたんに、心臓が割れんばかりに打ちはじめた。ペーパーバックが整然と隙間なく肩を並べ、列をなして収まっていた。うろたえてもう一方を開けると、そこにはハードカヴァーが同じようにぎっしりと並んでいた。〝親展〟と記され、宛名が〝マイルズ・フォークナー　囚人番号〇二四九〟となっている封筒が一番上に置かれていた。ブース・ワトソンは破らんばかりの勢いで封を開け、その短い手書きのメモを読んだ。

親愛なるマイルズ
　これを読む時間はお釣りがくるぐらいたっぷりあるはずよね。わたし、『大脱走』という映画がことのほかお気に入りなの。とても面白かったわ。ところで、わたしを嵌めようとしてあなたが送り込んできた若者はとってもよかったわよ、お金を使うだけの価値は完璧にあったわ。
　あなたと会うつもりは当分ないから、期待しないでちょうだい。刑務所へ面会にも行きません。わたしの人生の長期計画に入ってないしね。

愛を込めて
クリスティーナ×

ブース・ワトソンはがっくりと膝をついてメモを投げ捨てた。そのとき、タクシーがフェター・コート一の前で停まり、客が下りてくるのを待った。

「銀行に着いたのは何時だったの？」グレイスが訊いた。

「五時を何分か過ぎたころだ」卵、ベーコン、トマト、マッシュルーム、ソーセージの載った皿をキッチン・テーブルの彼の前にクレアが置いてくれるのを見て目を輝かせながら、サー・ジュリアンは答えた。

「銀行って、金曜は午後四時に閉まるんじゃなかった？」

「そうだが」サー・ジュリアンがHPソースの瓶の蓋を開けながら言った。「バークレイズとは十四年を超す付き合いで、借り越しにしたことは一度もないからな」――それはグレイスもクレアも疑わなかった――「喜んで例外を作ってくれた」

「それで、銀行はどうしたんです？」クレアが訊いた。「スーツケースを二つ差し出されて？」

「週末のあいだ、金庫室に保管することにして、ミセス・クリスティーナ・フォークナー名義の受取証を私にくれたよ」

「スーツケースのなかに何が入っているか、ちょっと覗いてみたくなりませんでした？」

クレアが訊いた。

「それはあり得ない」サー・ジュリアンは旺盛な食欲を見せながら即答した。「私の信条に反する」

「運転手の制服を着ているお父さまなんて、まるっきり想像がつかないわ」

「しかも、制帽までかぶってるなんて！」クレアがわざわざ付け加えた。

「もっとまずいのは」サー・ジュリアンは言った。「銀行の前の駐車禁止帯に車を駐めなくてはならず、結局反則切符を切られるはめになったことだ」

「きっとミセス・フォークナーが喜んで弁償してくれますよ」クレアが経費欄にメモしながら言った。

「約束してくれ、私が何をしたかはお母さんには内緒だからな」

「制服制帽のアルバイトのこと？」グレイスがにやにや笑って言った。

「違う、朝食に何を食べたかをだ」

15

「というわけで、この数週間」ウィリアムは言った。「ジャッキーはスマート巡査をこっち側に取り込む努力をつづけています。彼女がわれわれに協力すると肚を決めてくれたら、ミルナーとやつの仲間を凄《すさ》まじい規模の詐欺罪で厳罰に処するに足る証拠が、お釣りがくるぐらいたっぷり手に入ることになるでしょう」

「それで、アダジャ捜査巡査部長のほうはどうなんだ？」ホークスビー警視長が訊いた。「ウィンザー城で何をしている？」

「彼は人種偏見に関する証拠をこれもたっぷり集めていますが、どれもミルナー流の下品なユーモアだと見過ごされるようなものばかりです」

　ホークが眉をひそめた。「この先、警察がポールのような優秀な人材を獲得したいのなら、手遅れにならないうちに対処しなくてはならない問題だぞ」

「彼はまた、ミルナーについて看過できない重大な事実に気づいたかもしれないけれども」ウィリアムは付け加えた。「陪審員が疑いの余地なくミルナーは有罪だと判定するに足る証拠を手に入れるまで黙っているべきだとも考えています」

「ガーナ移民の若者がイギリス王室警護本部長を引きずり倒すという考え自体、皮肉ではあるな」ホークが意地の悪い笑みを浮かべて言った。

「それこそが人種偏見の問題です」ウィリアムは言った。「ポールが自分と同じぐらい頭がいいなどとは、ミルナーはちらりとも思ったことがないんじゃないでしょうか」

「きみはどうなんだ?」ホークが訊いた。「ミルナーと同じぐらい抜け目がないか?」

「状況証拠なら山ほど集まっていますが、法廷で持ちこたえられるものは一つもありません」

「ミルナーを引きずり倒すには、明々白々な、崩しようのない証拠が山ほど必要だということをくれぐれも忘れるな。なぜなら、あの男は〝高いところにいる友人〟という言葉に新しい意味を持ち込んだからだ。十年以上王室を警護している男と、名前も聞いたことのない捜査警部と、王族は本能的にどっちを信用すると思う?　というわけだから、いまの話を聞くと、甘い汁を吸っているミルナーに苦虫を嚙み潰させる一番の可能性があるのはジャッキーとポールだと、私には思われる」

「ミルナーは滅多にウィンザーにいないから尚更ですね。まさに――」

「――鬼の居ぬ間の何とやらだ」ホークが引き取った。「だが、ロスはどうなんだ?　私の指示を実行しているか?」

「文字どおりに実行しています」ウィリアムは答えた。

「詳しく聞かせてくれ」ホークが促した。

「彼はついこのあいだ自分の娘をロンドン動物園へ連れていき、チョコレート・ナッツ・サンデーまで含めた費用を経費として請求しました。請求書を提出したとき、ミルナーはそのことを訊きもしなかったそうです」

「それは私にチョコレート・ナッツ・サンデーなるものが何かという疑問を生じさせるだけだ。それ以外に、われわれが知っておくべきことをロスは見つけたのか？」

「ダイアナ妃は若い男と関係を持っているようで――」

「ジゴロだな」ホークが言った。「そうだな、私もナイジェル・デンプスターのコラムで読んだ。彼女が最後には正気に戻ってくれるのを願うばかりだ」

「ロスによれば、かなり深刻なものになりつつあるとのことです」

「その場合、問題はロスの管轄ではなくなるだろうが、これからはすべてを記録に残しておくのが賢明かもしれんぞ。なぜなら、問題が手に負えなくなったら、担当部局は責めるべきだれかを探しはじめるだろうし、そうなったら、ロスはスケープゴートにするには打ってつけだからな」

「ロスに伝えます、サー」ウィリアムは言った。

「ヒースロー空港警備保安主任のジェフ・ダフィールドからお電話です」ホークが受話器

を取ると、秘書が告げた。「空港からで、緊急の用件だとのことです」

「ダフィールドの場合はすべてが緊急だ」ホークは応えた。「つないでくれ」そしてスピーカー・ボタンを押し、ウィリアムも会話を聞けるようにした。

「おはよう」ホークは言った。「この前電話をもらったときはハイジャックだったが、今回は何事だ？」

「残念ながら、ハイジャック以上です」ダフィールドが答えた。「プライヴェート・ジェットがヒースローに予定外の着陸をしました。燃料補給をし、乗員《クルー》を交替させてモスクワへ向かうとのことです。乗っているのはマンスール・ハリファの可能性があると思われます」

「もしそうなら」ホークは言った。「緊急事態と呼ぶに間違いなくふさわしいな」ホークがコンピューターの画面に呼び出した関連情報によれば、ハリファはほとんどと言っていいほど多くの国から二十六件の逮捕状を出されていて、インターポールの最重要指名手配犯リストの最上位に近いところにいた。

「乗っているのがやつだと確定するまで、われわれは動けない。何より避けなくてはならないのは、無実の男を逮捕したと責められて、大きな外交問題になることだ。まずはヒースローまでのクルーの事情聴取から始めるんだ」

「事情聴取はすんでいます、サー。彼らにわかっているのは、当該機がリビアからやってきたこと、乗客は三人しかいないこと、それだけです」

「リビアが手掛かりになるかもしれません」ウィリアムは言った。

「だが、決定的ではない」ホークが応えた。

「離陸許可が出るまでにどのぐらいの時間的猶予があるんだ?」ウィリアムは訊いた。

「せいぜい一時間です」ダフィールドが答えた。「だが、まだ出発枠が割り当てられていない。交替要員のクルーが搭乗を待っている段階です」

「すぐに搭乗をやめさせろ」ウィリアムは言った。「必要とあらば拘束しても構わない」

「私にその権限があるでしょうか」ダフィールドは確信がないようだった。

「いま、与える」ホークが言った。

「テロ対策即応チームはすでに位置に着けてあるか?」ウィリアムは訊いた。

「はい、ローチ警部補の指揮のもとで待機しています」

「彼らを交替要員のクルーに仕立て、女性客室乗務員を一人派遣すると伝えてくれ」ウィリアムは言った。「四十分ほどで、われわれもそちらに行けるはずだ」

「女性客室乗務員としてだれを考えているんだ?」ホークが受話器を置いたあとで訊いた。

「予定をもう一度確認させてもらえるかしら、ヴィクトリア?」車が〈プリンスイズ・ガーデンズ〉に入ると皇太子妃が言った。

「少し変わった昼食会で、妃殿下、招待客は百人だけですが、全員がそれぞれ千ポンドの会費を支払っています。ですから、このチャリティはすでに十万ポンドの利益が出ていることになります」

「それは経費を引く前よね？」

「そのご心配には及びません。今日の昼食会は〈アスプレイ〉がヴィクトリア女王によって王室御用達《ごようたし》を許されてから百三十周年を祝う行事の一つとして主催する形をとり、経費をすべて持ってくれることになっています。実際、デイヴィッド・カーマイケル会長はわたしに、妃殿下に敬意を表して、ほかに類を見ない自分たちのコレクションを展示するとまで言ってくれているんです。そのコレクションの宝とも言うべきヴィクトリア女王の像までも含めてです」

「ミスター・カーマイケルは何て気前がいいんでしょう」ダイアナが言ったとき、車はお気に入りだと彼女が以前ロスに教えてくれた店、〈ハーヴェイ・ニコラス〉の前を通り過ぎた。「お礼を忘れないようにしなくてはね」と彼女は言い、銀のコレクションについての一文をスピーチに付け加えた。

　ロスは助手席で口を閉じたまま、皇太子妃を一目見ようと待ち構えているはずの群衆のことを考えた。主賓の名前は警備上の理由で招待状に記されていないから、到着時はそれほど多くないはずだ。だが、赤い絨毯《じゅうたん》と全員同じ方向へ向かう立派な服装の一団が物見高い人々の目を引かないはずはない。帰途に就くときには、皇太子妃を一目でも見ようとする者が窓という窓から顔を出し、街灯柱という街灯柱によじ登り、道に溢《あふ》れ出てきているに違いない。三人分の目が必要になるのはそのときだ。

その思いを皇太子妃が破った。「何か問題が起こりそうなの、ロス？」

「妃殿下と結婚していると言い張るおかしなやつが、過去三回の行事に連続して現われているのですよ」

「それは犯罪なの？」皇太子妃が訊いた。

「妃殿下はいまも皇太子殿下と結婚しておられますからね、その間《かん》は犯罪になり得ます」

ロスは答えた瞬間、まずい言葉を口にしてしまったと後悔した。

「招待客はどういう人たちなの？」ヴィクトリアが助け舟を出そうとしてくれた。

「大半は善良で立派な人たちですが、一人か二人、例外があります」

「招待客にもおかしなやつがいるの？」皇太子妃が訊いた。

「いえ、妃殿下、そうではありませんが、前科のある人物が二人います」

「詳しく教えてもらえる？」ヴィクトリアが言った。

「不法侵入と詐欺です。その二人と一緒の写真は絶対に撮られないでください、妃殿下。なぜなら、その写真が間違いなく明日の新聞全紙の一面を飾ることになるからです」

車がボンド・ストリートに入るや、十人余りのカメラマンが道の真ん中に飛び出してきて、野次馬の一人が叫んだ。「ダイアナだ！」

「マンスール・ハリファは」ウィリアムは言った。「疑問の余地のない世界最悪の指名手配中のテロリストだ。やつがどれほど大勢の人々を殺したか、殺させたか、われわれは知る由もない。やつがあのプライヴェート・ジェットに乗っていて、われわれがそれを逃がしてしまったら、イスラエルは言うまでもなく、アメリカも黙っていないだろう。しかし、乗っているのがやつだといまだ確定できないのだから、われわれとしては慎重のうえにも慎重を期さなくてはならない」そして、ジャッキーにハリファの写真を渡した。彼女は青い光を一つだけ閃かせながら時速百マイルで高速道路を疾走する覆面警察車両の車内で、その写真を注意深く検めた。

「何かはっきりした特徴はないんですか？」ジャッキーが訊いた。

「首の横に生まれついての痣《あざ》がある。左耳のすぐ下だ。本人はアメリカの狙撃手にやられた弾丸傷《たまきず》だと言っていて、信奉者はそれを信じている。だが、伝統的なローブとヘッドレスという服装をしていたら、たぶんまったく見えないはずだ」

「わたしはどうやって機内に入るんですか？」ジャッキーが訊いた。手にしている古い『ニューズウィーク』の表紙では、マンスール・ハリファが捕らえたアメリカ兵の首を刎《は》ねようと三日月刀《シミター》を高々と振りかざしていた。

「彼を伴ってモスクワへ飛ぶことになっているクルーの交替要員に変装したテロ対策即応チームと一緒に、女性客室乗務員として機内に入ってもらう。その立場であれば、やつを特定するチャンスが一番多いはずだ。実際にやつを捕まえるのは即応チームに任せるんだぞ。なぜなら、この男は」ウィリアムは『ニューズウィーク』の表紙をつついた。「自分の母親だろうと一瞬のためらいもなく殺す男だからだ」

ダニーが減速して高速道路を下り、一番滑走路へ直接出ていくことができる、表示も何もないゲートへ向かった。

ゲートにいた係官は明らかにウィリアムたちを待っていて、彼の身分証をちらりと見ただけで滑走路の奥に一つだけある建物のほうを指さした。独りきりで立っているダフィールドが視野に入るまで、ダニーは二度と減速しなかった。制服姿の者は見る限り一人もいなかった。

ロスは目立たないようにしながら皇太子妃の数歩後ろに控えた。出席者に最初の料理が供され、彼女は〈アスプレイ〉の会長と言葉を交わしていた。ロスが改めて会場を見回したそのとき、一人の女の姿が目に留まった。

会場の一番奥に近い席にいて、銀の容器に入った塩を自分の料理にたっぷり振りかけていた。そのあと、こっそりと周囲をうかがい、塩の入った銀の容器を膝の上で口を開けているハンドバッグに落とした。そしてハンドバッグの口を閉じ、料理を食べつづけた。通常であれば、ロスは彼女にそれとなく歩み寄り、塩の容器をテーブルに戻すよう、これ以上恥をかくのを避けるよう仄めかすはずだった。だが、いまは通常ではなかったし、受けている指示を変更することはもはやできなかった。最重要人物を護ることが何をおいても第一であり、それを逸脱する行為は何であろうと許されないという指示である。だが、ロスはわれ知らずのうちに、今日二度目の逸脱をしようとしていた。中央のテーブルの男が鼻をかむ振りをしながら、銀のナプキン・リングをハンカチに忍ばせようとしているのが見えたのだった。案の定、リングはハンカチと一緒にズボンのポケットに姿を消した。

食事が終わり、皇太子妃がスピーチをしようと立ち上がるころには、塩の容器が六つ、胡椒《こしょう》の容器が四つ、ナプキン・リングが三つ、辛子の容器――中身は一杯だった――が一つ、姿をくらましていたが、ロスはそれをどうにもできなかった。この国で最も裕福な百人のなかに、少なくとも十二人の、『オリヴァー・ツイスト』の掏摸《すり》の親玉フェイギンなら喜んで雇っただろうと思われる、けちな盗人がいた。

〈アスプレイ〉の会長は皇太子妃のスピーチに聞き入り、その顔から満足の笑みが消えることはなかった。ほかに類を見ない〈アスプレイ〉のコレクションが保管庫に戻るときにいくつかなくなっていることを彼に告げる役目を、ロスは引き受けるつもりはなかった。

皇太子妃のスピーチが終わり、全員が立ち上がって拍手をしているあいだに、さらに二人の出席者が盗人に早変わりし、銀のティースプーンが一本と胡椒の容器が一つ、略奪品の仲間入りをした。盗人を特定するのは難しくなかった。それは拍手をしていない者たちだった。

皇太子妃が何枚かのメニュー・カードにサインを終えると、〈アスプレイ〉の会長が主賓を車まで見送った。途中、彼女は足を止め、待っていた群衆の何人かと言葉を交わした。そのなかには皇太后と握手をしたという車椅子の老女もいて、皇太子妃に抱擁《ハグ》されると涙を流した。

「何人見つけました、ミスター・ホーガン?」背後で訊く声があった。

振り返ると、ロスが若い巡査だったときに不法侵入で逮捕した記憶のある男がそこにいた。

「十二人か、もっと多いかもしれない」ロスは認めた。「そのなかにおまえがいなくてよかったよ、ロン」

「おれは記念品泥棒じゃありませんよ、警部補。いずれにしても、盗む価値があるのはヴィクトリア女王の像だけです。まあ、うまくやってのけるには、陽動作戦が必要でしょうがね」ロスは笑いたくなった。「でも、いいですか、ミスター・ホーガン。あんたがあの部屋にいたら、そんな気にすらなりませんよ」

ロスは緩んだ口元を引き締めて一歩前へ出ると、車の後部席のドアを開け、皇太子妃がヴィクトリアの隣りに腰を下ろせるようにした。

「ホークスビー警視長によろしく伝えてください」ロンが言い、ロスは後部席のドアを閉めて助手席に乗り込んだ。


テロ対策即応チームがロシアの航空機搭乗員の制服――悪くない、というのがウィリアムの評価だった――に着替えているあいだも、ローチ警部補は状況説明と戦術説明をつづけた。時間は味方ではなかった。

「いいか、貴様たち」その呼びかけ方で、ローチが軍隊経験者であることが明らかになった。「われわれの相手が三人の冷酷なテロリストであることを忘れるな。やつらの職務内容説明書に〝捕虜を取る〟という項目はない。だが、われわれには秘密兵器がある」そして、ジャッキー・ロイクロフト捜査巡査部長を紹介した。「ロイクロフトが雑誌を渡してコーヒーを出しているあいだに、われわれは操縦室《フライト・デッキ》に入り、彼女が合言葉を口にした瞬間に行動に移れるよう待機する」

「機内に入ったわれわれのなかに知った顔がないことに気づかれ、不審に思われる心配はないんでしょうか？」ジャッキーは訊いた。

「その心配はない」ローチが答えた。「機はハリファの所有ではなく、第三者がチャーターしたものだ。いずれにせよ、やつらはタイニーを見て蠟燭《ろうそく》も吹き消せないと見くびるだろうが、彼がどうして警察のライト級ボクシング・チャンピオンになったか、パスコー巡査部長の綽名《あだな》がなぜ〝一撃《ワン・ブロウ》〟なのかをすぐに知ることになる」

「では、ジャッキーが〝シートベルト〟と言ったら」パスコーがつづけた。「それが行動開始の合図だ。すべてはものの数秒で片づくはずだ」

「そう願いたいですね」タイニーが言った。「今夜はおれが子供たちを風呂に入れる番なんですよ」

全員が笑ったが、ウィリアムとジャッキーは例外だった。作戦前のユーモアに慣れていなかった。

「よし、貴様たち」ローチがロシアの制服を改めて確認して言った。「行くぞ」

ウィリアムが建物のなかから見ていると、ローチが先導する小部隊は待機しているプライヴェート・ジェットへと滑走路を横切っていった。自分たちの動きを、客室の窓の一つから一対の目が追いつづけていることに気づいていない者はいなかった。

ローチと二人の部下は短いタラップを上がって機内に入り、乗客を一瞥すらしないで操縦室に消えた。

ジャッキーは三人のすぐ後ろにつづいて機内に入ると、客室最前列の小さな折畳みテーブルにハンドバッグを置いた。そして乗客に背を向け、ハンドバッグを開けて口紅を取り出すと、化粧を直す振りをしてコンパクトの鏡を覗いた。見ているのは、長袖で丈の長いゆったりした民族衣装のトーブをまとい、金の帯を巻いたカフィーヤをかぶって、〈フィナンシャル・タイムズ〉を読んでいる男だった。だれの目にもテロリストには見えないはずだった。ジャッキーは鏡の向きをわずかに変え、その男の後ろに坐っている二人組の若い男が見えるようにした。一人は銃の上に右手を置き、もう一人はジャッキーから目を離さなかった。口紅をコンパクトに戻し、小さな缶入りのヘアスプレイを取り出して、もう一度鏡を覗いた。完全にリラックスして〈フィナンシャル・タイムズ〉のページをめくっているように見えるのがハリファに違いないという確信は、いまだ持てなかった。

ヘアスプレイを上衣のポケットに入れて向き直ったときも、二人目のボディガードの目は依然として張りついたままだった。危険を覚悟で笑顔を向けると、思いもかけなかったことに、笑顔が返ってきた。作戦どおりに進めることにして、棚の雑誌を並べ直しはじめた。〝ワン・ブロウ〟を客室にやってこさせる合図だった。驚いたことに、昔の『ニューズウィーク』が三部あったが、どれも表紙はマンスール・ハリファの写真だった。虚栄心をくすぐっておいて悪いことはない。ワン・ブロウがゆっくりと脇を通り過ぎていき、ジャッキーは何秒か待ってから、彼を追って通路を歩き出した。

「おはようございます、サー」ワン・ブロウがハリファの横で足を止めて挨拶をした。一人目のボディガードはワン・ブロウから目を離さず、二人目は依然としてジャッキーを見ていたが、ハリファはワン・ブロウにもジャッキーにもほとんど目もくれなかった。

「管制官から離陸許可が出ました」ワン・ブロウは言った。「よろしければ出発しますが？」

ハリファが読んでいた新聞を下げ、わずかにうなずいてみせた。

「承知しました、サー」ワン・ブロウは応えた。

ジャッキーは一歩前に出て言った。「みなさま、シートベルトの着用をお願いいたします」

ちょうどそのとき、タイニーがシャンパンのボトルを銀の盆に載せて現われた。

三人のうちの二人がシートベルトに手を伸ばし、ワン・ブロウはその一瞬の隙を逃すことなく、ハリファを排除すべく鋭い一撃を首に見舞った。ジャッキーは一人目のボディガードの顔に目潰しのヘアスプレイを噴射し、相手が予想もしていなかった拳での一撃を放った。しかし、二人目のボディガードはシャンパンのボトルに気づいていて、タイニーがそれを振りかぶるはるか前に飛び上がってジャッキーの腕をつかみ、後ろ手にねじり上げたあと、彼女のこめかみにしっかりと銃口を押し当てた。

タイニーはすぐに自分のミスに気がついた。

「ちょっとでも動いてみろ」ハリファのボディガードが言った。「この女の頭が吹き飛ぶぞ」

タイニーはその言葉を疑うことなく、振り上げていたシャンパンのボトルを下げた。ワン・ブロウは一歩後ろに退がった。

「おまえたち二人は」ボディガードがタイニーとワン・ブロウに顎をしゃくった。「すぐに外へ出ろ」二人がためらっていると、銃口がジャッキーの口に突っ込まれた。タイニーとワン・ブロウは仕方なく通路を後退し、滑走路へとタラップを下りた。

タラップを格納してドアを閉めるよう、銃を持ったボディガードがジャッキーに命じた。ジャッキーが滑走路を見下ろすと、なす術《すべ》がないという顔のウィリアムと、ワン・ブロウとタイニーが彼女を見上げていた。長射程狙撃ライフルがターミナル・ビルの屋上から機の搭乗口を狙っていることはジャッキーもわかっていたが、自分が火線上にいるあいだは、狙撃手も引鉄《ひきがね》にかけている指を絞る危険は冒さないはずだった。ジャッキーがドアを閉めるや、ボディガードは彼女をコックピットのほうへ突き飛ばした。そこではローチ警部補が機長席に坐っていた。プランAがうまくいかなかったら、プランBに全面的に切り替えるしかなかった。プランAは大失敗だった。

「離陸しろ！」ボディガードがローチに怒鳴った。いまや銃口はジャッキーのうなじにしっかりと食い込んでいた。

自分はテロ対策即応チームの隊長であって、飛行機を飛ばしたことは人生で一度もないのだと明らかにするときだとは、ローチは考えなかった。彼はヘッドセットを装着して祈りはじめた。その祈りに上からの声が応えた。

「私の指示に従ってもらいます。慎重にお願いします」本物の機長がヘッドセット越しに言った。「オーヴァーヘッド・パネル中央のスタート・スイッチを押して、エンジンを始動させてください」

ローチは指示に従った。二つのスイッチをひねると、エンジンが始動し、間もなくアイドリング状態になった。

「次は自動ブレーキを準備状態にする必要があります。スイッチは正面中央のパネルにあります。それをRTOと表示されている位置まで回してください。そのあと、あなたの右脚の前隣りにある二つのスラスト・レバーを中間点ぐらいまで押してください。それで機が加速しはじめます。舵《かじ》は両足で操作します。直進したかったら、両方のペダルをゆっくりと踏んでください」

ローチはおずおずと左右を見て、スラスト・レバーを数インチ前に押した。

「あなたの前方の滑走路上には何もありません、警部補」本物の機長が言った。「ここでレバーをもう少し前に押してください。ただし、ゆっくりとですよ、一気に押すのは駄目です。機は加速をつづけますから、時速約九十マイルになるまではそのまま加速してください」

そのあとはどうするんだ、とローチは訊きたかった。機は速度を上げていき、銃を持ったボディガードがコックピットのドアに片手を突いて身体を支えなくてはならなくなった。

「では、スラスト・レバーを引き戻す準備をしてください、今度は一気にでないと駄目ですからね。それをやった瞬間、ブレーキが自動的に作動します。しかも煉瓦の壁にぶつかったかと思われるほど激しく。銃を持った男は間違いなくバランスを崩しますから、そのときが、やつを無力化する唯一のチャンスになるはずです」

「わかった」ローチは応えた。滑走路の先端が急速に近づいていた。

「いまです」本物の機長の声がきっぱりと指示した。

ローチは二つのスラスト・レバーを一気に引き戻した。ブレーキが作動し、銃を持った男の身体が宙を飛んで床に叩きつけられた。

「彼らが何をしたですって？」皇太子妃が訊いた。車はボンド・ストリートを右折してピカディリーに入ろうとしていて、交差点を無事に渡ることができるよう、先導する二台の警察のオートバイが交通を遮断した。

邪魔されることなく走りつづける車内で、ロスは昼食会で何を目撃したか、なぜそれをどうにもできなかったかを明らかにした。

「ミスター・カーマイケルはお気の毒だったわね」ダイアナが言った。「何かして差し上げられることがわたしにもあるはずよね？」

「出席者全員を対象に、彼らが帰るときに身体検査するしかありません」ロスは言った。

「しかし、それは〈アスプレイ〉の一番の顧客である人たちを当惑させることになるだけで、ミスター・カーマイケルも絶対に喜ばれないでしょう」

「でも、彼はとてもいい人で、記念の行事を成功させるために色々骨を折ってくれたのよ。それなのに、そんなことがあったのでは悪い思い出にしかならないでしょう。そうね、〈アスプレイ〉に銀の写真立てを百個注文して、わたしの写真を入れて一人一人に進呈すれば、今回の埋め合わせにならないかしら」

「それは事態を悪くすることにしかならないのではないでしょうか」ヴィクトリアが仄めかした。「この前それをなさったとき、妃殿下、〈アスプレイ〉は請求書を送ってきませんでした」

皇太子妃はしばらく沈黙したあとで言った。「ミスター・カーマイケルに笑顔が戻る方法を思いついたわ。彼にＭＶＯを授けてくださるよう、女王陛下にお願いするのはどうかしら」

「ですが、あれは王室に長年尽くした人にしか与えられないのが普通です」ヴィクトリアが言った。

「そうだけど」ダイアナが応えた。「でも、忘れないで。〈アスプレイ〉は百年以上前から王室に尽くしているわ」

「失礼ながら教えていただきたいのですが、妃殿下」ロスは言った。「ＭＶＯとは何でしようか？」

「ロイヤル・ヴィクトリア勲章よ」ヴィクトリアがダイアナの代わりに答えた。「もう一つ、同等の栄誉として大英帝国勲章があるんだけど、女王陛下が手ずから授与なさるものだから、もっと稀《まれ》なのよね」

「だから、あと二十年わたしの世話をしてくれたら、ロス、あなたもそれを受け取れるかもしれないわよ」

それもいいかもしれないとロスは思ったが、車がケンジントン・パレスの前に着いたので、返事をする間がなかった。


ウィリアムは四人の救急隊員がタラップを下り、二つのストレッチャーを滑走路へ運び下ろすのを見守った。四人は要請の必要がないことを全員が願っていた救急車へとゆっくり進んでいき、二つのストレッチャーを滑走路に慎重に並べて置いた。一方に横たわる人物の顔には白い布が掛けられていた。

ややあって、手錠をかけられた二人の男が抵抗しながらも機から降ろされ、すでに後部ドアを開けて待っている別々のパトカーにぞんざいに押し込まれた。

「勇敢な女性ですよ」走り出した救急車のなかでローチが言った。「私のところでも一番の隊員になったでしょう」

ウィリアムは応えなかったが、もしあのとき銃を持っていたらその場でハリファを射殺していたはずで、それを押しとどめるのはローチを押しとどめる以上に大変だったに違いなかった。

16

ブース・ワトソンは思いのほか早く立ち直った。これから直面することはせいぜいが一次的な停滞に過ぎないが、それでも、あと数か月はシアトルへ向かうことを諦めなくてはならないと納得できたのだった。マイルズは依然として刑務所にいて、早期に釈放される見込みはない。ひたすら時間を耐え忍ぶしかない。時間はいまも自分の側についていてくれている。

早い時期にマイルズと話し合う必要がある。そのときに、クリスティーナがスーツケースに残した手書きのメモを見せてやるのだ。そうすることでマイルズの怒りを間違いなく彼女のほうへ逸《そ》らすことができ、自分がいないあいだにお抱え弁護士が何を企んでいたかを疑うことはないはずだ。そして、クリスティーナが予想外の幸運で手にした資産について税務当局に密告があったことをマイルズに教えてやれば、一石二鳥が成就することになる。

クリスティーナにまんまと出し抜かれたにもかかわらず、まだすべてを失ったわけではないとブース・ワトソンは感じていた。銀行の金庫室にはいまも千二百万ポンドの現金が眠っているし、マイルズに信用されて貸金庫の鍵を預かっているのは自分だけだ。これからの数週間に何度か銀行を訪ねるだけで、すべては片づくはずだ。さらに、〈マルセル・アンド・ネッフェ〉の株の五十一パーセントを二千二百万ポンドで売却するというマイルズの指示を、金額に色をつけて実行し、その金をマイルズの口座に預けて保管する。ただし、それはマイルズの裁判の判決が出るまでだ。そして、十八年の刑が確定してマイルズがベルマーシュ刑務所に定住したら、すぐにその金を香港に移す。

だが、それはおれがマイルズのアート・コレクションを売却して得る金額に較べれば端金《はしたがね》でしかない。何と言ったって、そこにはルーベンス、フェルメール、レンブラント、そして、来るべき展覧会が終わったらすぐさまフィッツモリーン美術館に返却を要請するフランス・ハルスが含まれているのだから。ウォーウィックの妻は喜ばないだろうが、それはおまけだ。

というわけで、ヒースロー空港へ行くために予約したもののもはや必要なくなったタクシー料金を払わなくてはならないし、ビジネスクラスのチケット代も戻ってはこないが、完全な災厄ではない。早期引退をもう少し先延ばしにすればいいだけのことだ。それでも、まだ一つ、答えの出ていない謎がある。クリスティーナの専属運転手の制服を着ていたのはだれか？　そういえば、クリスティーナが銀行から出てきたとき、あの運転手は彼女のためにドアを開けてやらなかった。だとすれば、それはあの男の職業ではないということだ。

「サー・ジュリアン・ウォーウィックはなぜそんなにあっさりこっちの条件を呑んだんだ?」マイルズ・フォークナーはチューリップの向かいに腰を下ろし、湯気の立っているブラックコーヒーと〈タイムズ〉を看守から受け取って訊いた。

「呑まなかったら」チューリップが言った。「大事な息子が皇太子妃殿下と親しくなるところか、おれたちと一緒に朝飯を食うはめになる恐れがあるからですよ」

マイルズは眉をひそめて言った。「おれは何かを見落としているぞ」そのとき、服役囚仲間が卵とベーコンの皿を彼の前に置いた。

「しかし、ブース・ワトソンから同意書の写しを受け取っているし、原本にサー・ジュリアンの署名があるのもあんた自身が見ているじゃないですか」

「原本にはな」マイルズは繰り返した。「だが、おれの持っている写しには、彼の署名はない」

「まさか、ブース・ワトソンがあんたを裏切るなんてことはあり得ないんじゃないですか?　だって、おれがあんたを知ってからずっと、彼はあんたの弁護士でありつづけているんですよ?　いずれにせよ、そんなことをして彼にどんな得があるんです?」

「約二億ポンドの得がある」マイルズは答えた。コーヒーは冷めていた。「それだけの大金なら、おまえだっておれを裏切るんじゃないのか？　おれが刑務所に閉じ込められて、手も足も出せないとわかっていたら尚更だろう」

チューリップがしばらく黙ったあとで言った。「しかし、あんたに気づかれたらどれだけ多くを失うことになるか、ちょっと考えればわかるはずですがね」

「気づかれなかったらどれほど多くを手にすることになるか、ちょっと考えればわかるはずだろう」マイルズは言った。

「それにしても、ここに閉じ込められているのに、どうやって確かめるんです？」

「ラモント元警視を受取人にした保険に入るときがきたかもしれんな」

「しかし、あの男を信用していないんでしょう？」チューリップが言った。「それに、いずれにしても、あいつはもうブース・ワトソンのために仕事をしているんじゃないですかね」

「そのときは、報酬を二倍にして、おれを裏切ったらどんな目に遭うか、はっきりわからせてやるまでだ」

マイルズは手つかずの朝食を脇に押しやり、〈タイムズ〉の一面のマンスール・ハリファの写真を一瞥した。

「おれが喜んで殺す男がここにいますよ」チューリップが写真を指さした。

「生かしておくほうがおれたちの最大の利益になるかもしれんぞ」マイルズが言ったとき、看守が二杯目のコーヒーを注いだ。

「どうしてです、ボス？　おれたちにどんな利益があるんです？」

「ハリファは情報を持っているんだ、警察――外務省は言うまでもない――が知ったら大喜びする情報をな。その情報をもってすれば、おれの刑期をさらに短縮するよう、裁判長を説得できるかもしれん」

「しかし、ハリファはおれたちのような異教徒とそういう情報を共有したりはしないでしょう」

「そうかもしれん。だとすると、献身的な信者をおれたちのほうへ改宗させる必要があるな。ここにそういう連中は何人いる？」

「十二人、あるいはもう少し多いかもしれません。だけど、全員がハリファを英雄として崇《あが》めています。彼を裏切ろうなんて思わないでしょう」

「酒かドラッグの問題を抱えているやつはいないか？」

「一人もいません」自分の顧客を知っているチューリップが答えた。「酒もドラッグも接触する手段にはなりませんね」

「十二人と言ったな。それなら、そいつらのなかにユダを見つける必要がある。銀三十枚よりはるかに多くを喜んでくれてやるぞ」

「金でハリファを裏切るやつはいませんよ」チューリップが言った。「どんな大金を積まれてもね」

「どうすればハリファを裏切らせられるか、その方策を見つけろ。そうすれば、おれは保険を二つかけたことになる」

マイルズ・フォークナーがクリスティーナのメモを三度読み直したあとで言った。「あの売女《ばいた》、とっくの昔に殺しておくべきだった」そして、拳でテーブルを殴りつけた。

「裁判が終わるまでは、冗談でもそれを口にしないでくれ」ブース・ワトソンは諌めた。「早期釈放の可能性を潰したくはないからな」

そして、依頼人が落ち着くのを待って計画の説明を再開した。「きみが釈放されるまでにすべてを片づけておくとすると、きみのサインが必要になる書類がもう一、二通ある」

マイルズがうなずいた。

「まずは、きみの指示どおりに〈マルセル・アンド・ネッフェ〉株の五十一パーセントを売却したことを伝えておく」

「いくらで売れた？」

「二千六百万だ。きみの依頼額より四百万多い」

「その金はどこに預けてある？」

「いまのところ、きみの取引銀行の口座に入れてあるが、きみの好きなときにどの銀行へでも移すことができる。その場合、銀行の名前と口座番号を私に教えてくれるだけでいい」

「全額をチューリヒ銀行の、おれの無記名口座に移してくれ。ここを出たあと、いつまでもイギリスにとどまるつもりはないし、おれをここへぶち込んだやつらに四十パーセントの税金を払うつもりも絶対にないからな」

ブース・ワトソンは依頼人の指示をメモしたが、その指示を実行するつもりはなかった。

「あんたは一パーセントを自分のものにしていいぞ」マイルズが言い、そのあとで付け加えた。「四百万のな」

元々の約束では百万だったことを、ブース・ワトソンは黙っていた。わざわざそんなことを教えてやる必要がどこにある？　どのみち全額が手に入るというのに？

「ありがとう、マイルズ」ブース・ワトソンは言い、サインが必要な書類をさらに二通、マイルズに渡した。全額が最終的に移されるのがチューリヒではなくて香港の無記名口座であることを、マイルズは知らなかった。ブース・ワトソンはわざわざ教えなかったが、彼の依頼人のかけがえのないアート・コレクションはガトウィック空港の近くの美術品保管所に保管されていたし、コレクションのすべてを買うことに興味を示している、見込みのありそうな買い手と話し合う手筈もすでに整っていた。

「ほかに何かあるか?」マイルズが十五分しか残っていないことを腕時計で確認して訊いた。

「もう一つある。フランス・ハルスの展覧会が数週間後にフィッツモリーン美術館で始まるが、きみの許可があれば、展覧会が終わったらあの肖像画を返却させるつもりだ」

「終わった当日に返却してもらおう。それから、ルーベンスとレンブラントも返してもらえるものと期待していることをフィッツモリーンに教えてやってくれて構わない。そもそも貸し出しているだけなんだからな」

「貸出期間は無期限になっている」ブース・ワトソンは思い出させた。「だが、契約書の抜け穴を見つけたという自信がある。向こうが考えてもいなかったはずの抜け穴だ。その抜け穴が、無期限を有期限に変えてくれるはずだ」

「それができたら、フランス・ハルスもルーベンスもレンブラントも、三点全部をスペインへ送り返して、コレクションの残りと一緒にいられるようにしてやってくれ」

ブース・ワトソンははなからフランス・ハルスも、ルーベンスも、レンブラントもコレクションの残りと一緒にしてやるつもりだったが、場所はスペインではなかった。

「裁判についての最新情報はないのか?」

「ようやく日取りが決まった。きみがいまも有罪を認めるつもりでいるのなら、クリスマスまでにはここを出られるだろう」

「もっと早くなるかもしれないぞ」

「また脱獄を計画しているのか？」ブース・ワトソンは虚を衝《つ》かれるのが好きではなかった。

「まさか。いま考えている計画では、おれはここにいなくちゃならないんだ」マイルズは言ったが、ハリファのために何をするつもりでいるかをブース・ワトソンに教えるつもりはなかった。

「その計画とやらを教えてもらえないかな？」ブース・ワトソンは訊いた。冷静さを保つのに努力しなくてはならなかった。

「駄目だ。おれがホークスビーの弱点を握り、やつが〝教えてくれ《エンライトン・ミー》〟と懇願するまではな」

ブース・ワトソンがふたたび訊こうとしたそのとき、ドアが大きくノックされた。

「時間です」担当看守が告げ、入口に立ち尽くした。

ブース・ワトソンは言葉を失い、担当看守のハリスにマイルズがサインした書類の立会人として署名してくれと頼むことを忘れた。香港への片道切符を予約できるようになるはずの書類だった。マイルズがテーブルの向かいで立ち上がり、一言も発することなく席を離れてガラス張りの部屋を出た。マイルズを独房へ連れ戻すべく、ハリスがそこで待っていた。

「しまった」マイルズは何歩か歩いたところで思わず口走った。振り返ると、すでにブース・ワトソンの姿はなかった。

「どうかしましたか、ミスター・フォークナー？」ハリスが二重に閂《かんぬき》のかかるゲートの向こうへマイルズを送り込み、施錠しながら訊いた。

「何でもない、来週まで待てばいいだけのことだ」

17

すぐそこまで行くのに、ウィリアムは三十分をかけた。

宮殿で行なわれるその儀式に出席するよう求められたのは意外ではなかった。与えられた役をどう演じるかは、すでにホークスビー警視長からしっかり説明を受けていた。勇敢さを称《たた》える場合、女王が王室のだれかを代理に立てることは決してない、とホークは教えてくれた。なにしろ勲章には彼女の名前がついているのだから、と。

ウィリアムは車でスコットランドヤードを出ると、ホワイトホールのほうへ向かった。トラファルガー・スクウェアで左折し、アドミラルティ・アーチの下を通ってリ・マルへ入った。ザ・マルの突き当たりの信号が青になると、ヴィクトリア女王の像をぐるっと回って、バッキンガム宮殿のノース‐センター・ゲートの前で車を停めた。

門衛がクリップボードで姓名を確かめ、左手のアーケードを抜けて広い中庭に入るよう教えてくれた。指示に従い、ウィリアムはホークのジャガーの隣りにミニを駐めた。それもまた、ホークからくどいほど念を押されていたことだった。

車を降りたものの、どこへ行けばいいのかわからずにいると、前方を颯爽《さっそう》と歩いている、完全正装の首都警察警視総監の姿が目に留まった。目的地への道順を知っている足取りだった。

宮殿へつづく壮大な入口の先触れとなる巨大な両開きの扉までたどり着くと、そこでもう一度姓名を確認され、百年前の時代から抜け出してきたかのような黄金で飾り立てた制服姿の案内係が、赤い絨毯を敷き詰めた広い階段を先導して二階まで連れていってくれた。「ロング・ギャラリーを通り抜けられますと、サー」案内係が言った。「右手が玉座の間でございます」

ウィリアムは時計を見た。儀式が始まるまでまだ十二分あったから、ロング・ギャラリーの真ん中をできるだけ時間をかけて歩いた。そこは田舎道ぐらいの幅があり、頭上高くにある天井まで聳《そび》える壁は絵で埋め尽くされていた。ウィリアムはそれらの絵を、足を止めて堪能した。その大半は、子供のころに父が買い与えてくれた『女王の絵』のページのなかでしか見たことがなかった。ヴァン・ダイクの「チャールズ一世」と「ヘンリエッタ・マリア」の前にきたときも、やはり足が止まった。完全な評価をするには一歩後ろに下がらなくてはならず、別の出席者とぶつかりそうになった。

「おはようございます、サー」ポール・アダジャ捜査巡査部長が挨拶した。

「おはよう、ポール」ウィリアムはほとんど振り返りもせずに挨拶を返し、にんまりと笑みを浮かべずにはいられないまま付け加えた。「ベスがさぞや羨ましがるだろうな」

「彼女が玉座の間までたどり着けるかどうかも怪しいと思いますが」ポールが言った。

「それはわれわれだって同じですよ。ここでこうしている限りはね」

　ウィリアムは渋々ポールの後ろについて歩き出し、カナレットを一点、ヴァン・ダイクを一点、何とか目にとどめようとしながら、ようやく玉座の間に入った。〝息を呑む〟という言葉では足りないように思われる空間が、またもや目の前に広がっていた。束の間足を止め、高い天井の中央に吊《つ》るされている巨大なクリスタルのシャンデリアに見惚れたが、その視線は間もなく、部屋の奥の一段高くなったところに据えられている、二つのハイーバックの赤い玉座に移っていった。そこに腰を下ろす資格がある人物は二人しかいなかった。広大と言っていい部屋には金の椅子が長い列となってぎっしりと並び、ウィリアムの推測ではおそらく二百人は坐れるだろうと思われたが、今回使われるのは最前列だけだった。ウィリアムは赤い絨毯を敷いた通路をゆっくりと玉座のほうへ進んだ。最前列に着いてみると、警視総監とホークが深刻な様子で話し込んでいた。ウィリアムは通路の反対側の端に割り当てられた席に腰を下ろした。隣りはレベッカだった。「おはようございます、サー」また挨拶されて、ウィリアムは彼女の右隣りに坐っているロスに笑顔を向けた。彼に質問しようとしたとき、全員が口を閉じて起立した。ちらりと左を見ると、ホークが彼女の登場に見惚れていた。

女王が彼らの前を通り過ぎていった。ずいぶん小柄なんだなというのがウィリアムの第一印象だった。そのまま玉座に着くのだろうかと思っていると、あにはからんや、一段高くなった台座への階段の上で足を止め、最前列にいる者たちに向き直った。

式部官が小さく手で合図して全員を着席させ、もう一人の式部官が女王にスピーチの原稿を手渡した。ウィリアムは立ったままだった。

「最初に、あなた方を歓迎します。この特別な時をわたくしと分かち合うために足を運んでくれたことを、とても喜ばしく思っています」

これ以上の重責を担っているだれかがほかにいるだろうか、とウィリアムは思わざるを得なかった。

「今日、わたくしたち全員がここに集《つど》ったのは、瞠目《どうもく》すべき人物の尽力に感謝を表わすためです。まさに〝尋常ならざる女性〟としか形容のしようがありません」女王はそこで間を置き、原稿をめくった。「義務を果たすべく求められたとき、この女性は自らの命を危険に晒すことをためらいませんでした。その並外れた勇気のおかげで、冷酷なテロリストに裁きを受けさせることができました」そして、顔を上げて微笑した。「ですから、ジャクリーン・ミシェル・ロイクロフト捜査巡査部長にクィーンズ・ギャラントリー・メダルをもって報いることを、わたくしは大いなる喜びとするものであります。この女性はこれをもって栄誉ある警察の精鋭の一人に、しかも、彼女の場合は初の女性として、加わることになるのです」

式部官が女王に青い革の小箱を渡し、女王がそれを開けるあいだに、ウィリアムはジャッキーの車椅子を押して前に進んで、女王の前で止まった。

ジャッキーの同僚がだれに促されるでもなく大きな拍手を送るなか、女王が腰を屈めてジャッキーの制服に勲章をピンで留めた。その瞬間まで、ジャッキーは絶対に緊張と不安を表わすまいと車椅子の肘掛けをしっかりと握り締め、何とか冷静さを保っていた。武装したテロリストと面と向かうのも難しかったが、女王と面と向かうのはまったく別の難しさだった。勲章を授与されることは何週間も前にわかっていたにもかかわらず、緊張を軽減させることはどうしてもできなかった。

後に班で伝説になったことに、ホークは涙を流していた。ただし、本人はだれにも――妻は例外だった――それを認めなかったが。

そのあとにつづいたパーティの席で、女王はジャッキーとしばらく言葉を交わしたが、プライヴェート・ジェットが急停止したとき銃弾が彼女の胸を貫いたこと、数ミリ逸れていれば心臓に命中していたことを女王に教えたのはウィリアムだった。

女王は最後にこう言った。「あなたのような優秀な警察官がいてくれて、わたくしたちは幸運ですね」

女王がほかの班員と言葉を交わすために移動すると、ウィリアムはローチ警部補を脇へ連れていって、三人のテロリストを捕まえるために彼のチームが果たしてくれた役割に感謝した。「白状しなくちゃならないんだが」ウィリアムは付け加えた。「ジャッキーがテロ対策即応チームの部下としてもとても優秀な隊員になったに違いない、ときみが言ったとき、おれはてっきり彼女が死んだものと誤解して――」

「そいつは申し訳ありませんでした」ローチは謝ったが、悪びれている様子はまるでなかった。「おれのところに女性隊員がいないことを指摘しただけなんですがね。ですが、ジャッキーと仕事をしたあとでは、ますます残念の度合いが強くなっていると言わざるを得ません。だって、彼女をわれわれのところへ引っ張りたいと考えているんですから」

「それは忘れてくれて構わない」ウィリアムは言った。「傷が癒えたら、ジャッキーはすぐに同じぐらい困難な任務に取り組むことになっているし、今回は捜査対象が警察官で、それが仕事のハードルを上げているんだ」

「おれに手伝えることはありませんか？」

「残念ながら、ないな。きみのところの仕事より少し繊細さを要するんでね。いま言えるのは、今度王族と会うときは、今日ほど楽しいものにならないかもしれないということだけだ」

「いい話と悪い話、どっちを先に聞きたい？」その日の夕方遅く、自宅に帰ったウィリアムにベスが訊いた。

「悪い話から決まってるだろう」ウィリアムは玄関のドアを閉めながら答えた。

「ティム・ノックスがフィッツモリーン美術館を辞めるの。王室の絵画コレクションの管《サーヴェイヤー・オヴ・ザ・クイーンズ・》理責任者《ピクチャーズ》になってほしいと頼まれているんですって」

「それは残念だな。彼の代わりを見つけるのは難しいだろうからね。それで、いい話というのは何なんだい」

「自分の後継にわたしが立候補したらどうだとノックスが言ってくれているの」キッチンへ入りながら、ベスが明らかにした。そこではアルテミジアとピーター、そしてジョジョが、サラに監視されながら大きなピザと格闘していた。

「こいつらときたら、食べるのをやめることはないのか？」ウィリアムは一緒にテーブルに着きながら言った。

「館長職に就く十分な見込みがあるとノックスは言ってくれて、わたしを支持するとすでに表明してくれている理事も何人かいるんですって。票決になったとしても、ノックス自身が間違いなくわたしを支持してくれるわ」

「きみという人材がいてくれて運がいいと理事会も考えるさ」ウィリアムは言いながらピザの最後の一切れを見たが、後れをとることになった。

「館長職は公募しなくちゃならないから、きっと手強《てごわ》い相手が現われるわ」

「敢えてきみを相手に戦おうとするとしたら、そいつは神に助けを乞うしかないだろうな」

「駄目よ、お父さん」アルテミジアがピザを口に入れたままで言った。「日曜学校の先生が言っていたわ、むやみに主の名を口にしちゃいけないって」

「そうだよ」ピーターが同調した。

「そうよ」ジョジョが繰り返した。

「そのとおりだ。お父さんが言おうとしたのは、おまえたちのお母さんと戦おうとする相手は、だれだろうとその勇気を認めて天が力を貸してくれるということだ」

「さあ、子供たち、寝る時間ですよ」サラがきっぱりと言った。

「寝る前に本を読んでもらえないかな、お父さん?」ピーターが椅子から下りながら言った。

「もちろんだとも。いまも『たのしい川べ』か?」

「違うわ、あれはずっと前に終わったわ。いまは『不思議の国のアリス』よ」子供たちが寝る前に帰宅できる日が滅多にないことに、ウィリアムは後ろめたさを感じた。こういう時期はあっという間に過ぎ去ってしまうと父からたびたび警告されていた。

「でも、ささやかな追い風を吹かせられるだけの当たりを引けるかもしれないの」サラが子供たちを浴室に連れていくと、ベスが言った。「わたしが館長になるのを妨げない当たりをね」

「館長選考委員に賄賂を使うとか?」

「残念ながら、そんなお金はないわ」ベスが言った。「でも、この秋のピッツバーグのオークションに、ヤン・ステーンが一点出品されることを突き止めたの。カタログの表紙を飾っているから、負ける可能性も十分にあるけど、そこそこの金額で落札できないとも限らない」

「どうしてそれがきみが館長の職をものにする助けになるんだ?」

「助けになんかならないわよ。でも、同じカタログで、だれかわからない画家の鉛筆画を見つけたの。『夜警』のランプの下描きだと、わたしは確信しているんだけどね」

「落札価格はどのぐらいと踏んでいるんだ?」

「二百ドルかしら。レンブラントと同時代のだれかが複写した可能性もあるけど、その価格なら危険を冒す価値はあるわ」

「実際にレンブラントが描いたものだったら?」

「四万ポンド前後かしら」

「だったら、それを売れば、フィッツモリーン美術館の厳しい財政に大貢献することになって、みんなが喜ぶことになるな」

「それはあり得ないわね。何であれレンブラントの作品を売ることに理事会が賛成するはずがないもの。それどころか、常設展示を主張するんじゃないかしら。でも、それには館長の一年分の給料に匹敵する経費がかかるんだけどね」

「きみのことだから、それを彼らにわからせる、いい方法をきっと思いつくさ」

「わたしが正しいとわかった場合に限り、だけどね」

「その鉛筆画に気づいている者はほかにだれもいないんだろ」ウィリアムはそう言ってから二階を指さした。「だけど、いまはもっと大事なことがある。〝帽子屋《マッド・ハッター》〟のところへ行って、彼がアリスとウサギとお茶を飲んでいる理由を突き止める時間だ」

「晩御飯は何がいい？」ベスが腰を上げながら訊いた。

「ピザは無理かな？」ウィリアムはきれいに平らげられた皿を見つめて訊いた。

「運がよかったわね、野蛮人。わたし、しばらく前から家には子供が四人いることを受け容れていて、だから、一人前余分に注文しておいたのよ。あの三人を寝かしつけてここへ戻ってきたら、今日のことを全部聞かせてもらってもいいわよ」

「相変わらずの仕事の一日だよ」ウィリアムは言った。「だけど、女王陛下と興味深いお喋りをしたぞ……」


翌日、ウィリアムは朝の遅い時間にバッキンガム・ゲートに出勤し、寝る前の読み聞かせを子供たちにしてやれる時間に帰宅した。月の終わりには『不思議の国のアリス』を読み終えて、『鏡の国のアリス』の第五章に到達していた。その理由はたった一つ、時間に几帳面《きちようめん》でないところを見せることによって、自分たちと同類で甘い汁を吸うのをよしとしているとミルナーに思わせるための、長期計画の一つだったからである。

これまでの六週間、その実施計画案は厳密に守られて、全員が毎朝遅く出勤し、昼食休憩を長々と楽しみ、それを経費として請求し、早く退勤しつづけた。すべて完璧にリハーサルが行なわれ、ウィリアムの指揮によって進められていた。

ミルナーにビルと呼ばれるようになって、ウィリアムは〈経費不当請求作戦〉が収まるべきところにきちんと収まりはじめていると確信した。ウィリアム・ウォーウィック巡査が警察官になったときは〝少年聖歌隊員〟と綽名されていなかったことを、ミルナーはしっかりと記憶してくれたはずだった。

絶好の機会が近づくにつれて、スコットランドヤードでの朝の定例会議は頻度を増していった。チャールズ皇太子とダイアナ妃が海外視察に出ている十日間である。ミルナー警視、レナルズ捜査警部補、そして、ジェニー・スマート巡査を差し置いて専属身辺警護官に昇任したばかりのジェニングズ巡査部長が大西洋の向こうへ同行することになっていて、その間《かん》、ロス・ホーガン捜査警部補が彼ら全員にしっかり目を光らせられるはずだった。

「どうやって寝返らせたんだ？」マイルズ・フォークナーは運動場をゆっくり周回しなが

らチューリップに訊いた。

「やつを裏切るのに銀三十枚すら欲しがらないユダを見つけたんですよ」チューリップが答えた。「タレク・オマールって男です」

「そいつがそんな危険を引き受ける理由は何だ?」

「最近のアルジェリアのクーデターで、ハリファはタレクの兄弟を殺しているんです。それで、タレクにとっては復讐できるというだけで十分な理由になるというわけです」

「どうやってハリファとタレクを接触させるんだ?」

「もうタレクをハリファのいる棟の清掃担当に異動させるようにしてあります。だから、二人は定期的に接触することになり、そのときのタレクはハリファの大義の信奉者を装うことになっています。心配があるとすれば、タレクがハリファを殺すんじゃないかということぐらいですかね」

「おれがここを出るパスポートになってくれる可能性がわずかでもあるあいだは、ハリファに生きていてもらわないと困る」

「その件は全部片づいたんだと思ってましたが」

「おれもそう思っていたよ」マイルズは言った。「ブース・ワトソンが毎週定例の打ち合わせにきたとき、こっち側が準備した同意書を確認してもらうためにサー・ジュリアン・ウォーウィックと会うつもりだと教えてくれるまではな」

「会ってないと考える根拠は何なんです？」チューリップが訊いた。

「ブース・ワトソンがスペインから帰った直後に事務所で会って以降、二人が顔を合わせたことはないとラモントが言っているんだ」

「どっちを信じるんですか？」

「ラモントだ。なぜなら、ラモントが本当にブース・ワトソンのために仕事をしていたのなら、やつとサー・ジュリアンは会っていると言ったはずだからだ。というわけで、おれがここから出られる希望が何であれあるとしたら、保険の一つを現金化する必要があるかもしれん」チューリップはボスの話をさえぎってはいけないときを知っていた。「一つ確かなのは」マイルズがつづけた「おれ自身がタレクと会う危険は冒せないということだ。それで、何であれ手に入れた価値ある情報を、運動場で聞き耳を立てている連中に知られずに、タレクはどうやっておまえに渡すんだ？」

「おれの房とやつの房は同じ踊り場を使うんで、ときどきならだれにも疑われずに立ち寄れるんです。それでも、大事な話をしてもいいとハリファがタレクを信用するようになるまでには、まだしばらくかかるかもしれません」

「時間はない」マイルズが素っ気なく言った。「価値のある情報をタレクが手に入れられなかったら、すぐにおれに知らせろ。もうホークスビー警視長と会う手筈がついているからな」

チューリップは耳を疑った。

その日の朝、ウィリアムは八時直前にバッキンガム・ゲートに着いた。入口の階段でレベッカが待っていた。夜間担当要員が帰るや、ウィリアムは正面入口を施錠した。ミルナー以下の敵方チームは皇太子夫妻を警護するために海外にいたから、邪魔が入る心配はなかった。

ポールは午前七時になる直前に自宅を出てウィンザーへ向かったが、途中一度だけ停まってジャッキーを拾った。彼女は六か月の疾病療養中で、レベッカがときどき立ち寄って情報を更新してくれてはいたが、それもすぐに刺激的でなくなり、午後のテレビを見るのにも早くも飽き飽きしていた。

昇任を見送られることがあまりに多すぎるジェニー・スマート巡査が王室警護本部を辞めてほかの部署への異動願いを出した時点で、ジグソー・パズルの最後のピースは嵌まるべきところに嵌まっていた。

ポールとジャッキーは管理部門に無理矢理押し入る必要はなかった。ジェニーがドアを大きく開け放してくれていた。

その週は二人してファイルからファイルへと渉猟し、ミルナーとその一味が十年間、税金で人生を楽しんできているとホークを納得させられるだけの証拠を捜しつづけた。

金曜の夜になっても有罪を証明する証拠捜しはまだ半分しか終わらず、週末の夜をキャンプ用のベッドで過ごしたにもかかわらず、ミルナーが皇太子夫妻とともにヒースロー空港に戻る時間になっても、まだ二つのファイリング・キャビネットが手つかずのままだった。

バッキンガム・ゲートでは、まずはウィリアムがマスター・キイを使ってミルナーのオフィスに入り、レベッカはレナルズ捜査警部補のオフィスのドアが施錠されていないことを発見した。留守のあいだにだれかが自分の聖域に入ることはあり得ないと思い込んでいるようだった。ジェニングズ巡査部長のオフィスのドアは施錠されていた。すぐに捜索に取りかかることはできなかったが、ジェニングズは最近昇任したばかりでもあり、罪はそう重くないだろうと思われた。

ウィリアム、レベッカ、ポール、ジャッキーの四人は十日にわたって二十四時間態勢で仕事をし、皇太子夫妻の乗った専用機がイギリスに戻ってきたときには、ミルナーが妻に約束しているとおり（彼女は自分がレディ・ミルナーになるのを楽しみにしていることを隠そうともしていなかった）、二年後にロイヤル・ヴィクトリア勲章を授けられ、引退して田舎へ引っ込むという計画がご破算になるどころか、たちどころに年金なしで警察を解雇されるに十分な証拠が集まっていた。

次の月曜、ミルナーは昼前にようやくバッキンガム・ゲートに姿を現わし、ウォーウィック捜査警部が年次休暇を取っていること、アダジャ捜査巡査部長がマンチェスターで研修を受けていること、パンクハースト捜査巡査が祖母の葬儀でコーンウォールへ帰っていること、ロイクロフト捜査巡査部長が少なくともこれから三か月は仕事に復帰できないだろうことを知っても、ほとんど関心を示さなかった。また、スマート巡査の辞表が机に置いてあることにも、同様に無関心だった。

自分はアンタッチャブルだとそこまで過信していなかったら、ミルナーもその四人全員が実はスコットランドヤードにこもり、週末までにホークスビー警視長に提出する報告書の最後の仕上げにかかっていることを突き止められたはずだった。

18

「午前中はだれからの電話だろうと一切受けないぞ、アンジェラ」ホークスビー警視長が言い、こう付け加えて受話器を置いた。「邪魔していいのは、このビルが火事になったときだけだ」

そして、テーブルを囲んでいる班員を見渡した。「トップバッターでどうだ、ウィリアム？」

「ここにいる全員が知っているとおり、サー」ウィリアムは切り出した。「この十日というもの、われわれはミルナー警視、レナルズ捜査警部補、ジェニングズ巡査部長が警護対象とともに地球の反対側へ行っている隙を突かせてもらいました」

「やつらとしては不本意だろうがな」ホークがさえぎった。

「また、ジェニー・スマート巡査が王室警護本部をすぐに辞めると決めてくれたことも、とても有効に利用することができました」ウィリアムはつづけた。「彼女の手助けがなかったら、書類調べに何か月もかかった可能性があります」

「彼女だって、六年一緒に仕事をしてきた同僚への忠誠心があったに違いないのに」ホークが言った。「なぜほとんど知りもしない侵入者と運命を共にする気になったんだ？」

「堕落腐敗した警察官はほかの犯罪者に勝るとも劣らない悪《あく》だという、われわれと同じ信念を持っているからです」ジャッキーが答えた。「そして、ミルナー、レナルズ、ジェニングズは、わたしが出くわしたなかでも最悪の三人です。同僚といえども犯罪者なのだから、それを暴いたら同僚のほとんどが称賛してくれると、最終的には彼女を説得することができました」

「きみがクィーンズ・ギャラントリー・メダルを授けられたタイミングもよかったのではないかな」ウィリアムは言った。

「わたしが仕事に復帰してから、彼女の協力の度合いが増したのは確かです」ジャッキーが言った。

「きみは鬼の居ぬ間に何を発見した、ロイクロフト捜査巡査部長？」ホークがすぐに本題に入った。

「過去五年の王室警護本部が請求した経費の細目をすべて調べることから始めました。すると、わたし自身、夢にも通用すると思ったことのない請求が出てきたんです」

「例を挙げてくれ」

「ミルナーは翌年の女王のフランス訪問の下検分という名目で、パリの〈リッツ〉に三泊していました。しかも、図々《ずうずう》しいにもほどがあることに、妻と娘を同行し、秘書が隣室に泊まったことにして、そこに妻と娘を泊めていました。実際には、秘書は〈ポッターズ・バー〉でくつろいでいたんですけどね。わたしとしては」ジャッキーは付け加えた。「ミルナーは外食してワインを選ぶとき、リストの一番上から、すなわち、安いものから見はじめることはないと言わざるを得ません」

「その三人が過去五年間に請求した推定総額はわかるか？　それを裏付ける領収書があるものに限ってだが？」ホークが訊いた。

「四十四万二千七百十二ポンドです」ジャッキーは答えた。想定していた質問だった。

「内訳は？」

「主に旅費、食費、被服手当、そして、上級職には請求権がないにもかかわらず、超過勤務手当です」

「詳しくわかっているのか？」

「王室がバルモラル城で夏の休暇を過ごすとき、同行するミルナーは自分の時間の大半を雷鳥の狩猟場で過ごし、聞いたところでは、去年などフィリップ殿下よりたくさんの雉《きじ》を仕留めたそうです。一方、レナルズはディー川で釣りをするほうを好んでいます。事実上、彼らの唯一の仕事は、ハイランド・ゲームズに臨席する女王に同行することだけです。しかし、ロンドンへ戻ると、〝時間外手当〟、〝出張手当〟を請求しています。〝超過勤務手当〟は言うまでもありません」

「すべてを完全に調べたとして」ホークが言った。「やつらに弁解の余地があるのはどのぐらいだ？　同じぐらい大事なことだが、問答無用で有罪にできるものはどのぐらいあると考えている？」

「半分ぐらいでしょうか」ジャッキーは答えた。「ですが、手押し車を一杯にできるより多い証拠が十分に集まっています」そして、笑いが静まるのを待ってつづけた。「わたしが明らかにしたい一番の証拠は、酷暑がつづいているときにミルナーがバミューダで買った、〈バーバリー〉のレインコートと傘です。領収書を見ると、そのレインコートはたまたま彼の妻のサイズとぴったり同じでした」

「それは外に出せないな」ホークが言った。「新聞が大騒ぎするに決まっている」

「レナルズとジェニングズも負けず劣らずの悪《あく》ですが」ウィリアムが割って入った。「経費請求を黙認することによって、二人が確実に逃げきれるようにしているのがミルナーです。だとすると、あいつら三人は一蓮托生《いちれんたくしょう》でしょう」

「何がやつらを護っているんだ？」ホークがほとんど独り言のようにして訊いた。

「ミルナーは自分が何をしていたかを皇太子は正確に知っていて、それでよしとしてくれたと主張するでしょう。ですが、皇太子は自分の名のもとでやつらが何をしているかなんて知る由もありませんよ」

「きみもそう思うか、ロス？」

「そう思います、サー。ダイアナ妃はおれがどんな経費を請求しているか知る術がないし、話にも出ません。ミルナーはおれの請求をまったく確かめることなく認めるし、伝票にやつのイニシャルが書き込まれるや、経理部は何も言わずに支払ってくれるんです。だれにも咎められることなく吸える甘い汁です」

「これも面白いと思われるかもしれませんが」ジャッキーは言った。「王室警護を担当するようになってからのミルナーは、百万を超えるエアマイルを自分個人の名前で、正々堂々と合法的に貯《た》めています」

「われわれに追跡されていると気づくや、空の上で暮らさなくちゃならなくなるかもしれんからな」ホークが言い、ちょっと間を置いて付け加えた。「きみが集めたこの証拠だが、ジャッキー、申し訳ないが、必要最小限にとどまっていると言わざるを得ない。王室警護本部の親玉を引きずり下ろすにはもっとたくさんの証拠が必要だ。というわけで、レベッカ、きみの番だ。この数か月の成果を教えてくれ」

「仕事をしているとき、ミルナー警視は公共の交通手段を使いません」レベッカが口を開いた。「勤務中は自由に使うことが認められている交通カードを持っているにもかかわらず、です」

「たぶん、自分の車を使って、ガソリン代を経費として請求しているんだろう」ホークが悪魔の代弁者を演じて言った。

「自分の車は絶対に使いません。常にタクシーを使って、料金を経費として請求するんです」

「タクシーの運転手は得をするだけだから何も言わないだろうし、ミルナーはそれが正当な金額であることを証明するために、常に領収書をもらっているわけだ」

「でも、バッキンガム宮殿やヨーク・ハウスへ行くのに、なぜタクシーを使うのかしら？」レベッカが訝った。「どちらもバッキンガム・ゲートの彼のオフィスから歩ける距離なのに？」

「機密書類を持ち歩くのに尾行される危険は冒せない、と主張するんだろう」ホークが言った。

「それに、ウィンザーへの行き帰りにもタクシーを使っています。安くはないし、ヴィクトリア駅から鉄道を使ったっていいんですよ、彼のオフィスから駅までほんの数百ヤードなんですから」

それを聞いてホークが一瞬沈黙し、レベッカはその隙を利用した。

「それから、彼の経費申請書を注意深く調べると」彼女はファイルを開き、指で数字をたどりながらつづけた。「昨年だけでも、ミルナーはそういうタクシーを百七十一回使っていて、それにかかった税金は三万三千ポンドです」

「きみがもう少し詳しく調べたら、ロイクロフト捜査巡査部長とおれがスマート巡査の協力を得て調べたとおりのことがわかったはずだ。過去十一年のミルナー警視の経費請求額が、タクシー代だけで四十三万四千七百二十ポンドに上っていることをな」抑制的な国営放送《BBC》でさえ〝法外な〟と形容するんじゃないか」数字がしっかり頭に入っているポールが割り込んだ。

「でも」レベッカが言った。「ミルナーは実は仕事中に絶対にタクシーを使いません」

「それが厳然たる事実だという裏付けが取れないと駄目だな」ホークが言った。「さもないと、ポールの言っていることと矛盾する」

「そうおっしゃるだろうと思って、サー」レベッカは応じた。「ウォーウィック捜査警部に許可してもらい、一週間、通常勤務を外れて囮捜査を行ないました」

「目的は何だったんだ？」

「一週間、われらが最上級王室警護官の生活を追うためです」

ウィリアムは口元が緩むのをこらえられず、レベッカは自分の前のさらに分厚いファイルを開いた。「ミルナーは毎朝八時か八時十五分ごろにバーンズにある自宅を出て、交通カードを使って鉄道でヴィクトリア駅へ向かいます」

「やつにはそのカードを使う資格があるだろう」ホークが言った。

「ヴィクトリア駅からは」レベッカは動じることなくつづけた。「半マイルの距離を徒歩でバッキンガム・ゲートへ向かいます。皇太子と約束がある場合はヨーク・ハウスへ立ち寄りますが、皇太子の専属身辺警護官であるレナルズ捜査警部補が一緒のときがしばしばあります。皇太子がヨーク・ハウスをあとにするや、ミルナーは急いでバッキンガム・ゲートへ戻ります。わたしが囮捜査をしていた一週間のあいだに二度、パディントン駅からウィンザー駅まで交通カードで鉄道を使っています。ウィンザー駅に着くと、駅から徒歩で城へ行き、そのままオフィスに消えて、四時半ごろになって初めてふたたび姿を現わします。そして、鉄道でバーンズの自宅へ帰ります。その一週間、彼は一度もタクシーを使っていません。それにもかかわらず、五百二十五ポンドのタクシー代を依然として経費として申請しています」そして、十四通の申請書をホークに渡し、考えてもらおうとしながらさらにつづけた。「それらにはミルナーの架空のタクシー代だけでなく、レナルズやジェニングズの架空経費も含まれていて、一年に約五十万ポンドが支払われ、しかも、だれもそれをチェックしていません」

ホークが十数通の経費申請書を時間をかけて検めたあとで言った。「よくやった、パンクハースト捜査巡査。だが、これでもまだ十分ではない。ほかに聞くべき情報はあるか?」

「いいえ、いまのところはありません、サー。ですが、驚くような、しかも説明の必要のあることを、班長が見つけておられます」

テーブルを囲んでいる全員の顔がウィリアムに向けられた。

「これがミルナーの机の一番上の引き出しに鍵をかけてしまわれていました」ウィリアムは一束の経費申請書をホークの前に置いた。

「これが何を証明するんだ？」ホークがそれを慎重に確かめたあとで訊いた。

「それはわれわれが捜しているミルナーの経費申請書ではなく」ウィリアムは説明を開始した。「未使用の申請書の束ですが、一枚一枚すべてにすでにミルナーのサインがしてあって、あとは金額を書き込むだけでいいようになっています。彼はまるで球《ボール》がどの数字で止まるかを知っていてルーレットをしている男みたいで、たとえボールが0で止まったときでさえ、必ず払い戻されるシステムを完成させていたんです」

「信じてほしいんだが」ホークが言った。「あの男は依然としてはったりで切り抜ける可能性を残している。だから、ミルナーがあれこれ言い逃れてごまかせないようにするための、絶対確実な証拠が必要だ」そして、ポールの顔に笑みが浮かぶのを見て訊いた。「珍しく黙っているが、ポール、その証拠を見つけたということか？」

「その証拠を見つける方法もです」ポールが答えた。「しかし、いまから話すことは、この世界で最も頭の切れる犯罪者たちを相手にしてきている警視長でさえ信じられないかもしれません」

「時間を無駄にするのはやめて、早く本題に入れ」ホークが促した。

「このひと月で、私はナイジェル・ヒックスという巡査部長に特別な関心を持つに至りました」

「ヒックス巡査部長の何が特別なんだ？」

「十一年前から王室警護本部の先遣連絡員を務めているんです」

「実に興味深いな」ホークが欠伸を嚙み殺しながら言った。

「そうなんです、サー。ただし、ヒックス巡査部長がいまも実在していれば、ですが」

ホークの顔が熟練のポーカー・プレイヤーのそれではなくなり、背筋を伸ばして坐り直した。「詳しく聞かせろ」

「ヒックス巡査部長は十一年前に退職し、三年後に世を去って、いまはセヴノークスの地元の教会に埋葬されています」

「もちろん、証拠があるんだな？」

ポールがヒックスの墓石の写真を取り出してホークに渡した。

ナイジェル・ヒックス
1918－1981

「まさか、きみが言おうとしているのは――」

「彼はいまも給料を満額受け取っていて、昨年は一度も実際に仕事場に姿を現わすことなく、どうやったのか七万ポンドを超える経費を請求しています」

「しかし、ミルナー一味はそれで何事もなく逃げきったのか？」

「ヒックスが関わっていれば可能です」

「だが、彼は死んでいるんだぞ」

「職員録はそうなっていません」

「しかし、いくら何でもだれかが気づいて――」ホークが言おうとした。

「そこなんです、サー」ウィリアムが会話に復帰した。「ミルナー、ジェニングズ、レナルズ、三人ともまったくの詐欺師ですからね、喜んで分け前にあずかるでしょう。実は、ヒックスはいまもウィンザーに自分のオフィスを持っていて、ドアに名前が掲げてあります」

「ほかにだれもヒックスを見ていない理由を、ミルナーはどう説明しているんだ？」

「ヒックスは先遣連絡員だったので、サー、近い将来そこを訪れる予定になっている下級王族のための現場確認で、外国に行っていることが多かったんです。そして、実際には行ってもいない都市への旅費や泊まってもいないホテルの宿泊費、そして、時間外手当、残業手当まで含めて、定期的に請求していました。実際、過去十一年間、幽霊巡査部長に支払われた給与は二十七万ポンド、そして、そこに七十万ポンドの経費が付け加えられています。乗ってもいない飛行機の百万エアマイル分が加えられていることも、言うまでもありません」

「乗っていない飛行機の搭乗券はどうなったんだ?」

「現金に換えられたものもありますが、それ以外は三人のだれかが休暇で乗るときに使われていました。この十一年、三人とも、結構エキゾティックなところへ行っています。たとえば、リオ、ケープタウン、メキシコ、サンクトペテルブルク……」

「それをどうやって突き止めた?」ホークがほとんど癇癪《かんしやく》を抑えられなくなって大声で訊いた。

「最終的にはその行方不明の巡査部長のオフィスに押し入ったんですが、サー、空っぽでした」

「咎める者がいない隙を突いたわけか」ホークが言った。「お手柄だ、ポール。だが、まだもう少しおまけをつけて警視総監に報告したい。やつらが不正を働いて手に入れた金をどう使ったかを教えてくれ。最終的に犯罪者を捕まえる証拠になるのは、金の使い道と決まっているからな」

「ジャッキー、決定打を頼む」ウィリアムは言った。

「ミルナーが何をしているかをはっきり証明するに足る証拠をスマート巡査が提供してくれたすぐあと」ジャッキーが口を開いた。「わたしは警視長の助言に従って金の使い道を追いました」

「それで、何が見つかった？」

「ミルナーは最新型のメルセデスＳＬを持っていて、即金で買っているんですが、彼の銀行口座を調べても、警視の給料以外の入金は記録されていません。だとすると、バーンズの共有地に三階建ての自前の家を持ち、バークシャーに五エーカーの敷地の別宅を持ち、イビサに超優良資産としか形容できないかなりの土地を持つことがどうしたらできるのか、訊いてみたい誘惑にだれかが駆られても不思議はないかもしれませんよね」

　さらに長い沈黙がつづいたあとで、ホークが訊いた。「こんなに長いあいだ、やつはどうやって逃げおおせていたんだ？」

「その答えを見つけるのは簡単でした」ウィリアムは言った。「どうして露見しなかったかというと、われわれが登場するまで、だれもミルナーに訊かなかったからです。ですから、ジャッキーに正しい方向を指し示すのが自分の義務だとジェニー・スマート巡査が思ってくれなかったら、われわれはミルナーに爪を立てるのに何年もかかったかもしれません。しかし、彼女の協力を得て」ウィリアムはつづけた。「われわれは十分な証拠を集めることができていますし、そこにポールのお手柄が加われば、ミルナーは引退した余生をイビサで過ごすのではなく、間違いなくわが国のベルマーシュ刑務所を住まいとして過ごすことになります」

「王室警護の別の形ですね」ポールが仄めかした。

ホークがその朝初めて笑みを浮かべて言った。「きみが報告書を提出してくれたら、ウォーウィック捜査警部、私はすぐに警視総監に説明する。そうすれば、警視総監は皇太子に拝謁するときに、必要な証拠と情報をすべて準備することができる。それはそれとして、おめでとう、みんな実によくやってくれた。だが、もしそれが失敗した場合は、残念だがアダジャ捜査巡査部長に責任を取ってもらわなくてはならんだろうな」

「もし私が正しかったことが証明されたら?」笑いが静まったあとでポールが訊いた。

「ミルナーと共犯者二人を私が直接免職処分にする」ホークが言った。「手柄をわれわれだけで独り占めして、ウォーウィック捜査警部を警視に昇任させ、王室警護の指揮官に据える。そして、アダジャ捜査巡査部長に、自分が〈経費不当請求作戦〉の陰の頭脳だったことを全員に思い出させつづけることを許す」

全員が立ち上がってポールに温かい拍手を送っていると、机で電話が鳴りはじめ、ホークが受話器を上げて咎めた。「アンジェラ、この建物が火事にならない限り電話は駄目だと言ったはずだぞ」

「ミルナー警視からで、サー、至急話をする必要があるとのことなのですが」

「おまえの尻に火がついているとミルナーに教えてやってくれ」ホークはそう言って電話を切ると、ウィリアムを見た。「未使用の経費請求書の束がなくなっていることに気がついたのかもしれんな」

19

「みなさま、ようこそおいでくださいました」フィッツモリーン美術館の新館長の挨拶が始まった。「フランス・ハルスの作品が一堂に会した瞠目すべき展覧会にみなさまをお迎えできることは、私どもの無上の喜びであります。では、早速ではありますが、ご来臨の皇太子妃殿下に展覧会の開幕を宣言していただきたくお願い申し上げる次第です」

皇太子妃がマイクロフォンの前に足を運んだ。拍手がつづくなか、彼女はスピーチの原稿の冒頭部分にちらりと目を落とした。

「まず、このとても評判になっている展覧会のオープニングに呼んでいただいたことを嬉しく思っているとお伝えしなくてはなりません。この展覧会はすでに批評家から絶賛されています。〈タイムズ〉は今朝、偉大な芸術はすべての偏見と社会的障壁を乗り越えることをわたくしたちに思い出させてくれました。わたくしたちは絵を鑑賞するとき、その画家の肌の色、信仰、政治的見解を意識しません。わたくしはその批評を読むまで、フランス・ハルスが多くの美術史家からレンブラントやフェルメールと同等と見なされていること、長い人生で画料に不足はなかったにもかかわらず、世を去ったときにはほぼ一文無しだったことを知りませんでした。それは彼に十一人の子供がいたせいかもしれませんが」

　皇太子妃は笑いが静まるのを待ってつづけた。

「でも、彼はわたくしたちのだれもが賞嘆し得る、そして、その賞嘆が来るべき世代に長く受け継がれるに違いない遺産を遺してくれました。この美術館がこれほど広範に自分の作品を集めて展示し、自分を忘れられないようにしてくれたことを、黄金時代のオランダの巨匠は喜んでいるに違いありません。これはこの展覧会のキュレーターであるベス・ウォーウィックのおかげです。彼女の熱意、尽力、そして、学識は、この作品群を見れば明らかです」

　温かい拍手が湧き起こり、ベスは頭を下げた。

　ロス・ホーガン捜査警部補は自分もその拍手に加わりたかったが、任務中とあって我慢せざるを得ず、皇太子妃がスピーチをしているあいだも、目は会場を休みなく見回していた。そして、ボスのホークスビー警視長がそこに集《つど》っている招待客の後ろにいて、進行を見守っていることに気がついた。こういう集まりのときでさえ、警察官であることをやめられないようだった。

　ホークの何歩か前にウォーウィック捜査警部が立っていて、その隣りに、オールド・ベイリーで証言したとき、遠くから見たことが一度あるだけのサー・ジュリアンがいた。彼の左隣りの女性はウィリアムの母親に間違いないだろうと思われた。

目はウィリアムの姉のグレイスと、彼女のパートナーのクレアへ移った。その侮るべからざるカップルは、手をつないで、お互いに対する気持ちを公然と、恐れげもなく表明していた。サー・ジュリアンはそれをどう思っているのだろう、とロスは訝らざるを得なかった。グレイスとクレアの右はベス・ウォーウィックの自慢の両親、レインズフォード夫妻だった。二人がジョジョを二番目の孫娘として家族の一員に喜んで迎えてくれたことに、ロスは永遠に感謝しなくてはならなかった。

レディ・ヴィクトリア・キャンベルと目が合ったとき、ロスは笑みをこらえられなかった。彼女は壁際にいて、女官としての役割を目立たないように遂行していた。いまだに彼女に惹《ひ》かれていることは否定できなかったが、それが夢物語であることはだれに思い出させてもらうまでもなくわかっていた。

集まりの最前列にクリスティーナ・フォークナーがいて、以前ロスが〈トランプ〉で見た若い男と手をつないでいた。一夜限りの関係だろうとロスはてっきり思っていたのだが、どうやらそうではないらしかった。

次に目に留まったのは、このオープニングで見るとは予想していなかった人物だった。その男はスピーチを聞いている様子はなく、ある特定の絵に目を釘付けにしていた。

マイルズ・フォークナーの裁判までわずか数週間だというのに、ブース・ワトソンがいま見つめている絵のことをいままで彼に訊いた者がいないのはなぜか、どうしてその絵がこの展覧会に加わることになったのか、ロスには謎だった。もっと意外と言ってもいいのが、フォークナーの弁護士であるブース・ワトソンが、自分の依頼人が無理矢理スペインの別荘からイギリスへ連れ戻され、二度目の裁判を受けるはめになったことについて、公式の苦情申し立てをしていないことだった。

同じぐらい謎なのが、刑期を二年短縮するのと引き換えに有罪を認めるとフォークナーが決めたことで、どう考えても意味がわからなかった。フォークナーは名うての取引上手という評判だが、これはどう見てもいい取引ではない。自分もウィリアムも気づいていない何かがあるに違いない。だが、その正体を突き止められるだろうか。ロスはブース・ワトソンに目を戻した。あの男がこれらの疑問の答えをすべて知っているに違いなかった。

皇太子妃がスピーチの締めくくりにかかった。

「わたくしたちと同様、市民のみなさんもこの目を見張る展覧会から大いなる喜びを見いだしてくださることを、わたくしは疑っていません」彼女は言った。「では、この展覧会の開幕を喜びとともに、ここに宣言します」

ふたたび拍手が湧き起こった。皇太子妃はマイクロフォンから離れ、新館長に伴われて、これらの名画の管理者に祝意を表わそうとまっすぐに彼女のところへ向かった。小冠《コロネット》をしっかりとかぶったアルテミジアが、何とかダイアナと母のあいだに割り込んだ。

ダイアナと館長がほかの招待客と言葉を交わすために移動すると、ベスはアルテミジアの手をしっかり握って、彼女が員数外の臨時の女官になろうとするのを阻止しなくてはならなかった。ホースビー警視長がそのときを選んで陰から姿を現わし、ウィリアムに小声で話しかけた。

「あそこを見てみろ」ホークがささやいた。

「もう見えてます」ウィリアムは応えた。

「あいつがあの絵にあんなに興味を持っている理由は何なんだ？」

「ルーベンスの『キリスト降架』は」ウィリアムは振り返ることなく答えた。「マイルズ・フォークナーから、最初の裁判で執行猶予をつけるのと引き換えに無期限貸し出しされているんです」

「ブース・ワトソンはだれに力を貸すにしても、無期限どころか期限付きもいいところのようにしか、私には見えないんだがな」ホークが思案顔で言った。

「今回の裁判で、フォークナーは執行猶予付きの判決と引き換えに、何を申し出ようとしているんでしょう？」ウィリアムは訝った。

「たとえコレクション全部を差し出すと申し出たとしても、裁判長が揺らぐとは思えないな」

「ベスが裁判長ならわかりませんよ」ウィリアムは応じた。

「たとえフォークナーでも、彼女を裁判長にするのは不可能だ。だが、きみと話したかった理由はそれではない。今日の夕方、スコットランドヤードを出る前に警視総監から電話があった。月曜の正午に皇太子と面会することになっていて、そのときにミルナー警視の課外活動に関してすべてを明らかにするとのことだ」

「ミルナーは今日の午後、皇太子の王立地理学会訪問に同行していました」ウィリアムは言った。「そのあいだに、自分たちの側に都合のいい話をでっち上げて皇太子に聞かせる時間はたっぷりあったはずです。警視総監が現われるずっと前にです」

「私が恐れるのは、病気という当たり障りのない理由で退職させるしかなくなることだ」

「あの悪党なんて、首吊り、内臓抉《えぐ》り、四つ裂きの刑に処したうえで」ウィリアムは言った。「タワー・ブリッジの尖塔に首を串刺しにして晒すべきです。レナルズはラドゲート・ヒルで手足を拘束して晒し台に縛りつけ、腐ったトマトを際限なく投げつけてやらなくちゃ駄目です」

「警察官になって長いのに、ウィリアム、きみの胸ではいまだに少年聖歌隊員の心が生きつづけていることが、いまの言葉で改めてわかったよ」ホークがそう言って視線を部屋の向こうに移すと、サー・ジュリアン・ウォーウィックとベス・ウォーウィックが話し込んでいた。

「館長になれなくて、ずいぶんがっかりしたのではないかな?」サー・ジュリアンはベスに訊いた。

「はい」ベスが認めた。「理事会が七票対五票でジェラルド・スローンを支持したとティム・ノックスから教えられたときは、本当にがっかりしました。六対六と票が割れたらわたしに決定票を投じるつもりだったと理事長がティムに教えてくれたそうで、それを聞いたときはもっと落胆しました」

「スローンというのはどんな人物なんだ？」サー・ジュリアンは新館長をちらりと見て訊いた。

「七年前からマンチェスター市営美術館の館長をしていて、聞いたところでは、フィッツモリーンをもっと上を目指すための踏台と見ているようです。わたしは出世のための踏台にしようなどとはだれも考えられなくなるぐらい、この美術館の評判を高くしたかったんですけど」

「焦らずに時を待つことだ、というのが私のアドヴァイスだな、お嬢さん」サー・ジュリアンは言った。「気がついてみたら、自分で思っているより早く、その職に就いているかもしれないぞ。ただし、同時に、常に用心を怠らないことだ。なぜなら、スローンはきみをライヴァルと見るはずだからだ。擦り寄る振りをするか、陰できみを貶《おとし》めようとするだろう。あるいは、両方を仕掛けてくるかもしれん」

「お義父《とう》さまはまるで犯罪者のようにお考えになるんですね」ベスが言った。

「それで金をもらっているんでね」サー・ジュリアンは応えた。

「噂話を鵜呑みにすべきでないことはわかっているんですけど」ベスがささやいた「信頼できる筋によると、マンチェスターでの彼の歓送会にやってきたスタッフは六人しかいなかったそうです」

「だとしたら、いよいよもってきみは用心しなくてはならんぞ。フィッツモリーンのスタッフに投票権があったら、きみが広範な支持を得て勝利することは秘密でも何でもないんだから」

ベスがうなずいたあとで言った。「いまが適切なときでないのはわかっているんですけど、内々のことで助言を必要としているんです」

「では、土曜日にネトルフォードまできてくれないか。昼を一緒に食べよう。それなら、しっかり話をする時間をたっぷり取れる」サー・ジュリアンが言ったとき、彼の妻がやってきた。

「ミスター・ブース・ワトソンがいるのを見てびっくりしたわ」レディ・マージョリー・ウォーウィックが言った。

「フランス・ハルスを敬愛しているのかもしれませんよ」ベスは言ったが、あの男がここにいる理由はよくわかっていた。

「ミスター・ブース・ワトソンはだれも敬愛しない」サー・ジュリアンが言った。「ただし、いずれ依頼人になってくれる可能性があれば話は別だ。だが、フランス・ハルスはその範疇では明らかにないな。まあ、ミスター・ブース・ワトソンが死者の代理人を務めるのは初めてではないがね」

「あなたってどうしようもない皮肉屋ね、ジュリアン」マージョリーが言った。

「この業界のブース・ワトソンどもと剣を交えるのを日々の仕事としなくてはならないとなれば、皮肉屋にもなろうというものだ」サー・ジュリアンが応えたそのとき、アルテミジアが母親の手を振り切って駆け出した。

「あの小さなおてんば娘は何をしようとしているんだ？」サー・ジュリアンは訊いた。

「きっと、お友だちにさよならを言いたいんでしょう」ベスが言ったとき、アルテミジアがロスの手をつかんだ。

　皇太子妃がコロネットを褒めてキスをしたあとでさようならを言った最後の相手はアルテミジアで、新館長はそれが面白くないようだった。

20

皇太子妃がジャガーの後部席に腰を下ろしたあと、ロスは助手席に戻って専用のルームミラーを覗いたが、ヴィクトリアの姿はなく、もう帰宅したに違いなかった。彼女がロスの前でそれを口にすることは決してなかったが、ダイアナのもう一つの生活をよしとしていないことは明らかだった。

ジャーミン・ストリートに入ったとき、待ち構えていたパパラッチは一人しかいなかった。彼はジャガーに気づいた瞬間に通りの真ん中に飛び出した。万一の可能性を考えてそこにいたのか、あるいは、だれかが教えたのか。ちょっとでも油断したら轢《ひ》かれてしまうはずだった。

皇太子妃はいつものようにハンドバッグを掲げて顔を隠しながら、ナイトクラブの階段を小走りに下りていった。ボーイ長に案内され、ダンスフロアを横切っていくところを何人もの客に振り返られながらいつものテーブルへ向かって、立ち上がって待っているジャミルに迎えられた。ジャミルが彼女の両頬にキスをし、二人して着席すると同時にテーブルの上でこれ見よがしに手を取り合った。もはや関係を隠そうとするつもりすらないようだった。

ロスはいつものように柱の陰の目立たないテーブルに引っ込んだ。間もなくゆっくりとダンスフロアに出た二人は、特に観察するまでもなく、恋人同士にしか見えなかった。ジャミルの小さく揺れるポニーテイルがロスを苛立たせつづけた。取り立ててメモをしたりはしなかったが、明日の午前中にすべてをウィリアムに報告するつもりだった。誰一人蚊帳の外に置かれないよう、ウィリアムがその情報をホークに中継することはわかっていた。

今夜もまた、ダイアナがナイトクラブを出たときには夜半を少し過ぎていた。舗道に出た彼女は、何人ものカメラマンが自分を待っていることに気がついた。

彼女は慌てて車の後部席へ逃れようとし、ロスはなかでもしつこい複数のカメラマンをさえぎろうと最善を尽くした。それでも、執拗《しつよう》に追いつづけるカメラのフラッシュが閃くなか、ようやく角を曲がってセント・ジェイムズ・ストリートへ入ると、ピカディリーとの交差点で減速するジャガーを信号のそばで待ち構えているカメラマンが一人いた。今夜早い時間に〈トランプ〉の前で待っていたのと同一人物であることにロスは気づいた。

「あのカメラマンの名前を知っている、ロス？」

「はい、妃殿下、アラン・ヤングです」

「現われるかどうかわからないわたしを待っているなんて、大変ね」

「あの男への同情は無用です、妃殿下。フリート街で一番稼いでいるパパラッチで、妃殿下の写真しか撮らないんですから」

車内の会話がしばらく途切れたあとで、皇太子妃が言った。「わたし、サセックスのジャミルの家《うち》で週末を過ごすつもりでいるの。もちろん、公式な予定には入っていないけど、通常の手配をしてもらえないかしら」

「承知しました、妃殿下」ロスは即答したが、実はジョジョと一緒に週末を過ごすのを楽しみにしていて、映画館で『リトル・マーメイド』を観《み》たあと、彼女のお気に入りのアイスクリーム・ショップで締めくくるつもりでいたのだった。ウィリアムとベスがいてくれることを神に感謝しないといけないなと思っているとき、車がケンジントン・パレス・ガーデンズに入った。

「ジョジョはこの週末をロスと過ごすんじゃなかったの?」土曜日、三人の子供のシートベルトを締めながら、ベスが言った。

ウィリアムは運転席に坐って答えた。「計画が変更になったんだ。皇太子妃がロスを必要としているらしい。何か特別な任務だそうだ」

「ジョジョ以上に特別なものなんて何があるの?」ベスは追及の手を緩めなかった。

「彼女はチャールズ皇太子と一緒に週末を過ごさない、まあ、そういうことだ」ウィリアムはそう答えるにとどめざるを得なかった。

「それはダイアナが浮気をしているってこと？」ネトルフォードへちょうど出発したときにベスがささやいた。

「ぼくは何も言ってないぞ」ウィリアムは答えをはぐらかした。

ベスが抗議しようとしたとき、アルテミジアが言った。「浮気って何？」

ウィリアムとベスが答えあぐねて黙っていると、ピーターがこう訊いて助け舟を出してくれた。「あとどのぐらいで着くの？」まだ一つ目の信号にも届いていなかった。

「一時間ぐらいかな」ウィリアムは答えた。「だけど、おじいちゃんやおばあちゃんのところへ行くのはいつも楽しみだろ？」

「どうしておじいちゃんのところにはテレビがないの？」ピーターが訊いた。

ベスとウィリアムがどう答えたものか考えていると、ジョジョが憂わしげに訊いた。

「お父さんもくるの？」

「いいえ、今日はこないわ」アルテミジアが言った。「週末はわたしのお友だちと過ごすんですって。皇太子妃殿下とね」

「だけど、来週は必ず休みにして」ウィリアムは言った。「きみと一緒に『リトル・マーメイド』を観に行くつもりでいまもいるからね。とてもいい子にしていたら、大好きなダブル・チョコレート・サンデーも買ってもらえるかもしれないぞ」

ジョジョが拍手をした。

「あなたは来週は何をするの？」ベスが訊いた。「皇太子妃をスパイする以外に？」

「そんなこと、訊いてもくれるな」ウィリアムは声をひそめて答えた。「警視総監が明後日の午前中に皇太子と面会することになっているんだが、自分の上級身辺警護官が十一年も前から何をしているかを聞いて皇太子がどんな反応を示すか、だれも予想がつかないでいるんだ」

「メディアに察知されたら女王が当惑することになるから、それは絶対に避けたいでしょうね。でも、ダイアナが外で遊んで《プレイング・アウエー・フロム・ホーム》いることは皇太子も先刻承知じゃないかって、わたし、そんな気がするんだけど」

「ダイアナ妃よ」アルテミジアが母を咎めた。

「まあ、少なくともきみは来週が楽しみでしょうがないんだろうな」ウィリアムは言った。「今朝の新聞がフランス・ハルス展覧会を褒めちぎっていたから、フィッツモリーン美術館は押すな押すなの大盛況になるはずだ」

「楽しみよ。もっとも、新館長がスタッフの前でわたしを貶めようとするのにあまりに時間を使わなければだけど」

「大丈夫、彼もいずれ考えを変えるさ」

「それはどうかしら。着任以来、きちんと言葉を交わしたことがないのよ。何をしても軟化させられそうにないの」

「軟化させるってどういう意味？」アルテミジアが訊いた。

「だれかを喜ばせるために態度を変えるということよ」ベスは娘を振り返って答えた。彼女の隣りでピーターとジョジョは眠っていた。

「同情するよ」ウィリアムは言った。「ノックスとてもうまくいっていたことを考えれば尚更だ」

「思い出させないでよ。スローンが月曜の朝一番にわたしに会いたいと言っているんだけど、この週末はそれで気をもむことになりそうなのよ。今度は何が気に入らないんだろうってね」

「もしかして、フランス・ハルス展覧会のオープニングの成功を祝福したかったりして？」

「それは絶対にあり得ない。新しい不満の種を見つけた可能性のほうがはるかに高いわね」

「あんまり偏執的になっちゃ駄目だ」ウィリアムは言った。「彼にそんな価値はないよ」

「偏執的ってどういう意味？」アルテミジアが訊いた。

　ブース・ワトソンもこの会合だけは遅れるわけにいかなかった。コノート・ホテルを訪れるのは初めてだったが、評判はよく知っていた。旧世界のままで、豪奢《ごうしゃ》で、料理は最高で、予約を取るのに常に何か月も待たなくてはならなかった。アメリカ人というのは、伝統という衣をまとい、特に自分たちの国とほとんど年齢が同じである限り財布をはたくのを厭わないらしいことを、ホテル側はよくわかっていた。

何度か試みたにもかかわらずそのホテルのレストランの予約を取れなかったとマイルズがこぼすのをブース・ワトソンはかつて聞いたことがあったが、仮にテーブルが空いていたとしても受け付けてはくれなかっただろう理由を説明するのはやめておいた。

ブース・ワトソンが名前を告げると、フロント係は確認するまでもないという様子で応えた。「ミスター・リーがお待ちでございます、サー。エレベーターで最上階へお越しいただければ、迎えの者がお待ちしております」

「何号室だろう?」

「最上階にスイートルームは一つしかございません」フロント係が答えた。慇懃な笑みが消えることはなかった。

ロビーをエレベーターへ向かいながら、ブース・ワトソンの確信は深くなってさえいた。おれの目に狂いはなかった。『フォーブズ』によれば、ミスター・リーは銀行業と不動産業で成功した中国人実業家で、趣味には絵画と高級ワインの収集が含まれていた。さらに、数年前の〈ボナムス〉のオークションで、青の時代のピカソを一点、マイルズに競り勝って落札していた。

エレベーターにボタンは一つしかなく、どこにも止まらずに最上階へ直行した。ドアが開くと、赤いチャイナドレスの若い女性が出迎えて、深々とお辞儀をして言った。「ご案内いたします、ミスター・ブース・ワトソン」

彼女はそれ以上何も言わずに毛足の長い絨毯を敷いた廊下を先導すると、樫《かし》の羽目板張りのドアを開けて脇へ退がった。

そこは凝った調度の広い部屋で、置ける限りのところに生花が飾られていた。しかし、何よりブース・ワトソンの目を奪ったのは、四方の壁すべてを埋めている名画だった。マイルズなら讃嘆《さんたん》と嫉妬の両方に捕らわれたに違いなかった。この特別なスイートをほかのだれかが予約できない理由は明白だった。

「お待ちいただくあいだ、お茶をお持ちいたしますか？」赤いチャイナドレスの女性が訊いた。

「いただこう」ブース・ワトソンが答えたとき、奥のドアが開いて、ダブルのスーツ、ワイシャツ、シルクのネクタイという服装の、長身で髪に白いものの多くなった人物が客を歓迎すべく歩み寄ってきた。

国境がないことを知っている典型的な香港の実業家だな、というのがブース・ワトソンの第一印象だった。

「お待たせして申し訳ない、ミスター・ブース・ワトソン」リーが握手の手を差し出しながら言った。「お客さまが見える直前になると、必ず電話が鳴ることになっているようなのですよ」

「素晴らしいアート・コレクションをお持ちですね」ブース・ワトソンが言ったそのとき、さっきの若い女性がふたたび現われ、お茶道具一式を載せた盆をテーブルに置くと、二人の男のためにひざまずいてお茶を淹れはじめた。

「そう言っていただけるとは嬉しい限りですよ」リーが応じた。「白状すると、趣味で始めたものが年月を経るにつれて昂《こう》じていき、ついには取り憑《つ》かれたも同然になってしまったというわけです」

「ミルクとお砂糖はいかがいたしますか?」若い女性が訊いた。

「お願いしよう、ありがとう」ブース・ワトソンは答えた。

「私はイギリス流のお喋りを自分のものにしていないので」リーが言った。「なるべく気を悪くされないよう言葉に気をつけるつもりですが、ミスター・マイルズ・フォークナーはいまのご自分の状況に鑑みて、あの名高いアート・コレクションを手放すことを考えておられると、そういう理解で間違いありませんか?」

「間違いありません。ただし、考えているだけです」

「昔、私もああいうところにいたことがあるのですよ」リーが言い、ブース・ワトソンを驚かせた。「革命のとき、反体制的な学生だったんです」

「それで、どうなったのですか？」

「結局は釈放されました。もっとも、われわれの側が勝利したからに過ぎないのですがね」二人が笑っていると、あの若い女性がサーモンときゅうりのサンドウィッチの皿を運んできてテーブルの中央に置いた。

「もう一つ白状すると」リーがつづけた。「刑務所ではハーヴァード・ビジネス・スクールで学んだのと同じぐらい多くを学びましたよ。事実、刑務所で知り合った者たちは色々と役に立ってくれています」

ブース・ワトソンはサンドウィッチの助けを借りて間を置き、本来相談すべきことに戻った。「ミスター・フォークナーのアート・コレクションのことはよくご存じなのでしょうか？」彼は訊いた。

「知っていますとも。数年前、彼のモンテカルロの別荘が売りに出されたとき、熱心な買い手として物件を見に行ったんです。そのときに、百七十三点の絵と、庭にあった二十一点の彫刻、すべてをカメラに収めました。後に、その一つ一つを解題付き類別目録で検証し、本物であると確認できました。特に気に入っているのは、ヘンリー・ムーアの肘をついて仰向《あおむ》けになっている裸像です」

「正確には、絵画が百九十一点、彫刻が二十六点です」ブース・ワトソンはもう一切れサンドウィッチを選んでから言った。

「では、十八点の絵と五点の彫刻は、彼がバルセロナの新しい別荘に移ったあとで所有したものでしょう」リーが言い、再度ブース・ワトソンを驚かせた。「いずれにせよ」リーはつづけた。「自分のコレクションにどのぐらいの価値があるか、ミスター・フォークナーは当然わかっておられるはずですね」

「専門家によれば」ブース・ワトソンは言った。「およそ三億とのことです」

「私たちはみな専門家を抱えていますよね、ミスター・ブース・ワトソン。そして、彼らは自分の依頼人が売る側なのか買う側なのかを知っているのが普通です。私の専門家は一億がより妥当な価格だと言っています」

「私が信じるところでは、ミスター・フォークナーは自分の現状を考慮したうえで、二億が妥当な価格だと考えているはずです」ブース・ワトソンは〝妥当な価格〟というリーの言葉をそのまま拝借して応じた。

「そういうことであれば、あなたの時間を無駄にするのはやめましょう」リーが腰を上げた。「あまり多くの質問をすることなしに二億の小切手を切るにやぶさかでない買い手がほかにもいることは間違いないし、あなたはすでにそういう人物に目星をつけておられるはずだ」

「あなたの申し出ておられる一億を私の依頼人が考慮するとしたら」ブース・ワトソンは態勢を挽回《ばんかい》しようとした。「代金を香港の銀行に預けてもらうことは可能ですか?」

「私はあの保護領の二つの銀行に支配的利権、つまり、経営に影響力を持つに十分な株を保有しています」リーが言ったとき、また若い女性が現われてテーブルを片づけた。

「ミスター・フォークナーのコレクションを、一点といえどもすぐに市場に売りに出すことはしないと保証してもらえますか？　それをされると、彼がかなりの恥をかくことになりますので」

「ちょっと見回してみてください、ミスター・ブース・ワトソン」リーがふたたび腰を下ろして言った。「そうすればわかっていただけるでしょうが、私はコレクターであって、ディーラーではありません。私の目の黒いうちは一点たりと市場に出ることはないと断言できます」

「これから依頼人と相談するとして、その前に私も確認させてもらいたいのですが、一億ポンドが最終回答だと考えてよろしいのですね？」

「ドルですよ、ミスター・ブース・ワトソン。私はポンドでの取引はしないんです。安全な通貨ではない気がしているのでね」

「依頼人との相談が終わり次第、彼の返事をお知らせします」ブース・ワトソンは腰を浮かせた。

「まだ何週間かはロンドンにいます。いつでも遠慮なく電話をしていただいて結構です」リーが言った。「イエスかノーか、それだけで充分です。あなたの時間を無駄にしたくありませんからね」リーが腰を上げると、まるで魔法の杖でも振られたかのように、またもや若い女性が姿を現わした。リーが深いお辞儀をし、若い女性はさらに深いお辞儀をして、ブース・ワトソンを部屋からエレベーターまで案内した。

ブース・ワトソンがエレベーターに乗ると、彼女はもう一度お辞儀をしてスイートへ引き返した。

「あの客をどう思う、メイ・リン?」リーは部屋へ戻ってきた彼女に訊いた。

「わたしなら信用しないわ」

「同感だ。実はミスター・フォークナーはこの顔合わせが行なわれていたことすら知らないのではないかという気がしているんだ」

「疑うにせよ、信じるにせよ、どっちにしても根拠が必要よね」

「もしブース・ワトソンが一億ドルの私の申し出を受け容れたら、彼が代理をしているのは依頼人ではなくて自分自身だと、かなりの確信を持ってもいいだろう。一生をかけて集めたあのコレクションをそんな端金《はしたがね》で手放すなど、ミスター・フォークナーが考えるとは思えないからな」

「いま思いついたけど、あの弁護士が本当のことを言っているかどうかを確かめる方法がもう一つあるわよ、お父さま」メイ・リンが言った。

「お義母《かあ》さまって、本当に料理がお上手ですね」ベスは言った。「おかげで、ウィリアムや子供たちとお義父さまをお訪ねしたときは、自分があまり料理をしないことにいつも後ろめたさを感じるんです。もっとも、ウィリアムはそんなことは言いませんけど」

「きみにはほかの才能があるだろう」サー・ジュリアンが言った。「断言してもいいが、マージョリーもそれをとても羨んでいるよ。なかんずく、美術館でとても成功していることをね」

「それもそんなに長くはつづかないかもしれません」

「それは残念だな。それで、今日、私に会いたかったのはそれが理由なのかな？」

ベスはうなずいた。「残念ながら、そうなんです。新館長のもとで働くのを愉しんでいるとはとても言えませんし、さすがにわたしを馘《くび》にしようとまでは思っていない――美術館のお金をくすねてでもいない限り――と思いますけど、わたし、辞表を提出することを本気で考えているところなんです」

「同じ仕事を別の美術館で見つけられるのかな？」サー・ジュリアンが訊いた。

「簡単ではないと思います。空席が出ることは滅多にありませんから。皮肉なことに、数か月前にテート美術館から問い合わせがあって、副館長になることに興味があるかどうか訊いてきたんです。わたしを後継者としてすでに理事会に推薦したとティム・ノックスが教えてくれていなかったら、テートからの申し出を真剣に考慮したはずなんですけどね」

「テートの申し出はいまも生きているのか？」

「いえ、ヴィクトリア・アンド・アルバート博物館からきた大物の後任がすでに席を埋めていて、聞くところでは、素晴らしい仕事をしているとのことです」

「そういうことなら、私のアドヴァイスはこうなるな——フィッツモリーンにとどまって、次の機会を待つ。失業は楽しくないし、いわんや無収入になるわけだから」

「助言を求める必要があった本当の理由はそれなんです、お義父さま。次の機会が出現していて、それを利用したいんですけど、倫理的に板挟みになっている状態なんです」

「是非とも詳しく聞かせてもらいたい」サー・ジュリアンが依頼人を相手にしているかのように訊いた。

「レンブラントの手になる鉛筆画に遭遇したかもしれず、それがピッツバーグの小さなオークションハウスで競売にかけられることになっているんです」

「それで、どう倫理的に板挟みになっているんだ？」

「その鉛筆画はレンブラントではなく、無名の画家の作品として出品されているんです。実を言うと、わたし自身、それがレンブラントの手になるものだという確信がありません。でも、もしわたしが正しかったら、四万ポンドの価値があるかもしれません。一方、オークションハウスの設定価格はわずか二百ドルです」

「それが経験と学識と呼ばれるものだよ。しかし、同時に一方で、賭けに出ようとしていることになる」サー・ジュリアンが言った。「オークションハウスが事前の調べをしなかったのはきみの落ち度ではない」

「それについては、わたしもまったく同じ思いです」ベスは言った。「でも、この大発見の可能性をスローンに教えるべきか、個人的な大儲《おおもう》けを期待して二百ドルの自腹を切り、わたしが個人的に落札すべきなんでしょうか？」

「いまもティム・ノックスが館長ならどうした？」

「すぐに彼に報告します」ベスは躊躇なく答えた。「そうすれば、フィッツモリーンが得をする可能性がありますから」

「いま、きみは自分の疑問に自分で答えを出しているじゃないか。きみが第一に考えるべきは美術館であって、館長ではない。それがどんな人物であろうともだ。美術館は無期限につづくが、館長は期限付きだ」

「スローンが自分が発見したことにして理事会に報告し、自分の手柄にしたとしても、ですか？」

「どうやら、本当に彼のことが好きではないようだな？」

「ええ、大嫌いです」ベスは本音を隠そうともしなかった。

「あの男が嫌いだという感情を排除しないと、きみ自身の判断が曇る恐れがある。それに、あの男を嫌うことは、きみ自身を彼と同じレヴェルに引き下げるに十分な理由にはならない」

「もちろん、おっしゃるとおりです。鉛筆画のことは、明日の朝一番にスローンに伝えます」

「それが賢明だろう」サー・ジュリアンが言った。「ほかに障害がないのであれば、彼との関係を改善するきっかけになるかもしれないぞ」

「それは当てにしないでください」

「そろそろみんなのところへ行こうか。さもないと、われわれが何をしているか、ウィリアムが疑いはじめるからな」サー・ジュリアンが言った。

「ウィリアムに隠し事はしません」ベスは言った。「この問題については、すでに彼に相談しました。それで、驚かないでくださいね、彼もお義父さまと同じ考えでした」

「あいつは運のいい男だ」サー・ジュリアンがそう言いながら腰を上げると、書斎のドアを開けて脇へ退き、ベスを先に立たせて客間へ戻った。

「このあいだ皇太子妃と何を話したかを、アルテミジアが教えてくれているところよ」戻ってきた二人にマージョリーが報告した。

「一言一句違《たが》わずにだ」ウィリアムが付け加えた。

「ええ、そうよ」アルテミジアが言った。「今度会うのが待ちきれないわ。だって、大事な質問があるんですもの」

「どんな質問なのかな？」サー・ジュリアンが訊いた。

「車のなかでお母さんがお父さんに言ったのよ、ダイアナは外で遊んでいる《プレイング・アウエー・フロム・ホーム》ってね。どんなスポーツをプレイしているのか知りたいの」

サー・ジュリアンは孫娘の疑問に答えなかった。一番若い依頼人にどう助言すべきか、見当がつかなかった。

21

その日の朝、彼女を初めて見たときにロスの頭に浮かんだのは、〝輝くばかりの〟という形容詞だった。

「おはようございます、妃殿下」ロスは車の後部席のドアを大きく開け、彼女が乗り込むのを待ちながら挨拶した。

「おはよう、ロス」彼女が応えて席に腰を下ろした。「週末を諦めてくれてありがとう。ジョジョにあまり恨まれないといいんだけど」

「娘ならわかってくれています、妃殿下」

実はそうでないことは、二人ともわかっていた。

土曜の朝に警察の護衛なしでロンドンを出るのは、ロスにとってもダイアナにとっても普通のことではなかった。交差点に差しかかるたびに常に信号が青になるわけでもなく、ロータリーでは譲り合いをして待たなくてはならず、ほかの車に抜かれることもあり、ダイアナはそういう滅多に経験することのない現実世界を垣間《かいまみ》見せられていた。

ロスが専用のルームミラーで後部席をうかがうと、ダイアナは電話でお喋りをしていた。田舎で週末を過ごすのを楽しみにしているのが明らかだったが、一緒に過ごす相手は彼女の……ロスはそのあとにつづく適切な言葉を見つけられなかった。

今回もまた、後部席の窓がスモークガラスになっていることが有難かった。さもないと、走っているほかの車に目ざとく気づかれ、助手席や後部席に乗っている人物に、あるいは運転している者たちにまで、ひっきりなしにカメラを向けられるはめになるはずだった。

ウィリアムの言うところの〝成り上がり殿下〟と一緒に週末を過ごすのは楽しみでも何でもなかったが、ジャミル・シャラビがどんな家に住んでいるかには興味があった。想像では、けばけばしくて下品に決まっていた。そんなロスの思いをダイアナの質問がさえぎった。「着くのは何時ごろかしら、ロス？」

ロスは時計を見た。「あと四十分ほどでしょうか。そうだとすると、予定の時刻には少し遅れるかもしれません」

ダイアナがロスの虚を衝く質問をした。「あなた、ジャミルを好きじゃないわよね、ロス？」ロスはうまい返事を思いつかなかった。「図星ね」彼女が言ったとき、車がギルドフォードに入った。

大通りをゆっくり進んでいるとき、ロスが最も恐れていた言葉をダイアナが口にした。「止めて」彼女はきっぱりと——要求というより命令に近かった——言った。前任の身辺警護官に、まるで想定外のときに起こると注意されていた事態だった。

ロスは減速すると、時間帯によって駐車可能な路肩に車を駐めた。シートベルトを外して後部席側のドアへ向かったときには、ダイアナはすでに車を降りていた。どこへ向かっているかは一目でわかった。急いであとを追って店に飛び込むと、彼女は町に一件しかないバーを見つけた酒飲みのように目を輝かせて店内を見回していた。

形も色も大きさも様々なハンドバッグがずらりと勢揃いしていて、まるで世界じゅうからギルドフォードのブティックを目指して押し寄せたかのようだった。ダイアナにとっては楽園に違いなかった。

ロスがほっとしたことに、店に客の姿はなく、カウンターの向こうに若い女性が一人いるだけだった。その口がぽかんとあいていたが、言葉は出てこなかった。ダイアナは自分を取り巻く大好物を目で堪能していたが、どれを最初に手に取るか決めかねていた。

ロスは〝営業中〟になっている表示札を素速く〝準備中〟に裏返し、ドアを背にして立った。だが、ものの数分で、たったいま車で乗りつけてきた人物の正体をギルドフォードの住人全員が知らずにはすまないことを受け容れざるを得なくなった。

ダイアナは時間をかけて色々なバッグをじっくりと、特に気になったものはさらに念を入れて検めていった。そこには皇太子妃として必須のもの――必要になることが頻繁にある〝本日のスピーチ〟の原稿など――を入れるにふさわしいかどうかを確かめる作業が含まれていた。

　彼女の予備調査が完了しようとしたとき、店の奥のオフィスから出てきた店主らしい年輩の男が息を呑み、腰を折ってお辞儀をすると、口ごもりながら挨拶した。「おはようございます、皇太子妃殿下。何かお手伝いできることがございましょうか？」

「ありがとう。実はこの二つのどちらにしようか決めかねています」ダイアナがバッグを二つ、カウンターに置いた。

「こちらは」男が最初のバッグを手に取って説明した。「〈ル・タヌア〉、創立以来百年になろうかというブランドのクラシックなフランス・モデルでございます。そして、こちらは〈バーバリー〉でございます。妃殿下がよくご存じで、お気に入りのブランドの一つと承知いたしております」

　ダイアナがロスを見て言った。「あなたがお嬢さんに贈るとしたら、どっちを気に入ってもらえると思う？」

　ドアの前に立ちふさがっていたロスは持ち場を離れて皇太子妃のところへ行き、二つのバッグを丹念に見較べたあとで言った。「ご記憶いただいているに違いないと思いますが、妃殿下、私の妻はフランス人でした。それで、ことがファッションとなると、イギリス人はいまだ学んでいる最中だと見なしていました。ですから、彼女がどっちを選ぶかははっきりしています」

「わたしも彼女に同意するわ」ダイアナが二つのバッグをもう一度確かめて結論した。「これにします」そして、〈ル・タヌア〉を、いまだ一言も発していない若い女性に差し出した。

「畏れながら、素晴らしい選択でございます、妃殿下」店主が言い、彼女が選んだバッグの包装を始めた。

皇太子妃の次の要求を聞いても、ロスは驚かなかった。

「いまはお金を持ち合わせていないの。ロス、もしよかったら……」

「問題ありません、妃殿下」ロスは財布からクレジットカードを取り出した。初めてのことではなかった。

バッグの包装を終えた店主が店の出入り口へ急行し、ドアを開けて言った。「またのご来臨をお待ち申しております、妃殿下」そして、最初のときよりさらに深く腰を折って最敬礼をした。

店を出たロスは、前の舗道に大群衆の壁ができていることにも驚かなかった。彼らはダイアナが姿を見せると拍手をし、カメラのシャッターを切りはじめた。とりわけ活発な気性の母親が一人、隣りの花屋から花束を買ってきて、それを娘に渡してダイアナに向かって差し出させた。ダイアナは腰を屈めてそれを受け取り、少女を抱擁《ハグ》してやった。母親はその瞬間を逃すことなくカメラに収めた。

ロスは皇太子妃を車へ誘導しながら、現場整理にあたっていた若い巡査に頼みごとをした。

ダイアナはゆっくりと進みはじめた車の窓を開けて手を振りつづけ、ロスは道路にまで飛び出しはじめた熱狂的な群衆を縫うようにして、のろのろと車を進めなくてはならなかった。ようやく加速できるようになると、バックミラーを覗き、あの若い巡査が指示に忠実に従っていることを確認して満足した。巡査はだれもダイアナを尾行できないよう、車の流れを止めてくれていた。尾行されることは身辺警護官にとって最悪の悪夢だった。

町を出て、どうやら無傷で逃げ出せたらしいことにロスが感謝しはじめたとき、後部席で悲鳴が上がった。

「大変！」ダイアナが言った。「戻らなくちゃ」

「どうしました、妃殿下？」ロスは訊いたが、それが女王の命令だとしても引き返すつもりはなかった。

「包みを開けたら、バッグが二つとも入っていたの」

「驚くにはあたりませんよ、妃殿下」ロスは言った。

「いくら請求されたの？」ダイアナが訊いた。

「一切請求されていません、妃殿下」ロスは言った。

「それなら、支払いはどうするの？」

「もう支払いは終わっています、妃殿下」

「意味がわからないわね」

「去年、フランク・シナトラがナポリを訪れたとき、ボディガードを連れてピザ・パーラーへ立ち寄り、マルゲリータを注文しました。以来、マルゲリータは〝シナトラ〟と呼ばれています。聞いたところでは、それ以降、店の前に行列が絶えないそうです。私の予想では、妃殿下がお訪ねになったあの店は、今夜閉店するまでに棚が空になっているでしょうし、店主はこの先ずっと、店の宣伝をする必要がないはずです」

「それなら、もっと頻繁にそういうお店に立ち寄るべきね」

「いえ、それはなさらないで結構です、妃殿下」

「せめてお礼の手紙ぐらいは書いてもいいわよね。ひょっとして彼の名前を聞いているとか？」

「聞いています。アロイシウスです」

「もしかして、わたしをからかってる？」

「とんでもありません、妃殿下。友人からはアルと呼ばれているようです」

「カウンターにいた若い女性は？」

「娘のスーザンです」

「どうやって突き止めたの？」

「私は囮捜査官をしていたのですよ、妃殿下」

「いま、あなたに仕えてもらっているなんて、わたしは本当に運がいいわね、ロス」ダイアナが手帳をハンドバッグに戻しながら悪戯っぽく言った。

ロスもほかの男と変わるところはなかったから、冷静さを装おうとしたものの、内心はとろけてしまっていた。

幹線道路を降りると、ロスは尾行されていないかどうかもう一度確認した。だれもいなかった。絵のようなシャルフォードベリーの集落まではわずか二マイルほどで、しばらく進んでいくと、凝った鉄の門が近づいてきた。広大な地所へつづく先触れだった。まだ百ヤードほども距離があるというのに門がゆっくりと開きはじめ、警備員が敬礼してそこを通してくれた。

鬱蒼《うっそう》とした森を抜け、大きな池を横に見ながら蛇行する車道《ドライヴ》をたどっていくと、王女さえも虜にしないではおかないようなラッチェンス様式の壮大な館が、覆いかぶさるようにして前方に出現した。車は咲き誇る薔薇園を周回したあと、ようやく館の正面入口の前で停まった。

ジャミル・シャラビが階段の上で出迎えていた。一時間以上遅刻しているのに、とロスは訝った。いつからあそこに立っていたんだろう？　ダイアナが車を出ると、シャラビは王室の客を迎えるべく階段を下りてきた。

「本当にごめんなさい」ダイアナがシャラビの両頬にキスをした。

「とんでもない」シャラビが階段を先導して館に入りながら応えた。「きていただけた喜びがあるだけです」

館に入ってロスが驚いたことに、そこはけばけばしくもなかったし、下品でもなく、その対極にあった。アート・コレクションはベスとウィリアムを驚嘆させるはずであり、壁を飾れば美術館の格を上げるに違いないと思われた。おれはこの男を見誤った可能性があるだろうか、とロスは訝った。

執事補佐がシャラビとダイアナからロスを引き離し、長い迂回《うかい》通路を通って西棟へ連れていって、狭くて寒い一室へ放り出した。使用人の居住部屋でしかあり得なかった。自分がシャラビに何だと思われているか、ロスははっきりわかった。

荷ほどきを終えると、敷地の探索を行なった。まずは縁に沿って歩いてみた。四十分近くかかった。全体を隙間なく取り巻いている高さ十フィートの燧石《フリントストーン》の壁は、やる気満々のプロの強盗の気持ちを萎えさせるに十分で、素人などはなから論外だった。

ロスは正門の警備員に――どこかで見たことがあるような気がした――自己紹介し、週末は常に三人以上の警備員が二十四時間態勢で警備することを教えてもらった。一人は正門にいて、二人以上が敷地内をパトロールするとのことだった。ほかに敷地内への入口がないことを確認すると、館へ引き返した。途中一度だけ足を止め、大きな楕円《だえん》形の池に見入った。たくさんの錦鯉《にしきごい》がいたが、値段がとても高く、一匹千ポンドもするものもあるとかつて読んだことがあった。それだけの大きさの錦鯉をこれだけたくさん手に入れるにはいくらかかるのか、考える気にもならなかった。シャラビがどんなに裕福かを客に思い知らせる、もう一つの巧妙な方法だった。

館へ戻ってみると皇太子妃の姿もシャラビの姿もなく、身内だけの気の置けない夕食どころか宴会の準備でもしているようにしかロスには見えなかったが、大勢の使用人が忙しく動き回っていた。

食堂《ダイニングルーム》へ行ってみると、樫の長テーブルに二十四人分の席が用意され、最高級のウェッジウッドの磁器、バカラのワイングラス、銀器が所狭しと並んで、テーブルの中央には白い蘭《らん》を活《い》けた大きな花瓶が鎮座していた。

席に置かれた参加者の名札を確かめていくと、よく知っている名前と聞いたことがある程度の名前がそれぞれいくつかあったが、ほとんどは知らない名前だった。全員に共通している点は一つ、シャラビのテーブルで皇太子妃と同席したことをあとで利用することでしかないように思われた。ダイアナがある面ではとても洗練されているにもかかわらず、ある面ではとてもうぶなことが、ロスはまたもや恨めしかった。しかし、それについてなす術がないことも認めざるを得なかった。

午後は建物の間取りを徹底的に確認することに費やし、すべての出入り口を特定した。

玄関ホールの時計が六時を告げると、あてがわれた自室へ戻り、シャワーを浴びてディナー・ジャケットに着替えた。そして、最初の客が到着する二十分前に玄関ホールの隅に目立たないように立つと、最後までひっそりとそこに控えつづけた。最高級のワインと涎《よだれ》が出そうな料理の皿が数分おきに続々と目の前を通り過ぎていき、陽気な会話や冗談がディナーのあいだずっと賑やかに聞こえつづけて、全員が楽しんでいることは明らかだった。だが、この土曜の夜遊びが皇太子妃の発案だとは、ロスには思えなかった。

　最後の客が引き揚げるのを待って自室に戻ると、カーテンを閉めることなく、窓を少し開けて、夜明けの小鳥のさえずりでだれよりも早く目が覚めるようにした。

　一時前にようやくベッドに潜り込み、すぐに眠りに落ちた。

　シャワーを浴びて髭を剃り、朝食に下りていこうとしたとき、ベッドの横の電話で赤いランプが遠慮気味に瞬きはじめた。皇太子妃がすでに起きていることに驚いて受話器を取ったが、聞こえたのがシャラビの声だったので黙って耳を澄ました。

「みんな、おまえはこのまま正門を出て帰ると思っているから、建物を出たら目立たないようにしてすぐに姿を消すんだぞ。ダイアナの身辺警護官がうろうろしているはずだ。おまえを叩き出す以上の喜びはあいつにないだろうし、おれはそれを阻止できないんだからな」

「あのくそったれのことなら、わかりすぎるぐらいわかってます」もう一つの声が応え、ロスはすぐにその声の主がわかった。「昔、金玉を蹴られたことがあるんです。また出くわしたら、今度は大喜びで塀の向こうへ投げ捨ててくれるでしょうよ」

「おれたちは明日の新聞の一面を飾れると思うか？」シャラビが訊いた。

「二面も三面も飾れます」声が保証した。「だけど、朝飯のときにダイアナにその新聞を読ませせないほうがいいし、乾杯なんかしないほうがいいですよ」

「心配は無用だ、そのころには彼女はとうに帰ってる」

「次に彼女に会うのはいつなんです？」

「木曜に、〈ハリーズ・バー〉で八時に会う。おまえも間違いなくそこにいるんだぞ」シャラビが言い、電話が切れた。

電話のランプが消え、ロスはやらなくてはならないことがいきなりできた。どの朝刊にも週末の写真が載らないようにすることである。

ロスは裏階段を下りると、急いで朝食を口に運んだ。訝しげな顔にいくつか遭遇したが、黒のトラックスーツに黒のスニーカーという服装の理由を訊かれることはなかった。

オレンジ・ジュースを流し込むと、こっそり裏口を出て森の端へと急行した。そこからならだれにも見られることなく、皇太子妃がシャラビと朝食を愉しんでいるヴェランダを見通すことができた。狙撃手やパパラッチがどこに潜んでいるかを特定するのは難しくなかったが、身辺警護官がうろついていることをすでに知っていて油断しているはずのない相手を襲うには不意を打つしかなく、そのためには持っている技術を総動員しなくてはならなかった。

ロスは露見しないよう注意しながら芝生を匍匐《ほふく》前進し、池の反対側の樫の老木にたどり着くと、少年のような身軽さで登っていった。そして、折れる心配のない太い枝に腰かけると、望遠鏡を取り出して、可能性のありそうな一帯に目を凝らした。少し時間はかかったが、ついに標的が見つかった。上手にカモフラージュし、隠れる場所も格好のところを選んでいた。顔と手を黒く塗って緑と茶色の毛糸の帽子をかぶっていたが、藪《やぶ》の下から突き出ているカメラのレンズに陽光が反射して、そこにいることを教えてくれていた。

「見つけたぞ」ロスはつぶやくと望遠鏡をポケットにしまって木から下り、絶対に相手の視界に入らないよう用心しながら、じりじりと壁のほうへ前進した。感覚のすべてを極限まで研ぎ澄まして壁沿いに進んでいくと、ついに藪の下から突き出ている足が見えた。

腰を屈め、さらに速度を落として、ほんの小さな音も立てないよう用心しながら近づいていった。枝の折れる音でも銃声のように大きく聞こえるはずだった。三十フィートまで迫ったところで次の食事にありつけそうになった捕食動物のように腹這《はらば》いになり、もっと速度を落として接近した。標的から目を離すことはなかった。

シャッター音が聞こえて、ロスは動きを止めた。カシャ、カシャ、カシャ。そこで二フイート進んだ。カシャ、カシャ。最後の数インチ。カシャ。ロスは四つん這いになって深呼吸をすると、標的めがけて飛びついて足首をつかみ、いきなり隠れ場所から引きずり出した。

ロスだとわかると、男が言った。「邪魔しないでくれ、警部補。あんたと違って、おれは招待されてるんだ」

「本当かどうか確かめに行こうじゃないか」ロスは男の腕を後ろ手にねじり上げながら言った。「もしおまえの言うとおり、シャラビが皇太子妃と一緒の写真に撮らせるためにおまえを招待し、皇太子妃の許可なくその写真を新聞に売らせようとしたんだとしても、あの男は聖ペテロよろしく、少なくとも三回はそれを否定するんじゃないか。おまえなんか招待した憶えはないとな。だが、おまえのほうがおれよりシャラビをよく知っているかもしれんから、選択はおまえに任せてやるよ。正門へ向かうか、館の正面玄関へ向かうか、どっちにするかをな」

どっちにするかを少し考えさせてやったあと、ロスは男のもう一方の腕も後ろ手にねじり上げると、正門のほうへと突き立てていった。「おれの道具はどうするんだ？」

「おまえの道具がどうしたって？」

「何千ポンドもするんだぞ」

「後生大事に抱いてりゃよかったのに、そうしなかったおまえが馬鹿なんだよ」

「訴えてやる」

「いまおまえを殺したとしても」ロスが言ったところで正門に着いた。「おれを有罪にするはずの陪審員はここにはいないからな」後ろ手にねじられた腕をぐいと押されて、パパラッチが呻いた。

「お帰りだ」ロスは当直の警備員にきっぱりと言い、警備員が渋々門の片側を開けると、侵入者を道路へ突き飛ばした。「この男を二度と入れないようにしたほうがいいぞ。おまえさんの職務推薦状をもっと注意深く調べられたいんなら話は別だけどな」

警備員の顔にそれなりの後悔が表われた。

ロスは森の縁に沿って引き返してカメラを拾ったが、ほかの機器はその場に放置した。館へ帰る途中、足を止めた。錦鯉の群れが水面から顔を突き出して大きく口を開けていた。明らかに餌を欲しがっているのだった。ロスは腰を下ろして高級な〈ライカ〉のカメラを何分かかけて検めると、錦鯉に向かって何度かシャッターを切ることまでしてから手を離し、カメラを水面に落として錦鯉を離散させた。カメラは水底深く沈んでいった。

「すまんな」ロスは見えなくなっていくカメラに向かって言った。

館に入る前に現地警察に電話をし、担当の巡査部長にパパラッチの名前と彼のポルシェのナンバーを教えて、今日一日、この敷地の五マイル以内には絶対に立ち入らせないでほしいと頼んだ。

「承知しました」巡査部長はその一言しか発しなかった。

午前中、さらなるパパラッチが現われないように目を光らせたあと、厨房へ戻り、母なら〝豪勢な日曜の昼食〟と形容したはずの食事を堪能した。そのあと料理人に礼を言い、皇太子妃をロンドンへ連れ戻す準備にかかった。

帰途に就こうと車を出したとき、シャラビの顔に昨日到着したときにあった自己満足の笑みがないことにロスは気づいた。

「あなたが恐れていたほど悪い週末でなかったらいいんだけど」正門を出てロンドンへ向かう車内でダイアナが言った。

「お気遣い、痛み入ります、妃殿下」ロスは応えた。「結局のところ、予想していたよりもはるかにいい週末でした」

22

翌朝、バッキンガム・ゲート四番の入口に立ったとき、そこにレナルズ捜査警部補の姿があるのを見て、ウィリアムは驚いた。まだ八時にもなっていないのにレナルズと出くわすなど普段ならあり得ないことだったが、その理由はすぐにわかった。

「ミルナー警視が、いますぐ、オフィスであなたに会いたがっています」レナルズが〝いますぐ〟を強調して言った。

「ありがとう、警部補」ウィリアムは足を止めることなくレナルズの前を通り過ぎた。

「おれも警視と話したいと思っていたところだから、面会の約束を取る手間が省けてよかったよ」

三階の警視のオフィスの前に立つと、ドアをノックし、「入れ」の応えがあるのを待って入室した。ミルナーが自分の机の向かいの椅子を手で示した。挨拶する気配すらなかった。

「ウォーウィック」ウィリアムが腰を下ろすのを待ちもせずに、ミルナーが大声を出した。

「おれが皇太子夫妻の海外視察に同行しているあいだにこのオフィスに押し入ってファイルを漁《あさ》り、そのうちの何通かを、おれの予定を記した手帳まで含めて持ち出しただろう。しかも、おれに知らせもせず、許可も得ずに。間違いないか？」

「間違いありません、サー」ウィリアムは怯まなかった。

「その不法侵入を許可したのはだれだ？」

「ホークスビー警視長です、サー」

「ホークスビーに王室警護本部をどうこうする資格はない。皇太子殿下に報告させてもらう」

「首都警察警視総監にも報告をお願いします。警視総監は今日の十二時に、皇太子殿下と面会することになっています」

「そのときに、警視総監は誤解しようのない明確な言葉でこの部局の責任者がだれか、皇太子にお教えになるだろうな」

「あなたがそうおっしゃるのなら、そうなんでしょう、サー」

「当たり前だ、ウォーウィック。それだけじゃない、警視総監はおれの同僚というだけでなく、古い友人でもあるんだが、彼に具申するつもりでいることが一つある。おまえを直ちに停職処分にし、不名誉かつ職務規定に反する振舞いに関して全面的な調査を行なうべきだとな。この具申には、アダジャ捜査巡査部長、ロイクロフト捜査巡査部長、そして、パンクハースト捜査巡査も含まれる」

「その三人は私の命令を実行しただけです」ウィリアムは一拍置いて付け加えた。「サー」

「おれを舐《な》めるなよ、ウォーウィック」ミルナーが正面からウィリアムを睨んで言った。「おまえはいまでも十分な窮地に立っているんだぞ。レナルズ警部補から聞いているが、あいつのオフィスもパンクハースト捜査巡査に押し入られたというじゃないか。もっとも、その時間は祖母の葬儀に参列するためにコーンウォールにいたと本人は言い張っているらしいがな」

「レナルズのオフィスは押し入るまでもありませんでした、サー。施錠されていなかったんです」

「そうだとしても、レナルズの許可なく入室する権利はパンクハーストにはない」ミルナーが即座に言い返した。「それに、ロイクロフト捜査巡査部長も、疾病休暇中にもかかわらず、おまえの陰謀に関わっていたと聞いているぞ」

「そのとおりです、サー。自分の命を危険に晒して、世界で最も危険なテロリストの一人を逮捕し、その功績をクィーンズ・ギャラントリー・メダルをもって称えられたわけですが、本来なら回復に努めるべきときに仕事に復帰したのが適当でなかったことは認めます。しかし、十二台のファイリング・キャビネットの鍵を開け、あなたの十一年分の経費請求書を検めるには、テロリストと戦ったときほどの勇気は必要ありませんでした」

「経費に言及してくれて嬉しいよ、ウォーウィック。どうしてかというとだな、おまえの仲間のアダジャ捜査巡査部長が総額四千三百三十二ポンドの経費をごまかして請求したかどで、全面的な取調べを受けることになるはずだからだ」ミルナーが請求書の分厚い束を勝ち誇って机に放った。

「その経費はすでに全額返還されています。あなたが一切質問することなく請求を認めた経費でもあります」

「やつを助けようなんて無駄なことはやめるんだな。ああいう手合いが警察に入った瞬間に想像できる結末でしかないんだから」

「ああいう手合いとはどういう手合いですか、サー？」

「見てのとおりということだ、ウォーウィック。あいつはおれたちと同じじゃない。言ってる意味はわかるよな？」

「アダジャ捜査巡査部長がナイジェル・ヒックス巡査部長とあんなにいい関係を築けたのは、だからかもしれませんね。ヒックス巡査部長ももう故人で、〝おれたちと同じじゃない〟わけだから」

　ミルナーが真っ青になった。

「私の理解するところでは、いま、皇太子殿下と会う前に、警視総監が是非とも話をしたい相手はあなたじゃないでしょうか」

ミルナーの全身が震え出した。

「一つ助言するのを許してもらえるのなら」ウィリアムは言った。「私があなたなら、いますぐ辞表を書いて、正午までに必ず警視総監に届くようにするでしょうね。そうすれば、警視総監は皇太子殿下との面会を中止し、あなたが辞めなくてはならなくなった本当の理由を教えるのを避けることができますから」

ミルナーはいまや息が荒くなり、額に大粒の汗を浮かべていた。

「もう一つ助言させてもらうなら、レナルズ捜査警部補とジェニングズ巡査部長もあなたと同様の行動を取ることをお勧めします――彼らが全面的な取調べを受けて、やはり警察を免職になりたいと望むのであれば、もちろん、話は別ですが。あの二人は自分が助かると考えたら、躊躇なくあなたを引きずり下ろすんじゃないですか」

「そうとも、おれもあの二人が経費をごまかしているんじゃないかと疑っていて」ミルナーが静かに言った。「やつらが何をしていたか、完全な報告書を提出しようとしていたところだ。正午までにはその準備を整えておまえに渡すから、ビル、おまえの友人の警視長に提出してもらえないかな?」

「その報告書でどんな言葉を使うんです、サー?」ウィリアムは訊いた。「詐欺ですか、横領ですか、窃盗ですか？　私はそうは考えません。実際、私が警視総監なら、全面的な公開調査を行なって、引退後のあなたがコッツウォルズのコテッジではなく、ベルマーシュ刑務所の独房で暮らすことを確かなものにするでしょう。ですが、ホークスビー警視長なら、そうならないよう全力を尽くすはずです。首都警察の評判のほうがあなたたちの評判よりはるかに重要だと、疑いの余地なく考えているからです」

ウィリアムはオフィスの壁に掛かっている写真を一瞥して付け加えた。「あなたの親友、皇太子殿下の評判は言うまでもありません。ですから、私としてはとても残念ですが、あなたはたぶん逃げきれます。もちろん、こちら側の申し立てを不服として争うと言われるなら、話は別です。白状すると、私としては争ってもらいたいですね。その最大の理由は、いまは亡きナイジェル・ヒックス巡査部長の墓石を特定した手柄に、アダジャ捜査巡査部長が十分にふさわしい称賛を受けることになるからです――言っている意味はわかりますよね」

「ミルナーと会って、どうでした？」バッキンガム・ゲートを出てスコットランドヤードへ帰る道々、レベッカが訊いた。

「苛立たせられたのは認めざるを得ないが、やつの上を行くことができたかもしれない」ウィリアムはヴィクトリア・ストリートを渡りながら答えた。「警視総監が皇太子に会うまでやつが待つことにしたら、やつかわれわれか、どっちの首が飛ぶかは神のみぞ知るところだ」

「でも、あなたはホークが指示した以上のことはしていないじゃないですか」

「残念ながら、そうじゃない」ウィリアムは言った。「警視長の助言に従わないで、冷静に事実を伝えるだけにした」

「大丈夫だと思いますよ、サー」レベッカが言った。

「そう思う根拠は何だ?」ウィリアムは訊いた。

「レナルズ捜査警部補とジェニングズ巡査部長が廊下で聞き耳を立てていたんですけど、あなたが出てきたあと、ミルナーのオフィスに駆けつけるのではなく、自分たちのオフィスに姿を消しました。だとすると、いまごろは三人とも辞表を書いていて、正午前に提出するんじゃないですか」

「どうしてそれを確信できるんだ?」

「いじめっ子は卑怯《ひきょう》者と決まっていますからね」レベッカが答えた。

九時前、ベスは館長のオフィスのドアをノックし、「どうぞ」と返事があるのを待った。入室すると、スローンが自分の机の前の椅子を手で示した。下級職員であるかのような扱いだった。

「お知らせしておいたほうがいいと思ったんですが、ジェラルド――」

「私が思うに、ミセス・ウォーウィック、就業時間中、私を呼ぶときには、〝サー〟か

〝館長〟をつけるのが適切ではないかな」

「承知しました、サー。ですが、いいニュースをお知らせしようと――」

「それはあとにしてくれ」スローンは頑《かたく》なだった。「きみと話し合うべき急ぎの用件があるんでね」ベスは口をつぐんだ。「今朝の郵便でミスター・ブース・ワトソン勅撰弁護士から手紙が届き、ハルスの展覧会が終わったら彼の肖像画を回収すると言ってきた。そもそも所有者はミスター・マイルズ・フォークナーであり、彼の許しを得ずに持ち去られたというのが言い分だ」そして、まるで彼女が証人席にでもいるかのような目でベスを見た。

「フォークナーはあの絵の所有者ではありません」ベスは抵抗した。「所有者は彼の妻のクリスティーナです」

「それがそうではないらしい」スローンが言った。「ミスター・ブース・ワトソンが私に保証したところでは、きみの友人のミセス・フォークナーはあの絵を、この前の離婚の和解条件の一部として元の夫に返却している」

ベスはさらに抵抗しようとしたが、今度もクリスティーナがすべてを話してくれていないことに気がついた。

「本美術館の弁護士陣の私への助言は、その主張と争っても勝ち目がないというものだ。そして、まだそれでも十分でないかのように」スローンが手紙に目を戻した。「ルーベンスとレンブラントも回収すると依頼人が主張していると、ミスター・ブース・ワトソンは言っている。あれは無期限に貸し出されているものだと、きみは私にそう言ったな」

「事実、無期限に貸し出されているものです」ベスは反論した。「彼の主張と争うのを躊躇すべきではない――」

「これに関しては、フランス・ハルスの件よりは強気に出てもいいと弁護士陣も言ってくれている」スローンは認めた。「しかし、ミスター・フォークナーが法に訴えた――依頼人はそれを厭わないだろうとミスター・ブース・ワトソンは脅してきている――場合、われわれがその裁判に勝ったとしても、金銭的にかなりの負担になるだけでなく、フィッツモリーン美術館の評判にも傷がつかずにはいないだろう。もし負けたら――弁護士陣によれば五分五分だとのことだが――、本美術館の財政が破綻しかねない」そして、間を置いてから付け加えた。「きみだってその直接の責任者になりたくはないだろう」

「もちろんです」ベスは言った。「ですが、その財政負担を補って余りある道を見つけたかも――」

「率直に言わせてもらうが、ミセス・ウォーウィック、きみはあの絵を所有すべきだという誤った結論に理事会を導く前に、契約書をもっと注意深く読むべきだったな」

「ですが、あの絵はこれからも本美術館が持ちつづけられるはずです、もし――」

「状況に鑑みると、きみの絵画管理者の地位を考え直すべきかもしれないな、ミセス・ウォーウィック。いまのきみがしているのは、絵画管理者の仕事では明らかにない」

ベスは椅子の肘掛けをしっかり握り締めて自分を抑えなくてはならなかった。さもないと、スローンのことを本当はどう思っているか、本人に向かってぶちまけてしまいそうだった。ウィリアムなら冷静さを保って好機を待てとアドヴァイスしてくれるとわかっていたから、サー・ジュリアンでさえ褒めてくれると確信のある台詞を発するにとどめた。

「おっしゃるとおりだと思います、館長」

それを聞いて、これが長くつづく小競り合いの第一ラウンドに過ぎないと考えていたスローンは驚いたが、すぐに態勢を立て直した。「賢明な判断だと思う、ミセス・ウォーウィック」そして、穏やかな笑み浮かべて付け加えた。「ほかに相談したいことがあるのではなかったのか？」

「いいえ、重要なことではありません、館長。最後まで聞いてもらえないのであれば尚更です」

ベスはオフィスへ戻ると、机に向かって辞表を書いた。一時間後、それを館長の秘書に渡したとき、意外にも自分がずいぶんほっとしていることに気がついた。午後は長年一緒に仕事をしてきた同僚や旧友への別れの挨拶に費やし、机を片づけて、八年分の思い出を三つの大きな段ボール箱に詰めた。

五時一分、美術館を出てタクシーを止め、運転手に行先を告げて後部席に腰を落ち着けると、段ボール箱に囲まれてだれはばかることなく涙にくれた。

帰宅するやすぐに書斎へ直行し、番号を調べて、ピッツバーグの小さなオークションハウスに電話をした。関心のある出品番号七一番は頭に刻み込まれていた。五百ドルが上限だと告げたが、落札できたら銀行口座が空になることは黙っていた。

ウィリアムは子供たちを風呂に入れるのを手伝える時間に帰ってきた。今日あったことをベスが教えるより早く、ウィリアムが言った。「ミルナー、レナルズ、ジェニングズ、三人とも、午前中に辞表を出した。彼らが辞める本当の理由を皇太子に伝えなくてすんで、警視総監はほっとしていたよ」

「わたしも辞表を出したわ」ベスは言い、一拍置いて付け加えた。「スローンは嬉しさを隠せなかったでしょうね」

ウィリアムがベスを抱擁した。「ごめんよ、マイ・ダーリン、気がつかなくて……」浴槽にいたアルテミジアが石鹸《せっけん》を放った。自分がちゃんと注目されていないことが不満な様子だった。

「失業しただけでなく」ベスは石鹸を拾いながら言った。「まったくの無価値かもしれない鉛筆画に全財産を賭ける危険まで犯したわ」そして、アルテミジアを浴槽から抱き上げるウィリアムにせがんだ。「だから、お願い、いいニュースを聞かせて！」

「ポール・アダジャが警部補昇任に一歩近づき、スマート巡査もようやく――」

「――王室警護官になるの？」

「きみは何でも先刻お見通しなんだな」ウィリアムが微笑した。

「クリスティーナだけは見通せないけどね。あの女の言うことを一言も信じられないとあなたは考えているのに、わたしはいつになったらそうと気づくのかしら？」

踊り場で電話が鳴りはじめた。ウィリアムがタオルを床に置いて電話の応対に行き、ベスはそのあいだに子供たちをベッドに入れてやった。『ピーター・パン』の読み聞かせをしてやろうとしたところへ、ウィリアムが戻ってきた。

「きみに長距離電話だ。数分後に出品番号七一番の競売が始まるそうだ」ウィリアムがそう言ってベッドの端に腰を下ろした。「何ページからかな？」

「百四十三ページよ」アルテミジアが答えた。「ピーターとロストボーイズが血に飢えた海賊たちに取り囲まれてるの」

「そのときの気持ちならお父さんにもわかるぞ！」ウィリアムはベスが急いで部屋を出ていくと言った。

十五分後、ウィリアムは本を閉じた。ミルナーやスローンよりフック船長のほうがはるかに更生の可能性があって、断然好感が持てた。ウィリアムは明かりを消し、踊り場でベスと合流した。

「いえ、フィッツモリーン美術館へは送らないで」ベスはこの自宅の住所をオークションハウスに教えると、受話器を戻してウィリアムを見た。「たったいま、持ってもいない四百二十ドルを遣っちゃった」

「大丈夫」ウィリアムは言った。「とりあえず警視の席を埋めなくちゃならないということでぼくにお鉢が回ってきて、警視の給与の満額をもらえることになった。ミルナーは庭《ガー》仕事休暇《デニング・リーヴ》を取ることになっている——ずいぶん大きな庭を持っているようだな」

「問題は、新しい事業を立ち上げるとなると、それじゃお金が足りないことなのよ」

「だったら、ぼくはタクシー運転手をやらなくちゃならなくなるな……ウィンザーでね」

23

どの刑務所でも、司書になるには読み書きができるだけでよかった。一日じゅう暖かくて広い部屋にいられて、服役囚に煩わされることも少なく、窓の外さえ見なければ、刑務所にいることすら忘れていられるはずだった。

服役囚の大半は厨房での仕事を好み、体育館での仕事を希望する者も結構いて、数は少ないが棟の清掃を担当したがる者もいた。マイルズ・フォークナーにとって、司書は自分の差し迫った要件をすべて満たすに格好の地位だった。

彼は次席を選ぶこともできたが、その次席は読み書きができるとしても、その能力をもって主任の地位を脅かす恐れがない者でなくてはならなかった。

マイルズが〈フィナンシャル・タイムズ〉の法律欄を読んでいると、チューリップが貸出期限の過ぎた本を監房から回収し、午前中の巡回を終えて戻ってきた。チューリップはその仕事のおかげでマイルズが一緒に仕事をする必要のある服役囚のところに自由に立ち寄ることができたし、所長を含めても、この刑務所で一番の情報通という立場を確保していられるのだった。

マンスール・ハリファが図書館にやってくることはまったくなかったから、チューリップは彼の棟の清掃を担当しているタレク・オマールを信用し、役に立つかもしれない情報をやり取りしなくてはならなかった。いまのところ、ハリファが何かでかいことを計画しているということしか価値のある情報はなかったが、それがどんな計画なのかがまだわかっていなかった。しかし、その日の午前、チューリップは大急ぎで図書館に戻った。ボスに報告すべき重大情報があった。

マイルズは読んでいた新聞を置いてやかんのスイッチを入れると、刑務所で一番坐り心地のいい椅子に深く坐り直してチューリップの報告を待った。早く要点に入れと次席を急《せ》かすことはしなかったが、それは二人ともこれから一日、ほとんどすることがないからだった。

「長く待つことになったかもしれませんが、ボス」チューリップは報告を開始した。「タレクがようやく期待に応えてくれましたよ」やかんが甲高く鳴りはじめ、チューリップは刑務所で二番目に坐り心地のいい椅子から腰を上げて、二つのマグにコーヒーを注いだ。マイルズは自分のマグに角砂糖を一つ放り込んだだけでミルクは入れず、ショートブレッドの箱からビスケットを一枚抜き取った。物資が不足しているのではなく、釈放までに体重を一ストーン落とせればと望んでいるだけだった。

「タレクが」チューリップはコーヒーを一口飲んでつづけた。「献身的な信者だとハリファに信じさせることにようやく成功しました」

マイルズが椅子の背にもたれ、目を閉じて、耳に入る一言一言を記憶というメモ帳に蓄えた。

「あんたの言ったとおり、ボス、ハリファは何かでかいことを計画しています」チューリップはもう一口コーヒーを飲んだが、それはいまも熱すぎた。「アルバート・ホールです」彼は勝ち誇って宣言した。

「アルバート・ホールがどうしたんだ?」

「毎年、そこでプロムスという音楽祭が催され、期間中はほぼ毎日クラシック・コンサートが行なわれるようで――」

「おれの知らないことを教えろ」

「プロムスの最終夜のチケットは常に何か月も前に売り切れてしまうんだそうです」

「勿体をつけるな」マイルズが初めて苛立ちを声に出した。

「でも、プロムネイダーとして知られている愛好家グループのために、座席がすべて取り払われることは知ってましたか?　コンサートのあいだ、ずっと立ってるんだそうですが?」マイルズはうなずき、チューリップが先をつづけるのを待った。「刑務所の外にいるハリファの連絡員の一人が、法外な金を払ってダフ屋からチケットを手に入れているんですよ」

「くそ」マイルズは最後まで聞くまでもなく答えにたどり着いた。「自爆テロリストを送り込んで、会場もろとも木端微塵に吹っ飛ばすつもりでいるんだ」

「プロムネイダーが『希望と栄光の国』を歌っているときに、教訓を垂れてやろうということです」

「世界じゅうの新聞が一面大見出しで報じること間違いなしだからな」

「だけど、ハリファの目論見をあんたが事前に警察に教えてやることができたら……」

「内務大臣でさえ、喜んでおれの尻にキスするだろうな」

「そして、あっという間もなくここを出られる」

「できるだけ早くホークスビーに会う必要があるな」マイルズが言ったとき、ドアにノックがあった。「だれだ?」彼は唸《うな》った。

ドアが開いて、面会担当看守が現われた。

「邪魔をして申し訳ありませんが、ミスター・フォークナー、土曜に面会希望者がいるんですが」

「ずいぶん早いな」チューリップが言った。

「たぶんクリスティーナが絵を返せと要求しにくるんだろう。お断わりだと言ってやれ」

「申請書に記入してあるのはその名前じゃありません」看守が言った。「ミス・メイ・リン・リーです」

「そんな名前に心当たりはない。彼女もお断わりだ」

「でも、一時間、房から出られますよ」チューリップが言った。「しかも、お茶とビスケット付きでね……」

「気づいていないかもしれないから教えておいてやるが、チューリップ、おれは滅多に房にいない。それに、いまおまえが食ってるのはおれが持ってるビスケットだ」

「美人かもしれませんよ」

「不細工な婆《ばあ》さんって可能性もあるだろう」

「二十六歳です」看守が言った。「それに、規則どおり、顔の写った写真も提出していま す」

その写真を一目見て、チューリップが言った。「おれが代わりに会ってもいいですよ、ボス」

しかし、マイルズはすでに面会許諾書にサインをすませていた。ただし、理由はチューリップの頭にあるものとは違っていた。

ホテル・リッツのティールーム〈パームコート〉で会いたいとクリスティーナが言ってきて、そこでなら会ってもいいとベスに思わせたのだった。

「会ってくれてありがとう」注文をすませると、クリスティーナが言った。

「今度はあなたがどんな言い訳を思いついたのか、是非とも知りたかったものですから」

ベスは腹立ちを隠そうともしなかった。

「言い訳はしないわ」クリスティーナが応えた。「あなたが解雇されたと聞いて、わたしがどんなに残念に思っているかを伝えたいだけなの」

「解雇されたんじゃなくて、わたしのほうから自発的に辞めたんです」ベスがきっぱりと言ったとき、紅茶のポットと、ケーキ、スコーン、極薄のサンドウィッチの載った三層のスタンドが二人の前に置かれた。

「先週、フィッツモリーンを訪ねたときに館長が言ったことと違うわね」

「どうしてスローンに会いに行ったんですか？」

「毎年している一万ポンドの寄付を今年はしないことにしたと伝えるためよ。彼はもちろん平伏《ひれふ》さんばかりになって翻意させようとしてきたけど、わたしも後援者名簿から名前を外すよう主張して譲らなかったわ。そもそもわたしがフィッツモリーン美術館を支援してきた理由はあなたがいたからであり、それがたった一つの理由だということを、一片の疑いの余地も残さず明らかにしてやったわよ」

ベスは自分の気持ちが和らぎはじめていることに気づいたが、クリスティーナが館長に会いに行ったことについては半信半疑にならざるを得なかった。

「こうも言ってやったわ」ベスのカップに紅茶を注ぎながら、クリスティーナはつづけた。「ベス・ウォーウィックを復職させたら、毎年の寄付を二倍にするってね」

「わたし、復職は望んでいません。まあ、スローンが館長でいるあいだは、ですけど」

「でも、あなただって生活費がいるでしょう、ベス。それに、あなたがだれかを頼るような人でないこともわかっているわ」

「その分野では、わたし、ささやかな勝利を手にしたんです」ベスはだれかに言いたくてたまらなかったことをついに口にした。「ピッツバーグのオークションでスケッチを一点、四百二十ドルで落札したんですよ。それを〈クリスティーズ〉の巨匠を担当する専門家がレンブラントの手になる本物だと証明して、二万から三万ポンドの価値があると保証してくれたんです。だから、フィッツモリーンでの絵画管理者としての一年より多い金額を、ディーラーとしての一日で儲けたことになるんです。でも、これは手始めに過ぎません」スタンドの最下段のスモークサーモンのサンドウィッチを手に取りながら、ベスは付け加えた。

「手始めって、どういう意味なの?」クリスティーナが訊いた。

「こういうチャンスはそう頻繁にはないでしょうけど、世界じゅうの小さなオークションハウスでときどき重要な作品が見逃されているんです。たとえば、ある国では有名な画家の絵が、別の国では市場価格以下で売られる可能性が十分にあるんですよ。エルキュール・ブラバゾン・ブラバゾンという名前を聞いたことがありますか？」

「あるとは言えないわね」

「彼は十九世紀のイギリスの水彩画家だったんですが、来週、フランクフルトでオークションに出品されることになっていて、推定落札価格が二万五千マルクと考えられています。その二倍の金額を二つ返事で出す、わたしの知っているギャラリーがロンドンにいくつかあるんです」

「そして、あなたは二倍のお金を手にするわけね」

「いいえ、そう簡単にはいきません。そこからオークションハウスの手数料を約二十パーセント、それに、ギャラリーの粗利も引かれるから、わたしの手元に残るのは二十五パーセントから三十パーセントもあれば運のいいほうです。しかも、それはだれもその絵の価値に気づいていない場合です。もし気づかれたら、わたしが手を出せる金額の上限をたぶん超えるはずです」ベスは小さなチョコレート・エクレアに目を留めたが、誘惑を何とか抑え込んだ。

「わたしがあなたの後ろ盾になればいいんじゃないの？」クリスティーナが言った。「そうすれば、もっと高額でも勝負できるでしょう。それに、わたしの罪滅ぼしにもなるし」

そして、ベスがチョコレート・エクレアを見つめたまましばらく黙っている隙につづけた。「本来の価格より安くて、それなりの儲けが出ると確信できる作品をあなたが見つけたら、わたしは喜んで資金を提供するわ。あなたの専門知識とわたしの資本が手を組んだら、わたしたち大儲けできるんじゃないの？」

「気前のいい申し出ですけど、クリスティーナ、オークションハウスは落札価格の十パーセントを手数料の前払い金としてその場で要求します。そして、残りの十パーセントを四十日以内に支払わなくてはなりません。それができなかった場合、わたしは絵を失うだけでなく、二度とそのオークションハウスと仕事ができなくなるんです」

「どうしてそんな話を持ち出さなくちゃならないのよ？」

「あなたが信頼できる人間であることが明確に証明されていないからです」ベスは鋭い口調で思い出させた。

クリスティーナがそれなりに神妙な顔になって小声で言った。「十万ポンドをあなたに先に渡したら助けにならないかしら？」

ベスはその申し出が本物であると信じる気にはなれなかったが、どういうわけか口は別のことを言っていた。「どんな見返りを期待しているんですか？」

「儲けの二十五パーセントでどうかしら」

「きっと、ほかにも何かあるんでしょうね」ベスはいまも納得していなかった。

「あるわよ」クリスティーナがハンドバッグから小切手帳を取り出し、金額十万ポンド、受取人をベス・ウォーウィックにした小切手を作成した。「わたしがどっちについているかを証明する、三度目――四度目かしら――のチャンスをくれることよ」

ベスは六桁の数字を見つめていたが、クリスティーナがスタンドのケーキを一つずつナプキンに包みはじめるのに気づいてわれに返った。

「何をしてるんですか?」ベスはぎょっとして訊いた。

「家へ帰ったら子供たちと一緒に食べるといいわ」クリスティーナが包みを差し出した。

「でも、お店が許してくれますか?」

「大丈夫、慣れてるわよ」クリスティーナが言い、支払いをするからとウェイターに合図をした。


服役囚はゆっくりと近づいてくる若い女性から目を離せなかった。

マイルズはメイ・リンの写真を見たとき、アート・コレクターとしての好敵手、過去に何度か競り負けたことのあるミスター・リーの娘ではないかという気がした。彼女との面会を受けることにしたのは、それが理由だった。

メイ・リンがテーブルの向かいに腰を下ろした。「おはようございます、ミスター・フォークナー」まるでカテゴリーAの刑務所ではなく、〈サヴォイ〉でお茶を飲もうとしているかのような態度だった。テーブルの周りにいるのはウェイターどころか看守だったが。

マイルズはうなずいた。

「あなたのアート・コレクションを一億ドルで買ってもらいたいという申し出が父にありました。その申し出を持ってきた人があなたの承認《ブレッシング》を受けていることを確認したいと父が申しております」メイ・リンがすぐに用件を切り出した。父親同様、雑談に興味はないようだった。

マイルズは少し時間を取り、態勢を十分に整えたあとで応えた。「私なら〝祝福《ブレッシング》〟という言葉は選ばなかったはずです。お父上は言葉数の少ない方だと存じていますから、一言だけ、こう付け加えてください――〝絶対にない〟と。しかし、私の代理人を名乗った人物がだれなのかを知りたいのですがね？」

「父はあなたがその質問をされることを想定していて、その場合は何も答えるなとわたしは指示されています」

この若い女性に賄賂は通用しないこと、脅しを仄めかしただけでも逆効果になりかねないことを受け容れ、マイルズはこう訊くにとどめた。「ブース・ワトソンでしたか、それとも、私の元の妻だったとか？」

メイ・リンが腰を上げ、マイルズに背を向けると、そのまま一度も振り返ることなく面会室をあとにした。

ミスター・フォークナーの面会者がやってきてほんの数分で帰ってしまったことに担当看守は驚きを露《あら》わにし、バルコニーで目を凝らしていた読唇員はそれ以上にわけがわからずにいた。

自分の房へ戻るマイルズの頭にあるのはたった一つ、次の面会者をラモント元警視にしなくてはならないということだった。

クリスティーナとお茶を飲んで帰宅すると、玄関ホールの電話が鳴っていた。受話器を取って驚いたことに、しばらくご無沙汰している馴染みのある声が聞こえてきた。

「ジェイムズ」ベスは言った。「声が聞けて本当に嬉しいわ」

ジェイムズに初めて会ったのは休暇を取って〈オールデン〉でニューヨークへ向かっているときだったが、そのときのことが好ましく思い出された。祖父の殺人事件を解決しようとウィリアムに協力したこの早熟で聡明な若者に、ベスもウィリアムも好感を持っていた。たぶん、ウィリアムに用があって電話をしてきたのだろうと思われた。

「ごめんなさいね、ウィリアムはいま留守なのよ」ベスは言った。「でも、そんなに遅くならないうちに帰ってくると――」

「いいえ、用があるのはウィリアムではありません」ジェイムズが応えた。「実は問題が起きて、それに対応しなくちゃならなくなったんですが、助言を求めるならあなたしかいないと思ったものですから」

「口が上手だこと」

「この前、ウィリアムから手紙をもらったんですけど」ジェイムズが言った。「そこに、あなたがフィッツモリーン美術館を辞めることになった経緯が書かれてありました。それはぼくも残念だったんですが、あなたが自分で事業を始められたことも書かれていました」

「まだよちよち歩きで、残念ながら予算も限られているんだけどね」ベスは応えた。「でも、何であれわたしにできることなら、喜んで力になるわ」

「始めたのは専門的な特別な仕事ですか？」

「名画の売買の仲介をし、ときどきは自分でも買い手になるの。すぐに売り手になれると思ういい作品を見つけたときにね。でも、繰り返すけど、予算が限られているのよ」

「でも、あなたの頭脳は限られていないじゃないですか。ぼくが必要としているのはそっちです」

「あなた、おじいさまの魅力を引き継いでいるのは間違いないわね」ベスはからかった。

「ぼくが引き継いだのはそれだけじゃありません」ジェイムズが言った。「それで、あなたに助言を求める必要が出てきたんです」

「面白そうじゃないの」ベスは言った。

「そうなんですよ」ジェイムズが応えた。「でも、電話で話すには少し微妙すぎるんで、ロンドンへ行こうと思っているんです。そうすれば、直接あなたに説明できますからね」

「そのときはうちに泊まらなくちゃならないわね」ベスは言った。「でも、あらかじめ警告しておくけど、うちの客用寝室はあなたのところの客船の下層船室ぐらい狭いわよ」

「それで充分です。だって、乗り込むのは平水夫なんですから」

「それで、予定はいつ？」

「今度の月曜です」

「あなた、おじいさまから受け継いだものがもう一つあるわよね。思い立ったら即実行するというところがね」

24

「ずいぶん嬉しそうだけど、どうして？」ウィリアムがクリケット・グラウンドの奥に車を駐めると、ベスが訊いた。

「まず第一に、空に雲一つないからだ。途中で試合が中止になる心配はまずないということだからね」

「五時間もクリケットの試合を見ていなくちゃならないなんて、これ以上退屈な日曜の午後の過ごし方は、わたしには思いつけないわ」

「これが五日もつづく国際試合《テストマッチ》じゃないことに感謝するんだな」ウィリアムはそう言って車を降りると、後部席のドアを開けて、そこに閉じ込められていた三人の子供たちを解放してやった。

「お父さん」アルテミジアがウィリアムのズボンをつかんで訊いた。「アイスクリームを食べてもいい？」

「駄目に決まってるでしょう」ベスがきっぱりと拒否した。「お昼を食べたばかりじゃないの。お茶休憩《ティー・インターヴァル》まで待ちなさい」

「ほら、ぼくの言ったとおりだろ」ピーターがみんなを置き去りにし、三柱門《ウイケット》の周囲をネットで覆った練習区域でウォーミングアップしている選手たちを見に駆け出していった。

「あ、雲を一つ見つけたぞ」みんなで境界線《バウンダリー》に沿って歩きながら、ウィリアムが言った。

ベスは訝った。空は晴れ渡り、満足そうな群衆に陽光が降り注いでいた。そのとき、雲――独りで芝生に坐っているクリスティーナ――が目に留まった。

「デッキチェアを持って彼女の隣りへ行ったらどうだい」ウィリアムが言った。「いまの彼女が何を企んでいるかを突き止める、いいチャンスかもしれないぞ。まあ、よくないことに決まってるとは思うけどね」

「たまには警察官のように考えるのをやめたらどう？」ベスはため息をついた。

「彼女が蟷螂《かまきり》のようにあそこに坐っているあいだは無理だな。だって、クリケット観戦にきているとは思えないからね」

「クリケットのプレイヤーを見にきているのかもしれないわよ」ベスは応じたが、そのとき、ポールがクリスティーナとお喋りをしているのに気がついた。

「それも絶対にあり得ない」ウィリアムがそう応えて周囲を見回していると、ロスとジャッキーが目に留まった。二人は隣り合わせに腰を下ろして話し込んでいた。

「これはだれの発案なの？」ジャッキーはグラウンドの周囲を見渡しながら訊いた。デッキチェアはほとんど全部埋まっていて、それ以外は草地に腰を下ろしていた。

「少年聖歌隊員以外にだれがいる？」ロスが答えた。「やっこさん、王室警護官と制服組のあいだに溝があると感じているんだそうだ」

「王室警護官は女王のための仕事を長年しつづけられるけれども、制服組は閣僚を警護する仕事を三年か四年で交代する――サッカーの監督の平均任期だってもう少し長いわ――のが普通でしょう。それがまずいんじゃないかしらね」

「だから、クリケットの試合をすればその溝が多少なりと埋まるんじゃないかと、警視殿はそう考えたというわけだ」

「ウィリアムと一緒にピッチの真ん中へ向かっているのはだれ？」ジャッキーは午後の陽《ひ》射《ざ》しを手でさえぎって訊いた。

「コリン・ブルックス警部だ。首相警護班にいたんだが、ホークが王室警護本部に異動させてミルナーの後釜に据えた」

「前任者よりましなのは絶対に間違いないわね」

「仕事はミルナーのそれと同じかもしれないが、似ているのはそこまでだ。ブルックスは昔気質《かたぎ》の警察官で、自分を大きな車輪の小さな歯車の一つだと考えている。ミルナーは自分が大きな車輪だと信じはじめていた」ロスが顔をしかめた。「トスに負けたみたいだな」

「アイルランド人なのに、どうしてクリケットのことをそんなによく知っているの?」

「忘れないでくれよ、おれは小さいころ、ベルファストの寄宿学校にいたんだぜ」ロスが言った。「まあ、退学になったけどな」

「何をしでかしたの?」ジャッキーが訊いたとき、双方のキャプテンが肩を並べて友好的にお喋りをしながらピッチをあとにした。

「六番目の戒めを初めて破ったんだ」

「その運のいい女の子はだれだったの?」

「舎監の妻だ。実は奥さんのほうがおれを誘惑したんだが、彼女を退学にはできないから、おれが出ていかなきゃならなかった」ロスが答えたとき、ウィリアムがやってきた。

「守りからだ」ウィリアムが言った。「最初はきみに投げてもらうぞ、ロス。そろそろウォーミングアップにかかってくれ」

ロスが立ち上がると、だれかがズボンを引っ張った。

「アイスクリームを食べてもいい?」ジョジョが訊いた。

「お願いします、はどうした?」ロスは促した。

「お願いします、アイスクリームを食べてもいいですか?」

ロスはポケットから一ポンド硬貨を出して娘に渡した。「アルテミジアとピーターにも買ってやるんだぞ」

「はい、お父さん」そう応えて、ジョジョは駆け出していった。

「手玉に取られてるという形容は陳腐かもしれないけど」ジャッキーは言った。「いまのあなたはそれを地でいってるわね」

「反論の余地はないな」アイスクリームの屋台の前で待っているアルテミジアとピーターのほうへ、勝ち誇った顔で硬貨をかざしながら走っていくジョジョを見ながら、ロスが応えた。

　ジャッキーは微笑した。「ベスがいてくれることを天に感謝しないとね。ジョジョがきちんと育っているのは彼女のおかげだもの」

「それについても反論の余地はないよ。実際、いまの仕事ができているのは彼女の助けがあったればこそだ」

「夏休みにジョジョをどこへ連れていくかは決めてるの？」ジャッキーは訊いた。

「ベルファストだ。一週間、おれの母のところで過ごす。それを生き延びられたら、ジョジョは陸軍特殊空挺部隊《SAS》にだって入れるようになる」

「あなたの日々におけるもう一人の女性についてはどうなの？」

「ベルファストから戻り次第、一緒に休暇を過ごすことになっている。だが、正直なところ、楽しみにしているとは言い難いな」

「どうして？」ジャッキーは驚きを隠せなかった。「世界の半分がダイアナ妃と休暇を過ごしたがっているのよ?」

「いまの……」ロスが一瞬言いよどんだ。「……彼女のボーイフレンドがどうも気に食わない。遊び人で、彼女の威光を利用していい目を見ようとしている」

「その遊び人についてのあなたの感じ方をダイアナ妃に伝えたの?」

「おれはその立場にない」ロスが珍しく形式ばった言い方をした。「だけど、おれは自分の気持ちを隠すのが下手だからな」そう認めたとき、ウィリアムがまたやってきて、ふたたびウォーミングアップを促した。「任せてもらいましょうか、警視」ロスは言った。「今日お目にかかるのは、おれが護らなくちゃならない連中じゃありませんからね、早々にやっつけてパヴィリオンに退散させてやりますよ」

「少しは粘らせてやってくれないと困るぞ」ウィリアムがささやいた。「われわれの長期計画を忘れるな」

　ベスの父親のアーサー・レインズフォードとサー・ジュリアンは初球が投じられるのをパヴィリオンで腰を下ろして待っていた。サー・ジュリアンは簡単に友人を作らなかったが、二人は長年のあいだに親友になっていた。二人とも洒落たブルーのいでたちで、アーサーはシングルのブレザーだったが、サー・ジュリアンはリンカーン法曹院の真鍮《しんちゅう》のボタンがついたダブルのブレザー——遊びのときでも仕事のときと変わらなかった——に、ワイシャツ、メリルボーン・クリケット・クラブのネクタイという、警察の二つの部門のあいだで急遽《きゅうきょ》設定された試合どころか、まるでローズ・グラウンドでのテストマッチの初日であるかのような服装だった。

「最初に投げるのはだれです？」アーサーがボールをズボンにこすりつけている長身の男に双眼鏡の焦点を合わせながら訊いた。

「ロス・ホーガン捜査警部補だ」サー・ジュリアンは答えた。「いまは皇太子妃専属身辺警護官だから、どっちの部門にも属しているわけだが、それが息子にとって役に立っている。何しろ、最初から内部に味方がいるんだから」

「いまのロスには簡単な仕事じゃないでしょうね」アーサーが言ったが、そのあとに言葉はつづかなかった。

「いずれきみもわかると思うが、ロスは困難に対処する術を知っているんじゃないかな。危険と戯れるのを楽しめる男なんだ」

「彼が戯れて楽しんでいるのは危険だけじゃないとベスは言っていますがね」ウィリアムが野手を守備につかせはじめ、そのあいだにロスが投球《ボウリング》のための助走距離を測るのを見ながら、アーサーが言った。「きっと、あなたもウィリアムをとても誇りに思っているんでしょうね。何しろ、首都警察で最年少の警視なんだから」

「ネルソンは四十三歳のときに副提督だったことを思い出させてやらなくてはならなかっ

たよ」サー・ジュリアンは応えた。「それに、アイゼンハワーはアメリカが第二次世界大戦に参戦した時点では大佐に過ぎなかったが、二年後には連合国遠征軍最高指令官になったこともだ」

「それで、ウィリアムは最終的にはどこまで上り詰めるんですか？」

「アメリカ合衆国大統領でないことは確かだ」サー・ジュリアンがベスを横目で見ながら答えた。「スローンにひどい仕打ちをされてから、ベスはどうしている？」

「私が知る限りでは、元気なようです」アーサーは答えた。「クリスティーナと何か企んでいますよ。それが何かは私にはわかりませんがね」

「自分が何をしているかをベスがわかっているといいんだがな。私なら、ミセス・フォークナーは信頼しない」

「ナイス・ショットですよ、サー！」痛烈な打球がバウンダリーのロープへ向かって飛んでいくのを見て、アーサーが叫んだ。「闇僚警護チームにとっては幸先《さいさき》のいいスタートです」

「もう一つ、真面目に考えなくてはならないことがある」サー・ジュリアンは言った。「そろそろ進学に備えて、あの子たちの信託基金を増額しなくてはならないと思っているんだがね」

「異存はありません。ジョジョが私たちの一員になってからというもの、ロス・ホーガンは十分以上に自分の役割を果たしていますからね」

「そうなんだ。それに関しての手筈は順調に進んでいる。いまやベスがフィッツモリーンを辞めて、子供たちといる時間を増やせるとなれば尚更だ」

「ナイス・ボールですよ、サー」最初の打者《バッツマン》のウィケットの中央の柱《ミドル・スタンプ》が倒れ、守備側の野手が投手《ボウラー》を祝福するのを見て、アーサーは言った。

「あの二人だけど」クリスティーナが並んで坐っている年輩の紳士のほうへ顎をしゃくった。「わたしたちのことを話してるような気がするんだけど。わたしたちが組んでるのを知ってるのかしら？」

「それはあり得ません」ベスは否定した。「最初の十万が手に入るまで、教えるつもりはありません」

「サー・ジュリアンのことだから、きっとそのはるか前に突き止めるわよ」クリスティーナがシャンパンのハーフ・ボトルの栓を開け、二つのグラスに注いだ。「最近、何かいいことがあった？」

「ブラバゾン・ブラバゾンをメイフェアのクリス・ビートルズ・ギャラリーに売って、二千の儲けを出しました」

「脱帽ね」クリスティーナがグラスを挙げた。「それで、次は何を狙ってるの？」

「ニューリン派って、聞いたことがありますか？」

「あるとは言えないわね」クリスティーナは認めた。

「前の世紀の終わりにコーンウォールで活動していた画家のグループなんですけど、最近になってまた人気が出はじめているんです。アルバート・シュヴァリエ・テイラーの作品が一点、ケンブリッジの〈シェフィンズ〉のオークションにかけられるので、それを狙っています。三千前後で落札できれば、ちょっとした当たりになりますよ」ベスが言ったとき、ロスが飛び上がって審判に叫んだ。

「アウトだ《ハウザット》！」

丈の長い白いコートを着た男がちょっと考えたあとで人差し指を高く上げ、ウィケットの二本目が倒れたことを示した。

「ウィリアムのチーム、ずいぶんうまくいってるみたいじゃないの」クリスティーナが言った。「もっとも、何のことだかわかって話してるわけじゃまったくないんだけど」

「昔からずっとそうだったんじゃありませんでしたっけ？」ベスがからかったとき、ハーフセンチュリーを叩き出した選手がフィールドをあとにし、歓声をもって迎えられた。

「ナイス・プレイでした、サー！」「ブラヴォー！」「ナイス・イニングス！」

「わたし、わかってなかったんですけど」ベスは言った。「この十年で獲得した伝手《つて》と知識が、すべて儲けにつながる可能性があるんです。そのうえ、もっと気持ちが穏やかになり、子供たちと過ごす時間も増やせるようになっているんですよ」

「あれは何て言うの?」ボールがバウンダリーのロープを高々と越えていき、観衆が歓声を上げると、クリスティーナが訊いた。

「六点《シックス》です」ベスは答えた。「ウィリアムがボウラーになると頻繁に起ることです。実はわたし、このところ警視の俸給よりたくさん稼いでいるんです」

「ウィリアムに教えちゃ駄目よ」クリスティーナが言った。

夫にはすべてを話しているとクリスティーナに打ち明けるときではないと判断して、ベスはこう言うにとどめた。「お茶の時間です」そして、付け加えた。「サンドウィッチをくすねようなんて、思うだけでも駄目ですからね」そして二人はウィリアムのところへ行った。二つのチームのプレイヤー全員と客が一つのテントに集《つど》ってお茶を楽しんでいたが、ベスはクリスティーナが若手プレイヤーの一人に目をつけて手を出しそうなのが怖かった。

「勝てそう?」ベスはきゅうりのサンドウィッチを渡してくれたウィリアムに訊いた。

「それはわからないよ。その日の最後のボウリングが終わるまで、だれが勝つかはだれにもわからない。それがこのゲームの魅力の一つでもある」

「この試合に勝つには百六十三点を叩き出さなくちゃならないぞ」ホークスビー警視長が自分のカップに紅茶を注ぎながら言った。

「かなり挑戦のしがいのあるスコアです」ウィリアムは応えた。「打ちまくらないと駄目ですね」

「あなたがボウラーをしなかったら、ここまで挑戦し甲斐のある点差にはならなかったんじゃないの？」ベスは言った。

「まだ自信はある」ウィリアムがからかいを無視して言った。「ポールがいつものように五十点を稼いでくれればな」そして、テントを一瞥し、自分の側の最初のバッツマンがクリスティーナと談笑しているのを見た。

「あの可哀《かわい》そうなお仲間を救出に向かったほうがいいわよ」クリスティーナの網にかかろうとしているのがポールだとわかって、ベスは言った。「さもないと、打席《クリース》までたどり着けないかもしれないもの」

禁断の果実から目を離せないでいるポールに、ウィリアムはゆっくりと近づいていった。

「パッドを着けろ、ポール。きみが最初のバッツマンだ」

「しかし、普段は四番手か五番手ですよ、主将《スキッパー》」ポールが抵抗した。

「今日は違う。きみとロスが一番手だ」

ポールが渋々パッドを持ってその場を離れようとした。「あとで会えるかしら？」クリスティーナが訊いた。

「ずいぶんあとになってくれるといいんだが」ウィリアムはつぶやいた。

「それはどういう意味かしら、ウィリアム？」クリスティーナがにやにや笑いを抑えられずに訊いた。

「わがチームの最強バッツマンには、あなたではなくてボールを見ていてもらわなくちゃならないんですよ。協力してくれるんなら、あそこにいるやつの相手をしてくれませんか」ウィリアムはクリームケーキを貪っている、大きなビール腹の男を指さした。

「どうして彼なの？」

「敵方の最初のボウラーで、〝汚ない悪魔〟と呼ばれて有名なんです。だから、あなたもどんな汚ない手を使ってもいいですよ」ウィリアムはそう言って、その場を離れた。

「わたしのタイプじゃないわ」クリスティーナはパッドを着けているポールを見た。


ラモントは面会者用売店の列に並んで先頭に出ると、〈キットカット〉を二つと生絞りのオレンジ・ジュースを二箱選び、刑務所に入る前に受付で現金と引き換えた一ポンド分のクーポンを差し出した。

指定された時間に大勢の妻や子供、看守が同行する雑多な犯罪者と一緒になり、割り当てられたテーブルを示す、18と記されているプラスティックの番号札を受け取った。

青い椅子に坐って、待って、待って、待って、待った。暴動でもない限り、刑務所ではすべての動きが遅かった。

ようやく服役囚〇二四九が現われ、ラモントの向かいの赤い椅子に腰を下ろした。

「話を始める前に」ラモントは言った。「以下のことをあんたにしておいてもらいたい。あそこの通路にいる看守の半分は、服役囚と面会者のあいだで何かがやりとりされないか、それを確認するのが唯一の目的だ。ドラッグとかナイフとかだな。おれの記憶では、一度など銃がやりとりされたことがあって、その面会者は面会相手の服役囚より長い実刑判決を食らうことになった」

「残りの半分は?」マイルズが訊いた。

「はるかに危険だ」ラモントは、耳を傾けながら〈キットカット〉を開封するマイルズに言った。「熟練の読唇員だ。あいつらは面会中の唇の動きから得た情報をもとに、実際に起こりもしないうちに何件もの犯罪を解決する力になっている。だから、必要な場合、あんたには腹話術師になってもらわなくてはならない。まあ、ここでの会話をホークスビー警視長の前で一言一句違わずに繰り返してほしいのなら別だがな」

「ホークスビーにどうやって情報を得させようかずっと考えていたんだが、ようやく答えがわかったよ」マイルズはほとんど唇を動かさずに言った。ちらりと通路を見ると、どの看守が自分のテーブルを担当しているかはすぐにわかった。反対側を見ると、もう一人が目を光らせていた。おまえら、これからの一時間を無駄にさせてやるからな、とマイルズは内心で毒づいた。

「おまえさん、ときどきブース・ワトソンの仕事をしてるよな。会いたかった理由はそれなんだ」マイルズは言った。すぐにわかったが、Bの入っている単語を発音するときが問題だった。

「ああ、している」ラモントが応えた。単語二つなら、ほとんど唇を動かさずにすんだ。

「報酬はいくらだ？」

「時給二十ポンドだ」

「それについて、ブース・ワトソンはおれに本当のことを教えることもできないだろうな」マイルズは言った。「たったいまから、報酬は倍になる。ただし、何があろうとも、おまえさんがおれのためにも仕事をしていることをあいつに知られてはならん。わかったか？」

「わかった」ラモントがきっぱり答えた。唇をほとんど動かさずに発音できるもう一つの単語だった。

「しっかりわかっておいたほうがいいぞ、ラモント。さもないと、これがおまえさんがおれのためにする最後の仕事になる」マイルズはそう言ったあとで、一拍置いてから付け加えた。「おれ以外のだれのための仕事もできなくなる」

　わかってる、とラモントの顔が言っていた。

「突き止めてほしいのは、ＢＷが……」それから十分間、マイルズはほとんど唇を動かさず、ラモントが何度かうなずいた。

「おれと連絡を取る必要がある場合は」マイルズははっきり言った。「いつでも四時五分に刑務所へ電話をくれればいい」

ラモントが驚きを隠そうとした。

「その時間に交換台にいておまえさんからの電話を待つよう、協力的な看守を抱き込んである。〝図書館〟と言えば、おれにつながるようになってる。ただし、長電話は駄目だ、必要最小限にとどめろ」

「わかった」

「言っておくが、おまえさんが二股をかけていることにＢＷが気づいたら、やつはおまえさんを捨てるぞ。それに、こっちのほうがもっと重要だが、自分が疑われていることに気づくはずだ。そうなったら、おまえさんはどっちからも報酬を受け取れなくなる」

ラモントはその意味を理解した。

ブザーが鳴り響き、服役囚が房に戻る五分前を知らせた。

マイルズがオレンジ・ジュースを飲み干し、二つ目の〈キットカット〉をポケットにしまって言った。「この仕事に成功したら、ブルース」――この元警視をファーストネームで呼んだのは初めてだった――「一生、マヨルカでピニャ・コラーダを飲んで暮らせるようになるぞ。失敗したら、おれと同房になるかもな」

マイルズはそれ以上何も言わずに立ち上がり、待っている看守のほうへゆっくり歩き出したが、すぐに足を止めて通路にいる読唇員と目を合わせると、唇を動かしてはっきりと言った。「至急、ウォーウィック警視と会う必要がある」

　そして、反対側にいる読唇員にも同じメッセージを繰り返した。

「いま、きみの頭にほかのことがあるのはわかっているんだが」ウィリアムが紅茶沸かしのところへ行くと、先にそこにいたホークが言った。「たったいま、ベルマーシュ刑務所から緊急電話があって、試合のあとできみと相談する必要が生じた」

「わかりました、サー。ですが、もしこの試合に勝ちたいのであれば、その前にハーフセンチュリーを叩き出さなくちゃならないんです」

「警視なんだから、勤務時間外に私をサー付けで呼ぶには及ばないぞ」ホークがにやりと笑みを浮かべて言った。

「それはあり得ません、サー」ウィリアムは即座に応えた。

「ところで、ブルックス警部が今日の試合と同じぐらい上手に王室警護本部を指揮してくれれば、われわれの問題の少なくとも一つは解決することになるな」ホークが言ったとき、審判がグラウンドに出てきて大きな音でベルを鳴らし、五分後に試合が再開されることをプレイヤーに知らせた。

「頑張れよ、諸君」ロスとポールが中央へ向かいはじめると、ホークが叫んだ。

　ロスがウィケットを防御するようにバットを構えて審判に告げた。「ミドル・アンド・レッグ」

「すみません、サー」ウィリアムは言った。「もっと大事な試合に参加しなくちゃならなくなりました」そして、ロスとポールに背を向け、パヴィリオンの横で子供たちがやっているクリケットの変形版、バットがボールに触れたら必ず打者が走る方式のティップ・アンド・ランを見物した。ピーターとかなり敵意むき出しのボウラーとの対戦が始まろうとしていた。

「アウトだよ《ハウザット》！」ボウラーがピーターの脛にボールを当てて大声を出した。

「アウトだ！」別の少年が叫び、ピーターが泣き出した。それでも、急いで救出に駆けつけた母親をすぐさま押しのけた。

　ウィリアムはそんな息子を見て笑みを浮かべたが、それも背後で革のボールとウィケットが衝突する音と歓声が聞こえるまでだった。振り向くと、ポールが悄然《しょうぜん》とうなだれてパヴィリオンに戻ってくるところだった。得点できなかったということだった。

「ついてなかっただけだ」とか「運が悪かっただけだ」という声は耳に入らなかった。どちらも事実でないことを本人はわかっていた。集中していなかっただけだった。パッドを外すと、サンドウィッチを手にして、空いているデッキチェアを探しにかかった。

「ポールの隣りに坐っているのはだれです？」アーサーが訊いた。

サー・ジュリアンは右を見た。「レベッカ・パンクハーストだよ。ウィリアムの側近の一人で、捜査巡査部長に昇任したばかりだ」

「受け継ぐのに簡単な名前ではありませんね」

「ウィリアムが教えてくれたが、先祖の女権運動家に徹頭徹尾勝るとも劣らない侮り難い女性で、ウィリアムも含めてチームのメンバーの顔色を定期的になからしめるんだそうだ」

「ぼくはどうしようもない馬鹿だよ」二人の視線の先でポールは言った。

「そんなの、機密情報でも何でもない、衆知の事実じゃないの」レベッカがからかった。

「絶対に五十点叩き出して」ポールは言った。「ボスを喜ばせ、わがチームが勝利するに十分なチャンスをもたらすと決めていたのに」

「もっと長い時間をウォーミングアップに費やし、クリスティーナ・フォークノーとお喋りする時間を短くするべきだったかもね」

「参ったな。でも、チャンスはあると思うんだ」

「彼女と？　それだったら、審判とでもチャンスはあるわよ」レベッカは軽蔑の口調で言い、ポールが多少救われたような顔になるのを見て、話題を変えようと付け加えた。「あなた、先週は首相の専属身辺警護官と一緒だったんですってね」

「ああ。コリン・ブルックスが首相警護班からバッキンガム・ゲートへ移って王室警護本部を率いることになったいま、ブルックスの後任から目を離すなと警視から言われているんだ」

「それで、どうなの?」

「よくやっていたけど、土曜の午前中まででだな。首相が自分の選挙区を回っているとき、通りがかりの一台の車がたまたまバックファイアを起こし、大きな破裂音を立てたんだ。そのとき、警護官の二人が鉄の女《アイアン・レディ》を捕まえ、突き飛ばすようにして後部席へ押し込んで、大急ぎで車を出した」

「でも、それは警護対象に何であれ危険が及ぶと思ったときの、警護官の通常の対応じゃないの?」

「そうなんだけど、彼らはデニス・サッチャーを舗道に置き去りにしたんだよ」

レベッカが噴き出した。

「謝罪したら、首相の夫君はこう言ってくれたよ。気にしなくていい、これが初めてじゃないし、たぶん最後でもないからってね。まったく」ポールが言ったとき、またウィケットが倒れた。「いまや旗色はよくないようだな。次のバッツマンは警視だし、彼は若いころスプリンターだったそうだから、たぶんロスのほうがランアウトを食らうことになるだろう。われわれの希望はロスだけなのにな。きみも目を閉じて祈ってくれ」

「クリースにいたあなたがしたみたいに？」

ポールはデッキチェアにどすんと背中を預けた。左を見ると、クリスティーナが笑顔を向けているのがわかった。

「ポールのことは忘れるんです」ベスはクリスティーナの視線の先を見て言った。「彼に手を出すのは絶対にご法度です」

「どうして？　かなり魅力的に見えるわよ」

「そうかもしれないけど、あなたはマイルズ・フォークナーの裁判の重要証人になる可能性があるんです。だから、ポールとあなたが二人だけでいるところをだれかに見られるわけにはいかないんですよ。もう一人警察官が一緒なら別ですけど」

「もう一人の警察官選びを始めようかしら」ロスがハーフセンチュリーを叩き出し、観衆の歓呼に応えてバットを高々と宙に突き上げるのを見て、クリスティーナが言った。

「恋人ならもういるんじゃないんですか？」

「いまの恋人は早くも賞味期限が切れそうなの」クリスティーナがため息をついた。「だから、裁判が終わるまで気を紛らわせるために、ほかのだれかを見つけてもらわなくちゃね」

「ハンス・ホルバインなんかどうですか？」

「会ったことがあるとは言えないわね」

「それはそうですよ。だって、四百年以上前に亡くなっているんですから。いずれにせよ、あなたとは格が違います。そうでなかったら、もっと早く紹介していたかもしれないですけどね」

「わたし、何かを手に入れ損なおうとしてる？」

「それはないと思いますよ、まあ、一千万が余分にあればだけど。というのは、最近、ホルバインの描いたヘンリー八世の肖像画を売りたいという申し出を受けているんです。もっと正確に言うと、申し出を受けているのはフィッツモリーン美術館ですけどね。でも、封筒の表書きに〝親展〟とあったので、かつての秘書がその手紙をわたしに転送してくれたんですよ」

「面白そうじゃないの」クリスティーナがシャンパンのグラスを置いた。

「その手紙をくれたのはミスター・ローゼンという、アムステルダムに住んでいるオランダ人紳士です。本来彼が連絡すべき相手はマイルズ・フォークナーだというのが皮肉ですけどね。彼のコレクションにホルバインの作品はないけれども、一千万ポンドは持っているんですから」

「あなた、そのミスター・ローゼンに会ったことがあるの？」

「ありません。でも、その作品が普通でないのは、絵を支持する樫のパネルの裏に、ホルバイン自身が自らの手で書き記した手紙がついていることなんです。宛名はドクター・ローゼンなる人物になっていて、どうやらホルバインが死んだときのかかりつけ医らしいんです。それで、売り手はその絵を代々引き継いでいたけれども、何らかの事情で手放さざるを得なくなったと考えられるんじゃないでしょうか」

「何らかの事情って？」

「死、離婚、借金。これほどの傑作が売りに出される場合、その理由はこの聖ならざる三位一体のどれかであることが普通です」

「それで、一千万というのは適正な価格なの？」クリスティーナが何気なく訊いた。

「公開市場なら、千三百万の可能性があるでしょうね。でも、ミスター・ローゼンは家宝を手放さなくてはならないことを世の中に知られたくないのかもしれません。だから、〈クリスティーズ〉や〈サザビーズ〉に出品しないんじゃないでしょうか。でも、それはもう問題じゃないんです。というのは、わたしがその手紙をフィッツモリーンへ送り返したところ、作品取得の可否を判断する委員会が取得のために支払い可能な上限金額について時間をかけて話し合い、結局不可能だとの結論に達したからです。もしかすると、あなたに寄付をお願いする連絡があるかもしれませんよ」

「あなたに辞表を出させるなんて間違ったことをしておいて、わたしが応じるとでも思う？」クリスティーナはそう言うと、またポールのほうへ目をやった。しかし、いまや頭を占めているのは性的快楽以上にそそられる何か、つまり、金だった。

「ウィリアムは自分の役目をよくこなしているのではないかな」サー・ジュリアンは言った。「一方で、ロスも頑張って点差を縮めているし」

「確かに競ってきてはいますが」アーサーがスコアボードを確かめて応えた。「あとわずか五回の対戦《オーバー》、六十球で三十三点取らなくてはなりませんね」

「それはつまり、あの二人が試合が終わるまでクリースに立ちつづけるしか、勝つチャンスはないということだな」サー・ジュリアンが言ったとき、ウィリアムが高々とフライを打ち上げた。みながその打球の行方を追っていると、守備側の野手がバウンダリーから猛然と前進してきて、落下しはじめた打球に全身を伸ばして飛びついたと思うと、まだ空中にあるボールを片手でキャッチしてからグラウンドに転がった。

「解説者の呪いというやつですね、悪い予想を口にすると当たってしまうという」アーサーが恨めしそうに言ったとき、ウィリアムがピッチを出る前にバットを高く差し上げてファインプレーを称えた。あらかじめ作られた台本では不可能な、最高の演出になった。ウィリアムは温かい大拍手に迎えられてパヴィリオンに戻り、パッドを取るとホークスビー警視長のところへ行った。

「あと二オーバー、クリースにとどまっていられたらもっとよかったかもしれないぞ」ホークが言った。「あと二オーバーしか残っていないところで十三点獲得する必要がある場面を仲間に任せたわけだからな」

「私に話があったんじゃないですか、サー？」ウィリアムは言った。

「そうなんだ、実はマイルズ・フォークナーから連絡があった」

ウィリアムはすぐさま自分のもう一つの世界に戻った。「ということは、ブース・ワトソン経由ということですか」

「いや、それが妙なんだ」ホークが言った。「フォークナーのやつ、今日の午後、面会が終わって房へ戻るときに通路を見上げ、読唇員の一人に明確なメッセージを伝えてきた」

「どんなメッセージですか？」

「〝至急、ウォーウィック警視と会う必要がある〟」

「ずいぶん図々しい要求ですね」

「同感だ」ホークが言った。「だが、やっと会うのを拒否して、その目的が重人犯罪を阻止し得る情報をわれわれに提供することだったとあとになってわかったら、フォークナーの裁判で陪審員に椀飯《おうばん》振舞いをする、さらなる材料をブース・ワトソンにくれてやることになりかねない」

「しかし、フォークナーが有罪を認めるつもりでいるのなら」ウィリアムは言った。「裁判にはならないでしょう」

「有罪を認めるのをやめて、取引をすることにしたのなら、話は別だ」

「そのときの面会の相手はだれだったんですか?」それがウィリアムの次の質問だった。

「ラモントだ」

「だったら、なぜ私に会いたいというメッセージをラモントに託さなかったんでしょうか?」

「その疑問は私も十回と言わず自問したよ。そして、フォークナーがラモントを信用していないから、という理由しか考えられないとの結論に達した」

「まあ、少なくともそれは私も同意するにやぶさかではないですが」ウィリアムは言った。

「そもそもフォークナーはどうしてラモントと面会したんでしょう?」

「読唇員が読み取れたのは」ホークが言った。「アート・コレクション、リー、銀行支配人、そして、BWという四語だけだった」

「レベッカならその四つを一本の糸でつなぎ合わせる作業を喜んでしてくれるような気がしますが」ウィリアムは言った。「それでも、もしそんなに緊急を要することであるのなら、なぜ通常のチャンネルを使わなかったのか、つまり、ブース・ワトソンにメッセージの中継を頼まなかったのか、その理由の説明がついていません」

「もうブース・ワトソンも信用していないのかもしれない」

「その可能性はあるかもしれません」ウィリアムは言った。「私に理解できないのは、あのマイルズ・フォークナーが服役期間をたったの二年縮めるためだけに、こんなに簡単に譲歩して同意した理由なんです。しかも、われわれを攻撃する材料がたっぷりあるときに」

「その答えを知っているのはブース・ワトソンだけだろう」ホークが言った。「それに、やつの場合、左手が何を企んでいるか、右手が知らない場合がときどきある」

「われわれがスペインから戻ったときにフォークナーが引き起こしてくれた騒動を憶えている身としては」ウィリアムは言った。「ブース・ワトソンがありとあらゆるものを、手当たり次第に、山ほど投げつけてくるのを待っているんですけどね」

「そうだとすると」ホークが言った。「フォークナーが緊急に話し合いたいのは裁判と無関係なことかもしれないな。率直に言うが、それが何であるかを突き止める方法は一つしかあるまい」

ウィリアムはピッチへ目を移し、二つの問題に一度に集中しようとした。

「きみがフォークナーに会うことにしてくれたとしても」ホークがつづけた。「だれかを同行させて、やつの発言を一言も漏らさず記録できるようにする。なぜなら、私はいまもあの男を一ミリも信用していないからだ」

「そして、それにもかかわらず、冒す価値のある危険だといまも考えておられる？」

「残されている選択肢は多くないだろう、警視」ホークは言ったが、声が聞こえる距離に観客の一人がやってきたのに気づいて、当たり障りのないことを付け加えた。

ウィリアムはスコアボードを一瞥し、試合に集中しようとした。最初のオーバーでボールを退けたボウラーに、相手チームのスキッパーがボールを投げ返しているところだった。

「最後のオーバーで八点取らなくちゃならなくなったわけか」ホークが思案顔で言った。

「まあ、ロスがバッツマンなら問題はないだろう」

二人は相手チームのボウラーに目を移した。最後のオーバーの最初の一球を投じようと、凄まじい顔で助走を開始するところだった。

ロスがワンバウンドしそうなボウリングをのけぞるようにして打ち返し、二点を獲得した。しかし、簡単に三点目を取れたはずなのに走ることはせず、ふたたび打撃姿勢を取った。次の二球をブロックし、王室警護チームは残り三球で六点を獲得する必要が依然としてあった。

「そんなに難しくはない」ホークが自信ありげに宣言した。

ウィリアムは自分の見立てを口にせずにおいた。

ロスはウィケットに近すぎた次のボウリングをバウンダリーまで打ち返し、あと二投を残して二点を獲得すればいいところまで持ち込んだ。ボウラーは赤い染みで汚れたフランネルのズボンで激しくボールをこすり、ふたたび助走を開始した。投じられたボールはワンバウンドしてロスの肩を越えていった。ロスとしては、最後の一投で二点を獲得するしかなくなった。

グラウンドが静寂に包まれるなか、ボウラーが最後のボールをこすり、またもやウィケットへ向かって威嚇せんばかりに助走を開始した。投じられたボールは助走の勢いとは裏腹のスローボールで、ロスは虚を衝かれたかに見え、予想外の軌道を描くボールを打ち返そうと思わず一歩前に足を踏み出した。クリースから出てしまった足はすぐに、必死に元に戻されたが、どういうボールがくるかをボウラーからサインで知らされていたウィケット・キーパーがウィケット上の横木《ベイル》を叩いて大声で叫んだ。「アウトだ《ハウザット》！」

グラウンドにいる全員が審判を見つめた。審判は迷った様子でしばらく考えていたが、ついに人差し指を高々と差し上げた。それは閣僚警護チームとサポーターの歓声で迎えられ、彼らはたちまち飛び上がったり抱き合ったりして、一点差での勝利を喜び合いはじめた。

「あんな決定的なときに体勢を崩すとはホーガンらしくなかったな」うなだれて戦場を離脱するロスを見ながら、ホークが言った。

「違うんです」ウィリアムは小声で言った。「彼は私の指示を実行しただけです」

ホークがしばらくウィリアムを見つめたあとで言った。「狡猾さにおいて、警視、きみは名高い父上にすべてにおいて勝るとも劣らないと信じざるを得ないな」

「それはあなたからいただいたなかで最高の褒め言葉です、サー」ウィリアムは応え、ゆっくりとフィールドへ下りていった。「いい試合だったな、コリン」そして、相手チームのスキッパーと握手をした。「ふさわしい勝利だ」

「すべてにおいて父親に勝るとも劣らないぐらい狡猾だ」ホークは静かに拍手をしているサー・ジュリアンを横目で見ながら繰り返した。

25

「またお目にかかれて光栄です、ミセス・フォークナー」ジョニー・ファン・ヘフテンがデューク・ストリートの自分のギャラリーにゆっくりと入ってきたクリスティーナを迎えた。

クリスティーナはファン・ヘフテンが自分を憶えてくれていたことに好感を持った。何しろ、ギャラリーの満員のオープニングに、マイルズと一緒に行ったときに二度顔を合わせただけなのだから。

「ハンス・ホルバイン作のヘンリー八世の肖像画について、何か教えてもらえるかしら。行方不明なんでしょ?」クリスティーナはすぐに用件を切り出した。

「ハンス・ホルバイン・ザ・ヤンガーは」ファン・ヘフテンが言った。「ヘンリー八世の肖像を三作描いています。最初の作品はリヴァプールの〈ウォーカー・ギャラリー〉に展示されています。二作目は残念なことに一六九八年の火事で失われてしまいました。三作目は個人の所有となっていますが、一八七三年にシュツットガルト州立美術館の展覧会で見られたのを最後に、一般の目に触れていません」

「いま市場に出たら、いくらぐらいになるのかしら?」中古車の値段を訊くような口調だった。

「あれほど歴史的に重要な作品について正確に推定するのは難しいのですが、一千万は間違いありません。過熱しているいまの市場なら、千三百もあり得るかもしれませんね。ご承知とは思いますが、ミセス・フォークナー、ご主人は長いことホルバインを探しておられます」

クリスティーナは知らなかったが、それを聞いて喜んだ。

「自分のコレクションにはルネッサンス期のものがまるで足りないので、そういう作品が市場に出てきたら手に入れることを考えていると、以前、そうおっしゃっていました」

「何て興味深いんでしょう」クリスティーナは時計を見て言った。「ごめんなさい、お昼の約束があるの。急がなくちゃ」

帰ろうとしたクリスティーナに、ファン・ヘフテンが言った。「今度ミスター・フォークナーにお会いになることがあれば、私がくれぐれもよろしく申していたとお伝えくださいますか?」

「もちろん、伝えますとも」クリスティーナは応えたが、内心で付け加えるのを忘れなかった――〝今度会うことがあったらね〟。

ギャラリーを出ると、ホテル・リッツへ向かった。セント・ジェイムズ・ストリートの角に男が立っていたが、すぐ脇を通り過ぎたにもかかわらず、気がつかなかった。

「元気か、巡査?」刑務所長が訊いた。

「ありがとうございます、元気です、サー」ウィリアムはからかい半分の降格を無視して答えた。

「だいぶん月日が経ったが、私をレスリーと呼べるようになれそうか?」

「まるでなれそうにありませんね、サー」

「それを聞いても驚きはしないが、まだ半ズボンを穿いているときのおまえさんは昔気質だったからな」

レベッカが笑い、そのあとでばつが悪そうな顔をした。

「それで、きみはだれだ?」所長が彼女を見て訊いた。

「パンクハースト捜査巡査部長です、サー」

「心配は無用です」ウィリアムは言った。「彼女はもっと昔気質ですから」

「それは何よりだ。だが、知っておいてもらうべきだろうが、きみの名高い祖先はここに数週間いたことがある。もちろん、私がここにくる前だがね」

「ほんのちょっとずれただけだ」ウィリアムはレベッカにささやいた。

「この前会ったとき」所長がつづけた。「きみは刑務所にいる父親に面会にくる、若い女性について知りたがっていたな。たしか、私が副所長のときだったはずだ」

「見事な記憶力ですね」ウィリアムはゲームに参加し、レベッカは怪訝な顔になった。

「その若い女性の父親、ミスター・レインズフォードなる人物は、殺人罪の差し戻し審の最中で、きみの聡明な父君が彼を自由の身にしたんだった。おそらく、サー・ジュリアンにとっては最も簡単な裁判の一つに違いなかっただろうな。同房者でさえミスター・レインズフォードが有罪でないことを知っていたんだから」

「あのときの私は、そうは思っていませんでした」ウィリアムは言った。

「もし間違っていたら訂正してくれて構わんが、きみはその若い女性と結婚したのではなかったか？」

「そのとおりです、彼女と結婚しました。子供も二人――いや、ある意味では三人ですね。アルテミジアとピーターという双子と――」

「ジョゼフィン――ジョジョ――だろう」所長が言った。「ロス・ホーガンの娘だ。私は彼を大いに尊敬しているよ。きみも知ってのとおり、しばらくのあいだ刑務所で囮捜査をして、きみたちがアッセム・ラシディの麻薬帝国を一網打尽にするのを可能にした。それに、そのころはマイルズ・フォークナーの連絡員も演じていた。やつが最初に刑務所の図書館の仕事をしていたときだ。フォークナーに言ってもらっては困るが、私はやつが戻ってきてくれて喜んでいる。図書館がいつよりも効率的に運営されているからな」

「こんなに急にお願いしたのに、フォークナーとの面会を手配してもらって感謝していま す」ウィリアムは言った。

「今朝、ジャック・ホークスビーから電話があって、細大漏らさず説明してもらった。これから、〝関係者以外立入り禁止〟の経路を使って図書館へ案内する。そのほうが、きみたちがほかの服役囚の目に留まって噂になる可能性を低くできるからな」

所長はそれ以上何も言わずに二人を先導してオフィスを出ると、長くて殺風景な廊下を進み、上端にレーザーワイヤーを巡らしたコンクリートの壁に囲まれた、寒々とした中庭に出た。三人は中庭を横切り、ドアに〝図書館〟と記された、煉瓦造りの孤立した建物へ向かった。所長が足を止めることもなく入っていき、ウィリアムとレベッカもあとにつづいた。

ウィリアムはフォークナーを見て驚いた。青と白の縦縞の開襟シャツ、色の褪せたジーンズ、スニーカーが、ウィリアムが見慣れているオーダーメイドのスーツ、シルクのネクタイ、しっかり磨き上げられた黒の革靴に取って代わっていた。それに、数ポンド肥《ふと》ってもいた。

フォークナーが読んでいた本を置いて立ち上がった。「これはこれは、所長」

「おはよう《グッド・モーニング》、フォークナー。だが、言っておくが、何であれわが旧友のウォーウィック警視を困らせるようなことをしたら、おまえにとっていい朝《グッド・モーニング》にはならなくなるぞ。そのときは、新しい司書を探すことになる。わかったか？」

「一点の曇りもなく、所長」

「よし。では、あとはきみたちに任せる。何であれさっさと片づけてくれ」所長はそう言い残して帰っていった。

「まあ、坐ってくれ、警視」フォークナーが言った。「いま、お茶を淹れたところだ。ボーイ付きの給仕とはいかないが、一応アール・グレイではある」

「いや、結構だ」ウィリアムは断わって、二脚しかないきちんとした椅子の一つに腰を下ろした。残る一脚にはレベッカが坐った。「ここにいるパンクハースト捜査巡査部長はオブザーヴァーだ。ここで話された内容を逐語的に記録する。一応警告しておくが――」ウィリアムはさらにつづけようとした。

「この特殊なゲームのルールならよくわかっている」フォークナーがさえぎった。「所長が言っていたとおり、おれの事案について、また、それに関連することについても、おれは一切話してはならない。その同意を破ったら、所長がついさっき指摘したとおり、おれは司書の仕事を失うだけでなく、公務執行妨害で訴えられる」

レベッカはメモを取ったが、ウィリアムは何も言わなかった。

「おれがここにきて一年ほどになる」フォークナーが二人の前のストゥールに腰かけた。

「だから――おまえさんたちも意外でも何でもないだろうが――、すでにこの刑務所にネットワークを構築し、おまえさんの友人の所長よりここの事情に通じている」

レベッカがノートをめくってページを新しくした。

「というわけだから、おれがこれから話す内容は、事実に基づいたものであり、推測ではない」フォークナーが間を置き、紅茶を一口飲んだ。「おれの内輪のチームの一人、タレク・オマールなる服役囚がA棟の二階踊り場の清掃係をしているんだが、いま、そこにマンスール・ハリファが収容されている」

ハリファの名前が出てウィリアムは眉をひそめたが、依然として沈黙を守った。

「まったく、ろくでもない糞野郎だ。本物の糞なら一も二もなく手近のトイレで流してやるんだがな」フォークナーが言った。「汚ない言葉を使って申し訳ない、お嬢さん」

レベッカはそれを書き留めなかった。

「ここへきてからのハリファを、おれはしっかり監視しているんだが、そう簡単ではないんだ。何しろまるで社交的でないときてる。まあ、それはともかく、やつも独自の支持者――〝献身的な信者〟と呼ばれている――のネットワークを持っていて、そいつらがやつの必要としているすべての面倒を見ている。〈フィナンシャル・タイムズ〉と『プレイボーイ』しか読まないし、図書カードを申請したことも一度もない」

ウィリアムは黙って聞きつづけた。

「だが」フォークナーがつづけた。「タレク・オマールは献身的信者ではない。兄弟をマンスール・ハリファに殺されたからだ。だから、タレクをやつのいる棟の清掃係に配置替えした。タレクは数か月前からポルノ雑誌や好物の〈ハロッズ〉でしか買えない特別なブランドのナツメヤシの実を差し入れて、ハリファに取り入ってきた。最近ではさらに信用度が増して、ハリファが祈りを捧《ささ》げているあいだ、ときどきやつの房の警備を任されるようになってもいる。それでも、興味深い情報を手に入れるのは簡単ではないけどな」

フォークナーがストゥールを下りて貸し出しカウンターへ行き、下の棚から一通の茶色いファイルを取り出した。カヴァーには何も書いていなかった。戻ってきてふたたびストゥールに腰かけたフォークナーが、ファイルから光沢紙の小冊子を出してウィリアムに渡した。

ウィリアムは四ページからなるその小冊子を行きつ戻りつして検めたが、依然として沈黙したまま説明を待った。

「見てわかるとおり、警視、今年ロイヤル・アルバート・ホールで開催されるプロムスのコンサートの予約申込書だ。ハリファの房を掃除しているときに、タレクがごみ箱で見つけた。タレクは毎朝、ごみ箱の内容物を確かめているが、おれが関心を持ちそうな何かを見つけたのは初めてだ」

「ある特定の日付に下線が引いてある」ウィリアムは小冊子の最後のページを見て言った。

「その下線を引いたのはおれじゃない。タレクから渡されたときにはすでに引いてあった」

「ほかに手に入った情報はないのか？」ウィリアムは訊いた。

「清掃中に聞こえてきた会話の断片からすると、プロムスの最終夜にハリファが何かでかいことを計画しているんじゃないかと、タレクはそんなことを仄めかしていた。その会話には、希望と何とかという言葉も含まれていたと言っていた」

「『希望と栄光の国』だ」ウィリアムは言った。「しかし、アルバート・ホールに爆弾を仕掛けるのはほぼ不可能だ。コンサートの期間中、毎朝、探知犬と探知専門官が建物をくまなく調べるからな」

「だから、ハリファは自爆テロをやろうとしているとタレクは確信している。実行犯はすでにこの国に潜り込んでいて、実行命令を待つだけになっているとな。だが、それだけではおまえさんの関心を引くにはまだ不十分だとおれは考えていた。しかし、数日前、思いがけない幸運に遭遇した。ときとしてわれわれ双方が当てにしなくてはならない種類の幸運だ」

　ウィリアムは身を乗り出した。

「有名なダフ屋が、コンサートなんかにまず縁のなさそうな客にプロムスの最終夜のチケットを一枚、法外な値段で売った。そのときはダフ屋も何とも思わなかったが、あとになって気になりはじめたというわけだ」

「それなら、どうして警察に知らせなかったんだ?」ウィリアムは訊いた。

「ダフ屋は自分がダフ屋だと宣伝はしないんだよ、警視。警官を見つけたら、さっさと姿を消すほうを選びたがるだろうな」

「その客の名前はわからないだろうな?」

「ダフ屋は現金でしか取引しないし、質問は一切しない」フォークナーが答えた。「だが、客は若くて、背が低くて、痩せていて、中東系の顔立ちだったとのことだ。ダフ屋が不思議に思い、それが後に不審に変わったのは、その客が英語をほとんど一言も話さず、ひたすら『プロムスの最後の夜』と言いつづけたからだ。プロムスの指揮者だったサー・ヘンリー・ウッドの胸像に花輪を捧げる計画を立てているのでは絶対になかった」

「それだと、最終候補者は約十万人になるな」ウィリアムは言った。

「だが、スコットランドヤードには、テロリストとつながりのある者を監視することだけを目的とする部隊があるじゃないか。率直に言わせてもらうが、警視、きみはいまや大きく一歩先んじることになったんだぞ。自爆テロが実行される日時と場所が正確にわかったんだから」

「そうかもしれないな」ウィリアムは小冊子を内ポケットに入れながら言った。「この情報が間違いなく正しいとわかったら、そのときは私が直接ミスター・ブース・ワトソンに連絡して、おまえが重大なテロ攻撃を阻止するにあたって貴重な役割を果たしてくれたことを教え、おまえの裁判で裁判長が判決を言い渡す前に、この件を持ち出すよう薦めてやろう」

「それはおれが一番やってほしくないことだ」フォークナーが言い、またもやウィリアムを驚かせた。「だが、おれが提供した情報が本物だとわかったら、次におれが会いたい人物はブース・ワトソンではなくて、警視、おまえさんの父君だ。もっと大きい何かを提供したいんでね」

ウィリアムは適切な返事を思いつくことができず、何とかこう言った。「何も約束はできないが、いまのメッセージは父に伝えよう」そして、一字一句を書き留めつづけるレベッカを横目に付け加えた。「面会が終わる前に、ほかに話すことはないか？」

「ないな。だが、プロムスの最終夜は房のテレビで必ず観させてもらうよ、警視。『希望と栄光の国』のコーラスに加わらずにいられないだろうけどな」

今度はウィリアムがフォークナーを驚かせる番だった。「われわれが入ってきたときに読んでいた作品は何だ？」

「シュテファン・ツヴァイクの『心の焦燥』だ。彼の作品を知ってるのか？」

「知っているとは言えないな」ウィリアムは答えた。

「それなら、彼を推薦するよ。日がな一日ここに閉じ込められたら」フォークナーがぎっしり詰まっている本棚を見回して言った。「山ほど読める。たいていの作品は一章も読めば充分なんだが、ツヴァイクはそうじゃなかった。いったん読みはじめたら、何時間もこから連れ出してくれる。おまえさんにスペインから引きずり戻されて以来、おれの身に起こった、ほぼ唯一のいいことだ」

「テロリストの攻撃を未然に阻止して、数えきれないほどの無辜《むこ》の命を救ったとわかったら、そうじゃなくなるんじゃないか」ウィリアムは言い、レベッカがノートを閉じた。

「最後にもう一つだけ、警視、助言をさせてもらっていいか？」

レベッカが閉じたノートを素速く広げ、ペンを手にした。

「奥方にくれぐれも伝えてもらいたい。いかなる状況でもクリスティーナを信用してはならない、とな」

ウィリアムはようやくマイルズ・フォークナーに同意できることを見つけ、レベッカはノートを閉じた。ウィリアムはレベッカと一緒に黙って図書館をあとにしたが、ドアが閉まるや彼女に言った。「どこまで信じられる？」

「最初から最後まで全部です。その最大の理由は、フォークナーが警視を騙そうとしていないことです。それに、彼の情報が信頼できるものだとわかったら、裁判長は判決を言い渡す前にそれを考慮しないわけにいかなくなるでしょう。わたしに確信がないのは、マンスール・ハリファかタレク・オマール、あるいは二人が共謀してフォークナーを嵌めようとしているかどうかです」

「それを突き止める方法が一つだけある」ウィリアムは中庭を引き返しながら言った。

「一つ確かなのは、あの脅しを無視するわけにはいかないということだ。スコットランドヤードに戻ったら、何をおいてもホークに報告しないといけない」

「フォークナーは何か価値のあることを話したか？」オフィスへ戻った二人に、所長が真っ先にこう訊いた。「それとも、まったくの時間の無駄だったか？」

「まだわかりません」ウィリアムは答えた。「ですが、いまのところは、疑わしきは罰せずということにしたいと考えます」

「残念だ、おれとしてはパンと水しかメニューにない隔離房へ移すのを楽しみにしていたんだがな」

「それはまだ駄目です、所長。彼の情報が信頼できるものとわかったら、われわれはもう一度ここへくることになるかもしれませんから」

「仕方がない。じゃあな、警視。それから、きみの警視長によろしく伝えてくれ。土曜に彼に会うことはないだろうからな。何しろ、グラウンドを挟んで向かい合うことになるわけだから——まあ、あの愚か者がいまもアーセナルを応援しているとしたらだけどな」

「警視長によろしくという部分は伝えます、サー」

「おれがどっちのチームを応援しているか憶えていたら十点だ、巡査」

「トッテナム・ホットスパーです」

「悪くないぞ、警視。それで、きみは？」

「チェルシーです、サー」

「ごろつき、与太者《よたもの》、変質者でもおれの刑務所に入れてやるが、チェルシーのサポーターだけは駄目だ。ところで、フォークナーがだれを応援しているかわかるか？」

「彼自身です」ウィリアムは答えた。


その日の夕方、ウィリアムが帰宅してみると、ジェイムズ・ブキャナンがアメリカから到着し、ベスや子供たちとキッチンのテーブルに着いて夕食をとっていた。

ジェイムズが勢いよく立ち上がり、ウィリアムと握手をして言った。「会えて嬉しいです」

「ぼくもだよ」ウィリアムは着席しながら応えた。「きっと子供たちはきみを楽しませているんだろうな」

「もちろんです。アルテミジアに新しい親友のことを色々教えてもらっているところですよ――ダイアナ妃のことをね」

「長くて詳しいほうの物語か、それとも、短くて簡単なほうの物語かな？」ウィリアムは訊いた。

「お父さんが入ってきたときは、半分ぐらいまで行っていて」アルテミジアが言った。

「その先を話してあげようと……」

「ジェイムズはダイアナ妃の話をしにロンドンへきたんじゃないんだぞ」

「だったら、何をしにきたの？」アルテミジアが訊いた。

「お行儀よくしなさい」ベスがたしなめた。「いいこと、ジェイムズはお客さまよ。だから、口のなかを一杯にしたまま喋らないの」

「とても簡単なことをしにきたんだ」ジェイムズが言った。「きみのお母さんに、ちょっと細かいことで助言をしてもらおうと思ってね」

「きっと、絵のことでしょ？」アルテミジアが言った。「犯罪のことじゃないわよね」

「両方とも、少しずつ関係あるな」ジェイムズが認めた。

「世界で一番大きな船の会社をいまも持ってるの？」ピーターが訊いた。

「ピーター！」ウィリアムはたしなめた。

「訊いただけだよ」

「いや、持ってない」ジェイムズが笑顔で答えた。「父が〈ピルグリム・ライン〉の会長をしてるけど、ぼくはまだハーヴァード大学の学生で、将来はＦＢＩに入るつもりなんだ」

「ＦＢＩって何？」ジョジョが初めて口を開いて話に割り込んだ。

「アメリカの警察のことだよ」

「だれを捜査するの？」アルテミジアが訊いたとき、サラが入ってきた。

「もう寝る時間を過ぎていますよ、子供たち」サラがきっぱりと言い、アルテミジアは不満の呻きを漏らしたあとで訊いた。「字は読めるの、ジェイムズ？」

「いずれわかるだろうけど、ハーヴァード大学へ入るためには絶対に必要な条件なんだ」ジェイムズは答えた。

「だったら、ロンドンへきた本当の理由をお母さんに教えたあとなら、わたしたちのために本を読めるわよね」

「駄目だ！」ウィリアムは断固として拒絶した。

ジェイムズが笑いを噛み殺し、いくつかの〝おやすみ〟が繰り返されてアルテミジアが父親にほとんど形だけのキスをしたあと、子供たちはサラに追い立てられてキッチンをあとにした。

ドアが閉まるや、ベスが言った。「アルテミジアは一つのことについて正しかったわよ。どうしてわたしに会いたかったのか、早く教えなさい」

「どうしてぼくじゃなかったのかも教えてもらおうか」ウィリアムは気を悪くした振りをして言った。

ジェイムズがコーヒーを飲み終え、少し間を取って考えをまとめた。

「いまは亡きぼくの祖父、〈ピルグリム・ライン〉の創設者のフレイザー・ブキャナンのことはきっと憶えてもらっていると思います。また、控えめに言っても、予測できない複雑な人生を歩んだ人でもあります。でも、どんなふうに予測不可能で複雑だったかが、つい最近わかったんです」

ベスが椅子に深く坐り直し、話を聴く体勢を整えた。

「実は」ジェイムズはつづけた。「祖父は重婚をしていました」そして、いまの発言を理解する時間を二人に与えようと少し間を置いた。ウィリアムはコーヒーを噴き出し、ベスは驚きを隠そうとした。「ニューヨークに妻――ぼくの祖母です――がいただけでなく、ロンドンにもいたんです。一族のだれも、会ったことも、聞いたこともない女性です」

ウィリアムの頭にいくつかの質問が矢継ぎ早に閃いたが、口にはしなかった。そのほとんどについては、これからジェイムズが答えてくれるだろうという気がした。

「ぼくの祖母――彼女に祝福あれ――は、自分の夫がそういう二重生活をしていたことをいまも知らずにいます。そして、ぼくの父はそのままにしておきたいと考えています」

「その気持ちはわからないでもないな」ウィリアムは言った。「だけど、きみはどうやってそれを知ったんだ?」

「ロンドンの事務弁護士から手紙が届かなかったら、知る由もなかったでしょう。その弁護士は、いまは亡きミセス・イルサ・ブキャナンの代理人を名乗って、彼女が死亡し、資産はすべてぼくに遺贈すると遺言していると知らせてきたんです」

「彼女には自分の子供がいなかったの？」ベスが訊いた。

「ぼくも真っ先にそれを思いました。でも、彼女には不動産に関して何であれ主張できるような関係の人間はほかにいないと、その事務弁護士が保証しているんです」

「そういうことなら、彼女はきみのおじいさんの望みを実行しているだけなんじゃないのかな」ウィリアムは言った。「だって、きみが彼のお気に入りの孫だということはよく知られていたわけだし」

「それで、わたしの居場所は、この思いも寄らない三角関係のどこにあるの？」ベスは訊いた。

「彼女の不動産は」ジェイムズがつづけた。「オンズロウ・スクウェアにある家、一軒だけなんです。ぼくはそれを売却すべく、すでに市場に出しています。ところが、ぼくの祖父が持っていたスコットランド美術に対する情熱をイルサも共有していて、二人してサー・ヘンリー・レイバーン、サミュエル・ペプロー、そして、チャールズ・レニー・マッキントッシュという画家の作品をコレクションしていたことがわかったんです」

「三人目に関しては、スコットランド人の前でその名前を口にするときは、頭を下げるのを忘れないことね。グラスゴーの言い伝えにも出てくる人だから」

ジェイムズが頭を下げて言った。「でも、二人の関係をだれにも知られないままにしておきたいというぼくの父の望みを叶えるとしたら、コレクションすべてを、出所を知られることなく手放さなくてはならないんです」

「その一部でも手元に置いておきたくはないの？」ベスが信じられないという口調で訊いた。

「父はそういう危険を冒したがらないと思います。それで、こういう状況でどうすべきか、あなたになら助言してもらえるんじゃないかと思って」

「わたしなら一生一緒に暮らすわね」ベスがかなりの思いを込めて言った。「でも、どうしても売らなくちゃならないのなら、オークションに出す危険は絶対に冒せない。カタログには〝出所〟が必ず記載されて、全員の目に触れることになるから」

「では、ほかにどんな方法がありますか？」ジェイムズが訊いた。

「個人的に売るしかないけど、残念ながら時間がかかるかもしれない」

「あの家へ行って、ぼくの代わりにコレクションを検めてもらえませんか？」

「もちろんよ。明日にでも訪ねていって、作品の目録作りを始めるわ。どのぐらいの価値になるかわかったら、知らせてあげる」

「感謝の言葉もありません」ジェイムズが言った。「でも、申し訳ないけど、そろそろ失礼しなくちゃなりません」

ベスが訝しげに片眉を上げた。

「ぼくが字が読めることを、アルテミジアに証明しに行かなくちゃならないんですよ」

クリスティーナはある提案をするために、一度だけジェラルド・スローンを訪ねた。その提案とは、知る必要のあるすべてを明らかにしてくれれば、フィッツモリーン美術館への毎年の寄付を再開してもいいかもしれないというものだった。

「最高のタイミングで訪ねてもらえましたよ」スローンが満足げに言った。

「なぜ？」クリスティーナは無邪気に訊いた。

ホルバインについて知る必要のある情報のすべてをスローンから聞き出したあと、自宅に戻ったクリスティーナはベスの本のあるページを開き、ミスター・ローゼンにどう話すかを慎重に考えて電話をした。しばらく待っていると応答があった。

「トマス・ローゼンです」かすかに訛《なま》りのある上品な声だった。

「ミスター・ローゼン、わたくしはクリスティーナ・フォークナーと申します。わたくしのよき友人のベス・ウォーウィックによると、わたくしが興味を持つ可能性のある作品を一点、お売りになりたいとのことですが、そう理解して間違いないでしょうか」

「これはフィッツモリーン美術館を代表しての電話でしょうか、ミセス・フォークナー？」

「はい、そう考えていただいて結構です。ですが、美術館としては、あなたと接触していることを当面は秘密にしておきたいとのことなのです」

「わかりました」ローゼンが応えた。「あなたと同様、わたしもあの絵を手放すことを公にはしたくないのです」

「お約束します、秘密は必ず守ります」クリスティーナは言った。自分が何を企んでいるか、スローンにもマイルズにも絶対に知られたくなかった。

「そういうことなら、ミセス・フォークナー、アムステルダムまで足を運んで作品を検めていただけると有難いのですが」

「パネルの裏にある画家の肉筆の手紙も見せていただけますか?」

「よくご存じですね、ミセス・フォークナー。まあ、驚きはしませんが。では、都合のいいときにアムステルダムへきていただければ、運転手を空港へ迎えに行かせて、私の自宅へ案内させましょう」

26

ホークスビー警視長の隣りに坐っている人物を知っている者はいなかったが、その評判を知らない者はいなかった。

ハリー・ホルブルック警視監はテロ対策の責任者で、人前に姿を見せることがほとんどなかった。通りで擦れ違っても見向きもされないし、アイルランド共和国軍《IRA》が最も恐れている男という評価が当たっていると思う者もいないはずだった。

身長はせいぜい五フィート八インチ、体重は百四十五ポンドほどで、ボクシングのリングに上がったときはフェザー級だが、相手をノックアウトしたときはヘビー級だった。

「まずは」彼はヨークシャー訛りを丸出しにして口を開いた。南部の同僚のために手加減してやろうなどという心遣いはこれっぽっちも見せなかった。「マイルズ・フォークナーと面会したときの詳細な報告と、その情報源の信頼性についての見解をウォーウィック警視から聞かせてもらいたい」

ウィリアムが報告する、レベッカ・パンクハースト捜査巡査部長とともにベルマーシュ刑務所を訪れたときの逐一に、全員が熱心に耳を傾けた。レベッカはときどきノートを見て、そのときの会話の一字一句を読み上げることで貢献した。ウィリアムは報告を終えると、ホルブルックの評価を待った。

「その報告からすると」ホルブルックが言った。「きみの第一情報源はA1とは到底見なせない。情報源は常に信頼できるAから、実際に立証されていないEまで五段階に分類されるが、フォークナーはせいぜいD、信頼できないグループに分類される。評判については、無条件に誠実であることを意味する1から、偽の疑いのある5までに分類される。フォークナーは辛うじて4、信頼できないグループに分類される。だから、きみの情報源はD4という評価になるし、しかも、服役中の身だ。通常であれば」ホルブルックはつづけた。「そういう情報源から提供された情報はテロ対策班の下級要員が対応することになっていて、私の机まで届くことはほとんどない。だが、私はこれを〝通常〟とは見なせなかった。なぜなら、フォークナーが強みを二つ持っているからだ。一つは、疑う余地のない頭のよさだ。もう一つは、そういう作り話をでっち上げても何ら得るものがないという事実だ。話し合いを始める前に一つ、頼みたいことがある、警視長」ホルブルックがホークを見て言った。「この件を最優先させるべきだときみのチームが私を説得しようとするあいだ、きみには列聖調査審問検事役を務めて、敢えて反対意見を述べてもらいたい。なぜなら、現時点では、私にとってこれは時間の無駄でしかないように思われるからだ」

ホークがうなずいた。「では、始めてくれ、警視」

「情報源としてのマイルズ・フォークナーの評価については、私も警視監に異論はありません」ウィリアムは言った。「せいぜいD４だと考えます。しかし、この脅しを軽く扱うべきではないといまも信じています」

「イギリスで自爆テロが起こったことは過去に一度もない」ホークがさえぎった。「今回が初めてになるはずだ」

「そのとおりだ」ホルブルックが言った。「だが、フランスは数年前に、オルリー空港で似たような問題に直面している。忘れてはならないのは、現代の犯罪者に関しては、追いつこうとするのではなく、常に先行しようとする義務があるということだ。憶えている者もいるはずだが、制服警察官が拳銃を携帯しているのを見たら、何かあったのかと市民が怯《おび》える時代があった。だが、いまはだれも何とも思わなくなってしまっている。だから、最悪を想定して、そこから始めよう。アルバート・ホールの警備はどうなっている？」

「通常の警備です」ポールが答えた。「ただし、十一月のフェスティバル・オヴ・リメンブランスは別です。女王をはじめとして王室の方々がいらっしゃいますので。ですが、プロムスについては、席に着く前のチケットの確認もほとんどなされないに等しく、ハンドバッグの検査もされませんし、プロムネイダー自身が法律という状態です」

「プロムネイダー？」ホルブルックが訊き直した。

「プロムスの期間中は」レベッカが割って入った。「一階正面の六百の席が取り払われて八百人を収容できるようにし、最初から最後まで立ち見をするその八百人――常連です――をプロムネイダーと呼ぶようです。予約担当部長は彼らを一番いい言い方でも〝変人〟、最悪の言い方では〝いかれた連中〟と形容しています。ジーンズとだらしないTシャツは当たり前で、バックパックを背負っている者も一人や二人ではありませんし、三皿からなる食事を食べようなどとは考えもせず、始まってから終わるまで缶入りの飲み物を何本か飲むだけです。ステージ正面の同じ席を毎年確保する者もいて、自分が長年維持している領域を敢えて侵した者には災いあれと祈ります。プロムスの品格を上げようと主催者側がチケットの価格を二倍にしたときでさえ、同じ連中が次の年もやってきて、同じことを繰り返しました。要するに、熱狂的なファンです。強迫観念に取り憑かれて年に一度やってくる彼らを遠ざける術はまったくないようです」

「それは」ホルブルックが言った。「サンドウィッチよりもはるかに危険なものをバックパックに入れた自爆テロを敢行するだれかが、来るべき王国へプロムネイダーとやらを吹き飛ばすまでだ。そして、そのあと数百年、プロムスと言えば自爆テロを思い出させることになる。それを頭に入れて、私はすでにすべての海港、空港に警戒警報を発令し、MI5とMI6には、だれであれリビアから最近やってきた者全員に特に目を光らせるよう、また、待機中とわかっているテロリスト・グループを特に厳しく監視するよう助言してある。テロ対策班は全保安機関の監視リストに載っている中東出身者を見直しているし、政府通信本部《GCHQ》は監視レヴェルを一段階上げている。アルバート・ホールについて、ほかにわかっていることがあったら教えてもらいたい。手始めに、座席の数はいくつだ？」

「ほぼ五千五百です」ジャッキーが答えた。「五階席まであります」

「出入り口は？」

「十二箇所あります」ポールが答えた「ただし、一番出入り口は王族が出席されるときしか使われません」

「その日の夜は、出入り口すべてを警戒する必要がある」ホルブルックが言った。「そして、プロムネイダーがどんなに腹を立てようと、バックパックのなかを調べてからでなくては会場に入れてはならない。さらに、夜でもそれとわかる目立つ服装の対テロ要員を百人以上、私服警察官もほぼ同数動員して、最初の夜から建物の周辺をパトロールさせる。だれであれ会場に近づく者がバックパックを背負っていて、多少でも不審に感じられたら、止めて身体検査をし、必要とあらば拘束して訊問《じんもん》する。苦情はあとで申し立ててもらえばいい」

「プロムスを中止するほうが簡単ではありませんか？」ジャッキーが仄めかした。

「マーガレット・サッチャーの言葉を借りるなら、それは知名度という酸素をテロリストに供給することにしかならない。そして、その行きつく先はどこだ？　ウィンブルドン、チェルシー・フラワー・ショウ、FAカップ決勝戦、どれもこれも中止することになるぞ。忘れてはならないのは、われわれはゴールキーパーのような存在で、ナイスセーヴを百回したとしても、人々の記憶に残るのはわれわれの手をすり抜けたたった一回のシュートだ。われわれが何をしようとしているかすら敵に知られることなく市民を護る、それがわれわれの仕事だ」

「フォークナーがわれわれを騙そうとしている可能性はどうだろう？　われわれの目をほかのことに向けて自分の裁判の準備をさせないようにするという、よく考えられた復讐計画に過ぎないのではないか？」ホークが列聖調査審問検事を演じて訊いた。

「その可能性はなくはないにしても、低いだろう」ホルブルックが答えた。「しかし、もしそうだとしたら、私はだれにも見つけられないところへやつを閉じ込め、鍵を棄ててしまうだろうな。なぜなら、IRAに集中すべきときに、私の貴重な時間と人的資源をあまりに多く無駄にしてくれたからだ」

「その判断はどうやってする――」ポールが訊こうとした。

「毎週、私の机を通り過ぎていく事案は百件を超える」ホルブルックが言った。「その大半は私が直接関わる必要のないものだ。たとえば、女王が金曜にお茶にいらっしゃるけれども、いつ探知犬を寄越して自宅を調べてくれるのかと訊いてくる、サービトンの女性からの手紙とかな」

「いやはや」ウィリアムは言った。「そういう場合、どう対応されるのでしょう?」

「その女性は年に三回か四回、私に手紙をくれる。彼女の夫は戦功十字章を授けられた元警察官で、第二次大戦で毒ガスにやられた。だから、彼女は五十年ものあいだ未亡人だ。引退した私の部下で、フィリップ殿下に似た男が年に一度、彼女とお茶をしているよ」

全員が声を上げて笑った。

「だが、今回のこれは笑いごとではないし、指揮者が指揮棒を挙げるまで二週間しかない。したがって、起こる可能性があるならば、その災厄を阻止すべく全力を尽くさなくてはならない。全員、これからの十四日のあいだは、ゆっくり寝られるなどとは微塵も思うな。社交的な予定があるとすれば、それをキャンセルすることから始めろ」ホルブルックが言った。「例外は自分の葬式に出るときだけだ」

ミスター・ローゼンは約束を守ってくれて、スキポール空港の到着ロビーに入ったクリスティーナは、〝フォークナー〟と印刷されたカードを掲げている男性をすぐに見つけることができた。

そして、BMWの後部席で、台本をもう一度おさらいした。色とりどりの遊覧客船が行き交う大きな運河を渡っていることにすら気づかなかった。数分後、車は壮大な十七世紀のタウンハウスの前で停まった。運転手が飛び降りて、後部席のドアを開けた。

石畳の通りに降りたクリスティーナを、年輩の紳士が迎えた。銀の持ち手のブライヤーのステッキにしっかりと寄りかかり、ヘリンボーンのツイードのスリーピースの胸ポケットには、深紅のシルクのスカーフが飾られていた。膝がしっかり隠れるスカートの、地味なグレイのスーツにしてよかったと、クリスティーナはほっとした。

「お待ちしておりました、ミセス・フォークナー」ローゼンが身を乗り出すようにしてクリスティーナの手にキスをした。「道中、何事もなければよかったのですが」

「おかげさまで、ミスター・ローゼン」クリスティーナは応えた。「わざわざ空港までお迎えいただいて、ありがとうございました」

ローゼンの足取りがあまりにゆっくりなので、クリスティーナは見事なアンティークの調度や、キャビネットに収められている、長い年月受け継がれてきたことを示唆する色褪せた〈マイセン〉の磁器を、たっぷり時間をかけて愛《め》でることができた。ローゼンが脇へ退いてくれて客間へ入ってみると、コーヒーの盆とストロープワッフルの皿が小さな楕円のテーブルに並んでいた。

ローゼンはクリスティーナが腰を下ろすのを待って、これも年月を経ているハイーバックの革張りの椅子に坐った。彼がそうなるようにしたのだろうが、クリスティーナが着席するとすぐ、真正面の壁に掛かっている、小振りながら見事な出来栄えのヘンリー八世の肖像画が目に入った。わたしの趣味じゃないけど、とクリスティーナは内心でつぶやいた。

マイルズなら飛びつくに決まってるわ。

戦争が終わってすぐにロンドンを訪れたときの老人の懐旧談をクリスティーナが半ば上の空で聞いていると、メイドが新しいコーヒーを運んできた。初対面の相手とお金の話をしなくてはならないことを恥ずかしく思っているのではないかと感じて、クリスティーナは助け舟を出した。

「ミセス・ウォーウィックによれば、一千万での売却を希望しておられるそうですね」

老人の顔にかすかながら当惑が浮かんだが、それでも何とかこう言った。「それは父が死ぬ直前に提示した数字です」

「あなたの時間を無駄にしたくはないのですが、ミスター・ローゼン、フィッツモリーン美術館の美術品獲得基金は一千万ポンドを用意する余裕がないことはお伝えしておかなくてはなりません」

老人が安堵の表情になり、さらには薄い笑みまで浮かべた。

「ですが」クリスティーナはつづけた。「わたしのロンドンの銀行の貸金庫には、一千万が現金で預けられています。それで足りるなら、ここにあるヘンリー八世の肖像画はフィッツモリーン美術館の壁に展示されることになると保証します」今朝、鏡の前で練習した台詞だった。

老人があまりに長いあいだ返事をしないので、眠ってしまったのではないかとクリステイーナが訝っていると、ようやく、ほとんどささやくような声が返ってきた。「息子二人と相談しなくてはなりません。というのは、私の遺産の主な受取人がその二人なのです。わかってもらえるとありがたいのですが」

「もちろんですとも」クリスティーナは言った。

「二人の考えが決まったら、すぐに手紙でお知らせします」

「ゆっくりで構いませんよ、ミスター・ローゼン。急いではいませんから」

「昼食をどうですか、ミセス・フォークナー？　そうすれば、祖父のコレクションのほかの作品もお目にかけられるんですがね」

「ご親切にありがとうございます、ミスター・ローゼン。ですが、プロムスの最終夜に間に合うようにロンドンへ戻らなくてはならないものですから」

「何という贅沢でしょう」ローゼンが言った。「あなたたちイギリス人は、昔からそういう伝統を大事にしておられる。そこに加われないのが残念でなりませんよ」そして間を置き、ヴェストについたワッフルの屑《くず》を払ってから訊いた。「この肖像画について、お帰りになる前にお知りになりたいことはもうありませんか？」

「ホルバインがかかりつけ医に書いた、肉筆の手紙を見せていただけますか？」

「もちろんです」老人がゆっくりと椅子から腰を上げておぼつかない足取りで絵のところへ行き、あたかも古い友人であるかのように優しく壁から外すと、クリスティーナが手紙を検められるようパネルを裏返した。クリスティーナはしばらくそれを見つめたが、オランダ語を読めないのだから、何が書いてあるかわかるはずがなかった。
「翻訳しましょうか」ローゼンが言った。「と言っても、私も子供のときに暗記したのですがね」

一五四二年四月十五日
親愛なるドクター・ローゼン
あなたは長年私の面倒を見てくださいました。そして、必ずしもきちんと支払いをしなかったにもかかわらず、一言の苦情も口になさいませんでした。
そういうあなたへの、また、あなたの技術と専門性への感謝のしるしとして、充分とは言えないかもしれませんが、このイギリス王ヘンリー八世の肖像画を受け取っていただけないでしょうか。あなたとあなたのご家族がこれからずっとこの絵を楽しんでくださることを願っています。
あなたの卑しい僕《しもべ》　ハンス・ホルバイン

「ホルバインはこのわずか一年後に、四十六歳でこの世を去りました」老人が言った。

「そして、今日まで、この絵はこの家を出たことがありません。この手紙が本物であることを証明したいと望まれるのであれば、バーゼル市立美術館に写しが存在します。あそこにも話をしたのですが、価格が折り合いませんでした。金のかかる改装を終えたばかりで財政的な余裕がなかったのです。それで、フィッツモリーン美術館へ話を持っていったというわけです」

「わたしの申し出を息子さんたちが受け容れてくだされば、誇るべき居場所をこの絵に与えられることは保証します」クリスティーナは言った。老人は絵を壁に掛け直し、あるべき場所に戻ったのを見て満足そうだった。

ローゼンは客の先に立ってゆっくりと部屋をあとにすると玄関へ戻り、階段の上に立って、車が見えなくなるまで見送った。そして、書斎に戻り、長男に電話をした。

「故ミセス・イルサ・ブキャナンのスコットランド美術のコレクションについて、わたしが現実的な価値評価だと考えるものが出来上がったわ」ベスは言った。「彼女はいい目を持っていたと言えるわね」

ジェイムズはさえぎらなかった。

「それで、その作品群がいくらになるかというあなたの質問に対する答えは、わたしの見るところでは、公開市場で百二十万から百四十万ポンドぐらいかしら。でも、売却したことを世間に知られたくないというあなたの条件に沿うとすると、全部を手放すには時間がかかるかもしれないわね」

「それなら、ぼくの代わりに引き受けてくれるだれかが必要ですね。コレクション全体を百万でどうだとあなたに申し出たらどう思います？」

「妥当な価格だけど」ベスは言った。「現金での支払いしかできないとしたらどうする？」

「構いませんよ」ジェイムズが答えた。「法律を破ることにならないのならね」

「警告しておかなくちゃならないな」ウィリアムが割り込んだ。「その現金の出所は犯罪者だぞ」

「クリスティーナは犯罪者じゃないわ」ベスは言った。「実際、わたしの友人でパートナーよ。まあ、その現金の元々の出所は彼女の夫で、いまは刑務所にいることは認めるけどね」

「マイルズ・フォークナーですか？」ジェイムズが訊いた。「いや、それならお断わりします。火の粉を振り払ったと思ったら、別の火の粉が降りかかることになりそうだ」

「しかも、消火器がないときてる」

「あなた、ずいぶん役に立ってくれるわね」ベスが夫の腕を殴りつけた。

「過去にあの女を信用してきみがどんな目に遭ったか、思い出してみろよ」

ベスがしばらく沈黙したあとで言った。「わたしたちの問題を両方いっぺんに解決する方法が見つかったかもしれない」

　ジェイムズの顔に希望が芽生えた。

「エディンバラにわたしのクライアントがいるんだけど、税金のことがあるから、ウォーホルの『マリリン・モンロー』とあなたのスコットランド・コレクションを交換してくれるかもしれないわ」

「ぼくはウォーホルを好きでも何でもないんですけどね」

「それなら、マリリンをニューヨークでオークションにかければいいのよ。そこなら彼女は百万以上で落札されるに決まっているし、もっといいことに、あなたのおじいさままでさかのぼって追跡することなんか絶対にできないわ」

「それで、あなたの取り分は？」ジェイムズが訊いた。

「あなたがオークションで百万以上を手にできることはほぼ間違いないと思うから、百万を超えた分のちょうど十パーセントでどうかしら」

「二十パーセントにしましょう」ジェイムズが言った。

「そりゃまたずいぶん気前がいいことだな」ウィリアムが茶々を入れた。

「実はそうでもありませんよ。だって、ベスはほぼ間違いないと言っているけど、もし百万を超えなかったら、ゼロの二十パーセントはゼロですからね。彼女がその危険を引き受けるなら、ぼくも引き受けます」

27

「第一指揮官は司令本部にとどまり、第二指揮官が現場に出て、第三指揮官の協力を得ながら実際に作戦を動かすのが普通だと考えていましたが?」ウィリアムは言った。

「それなら、きみの考えは間違っていたな」ホルブルック警視監が答え、起こっているすべてを見逃すことがないよう周囲に目を配った。高度な訓練を受けた百人を超える警察官がコンサート・ホールを取り囲み、全員が制服の上に派手に目立つジャケットを着ていた。だれであれ『希望と栄光の国』を合唱するためにきたのではない者に、近づくなとあらかじめ警告しているのだった。ホルブルックは明らかに治療より予防のほうがいいと信じていた。「今朝、建物を徹底的に調べたとき、きみの捜査要員は少しでも興味深い何かを見つけたか?」

「屋根から地下まで、ホール全体を隅から隅まで穿《ほじく》り返すようにして検めましたが、サー」ウィリアムは答えた。「見つかったのは夜間担当清掃員が見落としたに違いない、〈スワン・ヴェスタ〉のマッチの空箱が一つだけでした。私自身も屋根に上ってガラスのドームを一周しましたが、不審なところはまったくありませんでした。加えて、ついさっき探知犬が会場に入り、一階のステージ正面の特別席から天井桟敷まで、一列一列調べつづけています」

「では、警戒対象がこの建物に入っている可能性はまだないな。可能性のある容疑者が何人か、今朝、ロンドンへ向かっているところを目撃されている。マンチェスター、バーミンガム、ブラッドフォードからだが、全員、直行しているわけではない。囮の可能性ももちろんあるが、彼らのうちのだれだろうと会場の半マイル以内に近づいたら拘束し、事情聴取をして、しばらく――ずいぶん長時間の〝しばらく〟になるだろうな――は釈放しない。一般の観客への開場時間は何時だ？」

「六時です、サー」ウィリアムはロイヤル・カレッジ・オヴ・アートの屋根を一瞥した。そこでは六人の狙撃手が、双眼鏡を目に当てて眼下の群衆を見渡していた。「指揮者のサー・ジョン・プリッチャードがステージに登場するのが七時半、その時間までには、私のチームの四人がプロムネイダーに交じって一階にいることになっています」

「私の監視要員も十人がそこに投入される」ホルブルックがエキシビション・ロードの角の、すでに管理下にある信号を確認した。ウィリアムの視線が百ヤード向こう、ケンジントン・ガーデンズのアルバート・メモリアルで止まった。階段で若いカップルが抱擁していたが、恋人同士でないことは明らかで、一方は公園に警戒の目を光らせ、もう一方はアルバート・ホール正面入口の前の幹線道路に焦点を合わせていた。ホルブルックが見るからに落ち着き払っているのを見て、ウィリアムは敬服するしかなかった。自分はといえば落ち着きを失いかねないほどに緊張していたが、それは二人一組の監視要員を百組編成して展開することを、それも、信用していない男の情報に基づいて提案したのが自分だということを、わかりすぎるぐらいわかっているからだった。

陽がフランス大使公邸の向こうに傾きはじめるころには、今夜のこれからのお楽しみに興奮した観客が、途切れることのない流れとなって会場へ向かっていた。

「とりあえず、ここはあなたにお願いします、サー。私は会場に戻って自分のチームに合流します」ウィリアムは言った。

「建物を最後に出るのはきみだぞ、それを忘れるな」第一指揮官のホルブルックが言った。

ウィリアムはホルブルックの万事に抜かりのない物事の進め方に感心しながら通りを渡ると、あたかもコンサートの普通の常連客であるかのようにアルバート・ホールに入り、状況を注意深く見守った。入場者はチケットを確認され、もう一度確認されて、不機嫌なプロムネイダーの長い列ができていた。その列を脱してようやく会場へ入ったあとも、三《み》度《たび》チケットを確認されなくてはならなかった。ある客などはバックパックのなかのものをすべてテーブルに出させられ、私服警察官に厳しく検められて文句を言い、幕が下りるまでクロークルームで預からせてもらうと言われてさらに腹を立てた。

「横暴な警察国家そのものじゃないか」彼は声を限りに非難したあと、すでに会場に入っている仲間に合流した。

　ウィリアムは会場を取り巻いている広い廊下をゆっくりと一周し、その内側に入って、陽気に飲み騒いでいる者たちの仲間入りをした。一時間以上前からそこにいて、音楽家がステージを下りてからもしばらくはそこにとどまり、最後の最後になってようやく引き揚げると言わんばかりの様子だった。彼らが歌いながら引き揚げてくれることをウィリアムは祈った。

　ポールとジャッキーはすぐに、最後にレベッカも目に留まったが、彼らのほうは知らん顔をしていた。ロスは危うく見落とすところだった。薄汚ないTシャツに破れたジーンズという服装で、あたかも彼らの一人であるかのようにプロムネイダーに溶け込んでいた。勤務形態としては夜は非番だったが、彼がここへくるのを止める術はなく、くるなと言っても無駄だということもわかっていた。

　チームはすでに東西南北四箇所で位置についていた。そこからは群衆を見渡せ、孤立していて場違いに見える客を捜すことができた。

　ウィリアムは二階から最上階までの観覧席を見上げた。そこでは数十人の私服警察官――それとわかる者はいなかった――が、チケットを検め、座席を教え、プログラムの販売をしながら、同時に、ゆったりしたシャツ、ジャンパー、あるいはジャケットの下に手製の爆発物を潜ませているかもしれない、排除すべき個人を捜していた。第一指揮官のホルブルックは自分のチームに対して、標的はすでにこの一か月のあいだにプロムスの別のコンサートにやってきて土地鑑を養い、どうすれば目をつけられにくいかを予行演習している可能性があることを指摘していた。

「いいか」ホルブルックは改めて確認した。「われわれの相手は洗脳され、信じる大義のためなら喜んで命を捨てるやつらだということを忘れるな」

一分が過ぎるごとに、開幕を待つ興奮はいやましに募っていった。ついにオーケストラがステージに上がると、大きな拍手が彼らを迎え、特に第一ヴァイオリンはさらなる大喝采に迎えられてお辞儀をした。サー・ジョン・プリッチャードが最後に入場すると、聴衆はもはや自分を抑えられないとばかりに一気に爆発し、サー・ジョンは途中で足を止めて何度もお辞儀をしなくてはならず、そのあとようやく指揮台に上がって彼らに背を向けることができた。ウィリアムは聴衆を見渡したが、拍手喝采に加わっていない者は見つけられなかった。ある部分ではほっとしたが、同時に、もしこれがフォークナーの仕組んだ嘘だったら刑期を倍にしてやらずにはおかないという決意も新たにした。

サー・ジョンが指揮棒を構え、会場に完全な静寂が落ちるのを待って、演奏を開始した。熱心な聴衆は最初の調べからうっとりと聞き惚れた。すべての協奏曲のすべての十六分音符までわかっているようだったし、ステージから流れてくるすべての序曲も知っているように見えた。ウィリアムはステージで起こっていることを無視して会場に目を光らせつづけた。一瞬、二階のボックス席の最前列にいる女性に目が留まった。彼女の隣りには、数週間前にフランス・ハルスのオープニングで見た若い男が坐っていた。

それから二時間のあいだに何度か、ウィリアムはベスが自分の隣りでロッシーニ、ブラームス、ベンジャミン・ブリテンを堪能できればどんなによかったかと残念に思わずにいられず、来年は彼女を連れてくることを自分に約束した。ただし、今夜、悲劇が起こって来年のコンサートが中止にならなければだが……。しかし、そんなことを思っているときも、目は一瞬たりと集中力を失うことはなかった。それでも、周囲の全員が心から「見よ、勇者は帰る」を歌い、さらに大きな拍手喝采がつづいたときは、仲間に加わらずにいるのが難しかった。

その拍手喝采が静まるのを待ってサー・ジョンがふたたび指揮棒を挙げ、メゾソプラノのサラ・ウォーカーが「統《す》べよ、ブリタニア！」の冒頭を歌い出すと、そこに聴衆が加わって、世界最大のコーラスになった。そして、そのときが、全員が待っていたときが、そして、ウィリアムが恐怖していたときが訪れた。彼はフォークナーが間違っていることを祈った。

サー・ジョンが回れ右をして聴衆と向かい合い、指揮棒を挙げて、訓練を受けていない五千を超す聴衆による、騒々しい聖歌隊になってくれるよう促した。そして、「希望と栄光の国」の冒頭部分が始まったとき、ウィリアムは四人だけがその合唱に加わっていないのを見届けることができた。

合唱がクライマックスに達して終わりを迎えると、聴衆はわれを忘れたかのように興奮してアンコールを要求した。サー・ジョンがふたたび聴衆に向き直ってお辞儀をし、ちらりと笑みを浮かべてステージを下りた。だが、ややあって再登場したのを意外に思う者はいず、信じられないほどの、さらに大きな拍手喝采で彼を迎えた。

「ブリトン人は絶対に、絶対に、絶対に、奴隷になることはない」と息を切らしてみんなが歌い終え、ウィリアムは安堵のため息をついた。オーケストラが立ち上がり、十分に及ぶ聴衆総立ちでの拍手喝采にシンバルを打ち鳴らして応えてさらなる歓声が上がったとき、くぐもってはいたものの、遠くで爆発音らしきものが聞こえた。

ウィリアムはすぐさま一番近い出口へ突進して舗道へ出た。レベッカがすぐ前に、ジャッキーがすぐ後ろにいた。

遠くでサイレンが聞こえ、振り返ると、救急車が警光灯を点滅させながら猛スピードでこちらへ向かっているのが見えた。ホルブルックが腰に手を置いて三百六十度を透かし見ていた。

ウィリアムが通りを渡るや、二台目の救急車がすぐそこに停まった。後ろのドアが開き、グリーンの制服の救急救命士が飛び降りて、どこからともなく現われた武装警官の一団に先導されながらアルバート・メモリアルへと急行した。ウィリアムは彼らのあとを追って、煙のなか、公園の反対側へと急いだ。

　動かなくなった身体が地面からそうっと持ち上げられてストレッチャーに横たえられるのを、ウィリアムは見ているしかなかった。被害者は今日の夕方、アルバート・メモリアルの階段で同僚と抱擁し合っていた警察官だった。

　その若者がゆっくりと運ばれてくるのを待っていた救急車は、彼を収容するやドアを閉めて走り去った。信号は依然として青だった。アルバート・ホールからブロンプトン病院までの信号をすべて青にしておくよう、ホルブルックが手配を終えていた。さらに、患者を待っている医師の名前まで知っていた。第一指揮官に抜かりはなかった。

　数分後、満足した聴衆がアルバート・ホールから続々と出てきて、たったいま二百ヤード先で何があったかを知っている様子もなく帰途に就きはじめた。

　しかし、その彼らにしても、警察官の数が異常に多いこと、救急車の姿があること、後ろの扉が開いていること、道の反対側に停まっていることに気づかないわけにはいかず、足を止めて見つめる者もいないではなかったが、大半はそのまま歩きつづけた。

「運がよかったな、危ういところで阻止できた」ウィリアムが振り向くと、隣りにホルブルックが立っていた。

「あの若い警察官ですが、大丈夫ですか？」それがウィリアムの第一声だった。救急車がサイレンを鳴らし、警光灯を点滅させて信号に到達した。

「まだわからん。いま生きていることに感謝するだけだ」

何ヤードか離れたところで、抱擁していたカップルの片割れだった若い女性が地面に坐り込み、顔を覆って泣いていた。レベッカが横にひざまずいて慰めようとしていた。

「犯人を会場に入れなかったことがせめてもの慰めでしょうか」ウィリアムは言った。

「私としては近づかせすぎたとしか思えない。もっとはるか遠くに押しとどめておきたかった」ホルブルックが言った。賑やかな群衆がタクシーを止め、バスに乗り、あるいは、最寄りの地下鉄駅へと歩いていた。そのほとんどがいまも歌っていた。「これほど大勢の警察官がいるのに一切咎められることなく会場に入れるとは、犯人もさすがに思わなかったはずだ。最終的には、八時間以上もアルバート・メモリアルの階段に坐っていた若い巡査部長に見つかったわけだからな。巡査部長がその男に声をかけると、踵《きびす》を返して逃げ出した。巡査部長は自分の安全を顧みることなく追跡した。そして、捕まえる寸前に敵が自爆した」ホルブルックが一拍置いた。救急車はエキシビション・ロードへ右折して見えなくなった。「幸いなことに、彼の相棒は爆発したときに十分離れたところにいたから無事ですんだ。知らないかもしれないが、二人は婚約していた」

二人のうちのどちらかでも一年後に首都警察にいるだろうか、とウィリアムは疑った。一方は身体に傷を負い、もう一方は心に傷を負った。新たなサイレンがウィリアムを現実に引き戻した。

「フォークナーの情報の信頼度ですが、Ｄ４からＡ１に上がったようですね」ウィリアムは言った。

「それは問題をもう一つ作り出すに過ぎん」ホルブルックが言って、間を置いてから付け加えた。「われわれ二人にとってのな」

「たとえば、どんな問題でしょうか？」

「信じてもらいたいんだが、ウォーウィック、マンスール・ハリファはこのまま引っ込んではいないぞ。必ず二の矢を放ってくる。そして、こう考えるはずだ」ホルブルックが現場を手で示した。「もっと手ひどい屈辱をわれわれに味わわせる。そのためには、もっと大きな標的を探す。フォークナーと接触できるのはきみだけだから、ウォーウィック、きみにやってもらいたいことがある。それをいまから詳しく説明しよう」

28

クリスティーナはミスター・ローゼンとの待ち合わせ時間よりずいぶん早く銀行に着いた。すでにバーゼルの市立美術館の副館長と話して、ドクター・ローゼンに宛てたホルバインの手紙の言い回しが本人のものに間違いないことと、美術館の記録によればその作品はいまもアムステルダム在住のローゼン家が所有していることも確認してもらっていた。

ミスター・ローゼンは約束の時間どおりにやってきたが、疲れているように見えた。クリスティーナに挨拶したあと、息子のコルネリウスとサンデルを紹介してくれた。一方は一族の紋章で飾られた木箱を持参し、一方は大きなスーツケースを二つ――空だろうとクリスティーナは推測した――持ってきていた。

「疲労困憊《こんぱい》です」ローゼンが言った。「飛行機の旅は久しぶりで、短い距離ですら、もはや快適な体験ではなくなっているのですよ。もっとも、代々受け継がれるべき家宝を手放すのに較べれば何ほどの苦痛でもありません」

クリスティーナはそれなりに同情している顔を装ったが、目はいまもコルネリウスがしっかり持っている小さな木箱から離れなかった。

「それでも」ローゼンがつづけた。「熟慮を重ねた結果、この絵がフィッツチリーン美術館のコレクションの一部になるとあなたが保証できるのなら、不本意ではあるけれども、あなたの申し出を受けることにしました」

「お約束します」完璧な説得力を持って発せられた言葉だった。

ローゼンが頭を下げるのを見て、クリスティーナは思わないではいられなかった。何て古風な紳士なの。口にした約束は保証書と同じだった。ところが、息子たちは現金のほうにはるかに興味があるように見えた。

エレベーターで地下階へ下りると、クリスティーナたちを出迎えた警備担当者が明るい通路を案内し、進路を塞いでいる、天井に届く高さの強化扉の前で初めて足を止めた。彼は八桁の暗証番号――毎朝変更される、とクリスティーナは保証されていた――をキイパッドに打ち込むと、頑丈な扉を引き開けて脇へ退き、鍵の所有者だけが知っている多くの秘密が納められた部屋へ四人を通した。

壁はずらりと並ぶ貸金庫で埋め尽くされていた。警備担当者が小さな赤い数字を確かめていき、一つをあたかも死体安置所の遺体収納ケースであるかのように引き出して、部屋の中央のテーブルに置いた。そして、ポケットから大きな鍵束を取り出して一本を選び出し、二つの鍵のうちの一つを開けてから一歩下がって言った。「あとはお任せします、ミセス・フォークナー。どうぞ、ごゆっくり」

「ありがとう」クリスティーナは警備担当者が退出して扉が閉まるのを待ち、ハンドバッグからもう一本の鍵を取り出して二つ目の鍵を開けた。そして、そのときを楽しむかのように勿体をつけてから、ゆっくりと蓋を開けた。手の切れるような五十ポンド紙幣二十枚をきちんと収めたセロファンの包みが一万個、姿を現わした。

ミスター・ローゼンの二人の息子が前に出てきて、それを一目見たあと、その現金を貸金庫から自分たちのスーツケースへ移しはじめた。父親はその後ろで押し黙り、一脚しかない椅子に坐っていた。

クリスティーナはテーブルに歩み寄ると、木箱のクリップを外して蓋を持ち上げた。ヘンリー八世がまっすぐに彼女を見つめていた。そうやって全盛期にはずいぶん多くの美女をものにしたのだろうが、クリスティーナはその誘惑を拒絶し、赤いサテンの寝床から肖像画を取り上げると、裏についている手紙を検められるよう明かりに近づいた。安堵したことに、ホルバインの筆跡に間違いなかった。

クリスティーナは絵を慎重に箱に戻して蓋をすると――ローゼンの若い息子二人は依然としてセロファンの包みをスーツケースに移しつづけていたが――、ミスター・ローゼンに別れの挨拶をして扉脇の壁の緑のボタンを押した。

ミスター・ローゼンがおぼつかなげに立ち上がってお辞儀をしたとき扉が開いて、クリスティーナは素速く外に出た。

「あの人たちはもう少しここにとどまるわ」彼女は待っていた警備担当者に言った。「わたしは一人で出られるから大丈夫」

「承知しました、マダム」警備担当者が応えて頑丈な扉を元に戻した。

クリスティーナはエレベーターで一階へ上がると銀行を出た。手はしっかりと小さな木箱を握り締めていた。セント・ジェイムズ・ストリートを渡り、数街区先のファン・ヘフテンのギャラリーへと急いだ。今度も気がつかなかったが、通り過ぎるクリスティーナを〈ロブ〉の入口で男が見ていた。男は彼女を尾行しようともしなかった。行先はわかっていた。

ジョニー・ファン・ヘフテンは木箱を見た瞬間、蓋についている一族の紋章を見分けることができた。自分でもわかるほどに興奮が募った。クリスティーナがギャラリーの中央のテーブルに木箱を置き、留め金を外して蓋を取ると、威風堂々たるヘンリー八世が現われた。

「よろしいですか?」ファン・ヘフテンは訊いた。手が震えた。

クリスティーナがうなずくと、ファン・ヘフテンは赤いサテンの寝床に休んでいる絵を慎重に手に取った。時間をかけて鑑賞したあと、裏を返して、そこについている手紙を読んだ。

「一千万か、もしかすると千三百万とおっしゃったわよね？」クリスティーナは言った。

「わたしの記憶が正しければ、ですけど」

「確かにそう申しました」ファン・ヘフテンが答えた。


男は数分待ってから道を渡って銀行に入ると、だれかを待っているかのようにロビーにとどまった。実際にそうだったのだが、長く待つまでもなくエレベーターのドアが開いて、三人の男が現われた。一人は大きなスーツケースを二つ引っ張っていた。三人は一言も発することなく男の前を通り過ぎると、スーツケースを二つともそこに残して銀行を出ていき、それぞれ違う方向へ歩いていった。

男は二つのスーツケースの把手《とって》を握って出口のほうへ引きずろうとした。驚くほど重かった。舗道に出るやタクシーを止め、スーツケースを二つとも後部席に押し込んでから、自分も乗り込んでドアを閉めた。タクシーのほうが防弾装甲車より安全だった。防弾装甲車は目立つし、手続きが面倒で、申請書類から足がつく恐れがあった。

「どちらまで、お客さん？」運転手が訊いた。

「パーク・レーンのメイフェア信託銀行まで頼む」ラモントは言った。このままうまく逃げきれると考えたらハマースミスの自分の銀行の住所を告げたかもしれないが、監視されていることも、いま持っている現金が元あった場所へまっすぐ帰らなかったらこれが最後のタクシーの旅になることも、よくわかっていた。

ファン・ヘフテンが時間をかけて絵を細かく検めたあとで言った。「千三百万が妥当な価格でしょう。ただし、本物であればですが」

クリスティーナはファン・ヘフテンを見つめた。「でも、ミスター・ローゼンのアムステルダムの自宅で、数週間前にこの目で見ているのよ」彼女はようやく言ったが、一言口にするたびに声が高くなった。

「もちろん、そうでしょう」ファン・ヘフテンは冷静だった。「木箱、樫材のパネル、額縁、すべてが同時代のもので、絵もまた然《しか》りです。しかし、残念ながら、この絵はホルバインが描いたものではありません」

「でも、裏についている手紙が」クリスティーナは抵抗した。「この絵が本物であることを証明しているわ。読んでもらえば、わたしが正しいことがわかるはずよ」

「残念ながらそうはならないと思いますよ、ミセス・フォークナー」

「いいから、読みなさい！」クリスティーナは要求した。

ファン・ヘフテンは抵抗しなかった。クライアントが常に正しいとは限らないけれども、逆らうべきではないことはよくわかっていた。

一五四二年四月十五日
親愛なるドクター・ローゼン
あなたは長年私の面倒を見てくださいました。そして、必ずしもきちんと支払いをしなかったにもかかわらず、一言の苦情も口になさいませんでした。
そういうあなたへの、また、あなたの技術と専門性への感謝のしるしとして、充分とは言えないかもしれませんが、私の最も有望な弟子が描いたこのイギリス王ヘンリー八世の肖像画を受け取っていただけないでしょうか。あなたとあなたのご家族がこれからずっとこの絵を楽しんでくださることを願っています。
あなたの卑しい僕《しもべ》　ハンス・ホルバイン

クリスティーナは言葉を失った。

「この絵をどうなさりたいですか、ミセス・フォークナー？」ファン・ヘフテンがついに訊いた。

「知るもんですか！」クリスティーナは吐き捨てざまに踵を返してギャラリーを飛び出した。セント・ジェイムズ・ストリートまで足を止めることなく走りつづけ、そこで危うく黒いタクシーに轢かれそうになりながら向かい側へ渡ると、銀行のドアを押し開けて受付へ突進した。

「わたしと一緒にきた三人の男だけど」クリスティーナは息を切らしたまま、食ってかかるように受付係に訊いた。

「たったいま、お帰りになりました、ミセス・フォークナー」

「行先はわからない？」

「わかりません。ですが、二つのスーツケースをわたしの知らない男性にお預けになりました。その男性がタクシーにお乗りになるところまでは、わたしも見ておりますが」

クリスティーナは四人目の男の人相風体を訊くまでもなかった。


「これを聞いたらみんな喜んでくれると確信しているが、自爆テロリストに果敢にも挑んだ若き巡査部長は危機的な状態を脱したぞ」ホルブルックが開口一番に報告した。「医師によると、回復は順調だが、左目の視力を失うかもしれないとのことだ」

ウィリアムは自分でも説明できなかったが、なぜか真っ先にプロムネイダーのことが頭に浮かんだ。バックパックのなかを検められたときに、ここは警察国家かと腹を立てた男である。

「彼のフィアンセはどうなんでしょう？」ジャッキーが小さな声で訊いた。

「今朝、辞表を提出した。思い直させる術もなかった。テロ対策部門が抱える最大の問題の一つだ」

「今朝の段階では、あの事件のことが載っている新聞は一紙もありません」ウィリアムは言った。「フリート街に政府から報道自粛要請がなされたんですか？」

「ぎりぎり間に合った」ホルブルックが認めた。「〈デイリー・メイル〉は印刷にかかる寸前だった。あの新聞の犯罪担当記者は、入手可能な情報から論理的な推理を完了していた。完全な正解ではなかったが、それでも真実に近すぎて危ないところだった」

「では、わがチームは撤退して、本来の仕事に戻っても構いませんか？」ホークスビー警視長が訊いた。

「とりあえずは、それでいい。だが、すでにウォーウィック警視には警告してあるが、そう遠くない将来、ハリファがわれわれに対して別の何か、しかも、さらに大がかりなものを計画していても驚かないでもらいたい」

「それらしい何かがあるんですか？」

レベッカが徹夜で仕上げたファイルを開いた。「数週間のうちに、イングランドがスウェーデンとワールドカップの予選を戦うことになっています。六万人がウェンブリー・スタジアムに集まるでしょうが、そこの警備はかなり緩いと言わざるを得ません。そのあと、ゴルフのライダーカップがあって――」

「いや」ウィリアムは言った。「やつらはそんなに気が長くないはずだ」

「では、エディンバラ国際音楽演劇祭ですか？」レベッカが言った。「あの町にやってくる、五十万の若者のなかに隠れるのは難しくありません。それに、クリケットではオーヴァルでオーストラリアとの最終テストマッチが予定されていて、チケットは完売していま す」

「エディンバラの警備はわれわれの管轄外だ」ホークが認めた。「やつらはエディンバラ城とホリイルード宮殿を結ぶロイヤル・マイルに六人の自爆テロリストを配置できるし、われわれはそれを知りようがない」

「それは大丈夫だ」ホルブルックが言った。「私がすぐに完全編成のチームを派遣する。そして、ロンドンの治安維持は引きつづき、きみに任せる。知っておいてもらいたいのだが、私は諸君が果たしてくれた役割に大いに感謝している。それはあの夜のことだけではない」そして、立ち上がりながら、テーブルの向かいにいるウィリアムにうなずいた。

「きみのチームと仕事ができて本当によかった。だが、とりあえずは王室警護の仕事に戻ってくれて構わない」彼は出口へ向かいながらレベッカに微笑して付け加えた。「もしきみが本物の仕事を探しているのなら、パンクハースト捜査巡査部長、私の連絡先は知っているな」

「きみは絶対に手放さんぞ」テロ対策部門の責任者が退出するや、ホークが言った。

「あの申し出が私になかった理由は何なんでしょうね?」ポールが訊いた。

「おまえさんの場合は」ウィリアムは言った。「残念ながら申し出に応じることになるんじゃないかな」

「よし、会議は終了だ」笑いが静まると、ホークが宣言した。「ウォーウィック警視は残ってくれ。話がある」そして、ほかの全員が部屋を出てドアが閉まるのを待って言った。「申し訳ないが、もう一度フォークナーに会ってくれ。今回、やつはオリーヴの枝、すなわち和平の申し出以上のものを期待しているはずだ」

「所長に日時を設定してもらって、戻ったら報告します」

「ところで、今朝はロスはどうしたんだ？　欠席の理由は何だ？」ホークが訊いた。

「ジョジョのために休みを取っているんです。皇太子妃警護の任務を考えると、これから二週間は会えないでしょうからね」

「昨夜のような服装でないといいんだがな」

「彼はカメレオンですよ、サー。宮殿だろうと売春宿だろうと、どんなところにも溶け込むことができるんです。彼と会う必要があるんですか？」

「そうなんだ。だが、彼が戻ってきてからでいい。あるプロムネイダーが苦情を申し立ててきているんだ。『希望と栄光の国』の最後の部分を歌っているときに股間に膝蹴りを入れられて、すべてを台無しにされたと訴えている」

「信じられませんね」ウィリアムは言った。

「きみもだいぶ嘘がうまくなったな、ウィリアム」ホークが言った。「だが、まだ完璧には程遠い」

　四時五分、ラモントはある番号に電話をした。四回目の呼出し音が鳴り終わったところで受話器が上がった。応答がないままに、ラモントは一言だけ口にした――「図書館」

　数秒後、また呼出し音が鳴りはじめた。

　四回目が鳴り終わったところで、今度は応答があった。「もしもし」

「金はメイフェアのあんたの銀行に帰っている」ラモントは名乗らないまま報告を開始した。「あんたの貸金庫に入れて、鍵は警備主任に返しておいた」

「経費は？」

「いまファン・ヘフテンのギャラリーに掛かっているヘンリー八世の肖像画も含めて、すべて賄えた。あの肖像画はハンス・ホルバインの弟子が描いたものとして、五千ポンドで売りに出されている」

「それを買って、ミセス・ウォーウィックに贈り物として送るよう、ファン・ヘフテンに頼んでくれ」

「あんたの名前で？」ラモントは訊いた。

「違う。一ファンからということにしてだ」

「アムステルダムの家は？」

「もう不動産屋に鍵を返した」

「役者たちは？」

「俳優労働組合の規定以上にたっぷり払ってある。あの老人役をやった俳優は見事な演技力を持ってるんじゃないか。何年か前に〈オールド・ヴィク〉で観たジョン・オヴ・ゴーントそのものだった。息子役の二人は通行人程度の力量かもしれんが、今回はぴったりはまっていた」

マイルズはすっかり満足していた。クリスティーナはまたもや彼と美術品市場の動向に関する彼の知識を見くびっていた。それでも、依然としてわずかでも気を許すわけにはいかなかった。なぜなら、ほんの少しでも隙を見せたらクリスティーナに復讐されるはずで、しかも、彼女には一つ、有利な点があった。マイルズはいまも刑務所に閉じ込められているけれども、クリスティーナは外にいて、自由に動き回ることができた。

ラモントがまだ電話の向こうにいるはずだと考えて、マイルズは言った。「明日、おまえさん自身の銀行口座を確認してくれ。合意した金額が振り込まれているはずだ。だが、これで手を引こうなどとは夢にも考えるなよ、ラモント。どうしてかというと、もっとでかい仕事をしてもらうからだ。また連絡する」

29

「刑期の二年短縮を控訴局に進言するつもりでいる」ウィリアムは言った。あまりに早く刑務所へ戻ってふたたび面会を要請したことに、フォークナーも驚いていた。一瞬の猶予もならないとホルブルックから念を押されていた。

レベッカがメモを取りはじめた。

「それはクリスマスまでにはここを出られるということだな」フォークナーがあからさまににんまりと笑みを浮かべた。

「どうしてそういう計算になるのかわからないな」ウィリアムは言った。「数週間後にオールド・ベイリーで裁判長の前に立ったとき、彼がいまの刑期に何年を付け加えるかなど、おまえにも私にもわかるはずがあるまい」

「どうやら、おれがおまえさんの父君と取引をしたことを知らないらしいな。おれが最近の容疑について有罪を認めれば、控訴局は執行猶予を提案するという内容で、父君はすでに同意しておられる」

ウィリアムは声を上げて笑いたかったが、フォークナーが冗談を言っているのでないことも確かだった。

「だから、おまえさんがいまのおれの刑期を二年短縮してくれれば、残る刑期は八年になる。そこからすでに消化している刑期を差し引いて、さらに模範囚としてそもそもの刑期が半減されれば、おれが言ったとおり、クリスマスまでには釈放されることになる」

ウィリアムはいま聞いたことが信じられなかった。「おまえに対する訴えを控訴局がすべて取り下げると考える根拠は何だ？　過去の例に従うなら、脱獄は元々の量刑が二倍になるのが普通だ。おまえの場合、今世紀が終わる前に釈放になれば運がいいことを意味する」

「だが、いま説明したとおり、おれはすでに控訴局と取引をしたんだ。どうやらおまえさんは知らないようだから、父君に聞いてみたらどうだ？」

レベッカがペンを走らせつづけた。

「始まったとたんに終わってしまうような簡単な事案なのに、なぜ父はおまえに対する訴えを取り下げた？」

「おまえさんとホーガン警部補がスペインでおれの別荘に不法侵入し、フランス・ハルスを盗んだうえに、おれのプライヴェート・ジェットで、おれの意志に反してイギリスへ無理矢理連れ戻したことに対して、正式な苦情を申し立てないことと引き換えにしたのさ」

「その取引の成立を証明する文書でもあるのか？」ウィリアムは訊いた。

「あるとも」フォークナーがゆっくりと貸し出しカウンターへ行き、引き出しを開けて書類を漁ったあと、目当てのものを見つけてウィリアムに差し出した。ウィリアムはそれに目を通し、レベッカに渡した。

「見てわかるだろうが、ミスター・フォークナー、この同意書には父のサインがないぞ」

この前の面会からウィリアムに初めて〝ミスター〟付きで呼ばれて、フォークナーがうなずいた。

「いや、あるとも。それはただのコピーだ。ブース・ワトソンに本物を見せてもらったが、保証してやるよ、最後のページに父君のサインがあった」

ウィリアムは何も言わずにフォークナーを見直した。本当のことを言っているのかもしれないという気がしはじめていた。「調べて、また連絡する」ウィリアムは何とかそれだけ言った。

「それはそれとして」フォークナーがつづけた。「おれの棟におかしなやつが一人いて、だれが『統べよ、ブリタニア！』を二番まで歌うのを可能にしたか、不審に思っているようなんだ」

「マンスール・ハリファは、今朝、すでに隔離房へ移した」ウィリアムはフォークナーに保証してやった。「数少ないやつの仲間も、全員、別々の刑務所に移送した。おまえに差し迫った危険はない」

「見返りはそれだけか?」フォークナーが一拍置いてつづけた。「あれだけ多くの命を救ってやったのに?」

まったくだ、とウィリアムは相槌《あいづち》を打ちそうになったが、何とかこう言うにとどめた。「明日、また面会にくる、ミスター・フォークナー。父とホークスビー警視長と話したあとでな」

「ブース・ワトソンはどうなんだ? 忘れるなよ、父君のサインがある原本を持っているのはあいつだぞ」

「それはおまえが本当のことを話しているとすれば、だろう」

「プロムスの最終夜にハリファァが何を企んでいたか、おれは本当のことを話していなかったか? 話していなかったんなら、今朝、タレク・オマールがおれの房の前の手摺に吊るされていたのはなぜなんだ?」

玄関のベルが鳴り、朝のこんな時間にだれだろうとベスは訝った。子供たちは家を出たあとで、サラは今日は休みだったから、心当たりはなかった。〈シェフィンズ〉のカタログを閉じ、玄関ホールへ行ってドアを開けると、クリスティーナがうなだれて立っていた。

「どうしたんです？」ベスは訊いたが、どうしたかはもうわかっていたし、クリスティーナがいつやってきてそれを認めるだろうかと考えていたのだった。それ以上は何も訊かずに書斎に通したが、コーヒーは出さなかった。

クリスティーナは沈黙したまましばらく立ち尽くし、ベスの机の上の肖像画を見ていたが、いきなり泣き出したと思うと、とぎれとぎれに言葉を絞り出した。「どうやってあれを手に入れたの？」

「ジョニー・ファン・ヘフテンの常連の顧客が五千ポンドで買って、わたしに贈るように言ったんだそうです。その顧客の正体は考えるまでもなく明々白々ですけどね」

「わたし、儲けは常にあなたと半分ずつ分けるつもりだったの」クリスティーナが殊勝な顔になって言った。

「それはあなたが何をおいてもしないつもりのことじゃないですか」ベスはもはや腹立ちを隠せなかった。

「わたし、自分の愚かさのせいで文無しになってしまったわ」クリスティーナが認め、一番近い椅子に崩れ落ちた。「でも、マイルズが美術界の知識を使ってわたしを出し抜くんじゃないかってことに、どうして思いが及ばなかったのかしら？」

「あなたがお金に関して底なしに貪欲だという知識も使って、ですよね」

クリスティーナは自分を弁護しようとしなかった。

「でも、完全に文無しになったわけじゃありませんよ」ベスは言った。「どうしてかというと、その五千ポンドをあなたにあげてくれとファン・ヘフテンに頼まれているからです。オランダ語が読めないのが本当に残念でしたね。わたしなら予測しますけどね。そこに付け込む危険を冒す価値はあるとフォークナーなら考えるかもしれないと、わたしなら予測しますけどね」

何かを言うために必死に勇気を掻き集めようとしている様子だったクリスティーナが、だしぬけに口を開いた。「本当にごめんなさい、ベス、五千ポンドじゃ全然足りないのよ。あなたの会社に投資した十万を返してもらう必要があるの」何とかそれだけ言ったが、顔を見ることはできないようだった。

ベスは机に向かうと、十二万七千ポンドの小切手を切った。

「なぜこんなにたくさん?」それを渡されてクリスティーナが訊いた。

「それにはわたしが最近ニューヨークで売った、ウォーホルの儲けが含まれています。そのときは、まだあなたとわたしはパートナーでしたから」

「でも、それはあなたが仕事をつづけられなくなるってことでしょう」

「何とかします」ベスは応えた。「一つ、二つ、チャンスがあるんですけど、残念ながらそれは見送らざるを得ません。ところで、クリスティーナ」ベスはヘンリー八世を壁から外しながら付け加えた。「恋人を置いて帰らないでくださいね」

「そんなろくでなしの顔なんて二度と見たくないわ」クリスティーナが吐き捨てるように

言った。「わたしがアン・ブーリンなら、こんな男、本当に殺してやるのに」

「その思いはフォークナーも同じなんじゃないですか。でも、あなたがヘンリーを必要でないのなら、わたしが壁に掛けて、これからは信用できる友人の助言だけを聞く戒めとして使わせてもらいます」

「わたしを赦《ゆる》してくれるの？」

ベスは答えず、ヘンリー八世を壁に戻した。

「赦さなくても、だれもあなたを責められないわよね？」クリスティーナが声を絞り出した。

「一番必要としていたときに気前よく支えてもらったことは絶対に忘れません」ベスは言った。「でも、それはあなたをまた信用できるということにはなりません」

向き直ったベスがふたたび驚いたことに、クリスティーナが小切手を真っ二つに引き裂いて差し出した。

「友人にはなれないかもしれないけど、少なくともパートナーではいられるわよね」

「これでは法廷で説得力がないだろうな」双方同意のもとで評決前に裁判官が判決を下す旨の文書に二度目を通したあと、サー・ジュリアンが言った。

「なぜ？」ウィリアムは訊いた。

「この文書には署名がなされていない。だから、ブース・ワトソンが主張するとすればたった一つ、これは当時、成功するチャンスはほとんど、あるいはまったくないし、それについてはいかなる判事も同意するであろうことを自分が明確にしたにもかかわらず、依頼人がどうしてもと言って譲らなかった初期提案に過ぎないということだけだ。そして、ブース・ワトソンはこうつづけるだろう――フォークナーは後に自分の助言を受け容れ、刑務所の上級スタッフの立会いのもとで、最新版の同意書に署名をした。その同意の内容とは、有罪を認めれば刑期を二年短縮するというものであり、こういう犯罪に関しての最近の控訴局の方針にも合致するものである。私にはブース・ワトソンがこう言うのが聞こえるようだ――本職は依頼人を説得し、刑期二年の短縮が望み得る最善のものであることをついに納得させせました」

「その場合、それは裏でブース・ワトソンが画策したことだと、フォークナーは躊躇なく法廷で明らかにするんじゃないかな」

「現に盗品故買と麻薬所持と脱獄の罪で捕らえられている男と、それなりに一流と認められている弁護士と、人はどっちを信じると思う？」

「だけど、自分の依頼人を正しく代表していないとばれたら、ブース・ワトソンは失うものが多すぎるでしょう」

「しかし、うまくやってのけたら、多くのものを得ることになる」サー・ジュリアンが言った。「考えてみろ、息子よ。ブース・ワトソンは近々引退するし、死体、すなわち、個人所有としては世界最高のアート・コレクションの隠し場所を知っている。だから、フォークナーが結局十八年を刑務所で過ごすことになったら、その間《かん》は贅沢三昧《ざんまい》の暮らしができる。それに、フォークナーが最終的に釈放されるころには、自分のしたことの報いを受ける恐れすらないかもしれない。一度死んだ人間を殺すことはできないんだ」

ウィリアムは父の言葉をしばらく考えたあとで言った。「裁判長室で担当判事に会って、お父さんの懸念を表明することはできないかな？」

「できるが、刑期に関して考え直させることはまず無理だ。提出すべき新しい証拠があれば別だがな」

「実は、知っておいてもらわなくちゃならないことがあるんだよ」ウィリアムは言った。

「これはおまえの署名か？」ウィリアムは同意書の最後のページを見せて訊いた。

「ああ、おれのサインだ」フォークナーが答えた。「おれを信じる理由はおまえさんにはないかもしれんが、警視、この文書を見たのはいまが初めてなんだ。嘘じゃない」

「もちろん、信じるとも」ウィリアムは応え、フォークナーを驚かせた。「それから、こっちのほうがもっと重要かもしれないが、父もおまえを信じている」

「だったら、父君は何をするつもりでいるんだ？」

「裁判を担当する判事と面会の約束をすでに取り付けている。おそらく、被告に代わって慈悲を求める、最初の検察側代理人になるんじゃないか」

「それによって刑期がさらに二年短縮されたら、残る刑期はわずかじゃないか！」

「父は」ウィリアムはつづけた。「アルバート・ホールで自爆攻撃が計画されているというおまえが提供した情報が、それを未遂に終わらせ、疑いもなく多くの命を救ったことを、判事に明確に説明することにしている」

「見返りがそれだけなら」フォークナーが言った。「おれは有罪を認めるのをやめて、おまえさんを道連れにしてやる」

「それだけじゃない。父はおまえが考えを変えて、ホーガン捜査警部補と私自身を潰そうとするだけでなく、首都警察の評判をも失墜させようとする訴えを取り下げたことの意味も、間違いなく判事に告げるはずだ」

「それはつまり、おれの刑期がさらに二年短縮するということだろう。そして、おまえさんは警視正に昇任するわけだ。あの無数の命を救うに際して果たした役割のおかげでな」

「これはおまえには嬉しい驚きになるかもしれないんだが」ウィリアムは言った。「私を信用して有罪を認めてくれれば、ブース・ワトソンを騙せるはずだ」

「そんな気をそそる申し出をどうやったら断われるというんだ？」フォークナーが言った。

「おれは依然としてここに閉じ込められていて、裁判が終わるまで生き延びられる可能性すら五分五分なら尚更だ。いかにおまえさんでも、マンスール・ハリファを永久に隔離房に押し込めてはおけないだろうしな」

「われわれの誠意の証明として」ウィリアムは言った。「おまえが開放型刑務所へ移りたい旨の申請をしても、警察は何らの異議を唱えない。だが――」

「なあ、警視、おまえさんには〝だが〟が付き物だな。今度は何なんだ、早く聞かせろ」

「また脱獄を企てたら、私は首都警察で動員できる限りの人的資源を総動員して、ホーガン捜査警部補と一緒におまえを追跡する。そして、捕まえたら――絶対に捕まえる、嘘じゃない――、引き渡し条約の隅から隅まで遵守したうえで連行する。その場合、父はおまえの刑期を倍にするのではなく、終身刑を求刑するだろう。裁判長も同意するはずだ。ブース・ワトソンがどんなに刑の軽減を求めて弁舌を振るっても無駄だろうな」

フォークナーがしばらく沈黙したあとでようやく言った。「おまえさんの取引を受けるよ、警視。ただし、ブース・ワトソンが何を目論んでいるかが完全にわかったいま、おまえさんがやつから絶対に目を離さないという条件付きだ」

「やつが法廷弁護士資格を剝奪されるのは時間の問題でしかない」ウィリアムはかなりの気持ちを込めて言った。「なぜなら、現実を直視すれば、あの男の最悪の敵は自分自身だからだ」

「いや、おれが生きているあいだは違うな、あいつの最悪の敵はあいつじゃない」フォークナーが言った。

マイルズ・フォークナーは大食堂《カンティーン》の配膳カウンターに並ぶ列の先頭に出ると、グラス一杯のミルク、目玉焼き二つ、ベイクド・ビーンズを少し、そして、焦げていないトーストを皿に取った。そして、それらを載せた真鍮の盆を持ってゆっくりと自分のテーブルへ向かったが、腰を下ろす寸前によろめき、盆を取り落とした。皿が砕け散り、彼の朝食が石の床に散乱した。

十人を超す服役囚が助けに馳《は》せ参じた。

「いや、いい」マイルズは代わりに新たな食事を取りに行こうとする男に言った。「あんまり気分がよくないんだ。診療所へ行って薬をもらってくる」

大食堂を出ると、百人を超す服役囚と数人の看守がいまの一幕を目撃していたことに満足しながら刑務所の診療所を目指した。あと数分で診療が開始されるはずだった。途中、朝食をとりに大食堂へ向かう服役囚――少なくとも二十数人はいた――と擦れ違った。半分は脇へ退いて道を譲り、残る半分はマイルズが診療所へ向かっていることに気づいていた。

待合室ではすでに服役囚の長い列ができていた。全員が黙って見送るなか、マイルズは先頭に出て、看護師長に優しく迎えられた。

「おはよう、マイルズ」看護師長がファーストネームで呼ぶ数少ない服役囚の一人に声をかけた。「どうしたの？」

「ちょっとふらふらして気分が悪いのと、軽い頭痛がするんだ。手間をかけて申し訳ないが、パラセタモールを二錠ばかりもらえないかな」

「もちろん構わないけど、気分がよくなるまで二時間ほど横になったらどうかしら？　今日の仕事を休めるよう、診断書を書いてあげるわ」

「ありがとう、看護師長。勧めに従わせてもらうよ」

看護師長がパラセタモール二錠と水の入ったグラス、そして、証明書を持って戻ってきた。マイルズは錠剤を服《の》み、もう一度穏やかな笑みを彼女に向けて証明書をポケットに入れると、服役囚が作っている長い列の横を引き返して診療所をあとにした。計画の第二段階を実行するときだった。看護師長との会話が、そして、彼女の思慮深い助言——こっちのほうが重要だった——が、ここでも二十人を超す服役囚の耳に入ったはずだった。

外に出ると、時計を見た。行動を起こしていい時刻までまだ三十分あった。図書館ではなくてC棟のほうへ歩き出した。今朝はマイルズが仕事にこないことを次席はすでに知っていて、だれかに訊かれたら、看護師長の助言で自分の房で休んでいると答える手筈になっていた。

自分の棟に着くと、担当看守のところへ行き、仕事に出ない理由を説明して、看護師長がくれた証明書を見せた。

「だれにも邪魔はさせませんよ、ミスター・フォークナー」若い看守が言った。「明日は気分がよくなっているといいですね」彼が日誌に時刻を記入するのを見て、マイルズは内心でにんまりした。

ゆっくりと三階に上がり、通路の突き当たりのペントハウス・スイートと呼ばれている自分の房へ向かった。なかに入ってドアを閉めるや、時間をかけて運動用の服装に着替え、その上から刑務所支給のジーンズと厚手のグレイのセーターを着た。そして、一息入れて窓の外を見ながら、このひと月の出来事に思いを巡らせた。ウォーウィックは約束を守ってくれた。面会から数日足らずでフォード開放型刑務所へ移してくれた。そこでも、おれはすぐに看守や服役囚との関係を構築することができた。普通は手に入れるのが難しいささやかな贅沢をするために必要な多少の金銭を彼らが必要としていたら、その需要に応えて供給してやることができるのがおれだからだ。

マイルズはサウス・ダウンズを望める、その棟で唯一の房を占めていた。それを手に入れるには、前の居住者の食費口座を五十ポンド増やしてやるだけでよかった。さらなる五十ポンドで司書を買収すると、彼は喜んで座を譲り、自分は次席に降格して、日々の雑用を引き受けた。そのあいだ、マイルズは朝刊を読み、ときどき電話をかけたり受けたりした。それはもう一つの特権で、そのためには協力的な看守に適切に報いてやる必要があった。

マイルズは自分の銀行をブース・ワトソンがこの一か月のうちに二度訪れたことを、今週初めのラモントからの電話で知った。だが、それ以上に気になったのは、かけがえのないアート・コレクションをガトウィック空港近くの工業地区にある倉庫のような保管所へブース・ワトソンが移したという事実だった。メイ・リンと面会して確信したのは、そこにあるのは時間の問題に過ぎず、いずれは……。

次にラモントが電話をしてきたとき、マイルズはある計画を完成させていて、ラモントが演じる役について詳しく説明した。その計画を実行に移すのが一週間後の今日だった。ウォーウィックに警告されていたから、自分がどういう危険を引き受けることになるかはよくわかっていた。

マイルズは窓の向こうにしっかりと目を凝らして待った。〝野兎と犬《ヘア・アンド・ハウンズ》〟というクロスカントリー・ゲームに興じる地元の一団が、今朝も間もなく現われるはずだった。まずは野《の》兎《うさぎ》が前を走り、それを捕まえようとする犬が後ろを走って、そのあとに落後した者がつづき、最後にびりがやってくるのだった。

地平線に最初の走者が見えると、マイルズは房を出て通路の左右を確認し、扉に鍵をかけた。階段のてっぺんで見張り役をしている棟の清掃係が親指を立ててみせた。マイルズはその階段伝いに一階に下りると、非常扉を開け、刑務所の敷地の数ヤード外にある藪へと小走りに向かった。そこでジーンズとセーターを脱ぎ、一週間前に選んでおいた木苺《きいちご》の藪の下に隠してから、落後した者たちが現われるのを待った。慎重にタイミングを選ばなくてはならなかった。なぜなら、刑務所の教会と小径《こみち》のあいだの七十ヤードが、看守に一番見つかりやすいからである。

次の集団が見えてくると、マイルズは〝危険な中間地帯〟を小走りに横断し、地面に伏せて彼らをやり過ごした。追いつくつもりはなく、景色のなかの一つの点であればそれでよかった。

集団が幹線道路にたどり着いて左へ折れたとき、マイルズは右へ折れた。二百ヤードほど行ったところで、エンジンをかけたままの黒いボルボが退避車線に停まっているのが見えた。

後部席のドアを開けて乗り込み、座席に仰向けになったとたんに車が発進した。マイルズは刑務所が見えなくなるまで動かなかった。

「おはようございます、サー」ラモントが振り返りもせず、〝サー〟付けで声をかけた。

「おはよう、ブルース」マイルズは応え、身体を起こすと運動用のヴェストの上からアイロンのかかった真新しいワイシャツを羽織った。「万事準備はできているか？」

「全員があんたを待ってますよ。問題は時間だけです」ラモントがアクセルを踏み込みながら答えた。

「スピード違反は駄目だぞ」マイルズはショートパンツを脱いでグレイのフランネルに穿き替えながら注意した。「忘れるなよ。もし警察に止められたら、刑務所へ逆戻りするのはおれだけじゃないからな」

30

スミス夫妻はその便に搭乗した最後の乗客だった。だが、前のほうに四つ空席があるのに二人が最後列の席に着いたとき、同乗の客で騙された者はほとんどいなかった。

目立たないままでいたい――正確には〝群衆に溶け込みたい〟――と彼女はロスに言っていたが、〈グッチ〉のサングラスに〈シャネル〉のシルクのスカーフ、〈ルブタン〉のハイヒールというでたちは、マヨルカへの観光パッケージ・ツアーのなかでは目立つなというほうが無理なくらいに目立っていた。ロスは計画そのものに反対したが、彼女は言うことを聞かなかった。以前シャラビの屋敷から追い出したパパラッチが二列前にいることに気づいてからは、リラックスするどころではなかった。彼女がどの便に乗るかをそのパパラッチに教えたのがジャミル・シャラビであることは疑いの余地がなかった。

機がパルマ・デ・マヨルカに着陸したとき、ほかの乗客は席に着いたままだった。その百対の目が客室の窓を覗いて、後部ドアからタラップを下りていく彼女を見つめていた。彼女が乗っていることに気づかなかった者がいたとしても、いまは間違いなく気づいていた。タラップの下では、ボンネットの左右にユニオンジャックの小旗をはためかせている一台のロールスロイスが二人を待っていた。英国皇太子妃がこの町にいることを、いまやスペイン全体が知ることになった。

ロスは助手席に乗り込むと、バックミラーをうかがった。あのパパラッチが大急ぎでタラップを下りてきていた。それでも、こっちのほうが一時間は先行できるだろう。夕陽のなかへ船出してしまえば、やつになす術はないはずだ。それとも、夕陽が沈む先をすでに教えられているだろうか？

警察のオートバイ隊に先導されて空港の専用出口を抜けると、一度も止まることなくパルマに到着した。そこの港で、シャラビの雇った豪華ヨット〈ロウランダー〉が待っていた。珍しいことに、ダイアナはここまで一言もロスに声をかけていなかった。週末をシャラビのカントリーハウスで過ごしたときにあんなことがあったというのに、今度は休暇をシャラビと過ごすことに、ロスが賛成でないのを知っているのだった。ロスは自分が予定していた休暇を諦めたことを、いまだに彼女に教えていなかった。

ロスがどうにか譲歩したのは、ヴィクトリアも同行させるという一点だった。

この皇太子妃がジョジョよりも手に余る、気まぐれに一も二もなく従うしかないもう一人の女性であることを、ロスはすでに受け容れていた。

港で最大のヨットの横で、ついに車が停まった。ロスが後部席のドアを開ける間もなくダイアナが飛び降り、タラップを駆け上がった。金の飾り紐の制帽をかぶった男が甲板で出迎えていた。

ダイアナが男に飛びつき、ロスはパパラッチの姿はないかと周囲を警戒したが、ほっとしたことに、その気配はまったくなかった。皇太子妃を男に紹介された船長が敬礼を返し、上級客室乗務員が最近〝ロイヤル・スイート〟と改名した下甲板の船室へカップルを案内した。

「できるだけ早く出港できませんか」ロスは船長に自己紹介をして訊いた。

「申し訳ないが、警部補、それはできません。出港はディナーが終わってからになります」

「わかりました」ロスは応え、そのあと小声でつぶやいた。「追いついてくるに十分な余裕をパパラッチどもにくれてやるわけだ」その日初めて笑みが浮かんだのは、ヴィクトリアが淡い黄色のワンピース姿で下甲板から出てきたときだった。明らかに休暇を楽しむと決めているように見えた。

「あなたのツアー・ガイドになってあげましょうか、警部補」彼女が軽口を叩き、ヨットを案内して回った。彼女の言葉を借りるなら、〝海に浮かぶ、ごてごて飾り立てた悪趣味な安酒場〟だった。ロスは機関室から乗組員の居住区画、シェフがディナーの準備にかかっている調理室まで徹底的に調べて、最後に後甲板で一段高くなっているヘリパッドも検めた。ロイヤル・スイートだけは例外で、内側から鍵がかかっていた。

ヴィクトリアとの船内ツアーを終えると、結局は楽しい二週間ということになるかもしれないという気がロスもしはじめた。しかし、上甲板に戻ってみると、あのごろつき同然のパパラッチが波止場にいて、目に入るものを手当たり次第に撮影しながら、皇太子妃が現われるのを待ち構えていた。フリート街では、ある新聞の写真担当デスクが特ダネを待っていた。

二時間後に甲板に現われたダイアナは、白のTシャツに素足といういでたちで、ハイヒールは影も形もなかった。これまでに長くロスが見たなかでも、いつよりもリラックスして満ち足りているようだった。しかし、専属秘書官が明日の朝食のテーブルに置いた朝刊を見て皇太子はどういう反応をするだろうかと、ロスは思わずにはいられなかった。

陽が沈みはじめたちょうどそのとき、皇太子妃とシャラビがディナーのテーブルに着いたが、パパラッチの姿はすでになかった。輪転機が回りはじめる前に、第一版の一面を飾る写真のフィルムを届ける必要があるからだった。

エンジンが始動し、「微速前進」と操舵室《ブリッジ》から機関室へ指示が送られるのを聞いて、ロスはようやく気を許した。ヨットはゆっくりと波止場を離れて、人目につかない、船長の保証を信じるなら、だれにも見つからない海域へ向かいはじめた。しかし、ロスが確信するところでは、一人、見つけることのできるだれか——あのパパラッチ——がいるはずだった。

ロスは一番最後に下甲板へ下りたが、その前に、全方位に見えるのは静かな海だけで、視界には一隻の船もいないことを改めて確認するのを忘れなかった。

ロイヤル・スイートの前を――ドアの下から明かりは漏れていなかった――静かに通り過ぎ、同じ層にある自分の船室に戻った。

シャワーを浴びてベッドに上がり、糊《のり》の利いた真新しいシーツに横になると、羽根枕に頭を預けた。エンジンの低い唸りと小さな揺れがなかったら、海の上にいるとはわからないほどだった。

「慣れては駄目だぞ」とホークに釘を刺されていた。「さもないと、鋭さが鈍るからな」

ベッドサイドの明かりを消す前に、左舷の窓を覗いて、尾《つ》いてきている船がないことを最後にもう一度確認した。一隻も見えなかった。


ラモントは幹線道路を外れると、標識に従って、ガトウィック空港近くの大きな倉庫風の建物を目指した。

いまやマイルズはダークグレイのスーツ、ワイシャツ、磨き上げた黒の革靴、ストライプのネクタイという服装に変わり、脱獄囚から立派な実業家へと変身を完了していた。内ポケットに入っている分厚く膨れ上がった財布を確かめたが、今夜ベッドに入るときには空になっているはずだった。だが、入るのはどのベッドになるのだろうか？

ラモントは詮索好きな目を逃れられるよう、車を大型の移送用ヴァンの後ろに駐めた。そして、敷地を横切り、一番近くにある建物へ入って姿を消した。

ややあってふたたび姿を現わすと、合流しても大丈夫だとうなずいてマイルズに合図を送った。なかでは、茶色のつなぎの作業服に開襟シャツ、野球帽という格好の、ずんぐりしているうえにがっちりした体格の男が、大きな南京錠《なんきん》が二ついている大きな強化扉の前に立っていた。

「レグ」ラモントが言った。「ミスター・ブース・ワトソンだ。自分の絵を直接回収にくると、おれがおまえに伝えた人物だ」

「本人だと証明するものがないとな」

マイルズが財布を出して五百ポンドを現金で渡すと、それはすぐさま深いポケットへ姿を消した。本人だと証明されたということだった。

「これにサインをもらいたい」レグが輸送許可証を差し出した。「そうすれば、おれのところの連中が荷積み作業を始められる」

マイルズが署名欄に判読が難しいサインを殴り書きすると、レグが帽子に触って敬礼の真似をしながら宣言した。「では、また二時間後にランベスで、ミスター・ブース・ワトソン。そのときに……」

「約束どおり、残りの五百ポンドを渡す」マイルズは言った。「だが、それは絵が無事に懐かしのわが家へ帰ったあとだ」

「いいでしょう」レグが鍵を開けようと強化扉に向き直った。

ラモントはマイルズと車に戻って運転席に腰を下ろすと、時計を検めて言った。「次の約束に間に合わせたかったら急いだほうがいいな」

マイルズは素っ気なくうなずいただけで、同じ注意を繰り返すだけにとどめた。「スピード違反は駄目だぞ」

ラモントは走行車線を一度も出ることなくロンドンを目指しながら、その間《かん》、パトカーに目を光らせつづけた。信号で横に並んで停まることになり、乗っている警官に正体がばれる危険を冒したくなかった。ハイド・パーク・コーナー方向へ走っているときに追い越し車線に移動した。前日、同じルートを試走したが、銀行の近くにパーキングメーターは見当たらず、いま乗っているのは逃走用の車だったから、駐車禁止区域に駐めるわけにはいかなかった。銀行の周りを走って、正面入口から百ヤードほどのところにようやくパーキングメーターを一つ見つけることができた。まったく安全とは言えないけれども、冒さざるを得ない危険だった。

ラモントは駐車できる上限の二時間分の硬貨をメーターに投入した。一分一分がすべて必要になるはずだった。

銀行へと歩き出すと、マイルズが車を降りてあとにつづいた。受付を避け、グレイのスーツの一団に交じってエレベーターに乗った。ラモントがボタンを押し、ドアが閉まった。彼が経験豊かな元警察官らしく予習を怠らず、可能な限り危険を避けようとしていることは、マイルズにもはっきりわかった。だが、予測できない何かが必ずあることも覚悟していた。

六階でエレベーターのドアが開くと、ラモントは最初に外に出た。きびきびした足取りで廊下を進んでいって、〝地区支配人　ミスター・ナイジェル・コットリル〟と記された曇りガラスのドアをノックした。約束の時刻より数分早かったが、その数分があとで必要になるかもしれなかった。

顧客の顔が以前とは違っていたとしても、ミスター・コットリルは驚きを表わさなかった。これまでにラモントとは二回会っていて、自分が何を期待されているかはわかっていた。

マイルズが支配人の向かいの椅子に腰を下ろし、ラモントはその一歩後ろに立った。二人の役割が逆転した。「ミスター・ラモントから聞いていると思うが」マイルズは言った。「新しい貸金庫を用意してもらわなくてはならない。鍵を持つのが私一人でなくてはならないからだ」

コットリルがうなずき、机の上のファイルを開くと、銀行で最も大事な顧客の前に数通の書類をきちんと置いた。マイルズは一通ずつ注意深く目を通して、署名欄に本物のサインをした。

「もう一つの要求はどうなっているんだろう」マイルズはふたたび万年筆にキャップをかぶせながら訊いた。

「〈マルセル・アンド・ネッフェ〉の株の五十一パーセントを売却されたあと、あなたさま名義の口座には現状で二千六百万ポンドが保有されています。ですが、ご承知とは思いますが、実際には共同預金口座になっていて、ミスター・ブース・ワトソンがあなたさまの要求があった場合に代理として引き出すことができるように、また、あなたさまの法的代理人としての料金及び経費も引き出せるようになっています」

「私がいないあいだに……いや、私が最後にきみと会って以降、彼が引き出した金額はいくらだろう?」

コットリルが借方項目の合計額を一瞥して答えた。「二十四万一千七百ポンドです」

マイルズはそれについては何も言わず、きっぱりと指示した。「これまでの私の貸金庫のなかのものを新しい貸金庫に移しているあいだに、共同預金口座の残高すべてを私専用の口座に移して、絶対に私しか引き出せないようにしてくれ」

「お戻りになるまでには、手続きに必要な書類を揃えてサインしていただけるようにしておきます」コットリルが言った。「それでは、警備主任を同行させて金庫室の扉を開けさせますので、地下階へお願いします。あなたさまの新しい貸金庫の番号は178になります」

そして、その鍵をマイルズに渡し、警備主任に電話をした。

31

「出品番号二一番、マックス・エルンスト」競売人が言った。「七千ポンドから始めます」そして、部屋の反対側へ視線を送ったあとでつづけた。「八千が出ました。九千はありませんか？」そして、すぐにうなずいたと思うと畳みかけた。「一万はどうでしょう？」その前の入札者に促したが、応札はなかった。競売人がハンマーを打ち鳴らして宣言した。「九千ポンドで落札」

「わたしたち、あれでどれだけ儲かったの？」クリスティーナが訊いた。

「わたしが元々払ったのは八千なんですけど」ベスは言った。「〈クリスティーズ〉は売り手からも手数料を取りますからね、とんとんなら運がいいほうでしょう」

「あなたらしくないわね」

「だれだって、いつかは損をするんです。いつも思いどおりにいくわけがありません」

「今日はほかにも何か買うつもりなの？」

「グレアム・サザーランドの水彩画に興味があるんです。『コヴェントリー大聖堂』という作品で、出品番号は二七番なんですけど、今回はあるお客さまの代理です」

「その人たちはどうして自分で競売に参加しないのかしら？」

「そのお客さまの場合、自分で参加すると必ず冷静さを失って、結局退《ひ》きどきがわからなくなるんですよ。だから、わたしがあらかじめ上限額を聞いておいて、代わりに入札することにしたんです」

「それをやってあげて、あなたに入る手数料はいくらなの？」

「落札金額の五パーセントです」

「出品番号二七番」競売人が声を上げた。「グレアム・サザーランド。六千ポンドから始めます。七千はありませんか？」

　ベスは札を高く差し上げた。「ありがとうございます、マダム。八千はありませんか？」すぐに電話入札者が反応した。「九千はありませんか？」ベスはふたたび札を上げた。「一万はどうでしょう？」競売人が訊いたとたんに、電話入札者が応札した。「一万一千？」競売人が促すような笑顔をベスに向けたが、ベスは首を横に振った。許されている上限を過ぎていた。「一万ポンドで落札しました」競売人が宣言し、電話入札者の札の番号を書き留めた。

　ベスはまだ心臓がどきどきしていた。いつかは平然と入札できるようになるのだろうかと思い、できればいつまでもそうならないことを願った。

「それじゃお昼代にもならないでしょう」クリスティーナが言った。「わたしたちのお金を取り戻すチャンスはあるかしら？」

「あるかもしれませんよ。それはともかく、出品番号三四番が残っています。わたしがいまも興味を持っている最後の一つです」

クリスティーナがカタログをめくり、玉蜀黍《とうもろこし》畑に寝そべっている女性を描いたアンドリュー・ワイエスの作品にたどり着いた。「わたし、気に入ったわ」彼女はささやいた。

「聞き間違いじゃありませんよね？」ベスは言った。

「ええ、聞き間違いなんかじゃなわいよ。カミーユ・ピサロを思い出すわ。いまはマイルズのコレクションのわたしの取り分と一緒に、愚かにも手放してしまったけどね。あの男がわたしのお金を根こそぎ盗まなかったら」クリスティーナが恨めしそうな声を出した。

「そのワイエスを落札して、自分だけのコレクションを始めるのに」

クリスティーナの言葉とはとても思えなかったが、彼女がベスを驚かせるのは日常茶飯事だった。

「あなたはどうしてワイエスにそんなにご執心なの？」クリスティーナが訊いた。

「ワイエスはアメリカの画家で、母国、とりわけ生まれ故郷のペンシルヴェニアにはとても熱心なファンがいるんです。もしあの作品を落札できたら、アメリカでも指折りのオークションハウス、〈フリーマンズ〉に出品するつもりです」

「抜け目がないわね」クリスティーナが言った。「でも、もちろんアメリカ人だってこの競売に参加してるんでしょ？」

「もうすぐわかりますよ」ベスが言ったとき、競売人が宣言した。「出品番号二四番、アンドリュー・ワイエス。さあ、いくらから始めましょうか？」

「あなた――」

「静かに！」ベスはたしなめた。

「では、五千ポンドからお願いします。ありませんか？」それが何度か繰り返された。

「札を上げないの？」

「静かに」ベスはふたたび制した。

「では、四千でどうでしょう？」競売人が必死さを声に出さないように苦労しながら訊き、ついに競売不成立を宣言しようとするかに見えたまさにそのとき、ベスはゆっくりと札を上げた。心臓がまた早鐘を打ちはじめ、普通に戻ったのは競売人がハンマーを打ち鳴らしてこう宣言したときだった。「四千ポンドで落札しました。落札者は通路側の席に坐っておられるレディです」ベスはふたたび札を上げたが、今度は競売人がその札の番号を書き留められるようにするためだった。

「今日はここまでです」ベスは腰を上げ、クリスティーナを伴って通路に出た。男が急いで擦れ違っていったと思うと、さっきまでベスがいた場所を確保した。「午前中に一仕事できましたね」ベスはそう宣言すると、販売カウンターへ行き、四千四百ポンドの小切手を切った。

「あの作品を四千四百ポンド以上で売れば、わたしたちに儲けが出るのよね」ボンド・ストリートへ出ると、クリスティーナが訊いた。

「そうなるといいんですけどね」ベスは言った。「まずは梱包《こんぽう》料金、輸送料金、保険の掛け金、アメリカのオークションハウスでは売り手からも手数料を取るから、その支払いもあります。出ていくお金は全部で五千に近いでしょうから、儲けなんて、考えるのも早すぎます」

ほんの数ヤード歩くか歩かないかのところで、後ろから大きな声で呼び止められた。

「ミセス・ウォーウィックですか？」

振り返ると、さっき通路で擦れ違ったときにとても急いでいるように見えた男性が走ってきて足を止め、息を整えてから、強いアメリカ訛りのある英語で言った。「重役会が長引いたので間に合わなかったんですが、あのワイエスを落札するつもりでいたんです。もしやあなたはディーラーじゃないかと思ったものですから。もしそうなら、私にあれを売ってもらえませんか？　喜んで五千ポンド出しますから」

ベスはきっぱりと首を横に振った。

「六千ならどうでしょう？」

ベスが十分に時間を引き延ばして言わせた七千という申し出を受けようとしたそのとき、クリスティーナがぴしゃりと拒否した。「お気の毒だけど諦めてくださいな」そして、その場を離れようとした。男はベスを置き去りにし、クリスティーナを追いかけて訊いた。

「八千ではどうでしょう？」

「一万でも売るつもりはないわね」と、クリスティーナ。「わたしのコレクションにぴったりだもの」

「一万一千」アメリカ人が言った。まだ息が切れていた。

「一万三千」クリスティーナの足がようやく止まった。

「一万二千」男が粘った。

「一万二千四百、それであなたのものになるわ」

アメリカ人が小切手帳を出して訊いた。「受取人はどなたにすればいいでしょう？」

「ミセス・ベス・ウォーウィックです」クリスティーナは即答した。

男が小切手を切ってクリスティーナに渡し、深々とお辞儀をして笑顔で去っていった。

「これで、いまや八千の儲けが出たわけよね」クリスティーナが言った。

「あなたってまるで魔女ですね」ベスは言った。

「もちろんよ。でも、先生は魔女団《カヴン》の団長だけどね」

「悪どさではマイルズも敵わないんでしょうね」

見た。

「わたしの頭にあるのはマイルズじゃないわよ」クリスティーナが笑みを浮かべて友人を

マイルズとラモントは大きな貸金庫からもう一つの貸金庫へ現金を移した。一時間かかった。そのあと総金額を最終確認してマイルズは気づいたのだが、ブース・ワトソンはこれまでに、さらに十二万六千ポンドを自分のために使っていた。この数週間で何度か、グラッドストーンバッグを手にして銀行を訪れたに違いなかった。マイルズのなかで、ブース・ワトソンがマイルズに有罪を認めさせたがった本当の理由が明らかになった。依頼人が最終的に釈放になる前に、共同預金口座と貸金庫から彼の金を最後の一ペニーまで持ち出す時間を稼ぐためだった。

マイルズは財布から五十ポンド紙幣を一枚抜き取り、ラモントが元に戻そうとしている空になった貸金庫に置いた。「わが弁護士を手ぶらで帰すわけにはいかないだろ？」

マイルズが一杯になった新たな貸金庫から一万ポンドを抜き取って渡すと、ラモントの薄笑みが満悦の笑顔に変わった。

「明日、おまえの口座にさらに一万ポンド入ることになってる。消灯前におれがベッドに入れればだけどな」

マイルズは貸金庫を施錠すると、鍵をポケットに入れ、強化扉の脇の緑のボタンを押した。扉はすぐに開いた。通路に出ると、警備主任にうなずきもしないでエレベーターへと引き返した。エレベーターのドアが開くやすぐさま乗り込み、力任せにボタンを押した。ぎりぎりのところでラモントが飛び乗ってきた。

　六階の支配人室へ戻ると、手続きに必要な書類が出来上がっていて、あとはサインをすればいいだけになっていた。マイルズは三通すべてを二度検め、サインを終えるやペンをラモントに渡して、立会人としてのサインをするよう求めた。これで、受益者として同じ刑務所の同じ房に入りたくなかったら、ラモントは間違いなく口を閉ざしつづけるという確信があった。

「私の立派な弁護士に次に会うときは」マイルズは古い貸金庫の鍵をコットリルに返しながら言った。「私がよろしく言っていたと必ず伝えてもらいたい」

「もしミスター・ブース・ワトソンが訊いて――」

「私が留守のあいだの法的代理人の権限はラモント元警視に与えたと教えてやるだけでいい」

　ラモントを連れて一階に戻ると、後ろを振り返りもせずに銀行をあとにし、まっすぐに車を目指した。ラモントが悪態をついて、フロントガラスに貼られた駐車違反切符を剝がした。

「罰金を払うのを忘れるなよ」マイルズは言った。「足がつくのは些細《ささい》なミスからだと決まってるからな」そして、ラモントが何か言う前に付け加えた。「行こう。もう一つ、大事な仕事が残ってる」


「コノート・ホテルでございます。ご用向きをおうかがいいたします」

「ミスター・リーの部屋につないでもらいたい」

「お名前を頂戴してよろしゅうございますか?」

「ブース・ワトソンだ」

「承知しました。ただいまおつなぎいたします、ミスター・ワトソン」

ブース・ワトソンだと訂正する手間を省いて、電話がつながるのを待った。

「これはこれは、ミスター・ブース・ワトソン」耳に憶えのある声が返ってきた。「お元気でしょうな」

「ありがとうございます、おかげさまで元気です、ミスター・リー。あなたはいかがですか?」

「元気そのものですよ」リーは応じたが、イギリス流の前置きにはこれで充分に対応したから用件に入っていいだろうと判断した。「私の申し出をあなたの依頼人と相談する機会は持てましたか?」

「もちろんです」ブース・ワトソンは答えた。「驚いたことに、ミスター・フォークナーは自分のアート・コレクションを一億ドルで買いたいというあなたの申し出を受け容れるとのことで、私は詳細に関わるすべての対応を任されています」

「それは嬉しい限りです、ミスター・ブース・ワトソン。それで、どういう形で手続きを進めることになるでしょうね？」

「発送先を教えていただければ、私のほうで梱包と保険の手配をし、香港へ届けさせます」

「〈ジャーディン・マセソン〉が九龍《クーロン》に美術品を保管できる大きな施設を持っています。私のほうでコレクションを検めるのが完了したら、翌日にあなたの口座への振り込みを行ないましょう」

「それでまったく問題はありません、ミスター・リー。コレクションが発送されたらすぐにご連絡して、契約を完了できるようにします」

「香港でお目にかかるのを楽しみにしていますよ、ミスター・ブース・ワトソン。あなたの依頼人にどうぞよろしくお伝えください」

「もちろんです」ブース・ワトソンは請け合った。

「どうだった？」父親が受話器を置くと、メイ・リンが訊いた。

「ブース・ワトソンが依頼人と相談していないことは確かだな。たとえ死刑を宣告されても、フォークナーがたかだか一億ドルでコレクションを手放すはずがない。ミスター・ブース・ワトソンはいかにも依頼人と相談したと見せかけるために多少の時間を稼いでから、私に電話をかけ直してきたんだ。私と面会する前にすでに作り上げていた計画を伝えるためにな」

「フォークナーのコレクションは香港に姿を現わすかしら？」

「その望みはあるまい」ミスター・リーは言った。「実は、今度ミスター・ブース・ワトソンがガトウィック空港の近くの保管所を訪れたら、空っぽの部屋を目の当たりにすることになるような気がしているんだ」

「だけど、わたしがミスター・フォークナーとベルマーシュ刑務所で面会することにお父さまが同意しなかったら、彼のアート・コレクションを丸ごと一億ドルで手に入れられたはずでしょう」

「敵を作るとしたら、娘よ、私はマイルズ・フォークナーよりブース・ワトソンを選ぶよ」


ロスはブリッジへ上がって船長のところへ行った。

「ちょっとあいだ双眼鏡を借りられますか、船長？」

「どうぞご遠慮なく、警部補」

ロスは向きを変えると、半マイルほどの浜を見渡した。腹這いになって望遠レンズ付きのカメラを構えている男を見つけるのに、時間はかからなかった。焦点はヨットの横で水しぶきを上げて泳ぐ二人に合わせられていたが、当の二人は男がそこにいることにまったく気づいていないようだった。

ダイアナがヨットに戻って愛人を抱擁するのを、そのパパラッチは釣り人よろしく辛抱強く待っているのだった。望みの写真をものにするのは時間の問題に過ぎないと確信しているのだろう。抱擁は数千ポンド、キス――頬ではない――なら二万五千ポンドの価値がある。ロスはその男を反吐《へど》が出るほど軽蔑した。

「ミスター・シャラビと話してきます」ロスは言った。

「それはお気の毒ですな」船長が応えた。ロスはブリッジを出ると主甲板へ下りた。シャラビはサングラスで真昼の陽をさえぎり、ラウンジチェアに寝そべってうたた寝をしていた。脇に読みかけの新聞が落ちていた。

「お邪魔をして申し訳ないのですが、ミスター・シャラビ」ロスは声をかけた。

シャラビがゆっくりと目を覚まし、サングラスを外して邪魔者を見上げた。

「浜にパパラッチがいて、皇太子妃とレディ・ヴィクトリアが泳いでいる写真を撮っていることをお知らせしたほうがいいと思ったものですから」

「おれも仲間入りしたほうがよかったりしてな」シャラビがちらりと横を見て、わざとらしくにやりと笑った。

「もっと人目に触れないところ、あの男を気にしなくてすむところへ移動するほうが賢明かもしれません」ロスは言った。

「おれは気にしてなんかいないぞ。見てのとおり、妃殿下は明らかに楽しんでいるじゃないか。だったら、わざわざ彼女の平安を乱すことはあるまい」

「だから、問題はそこなんです。妃殿下は平安ではないんです」

「決めるのはおれで、警部補、あんたじゃない。しかも、今回はあんたも彼を阻止できないわけだからな」

ロスは拳を固めた。

「あんたがヨットに同乗しているところまでは我慢するしかないかもしれんが、自分はせいぜいが拳銃を持った執事に過ぎないんだってことを肝に銘じるんだな」


ランベスの美術品保管所の駐車場にボルボが入ったとき、マイルズは移送用のヴァンがすでに到着し、それらしい服装の六人が積んであるものを降ろしはじめているのを見てほっとした。それでも、またもや書類にサインをし、最後の一点が無事に収まるところに収められたあと、コレクションの新しい住まいの扉が閉まって二重に施錠されるのを、特にすることもないまま二時間も待たなくてはならなかった。

残りの五百ポンドを受け取った保管所の責任者が、大きな鍵を二つと、マイルズだけが入力できる秘密の暗証番号を渡した。これで、マイルズに知られることなくコレクションを持ち出すことはだれにもできなくなった。マイルズは鍵をポケットにしまうと、ボーナスを部下と分け合っている責任者のところへ行った。「もしだれかに訊かれたときは――」「こいつらは何も見てませんよ。あんたと仕事ができて何よりでした、ミスター……」責任者が口ごもった。「ブース・ワトソン」

マイルズは早くもエンジンをかけて待っている車に戻ると、ラモントに言った。「急ぐぞ」そして、ジャケットを脱ぐと時計を見た。「二時間十一分以内に戻るつもりならな」ラモントは車を出したが、ラッシュアワーに邪魔をされて高速道路に到達するまで四十二分もかかった。

「スピード違反を気にしている場合じゃなくなったか」マイルズはついに白旗を上げた。スピードメーターが時速九十マイルを下回ることは滅多になかったにもかかわらず、ラモントが刑務所の近くの退避車線に車を停めたときには、余裕は十七分しかなかった。

車のなかですでに運動用の服装とスニーカーに着替え終えていたマイルズは後部席を飛び出すや走り出したが、汗をかくこともほとんどないぐらいの速さにしかならなかった。昔は一マイルを走破するのに五分かからなかったのだが。刑務所の敷地のすぐ前の低木の林に着くころには、へとへとになっていた。四方を注意深くうかがってから、中間地帯へ危険を冒して足を踏み入れた。ほっとしたことに、雲が味方になって満月を隠してくれていた。そうでなければ、教会の外側を動く姿を、パトロールしている刑務所警備員に見咎められる危険が高くなるはずだった。木苺の藪の下からジーンズとセーターを引っ張り出し、急いで身に着けた。

清掃係が非常扉のそばで心配そうに待っていて、素速く閂を上げて棟内に入れてくれた。疲れきった脚で階段をのろのろと三階まで上がっていると、監房までわずか数ヤードになったところで明かりが消えた。何本かの鍵を指でまさぐり、正しい鍵を何とか探し当てた。鍵が回ってドアが開くと、倒れ込むようにしてなかに入った。

服を脱ぐ間もなく、夜間巡回看守の足音が聞こえてきた。消灯後、服役囚が全員何事もなく横になっていることを確認して回っているのだった。

マイルズはベッドに潜り込み、毛布を顎まで引き上げて目を閉じた。

ドアが低くノックされ、看守が覗き込んで、懐中電灯でベッドを照らして言った。「気分はよくなりましたか、ミスター・フォークナー?」そして、すぐさま懐中電灯を消した。

「ずいぶんよくなったよ、ありがとう」マイルズはドアが閉まるのを待ってベッドを下りると、着ているものを脱ぎ、鍵束を枕の下に隠して眠りに落ちた。

ウォーウィック警視とアダジャ捜査巡査部長は、刑務所から百ヤードの退避車線で覆面パトカーのなかにいた。

「やつにモーニングコールをしましょうか？」C棟の明かりが消えるのを見て、ポールが言った。

「いや、あいつには借りが一つあるからな」ウィリアムは答えた。「だが、戻ってきていなかったら、もちろん大喜びで逮捕してやったさ」

「あるいは、また脱走を企てていたら、ですか？」

「もうその必要はなくなるんじゃないかな。だが、今度銀行に現われたときのノース・ワトソンの顔は、是非とも見てみたいものではある」

32

頑丈なゴムボートが二艘《そう》、ゆっくりと湾に入ってきた。時速はわずか二ノットだったから、風のない穏やかな夜でも、エンジン音はほとんど聞こえなかった。向かっているのは、月明かりにシルエットとなって浮かび上がる、静止しているヨットだった。先導するボートの舳先《へさき》に坐っているナスリーン・ハッサンが双眼鏡を構え、〈ロウランダー〉から漏れている唯一の明かりに焦点を合わせた。

ヨットのブリッジに配置されているのは一人だけで、夜間停泊当直の彼は長い夜をやり過ごそうと、自分を相手にしてのチェス・ゲームに興じていた。というわけで、彼女の双眼鏡はとても高性能だったから、彼が指した次の手も見分けることができた。クィーンをナイトの4へ。

ナスリーンの次の行動は、すでに何週間も前に計画されて決まっていた。彼女が愛人と休暇を取る日が決まるや、不意を突く準備が始められたのだった。

シャラビが雇ったヨットがマヨルカのパルマに錨《いかり》を下ろしていることはすでにわかって

いた。港長のアシスタントにささやかな袖の下をつかませるだけで、出港する日付がわかった。ヨットの見取り図まで手に入れていた。昨日と一昨日、海沿いの小さな入り江に潜んで、計画の最後の仕上げをしたのだった。

ナスリーンは時計を見た。03：17。そして、確信した。ヨットで起きているのはブリッジの若い男だけだ。ルークをビショップの4へ。そして、ナイトが盤から取り去られた。

ナスリーンは自分が率いる二艘のゴムボートと、そこに乗っている九人の部下を振り返った。一人一人がそれぞれの専門分野から選《え》り抜かれていた。先導するボートに彼女と一緒に乗っているのは五人の殺し屋で、これが初めての任務の者はいなかった。全員が頭のてっぺんから爪先まで黒ずくめで、顔は月明かりで見分けられないよう、焦がしたコルクの炭で塗られていた。三十六時間不眠不休で任務を遂行できる者ばかりだった。もっとも、作戦のこの部分には数分以上かけるわけにはいかなかった。時間はあっという間になくなりつつあり、彼らの唯一の敵は時間、あるいは時間の欠如だった。

ナスリーンの肩にゆったりと掛かっているのはドラグノフ狙撃ライフルで、彼女は寝ているときもそれを横に置いていた。彼女の名を高からしめたのは、リビアでイギリス軍兵士を一発の銃弾で、しかも六百ヤード離れたところから射殺した事実だった。ほかの五人は公開市場で買ったカラシニコフを携帯していた。そのうちの一人はすでに最初の一発を薬室に装塡し、引鉄に指をかけていた。一発撃つことしか期待されていなかった。

二艘目のボートの舵を取っているこのチームのリーダーは、金で雇われた、様々なカルテルで二十年もドラッグの運び屋をしている男だった。ナンバー・ツーは海よりも刑務所で過ごした時間のほうが長かった。二人の後方には、皺を刻んだ青白い顔が船の奥底の機関室で汗まみれで重労働をしていたことを示唆している機関員と、医師名簿から名前が削除された、葬儀屋のほうが似合いではないかとナスリーンには思われる医師が坐っていた。二艘のゴムボートのすべての目がヨットを凝視していた。チェス・ゲームに興じている船員を排除するために選ばれた男が一番先にヨットに乗り込めるように、ナスリーンたちの乗る先導ボートは皇太子妃とシャラビの客が夢——もうすぐ悪夢に変わる夢——を見ている船室の下にボートを着けることになっていた。

ナスリーンは口のなかが乾くのを感じた。攻撃の前は必ずそうなった。自分たちの最愛の指導者がこの大胆な作戦の指揮官としてわたしを選んでくれ、成功すれば世界じゅうがイギリスの屈辱を目の当たりにするだけでなく、わたしの名前が祖国の伝説の一部になって、多くの若い女性がわたしたちの大義に参加する呼び水になると約束してくれた。皮肉なのは、わたしが英国のウェイクフィールドで生まれて、大学にいるときに仲間として採用されたことだ。多くの転向者と同じく、わたしもだれよりも熱心だったし、身も心も大儀に捧げてきた。いまここにいる、支払われる金高にしか関心のない傭兵《ようへい》とは、わたしは違うのだ。

標的の二百ヤード以内に入ると、二艘のボートは減速し、自分たちのエンジンの小さな呟《つぶや》きがブリッジのチェス・プレイヤーに絶対に聞こえないようにした。貸船会社の社員が有難くも指摘してくれたこういうヨットの魅力の一つを思い出して、ナスリーンは口元が緩んだ――泳いでいた子供ですら、だれの手助けも必要としないで、舷側をよじ登って船に戻ることができます。

百ヤードまで近づくと、二艘ともエンジンを切り、十人の押しかけ客がパーティに加わることができるよう、惰性でヨットの船尾へ向かった。

先導のゴムボートがヨットの上陸用甲板に接舷すると、選ばれた暗殺者がまず乗り移り、遅滞なく下層甲板を横断して、短い階段をブリッジへと上っていった。チェス・プレイヤーは最後の手を指して顔を上げた瞬間、一発の銃弾に額を貫かれ、呻き声一つ上げることも叶《かな》わないまま、舵輪の横の床に棒のように倒れた。新しい船長と一等航海士が、一言も言葉を交わすことなくあとを引き継いだ。

ナスリーンが客用船室へつづく螺旋《らせん》階段を半ばまで下りたところで、ロスは銃声で目を覚ました。夢の一部に過ぎないのではないかと一瞬思わないでもなかったが、すぐさまはっきりと覚醒してベッドを飛び出し、船室のドアへ走った。ドアを開けたとたん、自分の眉間を狙うカラシニコフの銃口に出くわすことになった。

銃を持った二人に通路へ引きずり出されながらも、ロスは本能的に皇太子妃の船室のほうを見た。そこのドアが開いて、カーキ色の戦闘服を着て銃を持ったジャミル・シャラビが出てきた。そして、身を乗り出してナスリーンの両方の頬にキスをしてから言った。「完璧なプロの仕事ができたじゃないか、妹よ。大義は永久におまえに借りができたぞ」別の船室から、同じく捕らえられたヴィクトリアが姿を現わした。

「こいつを殺してもいいかしら?」ナスリーンがロスを見て訊いた。

「駄目だ」シャラビがきっぱりと拒否した。「こいつについては別の計画がある」ナスリーンが残念そうな顔になった。「とりあえずは元々の計画どおりにやるんだ。まずはすべての船室を調べることから始めよう。あらゆる種類の武器を探せ。銃、ナイフ、電話も同じぐらい重要だ。そのあとで全員を拘束して閉じ込めろ。この二人は同じ船室に入れるんだ」そして、ロスとヴィクトリアのほうへ顎をしゃくった。「おれは自分だけの部屋が必要になるだろうな。皇太子妃はおれが彼女の腕に戻るのを歓迎しないような気がするんでね」

「この四人はどうすればいいかしら?」ナスリーンがベッドから引きずり出されて連れてこられた船長、機関士、客室乗務員、そして、シェフのほうへ銃を振った。

「そいつらは殺して構わない」シャラビがあたかも埋め合わせでもするかのような口調で言った。「そうすれば、おれたちが数で負けることはなくなるし、警部補も英雄を気取ることを考え直すだろう」

ロスは侵入者の一人に股間に膝蹴りを入れられ、身体を二つ折りにしたままヴィクトリアの船室へ背中から倒れ込んだ。ドアが閉まり、鍵が回る音が聞こえた。ややあって、銃声が四回轟《とどろ》いた。とたんにヴィクトリアがロスにしがみついた。震えていたが、口を開いたときの声はしっかりしていた。

「あの男を信用したことは一度もなかったわ。半分でもチャンスがあれば、喜んで殺してやるのに」そんなことが彼女にできるとは思わなかったが、驚くべき女性ではあった。

シャラビは見張りとして二人を通路に残し、甲板へ戻った。そこらじゅうに血が飛び散っていた。シャラビのお気に入りの色だった。

錨を上げろと命令しようとしたそのとき、浜でフラッシュが閃いた。シャラビは双眼鏡をつかんだ。一人の男が望遠レンズを装着したカメラを三脚に載せて構えているのを、月明かりで辛うじて見分けることができた。

「くそ、あいつのことを忘れていた」シャラビは吐き捨てた。「だが、もう何の役にも立たないし……」最後まで言う必要はなかった。隣りに立っていたナスリーンがヨットの手摺にライフルを載せると、暗視スコープ越しに照準を合わせた。標的までの距離は四百五十八ヤード。彼女は台尻を肩にしっかりあてがうと、一つ深呼吸をして、引鉄を静かに絞った。さらに浜で動く気配があった場合を考えて二発目を撃つ準備にかかったが、そういう動きはなかった。

「行くぞ、急げ」シャラビはブリッジに向かって叫んだ。〈ロウランダー〉が最高でも二十ノットしか出せないことはわかっていたから、祖国の安全なところまで無事にたどり着こうとするなら、無駄にできる時間は一秒たりとなかった。そのとき、世界は勇敢なこの作戦のことを知り、われわれの要求に応じるしかないと諦めることになる。


ベッドサイドで電話が鳴っていた。ベスを起こさなければいいがと願いながら、ウィリアムは受話器を取った。ベスが呻いて寝返りを打った。

「おはよう、ウォーウィック」最近聞いたような気がする声が言った。

「おはようございます、ホルブルック警視監」ウィリアムは声が寝惚けていないことを祈りながら応えた。

「パパラッチの死体が発見された。見つけたのは現地の漁師で、場所はマヨルカの沿岸の人気《ひとけ》のない浜だ」

ウィリアムの頭が忙しく回転しはじめ、これが自分にとって何か重大な意味を持つ可能性があるのか、あるとすればその理由は何かを突き止めようとした。何しろ朝の五時なのだ。

「現地警察が」ホルブルックがつづけた。「死体の近くでカメラを見つけ、彼が撮った写真を送ってきた。きみが知っておく必要があるのは、いまのところ、これだけだ。ただし、一時間後にホワイトホールで〈コブラ〉の会議が予定されていて、きみの出席が求められている」

なぜ、おれが？　ウィリアムは訝った。

「マンスール・ハリファが関与している可能性があると、われわれはそう考えている」まだ口にしていない疑問に答えが返ってきた。

何に関与しているんですかと訊こうとしたときには電話が切れていた。ウィリアムはベッドを飛び出し、バスルームへ急いだ。

「だれだったの？」まだ半分寝ているベスが訊いたが、バスルームのドアはすでに閉まっていた。


ダウニング街一〇番地から通路を一本隔てただけの閣議室に入ってきたミセス・サッチャーを、全員が起立して迎えた。朝の六時にこれだけの力を持った重要な面々が集まれば理由を訝るのが普通だが、今朝はそんな顔をしている者は一人もいなかった。

ミセス・サッチャーは長テーブルの中央に着席すると、国家の意思を決定する最高位にいる二十人を見回した。全員が連絡を受けたとたんに温かいベッドをあとにしたのだった。彼らの後ろには、会議が終わってホワイトホールの各自の持ち場へ戻ったら上司である彼らの命令を確実に実行することになっている、公務員の大軍が控えていた。

「ホルブルック警視監」サッチャー首相がテーブルの反対側を見て口を開いた。「わたしたち全員に情報を更新してもらえますか？」

「率直なところ、状況は流動的ですが、首相」ホルブルックは答えた。「こうしているあいだにも、わが情報機関は最新の情報を収集しつづけています。確かにわかっているのは、カダフィ大佐が組織した可能性のある武装したテロリストの一団が、マヨルカ沿岸の沖合で一艘のヨットを捕獲して乗り込み、皇太子妃殿下がそこに客として乗船しておられるということだけです。ヨットの現在位置はわかっていません」

「皇太子妃は皇太子と一緒にハイグローヴ・ハウスで休暇中だとばかり思っていたんだけど」テーブルの中央に広げられている地図を見ながら、首相が言った。

「ここにいるわれわれ以外はそう信じています」ホルブルックは言った。「私としては、このままそう信じさせておきたいと考えます」そして、コンソールのボタンを押した。部屋の奥の壁一面を支配している大きなスクリーンに、〈ロウランダー〉と、その船尾に接舷している二艘のゴムボートが浮かび上がった。

「どうやって手に入れたんだ？」首相の左に坐っている官房長官が訊いた。

「ヨットが襲撃されたときに浜にいたパパラッチが撮影して、スペイン警察がカメラから回収したものです」

「思いがけない幸運ということか」官房長官が言った。

「そのパパラッチはそうではありませんでした」ホルブルックは言った。「額を撃ち抜かれて死ぬことになったんですから」

「夜のそんな時間に、彼は何をしていたの？」首相が訊いた。

「あるタブロイド新聞の仕事をしていたんですが、皇太子妃殿下があのヨットに乗るのを知っていたに違いありません。われわれにとって幸運だったのは」ホルブルックはつづけた。「殺される前に彼が何枚か撮影してくれていたこと、死体が現地の漁師に発見されたこと、スペイン警察がカメラの近くの砂に埋まっていた七・六二ミリ×五四ミリ弾を掘り出したことです。訓練された暗殺者が好むタイプの銃弾です」

何人かが同時に声を上げたが、首相はそれを手で押しとどめ、ホルブルックにうなずいた。

「パパラッチ殺しの犯人を突き止める術はわれわれにはなかったのですが」ホルブルックがつづけた。「それは彼が昨夜撮影した写真を受け取るまでのことでした」

スクリーンに映っていたヨットの写真が、若い白人女性の顔写真に替わった。

「だれなの？」首相が訊いた。

「ルース・ケアンズです」ＭＩ６長官が答えた。「ウェイクフィールド生まれで、マンチェスター大学で政治学を学んでいました。大学を中途でやめて、ほぼ十年のあいだ姿を消していたのですが、最近になってわれわれの目に留まり、通信傍受をつづけていたというわけです。いまはナスリーン・ハッサンと名乗って、カダフィの最も信頼する補佐役の一人になっています」歓声を上げる暴徒の目の前でアメリカ軍兵士の首を刎ねる女性の短いビデオが、自分たちが何に直面しているかを、ここにいる全員にはっきりわからせた。

「ケアンズがこの襲撃の指揮を執っているようです」ホルブルックは言った。

「この襲撃に関わったテロリストの数は？」外務大臣が初めて口を開いて訊いた。

「襲撃に使われたゴムボートは二艘だけですから、多くとも十人かそこら、それ以上ということはあり得ないと考えます」ホルブルックは答えた。「わが情報機関に残っている記録から、そのうちの五人は特定できたと思われます」

一人一人の顔写真がスクリーンに映し出され、ホルブルックは〈コブラ〉に出席している面々に、その人物がだれで、今回の作戦でどんな役割を果たしていると思われるかを説明した。次にスクリーンに映し出されたのは、ヨットのブリッジに立っている黒ずくめの二人の男の写真だった。「この二人がテロリストのリーダーとナンバー・ツーだと思われます。なぜかというと、ヨットが金曜の夕刻にマヨルカを出港した時点で乗り組んでいた五人とは、似ても似つかないからです」

「元々のヨットの乗組員は全員が死亡したものと考えるべきかしら？」首相が訊いた。

「その可能性はあります。ナスリーンは捕虜を取ることをよしとしていません。墓標のない墓が都合よくそこにあるときは尚更です。しかし、皇太子妃殿下はいまも存命だと確信しています。さもないと、敵は取引の材料がなくなるわけですから」

「取引というのは、金銭か、ほかの何かとの交換でしょう」首相が言った。「あなたの見方はどうですか、警視監。どっちだと思いますか？」

「ほかの何かではなくて、首相、ほかのだれかです。ナスリーンは金に関心がありません」ホルブルックは全員に向かって断言した。「そうでなければ、やつらが標的にしていたのはジャミル・シャラビ、皇太子妃殿下の最新の……同伴者で、妃殿下ではなかったはずです」

「そこまでの確信を持てる根拠は何だ？」官房長官が訊いた。

「シャラビはドバイの裕福な実業家の息子です」ホークスビー警視長が割り込んだ。「彼はゴシップ欄の常連で、普段から〝大金持ちのプレイボーイ〟とか〝パーティ依存症〟と形容されています。皇太子妃殿下専属身辺警護官のロス・ホーガン警部補によれば、シャラビは妃殿下との関係を、新聞を含めてだれに知られてもいいと言わんばかりに振舞っています」

「皇太子妃殿下と引き換えに要求するのが金でないとしたら」官房長官が訊いた。「可能性があるのは何だろう？」

「われわれはいま。カダフィの右腕のマンスール・ハリファをベルマーシュ刑務所に拘束しています」ホークスビーは言った。「ですから、テムズミードより向こうを見る必要はないと考えます」

「ご記憶でしょうが、首相」法務長官が割って入った。「私は数か月前、モスクワへ向かう途中でヒースロー空港に着陸したハリファの逮捕を許可しています」

「ほぼ間違いなく」内務大臣が付け加えた。「ロッカビーの爆弾事件もプロムスの最終夜のアルバート・ホール爆破未遂事件も、ハリファが裏で糸を引いていたはずです。カダフィが彼にあらゆる取引の交渉を担当させていたとしても、驚くにはあたりません」

「わが政府はテロリストとの取引はしません」首相は断言した。集会で市民に呼びかけるような口調だったが、いまここにいる者は誰一人、彼女の言葉を信じていなかった。

何人かが一度に話しはじめたが、首相が国防参謀総長を見たとたんに全員が口を閉じた。

「では、わたしたちはどうすべきか、あなたの考えを聞かせてください、提督」

「当該海域周辺の上空にすでに対潜哨戒機《ニムロッド》を配置し、二機目も向かっているところです。乗っ取られて以降の〈ロウランダー〉ですが、時間的に言っても百マイル以上を移動することは不可能です。したがって、位置を特定できるのに時間はかからないと確信します」

「どこへ向かっているんだ?」官房長官がふたたび地図を見て言った。

「スペイン領海に長居をしたくはないでしょう」海軍大臣が言った。「私の見込みでは、トリポリを目指しているはずです」そして、地図の上で指を走らせた。「リビア領海に入ってしまえば、われわれに報復のチャンスはなくなりますからね」

「それまでの時間は?」官房長官が訊いた。

「やつらが約十八ノットの速度を維持すれば、四十八時間ほどでわれわれが手出しできない安全な領海へ逃げ込めるでしょう」

「そうなったら」首相の向かいに坐っている外務大臣が言った。「われわれはリビアを脅す制裁手段を持ち得なくなり、強い立場で交渉できなくなるぞ」

「とても弱い立場になるでしょうね」首相が腕組みをした。「それで、そういうことに絶対にならないようにするために、四十八時間以内にできそうなことは何があるかしら?」

「特殊舟艇部隊《SBS》の精鋭一個中隊が、海上テロ対策の訓練をしています。現在、ファスレーン近くのクライド海軍基地で演習を行なっているところですが」特殊作戦部長が割って入った。「すでに、可及的速やかにドーセットの母基地へ帰るよう命令を出してあります。私も本日中に彼らと合流します」

「現在、当該海域にわが国の海軍艦船はいないのか?」官房長官がテーブルに身を乗り出し、地中海の真ん中を指で押さえながら訊いた。

「空母〈コーンウォール〉がマルタ沖に停泊していました」海軍大臣が答えた。「すでに高速で当該海域へ向かっています。約十八時間で〈ロウランダー〉に追いつくはずです。潜水艦も一隻、ジブラルタルで小規模な修理を行なっていますが、今早朝には出港準備を完了し、明日の午後には〈コーンウォール〉に合流する予定です」

「この作戦を遂行するにあたっての指揮官だけど、一番の精鋭を選んであるんでしょうね？」首相が言った。

「ご心配には及びません」海軍大臣が言った。「理想的な人物を選んであります。これだけ重大な危機に際しては、〝フィムフォップ〟の余裕はないのですから」

「フィムフォップ？」官房長官が訊き返した。

「〝作戦上の混乱と愚かさを面白がる《ファン・イン・ザ・メス・フール・オペレーショナリイ》〟の略です。ダヴェンポート大佐はハリファが顔も見たくない相手だと保証します」

「いま、ハリファはどういう状況にあるの？」だれに答えを求めるべきかわからない様子で、首相がテーブルを見回して訊いた。

「現在はベルマーシュ刑務所の隔離房に閉じ込めてあります」ウィリアムは答えた。「外のだれとも連絡を取る術はありません。しかし、この状況については、十分に知っていると考えていいと思います」

　テーブルを囲んでいる全員がウィリアムを見た。

「状況を考えると、その隔離房の鍵を投げ捨ててしまうのが適切な対応のように思われるな」内務大臣が言った。

「残念ながら、そんな簡単なことではすまないでしょう」首相が言った。「でも、とりあえずは、全員が仕事に戻り、普段と変わらないように見せる努力をしたらどうかしら。念を押すまでもないと思うけど、新聞に知られないことが絶対ですからね」

「知られたらどうしましょうか？」首相報道官が訊いた。

「フリート街の新聞と雑誌すべてにD通告を叩きつけて、報道自粛を要請する」法務長官が躊躇なく答えた。

「外国のメディアが皇太子妃殿下拉致を突き止めたらどうしますか？」報道官が二つ目の質問をした。「彼らには何も叩きつけられませんが？」

「そのときは、バーナード、わたしのために声明を作ってちょうだい」首相が言ったそのとき、勢いよくドアが開いて専属秘書官がメモを持って飛び込んできた。ミセス・サッチャーはその短いメモを読むや、国防参謀総長に言った。「提督、あなたが予想したとおり、ニムロッドが〈ロウランダー〉の位置を捕捉したわ。約十七ノットで東南東へ進んでいます」

「では、トリポリで間違いないな」外務大臣が言った。

「それはつまり」首相が時計を見て言った。「カダフィ大佐からの電話を受けて、弱い立場での交渉を余儀なくされるまで、四十七時間ほどしか残っていないことを意味するわね」そして、テーブルを見回してきっぱりと宣言した。「それは何としても、どんな犠牲を払おうとも、絶対にわたしが避けたいことです」

33

特殊舟艇部隊《SBS》の潜水監督官はファスレーンの基地司令官から電話を受けると、ボートを安定させ、潜水隊員呼戻し装置を起動させて水中に投下した。それは間もなく水面下で破裂し、すぐに水面へ浮上するようM中隊の潜水隊員に知らせた。数秒後には、十二人のゴム製の潜水服姿の隊員が水面に顔を出し、各々が全力で救命ボートへと泳ぎはじめた。緊急だと教えられるまでもなかった。もっと足の速い船が二隻、高速で自分たちのほうへ近づいているのが見えたからである。

命令は簡単なものだった。クールポートの基地に帰還し、潜水服を着替えて、ヘリコプターに搭乗する準備を二十分以内に完了すること。そのときにヘリパッドにいない者はスコットランドの基地に置いていく。基地司令官が繰り返したのは、〝置いていく〟という言葉だけだった。

M中隊の最後の一人がクールポートのヘリパッドに到着したときには、三機目のヘリコプターのブレードはすでに回転を開始して、ほかの二機と同じくイングランド南岸のプールにあるSBS司令本部へと離陸するのを待っていた。乗り遅れた者はいなかった。

「あいつら、テロリストかしら？　それとも海賊？」ヴィクトリアが不安を顔に表わすまいとしながら訊いた。

「テロリストだ」ロスは即答した。「われわれをどうやって救出するか、海賊がもう答えを見つけてくれていることを祈るしかないな」

「あいつらの要求はお金じゃないかしら？」ヴィクトリアが訊いた。「だって、それなら金額を政府と交渉するだけでいいんだもの」

「あの連中は金に興味はないと思う」

「だったら、ほかに何があるの？」

「マンスール・ハリファだ。ロッカビーの爆破事件の裏で糸を引いていたリビアのテロリストで、いまはベルマーシュ刑務所に隔離されている、カダフィ大佐の右腕だ。いまこのヨットは南東方向に進んでいるから、たぶん、次に立ち寄る港はトリポリだろう」

「あなた、乗っ取られてからほとんど一睡もしていないけど、警部補、ここを抜け出す計画があるの？」ヴィクトリアはそう言ってバルコニーへ出ると、ダイアナの船室のバルコニーをうかがった。彼女の姿はなかった。

自分もバルコニーへ出てヴィクトリアの隣りに立つと、ロスはあたりを見回して言った。

「いや、思いつかないな」お互いの頭を占めている一つのことについて長々と話して彼女を煩わせたくなかった。

「無理もないわよ、警部補」ヴィクトリアが薄い笑みを浮かべてロスを見た。「でも、わたし、使用人と一緒に一晩を過ごさなくちゃならないなんてことは滅多にないの。わたしたちが向かっているのがリビアだと信じる理由がほかにもあるの？」そう簡単には針から外してもらえそうになかった。

「昨日、われわれが通路にいたとき、シャラビの手下の一人が〝大佐〟と言ったのが聞こえて、そのあと、やつは勝利の拳を突き上げた。しかし、われわれがどこへ向かっていようと、私が最優先すべきは皇太子妃殿下を護ることだ」

「それは簡単じゃないでしょうね。いずれにしても、たぶん妃殿下よりわたしたちのほうが危険なんじゃないかしら」

「そう考える根拠は？」

「あなたの言うとおり、あいつらの狙いがハリファと皇太子妃殿下の交換なら、ハリファを釈放させるためには妃殿下を殺さないことが絶対条件でしょう。ポーンのいくつかとか、邪魔なルークなら――あのとき聞こえた四発の銃声がその証拠だと思うけど――盤上から平気で排除するかもしれないけどね。そして、それがホワイトホールの政治家たちの決断の後押しをすることにもなるかもしれないでしょう。そうだとすると、あなたの言う海賊は、時間に間に合うようには現われないことになるんじゃないかしら」

「きみはいい刑事になれただろうな」ロスは言った。「それで、あの連中だが、次の一手は何だと思う？」

「それはシャラビがロンドンにいるだれかに接触するまでわからないでしょう。それまでわたしたちは何をすべきかしら？」

「ベッドに戻るのはいつでもできるぞ」ロスは軽口を叩いた。ヴィクトリアが実際に考えていること――それはロスが恐れていることでもあった――から、彼女の気持ちを逸らしておきたかった。

「白状すると」ヴィクトリアが言った。「起こる可能性のあるシナリオをいくつか考えたんだけど、予備の部屋が必要なテロリスト・グループの近くであなたとベッドに行くのは、お薦めのシナリオとは言えないわね。むしろ、ついさっきあなたの人生に現われた女性のほうを気にするべきじゃないかしら」そして、上甲板のほうを指さした。「女性経験が豊富なあなたの目に彼女がどう見えているか、是非とも教えてもらえないかしら」

「冷酷で有能なのは間違いない。作戦全体がよく計画されていたから、次にどう動くかもきっちり想定されているはずだ。しかし、彼女が予想していなかったかもしれないことが一つある。昨日、このヨットを乗っ取ったときに、浜にパパラッチがいたことだ。そして、そのパパラッチと私との共通点が一つある。皇太子妃殿下から一瞬も目を離していないことだ」

「それなら、今朝の新聞の一面に、このことがもう載っているかもしれないわね」

「あのパパラッチが死んでいなければな。昨日、ほかの五人を殺したのとは違う、高性能ライフルから発射されたと思われる銃声が一度聞こえている」ロスは舷窓から空をうかがった。

「何か見えるの？　何を捜しているの？」ヴィクトリアが訊いた。

「見ているんじゃなくて、耳を澄ましているんだ。皇太子妃殿下が拉致されたとわかったら、ロンドンの政府はすぐさま対潜哨戒機――ニムロッドというんだが――を発進させ、われわれがどこにいるか、正確な位置を突き止めようとするはずだ」

「でも、テロリストに見られて、警戒されるんじゃないの？」

「視界に捉えられない高さにとどまるから、その心配はない。それに、信じてほしいんだが、二十マイル離れたところにいるイルカの位置をピンポイントで把握する能力がある。七十メートルの長さのヨットを見つけられないはずがない」

「そのニムロッドがこのヨットの位置を捕捉したとして、そのあとはどうするの？」

「全政府機関が全速力で走り出す。しかし、現場での救出作戦を担うのはＳＢＳだろう。彼らの最大の問題は時間が限られていることだ。このヨットがリビア領海に入ってしまったら、手の出しようがなくなる」

「そういえば、妃殿下は休暇を過ごす場所を正確にはご存じなかったわね」

「これは言わないわけにいかないが、ヴィクトリア、こんな状況だというのにきみは驚くほど落ち着いているように見えるな」しかし、軽く嚙んだ唇が彼女の本当の気持ちを表わしていることにロスは気づいた。

「わたしの一族は過去に最悪の目に遭っているの。高祖父は南アフリカのマフェキングの包囲戦で片脚を失ったわ」ヴィクトリアが言った。「祖父はダンケルクの浜で殺され、父は愚かにもロンドンの〈ロイズ〉に全財産を投資した挙句、いまは彼らが言うところの〝経済困窮者リスト〟に載っているの。というわけだから、相続すべきものは雲散霧消してしまっていて、最終的にはわたしも過去の一族の女性がたびたびたどらざるを得なかった道をたどることになるでしょうね。お金のために結婚するという道をね。本当のことを知りたいかもしれないから教えてあげるけど、わたし、そうなることを心底恐れているの。でも、ロンドンが爆撃されたとき、祖母が母によくこう言っていたそうよ。『冷静でいなさい、いままでどおりにしつづけなさい、そして、口のなかに食べ物があるあいだはナイフとフォークをテーブルに置いておくのを常に忘れないようにしなさい』とね」

　重圧がかかった状態でのこの女性の対処の仕方に、ロスは感銘を受けた。が、これがまだ最初の小競り合いに過ぎないことは黙っていた。

　ヴィクトリアが船室の隅の机へ行った。そこに皇太子妃宛の未開封の手紙が山積みになっていた。ヴィクトリアが一番上の封筒を手に取り、銀のレターオープナーを使って、慣れた様子で手際よく封を切った。

「彼女の大勢のファンからか？」ロスは訊いた。

「そうよ。でも、これは妃殿下が毎日受け取るほんの一部に過ぎないわ。わたしの仕事の一つが、そのすべてに、あまりいいことが書いてないものも含めて返事をすることなの。だから、ここへも少し持ち込んだのよ。ほかにすることがないときに返事を書けるようにね」

「あまりいいことが書いてない手紙を読んだときの妃殿下の反応はどんなふうなんだろう？」

「そもそも自分では読まないのよ」ヴィクトリアが言った。「わたしが毎日、朝食の席で何通か、最も熱烈なファンからの手紙を読んで差し上げているんだけど、今日ばかりはその機会はなさそうね」

「彼女が皇太子ではなくて愛人と休暇を過ごしていたことを知っても、国民はまだ彼女を支持しつづけるだろうか？」

「大半はそうでしょうね」ヴィクトリアが答えた。「崇拝者たちにとって、彼女は絶対に間違ったことをしない人なの」

ドアがいきなり開いてシャラビの手下が二人飛び込んできたと思うと、振り返ったロスの腕を両方からつかんで通路に引きずり出し、部屋のドアに外から鍵をかけた。船室に一人残されたヴィクトリアの強ばっていた口元がひくひく引きつったと思うと、とうとうこらえきれずに泣き出した。

　ロスはライフルの銃口を痛いほど背中に突き立てられて階段を上がり、上甲板に出たとたんに突き飛ばされた。そこでシャラビとナスリーンが待っていた。頭上では、もはや休暇ではなくなったことを知らないかのように太陽が輝いていた。

「計画の第二段階に移るときがきたぞ、警部補」

　ロスはここまで自分が殺されなかった理由をいきなり理解した。

「この航海が始まってからおまえが自分の船室から行なった電話交信は、警部補、すべて傍受させてもらっていた。だから、いまのところは――いいか、いまのところはだぞ――殺すより、生かしておいたほうが使い道があることがわかっている。ウォーウィック警視と連絡を取ってもらいたい。彼が王室警護の責任者のようだからな」ロスは何も言わなかった。「いますぐ彼に電話をしろ、そうすれば、おれが英国皇太子妃を殺さない見返りに何を期待しているか、やつに詳しく教えてやる」

　ミセス・サッチャーが入室し、全員がふたたび起立して迎えた。

「准将」着席もしないうちに、首相が言った。

「高度な訓練を受けたSBS工作員チームが一切の遺漏なく状況説明を受け、〈海中投棄〉と名づけた作戦を遂行すべく、すでに地中海へ向かいつつあります」特殊作戦部長が答えた。「私は昨日の会議のあとプールへ飛び、彼らに最新の情報を提供しておきました。私がノーソルト空軍基地に戻る機に乗ったのは夜半過ぎでしたが、そのときには計画の概略がすぐに実行可能な状態になっていました」

「しかし、これほど難しい作戦を遂行する能力のある工作員をもってしても、何日かはかかるのではないのか？」官房長官が訊いた。

「実際にはそんなことはありません」准将は答えた。「SBSは四六時中、こういう状況を想定して準備をしています。その役を演じる味方の兵士ではなく、本物のテロリストを相手に日々の成果を試すのを、腕を撫《ぶ》して待っているのです」

「だけど、高速で移動する船舶に乗り込める可能性はどのぐらいなんでしょう。大海の真ん中で、危険はないかと敵が目を凝らし、耳を澄ましている状況で？」首相が訊いた。

「それはSBSのチームが姿を見せたときに、敵がどの方向を見ているかによります」准将は説明した。「ですが、こういう事案における、様々に異なる状況を想定しての訓練を数えきれないほど重ねてきていますから、準備ができているという言い方では十分ではないほどの準備ができています」

「詳しいことを現時点で共有することはできるか？」国防大臣が訊いた。「それとも、時

「期尚早だろうか?」部屋の向こう正面の大きなスクリーンに地中海の地図が現われ、その真ん中に三つの大きな十字が記されていた。准将は立ち上がると、レーザーポインターを手にスクリーンへ歩み寄った。

「これはわれわれ軍関係者が〝三叉攻撃《さんさ》〟と呼んでいるものです。最初に〈コーンウォール〉の最熟練者三十名が、東から陽動出撃を行ないます」レーザーポインターの点になった明かりが十字の一つに当てられた。「それによってテロリストの注意を惹きつけ、その瞬間に二十名のSBSが、マイク・ダヴェンポート大佐の指揮で西方向からヨットに接近します。そのうちの六名は〈コーンウォール〉のヘリコプター二機に分乗し——レーザーポインターが二つ目の十字を指し示した——ロープ伝いに高速降下によって甲板に降り立ち、テロリストを無力化します。残る十四名は高速ゴムボートで北西から接近します」レーザーポインターが三つ目の十字を指し示し、〈ロウランダー〉を囲む形で三角形が完成した。「この作戦の決め手となる要素はタイミングです。三角形の三つの部分が正しいタイミングで、一分《いちぶ》の隙もなく、同時に一つになって動かなくてはならず、どの一つとして数秒のずれも許されません」

「それで、三角形を構成する三つの部分は、いま、どこにいるんだ？」官房長官が訊いた。

「陽動出撃をする〈コーンウォール〉の三十名は、いま、作戦を成功させるために自分たちが演じる、重要な役割についての説明を受けているところです。精鋭M中隊は」准将は時計を見た。「三艘のゴムボートを含めて必要な装備すべてを積んだトラック二台が、三十分以内にリネハム空軍基地に到着します。すべての積み込みが終わり次第、C130輸送機二機が離陸します。SBSチームは今夕、現地時間十八時三十分を過ぎた直後に〈コーンウォール〉と接触します。できればもっと踏み込んだ情報を提供したいのですが、この作戦は全体が流動的で、土壇場での変更を余儀なくされることも十分に考えられます」

「C130の二十人をどうやって降ろして、どうやって〈コーンウォール〉に乗せるんだ?」官房長官が地図を見て訊いた。「五百マイル以内に滑走路はないぞ?」

「海へパラシュート降下します。彼らの乗るゴムボートも同様です」准将は説明した。「それは彼らにしてみれば、あなたや私がスイミングプールへ飛び込むのと同じぐらい簡単です」そして、三角形の三つ目の角から少し離れた南の位置をレーザーポインターで指し示して付け加えた。「一方で、わが最新鋭潜水艦〈アーシュラ〉がヨットに接近しつつあります。実際、彼らはもういまごろ、〈ロウランダー〉をレーダーで捕捉しているはずです」

「その潜水艦がこの作戦で演じる役割は何なんだ?」外務大臣が訊いた。

長い沈黙のあと、国防大臣が認めた。「最後の手段です、首相」

「最後の手段って、何のための?」問い詰める口調だった。

「ヨットを捕獲できなかったときのためのです」

「本当にそうなったら？」官房長官が訊いた。

さらに長いとさえ思われる沈黙のあとで、国防大臣がまたもや認めた。「〈アーシュラ〉が攻撃してヨットを沈めます。ですが、それは敵が皇太子妃を殺害したことが確実になってからで、その場合でも、あなたの許可が出た場合に限ります、首相」彼がそう付け加えたとき、テーブルの反対端で電話が鳴りはじめた。ウィリアムがそれなりの当惑を顔に表わして電源を切ろうとしたそのとき、スクリーンで瞬いている名前が目に留まった。

ウィリアムは立ち上がって身を乗り出し、口の前に指を立てて静粛を求めながら、テーブルの中央に携帯電話を押し出した。命令を出すことに慣れている者たちばかりの室内が静かになり、ウィリアムはみんなが会話を聞き取れるようスピーカー・ボタンを押した。

「おはようございます、サー」かすかなアイルランド訛りのある声を聞いて、ウィリアムはすぐにロスだとわかった。「ホーガン捜査警部補です」

ロスに最後に〝サー〟付きで呼ばれたのがいつだったか、ウィリアムは思い出せなかった。

「きみも知ってのとおり、警部補」ウィリアムはロスに合わせて演技をつづけた。「規則上、こういう状況では、きみが本人であることを証明してもらうために、また保安のために、四つの質問に答えてもらわなくてはならない」

「承知しています」ロスが応えた。自分が発する言葉の一言一言をウィリアムが分析することを、ロスはよくわかっていた。

「バッキンガム・ゲートで私の指揮下にある要員は何人だ?」

「十人です」ロスが答えた。

「ロンドンで救急車が交通事故現場へ到着するまでにかかる平均所要時間は?」

「十八分から二十分です」ロスが答えた。

ウィリアムは〝10〟、〝18〟、〝20〟という数字を書き留め、次の質問に移った。「学校を卒業して、きみが最初に持った車は何だった?」

「ポルシェが欲しかったんですが、結局、中古のMGに落ち着きました。千マイルしか走っていなかったものですから」

ウィリアムは〝1000〟を数字のリストに加えた。

「母親の旧姓は?」

「オライリーです。私は兄弟が六人、姉妹が四人いて、母は私たちを鉄の棒で支配しました」ウィリアムは〝6〟と〝4〟を書き留めた。

「ありがとう、ホーガン警部補。もう、この電話をかけてきた理由を教えてくれていいぞ」

「もう知っておられるかもしれませんが、ビル、私の警護対象が乗っているヨットが乗っ取られました」ロスは〝テロリストの一味に〟という言葉を口に出すのを避けた。「それで、いまはこの船の責任者になっている彼らのリーダーが、あなたと話したいと言っています」

閣議室にいる全員が、次に聞こえるのはナスリーン・ハッサンの声だと予想した。その答えがいくつかの驚きの最初の一つになった。

「やあ、警視。ジャミル・シャラビだ。この船はおれが完全に掌握していると保証しておこう。それから、これも最初にはっきりさせておくが、もしおまえがおれの指示を文字どおりに実行しなかったら、不義を犯しているおまえの皇太子妃の命は保証の限りではない。躊躇なく、舷側から突き出た板の上を目隠しをして歩かせてやる。大袈裟に過ぎると聞こえるかもしれないが、そうなったら世界じゅうのテレビ視聴率は過去最高を記録するんではないかな」

首相の後ろに控えていた若い秘書が気を失い、同僚二人に助けられて部屋を出ていった。テーブルを囲んでいる全員が、身じろぎもせずに会話に聴き入っていた。

「沈黙しているところをみると、本気で聞いてくれているようだな」シャラビが言った。「不義を働いているおまえの皇太子妃の生きている姿をまた見たいと思うなら次にどうすればいいか、いまから教えてやる。まず、おれの指導者であるマンスール・ハリファをベルマーシュ刑務所の隔離房から釈放して刑務所の病院へ移せ。一時間後に、おれがそこにいる彼に電話をする。こんな指示に従うのは簡単だよな、警視？」

「ああ、簡単だ」ウィリアムは挑発に乗らなかった。「だが、きみもわかっているはずだが、ミスター・ハリファの釈放を決めるのは首都警察警視監であって、私ではない。そして、警視監がいまどこにいるかを私は知らない」ウィリアムはテーブルに着いているホルブルック警視監にちらりと視線を送った。警視監が素っ気なくうなずいた。

「猶予は一時間だ。延長はない。それから、その警視監とやらはいま、たぶんおまえの隣りに坐ってるとおれは睨んでいる。だから、今度電話したときは必ず彼が電話に出られるようにしておけ。裏を掻こうなどとしたら、最初の死者――まあ、もっと正確に言うと六人目だがな――が出ることになる。犠牲になるのはおまえの同僚の、いまこの会話を聞いているホーガン警部補だ。しかも、おれが熟慮して決めた、特別な死に方をさせてやる。人は救命ジャケットなしで海でいつまで生きていられるか、それをずっと知りたかったんだよ。四時間はもたないだろうというのがおれの見立てではあるがね」電話が切れた。

「シャラビは社交界好きの遊び人だと、あなた、そう言わなかったかしら?」首相が嚙みつくような口調で言った。「冷酷なテロリストではなくて?」

「やつがテロリストであることを仄めかすような材料は、これまで一切ありませんでした」ホークスビー警視長がウィリアムに助け舟を出した。「しかし、白状しなくてはなりませんが、皇太子妃殿下の専属身辺警護官としての任務を果たすなかで、ホーガン捜査警部補は私に、シャラビを過小評価すべきではないこと、そして、ホーガン捜査警部補の言葉を借りるなら」ホークは情報を書き留めたノートに目を落とした。「〝彼はわれわれが信じさせられているほどうぶではまったくない〟と確信していることを警告してくれていました」

「〝われわれが信じさせられているほどうぶではまったくない〟という部分は間違いなくそのとおりね」首相が言った。「なぜなら、あなたたちをここまで見事に騙しおおせていたわけだし、それに――」

「いまのホーガン警部補との会話からわかったことはほかにないか、警視？」官房長官が訊いた。首相が後悔するようなことを口走るのを阻止しようと割って入ったのだった。

「実は、本人であることを確認するための質問に対する答えは、シャラビに不審に思われることなく、重要な情報をわれわれに伝える手段でした。バッキンガム・ゲートで私の指揮下にある要員は何人かと訊いたとき、ホーガン捜査警部補が〝十〟という数字を口にしました。私の指揮下にいるのは実際は十四人ですから、〝十〟というのはヨットを襲撃したテロリストの数で、シャラビを加えると全部で十一人と仮定することができます」

「では、ロンドンで救急車が交通事故現場に到着するまでの平均所要時間はどのぐらいなんだ？」官房長官が訊いた。

「七分から八分ほどです」ウィリアムは答えた。「ですから、〝十八から二十〟は、現在の〈ロウランダー〉の航行速度ではないかと考えます」

「そうだとすると、〈ロウランダー〉の現在位置は最終目的地から約千マイルのところだな」海軍大臣が言った。

「さすが計算が速い」官房長官が言った。「しかし、〝兄弟が六人に姉妹が四人〟は何を意味している？」

「ホーガン警部補は一人っ子です」ウィリアムは答えた。「したがって、六人は実際に活動しているテロリストの数で、四人は非戦闘員ではないかと思われます。それから、〝鉄の棒〟はドラグノフ狙撃ライフルを指す隠語で、それが浜にいたパパラッチ殺害の凶器だろうと推測されます」

「それと、〝ビル〟という唐突な呼びかけだが、会話のほかの部分とそぐわないように思われるな」官房長官が言った。「きみはウィリアムだし、ホーガン警部補はきみを〝サー〟付けで呼ぶのが普通だろう」

「あれはあらかじめ打ち合わせてあった暗号で、彼の発言はすべて信用していいこと、銃を突きつけられたり、もっと悪い状況を押しつけられたりして無理矢理言わせられているのではないことを意味しています」

海軍大臣が敬意を示してウィリアムにうなずいてから言った。「シャラビの次の要求がわかるまで一時間足らずだが、そのころにはSBSを乗せた輸送機が〈コーンウォール〉へ向かっているはずだ。しばらく時間を稼いでもらわなくてはならないな、警視。というのは、私の部下たちには完全な闇が必要だからだ。そうなってからでないとヨットに乗り込む企てはできないし、日没までにはまだ五時間ある」

「万全を期した上に、さらに万全を期すわけですか」ホークスビーはつぶやいたが、皮肉の響きは一切なかった。

「以前にも言ったとおり」首相が口を開いた。「われわれは決してテロリストとは交渉しません。しかし、SBSが自分たちの役を演じる準備を完了するまでのあいだ、彼らと話しつづける口実を考えることをやめる必要もありません。もしわたしがあなたにアドヴァイスするとしたら、警視、これを忘れないでちょうだい。携帯電話の充電を百パーセントにしておくこと」

34

「よかった、まだ生きていたのね。神さま、ありがとうございます」船室のドアが開いて突き飛ばされるようにして部屋に入ってきたロスを見たときの、これがヴィクトリアの第一声だった。

「まあ、少なくともあと一時間はね」ロスは場の空気を軽くしようとして応じた。

「どうしてそう言えるの？」ヴィクトリアが不安そうにロスにしがみついて訊いた。

「あとで教えるよ」ロスは言ったが、シャラビとウィリアムとのあいだで交わされ、何とか自分が聞き取った会話の内容を繰り返すつもりはなかった。「とりあえず、妃殿下と話す必要がある」

「自分の船室のバルコニーに坐ってらっしゃるけど、一時間前からペーパーバックのページはめくられないままよ」

ロスはヴィクトリアを従えてバルコニーに出た。隣りのバルコニーでは皇太子妃がうなだれ、当惑し、意気消沈した様子で、普段のはにかんだような笑顔は不吉な予感に強ばっていた。彼女はロスとヴィクトリアに気づくと、弾かれたように立ち上がって駆け寄ってきた。

「あなたに謝らないといけないわ」それが最初の言葉で、ロスは応えずに黙っていた。「あなたは彼をどう思っているかについて、一片の疑いも残さずわたしに教えてくれていたのに」ダイアナが言った。「あなたが隠そうともしなかったあの男への嫌悪をわたしが無視してさえいなかったら、あなたたちをこんなことに巻き込まなくてすんだものを」

「騙されていたのはあなただけではありませんよ、妃殿下。ですが、とりあえずはいまに集中しなくてはなりません。ですから、お二人のどちらであれ、私が何かをするよう言ったら、それが何であろうと、質問することすら考えずに従ってください。わかっていただけましたか？」

ダイアナとヴィクトリアが従順にうなずいた。「あなたがいまも生きていることを、わたしはいま、神に感謝しているわ」ダイアナが言った。

「それは意外だったということですか、妃殿下？」ロスはまたもや空気を軽くしようとして言った。

「彼について何かわかったことがあるの？」ダイアナが上甲板を指さして訊いた。もはや名前を呼ぶことができなくなっていた。

ロスは慎重に言葉を選んだ。「あります、妃殿下。彼はロンドンと接触しました。ロンドンはすでにこの状況を知っていて、妃殿下を解放させるべく取引をしようとしています」

「どういう取引かしら?」ヴィクトリアが訊いた。

「とりあえずは水着に着替えていただいて、いまも休暇を楽しんでいるかのようにバルコニーにいてもらいたいのです」ロスはヴィクトリアの質問には答えようとせずにダイアナに言った。

「ヴィクトリアはどうするの?」ダイアナが訊いた。わずかながら尊大さが戻りつつあった。

「私の任務はあなたをお護りすることだけです、妃殿下」

「ヴィクトリアを護ることも、です」ダイアナがきっぱりと言った。

「可能であれば、もちろん、護ります」ロスは応えた。「しかし、まずはこれから数時間のうちに起こり得ると私が考える事態について、説明させていただきます。そうすれば、少なくとも妃殿下に準備をしていただけますから」最悪の可能性については口にせず、声を落として訊いた。「SBSについてはお聞きになったことがおありでしょうか?」

「ええ、知っているわ」ダイアナが答えた。「去年、わたしに敬意を表わすディナーを開いてくれたから」

「今年もあなたに敬意を表わすディナーになればいいんですが」ロスは言った。

ウィリアムの車がタイヤを鳴らして止まったとき、所長は刑務所の前を行きつ戻りつしていた。法務大臣からの電話が、自分が何をしなくてはならないかを一片の曇りもなく教えてくれていた。

お互いに社交辞令の交換を省いて握手だけすると、所長はすぐさまウィリアムを先導して、すでに開いている門をくぐった。数ヤード先では上級看守が早くも動き出していて、途中の二重になっているゲートを一つずつ開錠し、隔離房のある棟までの障害物を取り除いた。

狭い石の螺旋階段を下りてようやくたどり着いた地下通路は、照明の役を担っているのがせいぜい三十ワットの明るさしかない電球で、そのうちのいくつかは交換が必要だろうと思われた。ウィリアムと所長は両側に警備員が一人ずついる、頑丈な金属の扉の前で足を止めた。ウィリアムは覗き窓の蓋を上げてなかを覗いた。房の奥の隅に小便の染みで汚れた薄いマットレスが敷かれていて、その端に男がうずくまっているのを辛うじて見て取ることができた。

看守の一人がその重たい扉を開錠して引き開け、脇へ退いて、所長とウィリアムを六フィート四方しかない部屋へ入れた。

ハリファは傲然と二人を睨みつけただけで、一言も発しなかった。警備員二人がハリファをマットレスから立たせ、窓のない暗い房からゆっくりと連れ出すと、通路を引き返していった。帰り着いた螺旋階段を、警備員二人はハリファを抱えるようにして上らなくてはならなかった。痛ましいほどに時間のかかった旅は、病院棟で終わりを迎えた。そこでは看護師長が明らかに彼らを待っていた様子で、狭い方形の部屋の前に立っていた。ハリファが崩れ落ちるようにベッドに横たわると、白衣の男が二人がかりで徹底的な診察を行なった。

触診のあいだも、器具を使っての検査のあいだも、ハリファは依然として口をきかなかった。

検査を終えてしばらくして、年上のほうの医師が見立てを述べた。「しっかりした食事と十分な水分補給が必要です。それからでなければ、移送は考えることもできません。しかし、これは推測ですが、隔離房に入ったのはこれが最初ではないはずです。私が予想していたよりはるかにいい状態ですから」

「質問することはできますか？」ウィリアムは訊いた。

「どうぞ」医師が答えた。

ウィリアムはベッドへ歩み寄ると、ハリファを見下ろし、一言一言を歯切れよくゆっくり発音して訊いた。「英語は話せるか？」

「そうだといいがな」と返事が戻ってきた。「私はロンドン・スクール・オヴ・エコノミクス、おまえたちイギリス人が自慢にしている文化的出先機関の教育を受けている。だが、白状すると、登録されていたのはいまの名前ではなかったがな」

「私がおまえと話をしなくてはならない理由についてはどのぐらい知っているんだ？」ウィリアムは訊いた。

「隔離房から連れ出されて医者の診察を受けたところからすると、推測できるのはたった一つ、私の兄弟たちと」ハリファが一拍置いた。「一人の侮るべからざる女性が、抵抗できなかった英国皇太子妃――いや、抵抗できなかったのはジャミルに対してかな？――のヨットの乗っ取りに成功したということだ。ありていに言えば、ジャミルはおまえたち全員を一人残らず、皇太子妃の献身的な腰巾着のホーガン警部補を含めて騙すことに成功したわけだ。だから、これがアルバート・ホールの爆破未遂事件程度で終わらないことぐらいは、おまえでですら気づいているに違いない。おまえたちの未来の王妃を無事にそのときまで生かしておきたければ、それを可能にするためにおまえたちが何をしなくてはならないか、シャラビがきっちり教えようとしているはずだ」

ウィリアムは冷静を保ちつづけた。短気を起こしても何も為《な》し得ないことはわかっていた。「シャラビからいつ電話があってもおかしくないとわれわれは考えているし、おまえと話すことも許すつもりでいる。だが、それは皇太子妃殿下がいまも存命であることをホーガン警部補が確認したあとのことだ」

「それは警部補がいまも生きていることを前提にしての話だろう」ハリファが言った。「私の知っている連中なら、いまごろは彼を殺す楽しみをだれが手にするか、くじを引いているはずだからな」

ウィリアムは反応しなかったが、所長がそう長くは自制していられそうにないのが心配だった。

「それから、風呂に入りたいし、自前の服も必要だ」ハリファが言った。「難民みたいな格好で祖国へ帰りたくないからな」

所長が渋々うなずいたとき、ハリファのベッドの横の電話が鳴り出し、ウィリアムはそれをひっつかんで応答した。「ウォーウィック警視だ」

次に聞こえた声は地中海の陽射しの下からだというのに、北極圏の雪嵐《ブリザード》のように冷たかった。「やあ、警視。おれの指導者はもう隔離房を出て、おれの電話を受ける準備ができているか?」

「それは私がホーガン警部補と話してからだ」ウィリアムは言ったが、シャラビが拒否したらどうするかは決めていなかった。長い沈黙がつづいた。

「ホーガンです、サー」次に電話に出た声が言った。

「皇太子妃殿下がいまも存命で無事でいらっしゃるかどうかを確認できるか?」ウィリアムは訊いた。

「妃殿下ならお元気です、ビル」

「レディ・ヴィクトリアは?」

「彼女の言葉を借りるなら〝糞をちびるほど怯えて〟います」ロスが言った。「二人ともバルコニーで日光浴をしているところです」

「満足したか、警視?」電話をひったくったらしいシャラビが言った。

「ああ」ウィリアムは答えた。次の機会に真っ先にホルブルック警視監に伝えるべき重要な情報が二つ、手に入っていた。

「それならおれの指導者に電話をつなげ、いますぐだ。さもないと、お友だちのホーガン警部補と話すのはこれが最後になるぞ」

ウィリアムは不本意ながらも受話器をハリファに渡した。それからの会話は一言も理解できなかったが、何度か出てきたダイアナという名前は聞き取ることができた。数分後、ハリファが受話器をウィリアムに返した。

「では、しっかり聞くんだぞ、警視」シャラビが言った。「なぜなら、おれはこれを一回こっきりしか言うつもりがないからだ。一時間後に、もう一度おまえに電話をする。それまでに、マンスール・ハリファ閣下をヒースロー空港へ車で送る手筈を整えておけ。空港には離陸の準備をすませているリビア行きのプライヴェート・ジェットを手配しろ。わかったか?」

「一時間で車を手配するのは無理だ」ウィリアムは抵抗した。

「おいおい」シャラビが言った。「できなかったら、おれは捕虜を一人ずつ、一時間ごとに処刑しなくちゃならなくなるな。レディ・ヴィクトリアが一番手になるのは間違いないぞ。彼女の祖先同様、いい前例になってくれるはずだ。おまえが間違った動きをしたら彼女の次がだれになるか、答えを見つけるのは簡単だよな」

「しかし……」ウィリアムは言おうとした。

「〝しかし〟はなしだ、警視。皇太子妃が生きているのをまた見たいのなら、そうすることだ。もう五十八分しか残っていないからな、これ以上おまえの貴重な時間を無駄にするのはやめてやるよ」

ウィリアムは次に言うべきことを準備していたのだが、すでに電話が切れているとわかっただけだった。驚異的に回復したかに思われるハリファが、人を小馬鹿にしたような笑みを浮かべてウィリアムを見た。

「きみを引き留めるつもりはないぞ、親愛なる若者君」ハリファがパブリック・スクールの訛りを誇張して言った。「もっとも、所長がここに居坐って、私の尻にキスをしたいと言うのなら別だがな……」

所長が一歩前に踏み出したが、ウィリアムは腕を突き出して行く手をさえぎり、先に立って静かに廊下に出た。ハリファが偉そうに手を振って送ってくれた。

「あの男を殺せるのなら、喜んで終身刑に甘んじるんだがな」所長が力任せにドアを閉めてつぶやいた。

「そうならないことを祈りましょう」ウィリアムは言った。

所長が少し間を置いて言った。「きみに謝らなくてはならないな、ウィリアム。なぜなら、きみがおれと共有できない何を知っているか、おれには想像がつかないからな」

そのとき、二人の医師の若いほうが病室から出てきて、廊下でウィリアムたちに合流した。

「トイレに行くという口実で出てきたんです」若い医師が言った。「ですから、時間がありません」

「ドクター・ハリソンは知りませんよね、所長」ウィリアムは言った。「ロンドン大学の陸上部で私と一緒だったんです。もっとも、彼は長距離が専門でしたが」

「私がそこで勉強したのは中東の言語で、医学ではありません」ハリソンが所長と握手をしながら白状した。「ですから、持っているのは哲学の博士号で、医学の博士号ではないんです」

「それで、ハリファはシャラビとの電話でどんなことを言っていたんだ?」ウィリアムはこれ以上、一秒たりと時間を無駄にしたくなかった。

「聴くことができたのはハリファの側の言葉だけですが」ハリソンが言った。「彼の乗ったプライヴェート・ジェットがヒースロー空港を離陸したらすぐにホーガン警部補を海中に投棄し、ヨットがリビア領海に入った瞬間にヴィクトリアという女性にも同じ運命をたどらせるよう、明確に指示していました」

「皇太子妃殿下は？」ウィリアムは訊いた。

「マンスール・ハリファが無事に帰国しても、彼女を解放するつもりはないようです」

「それで、ほかには何を企んでいるんだ？」所長が訊いた。

ハリソンはためらった。

「早く教えてくれ」所長が急かした。

「トリポリの通りを引き回して、殉教者広場で首を刎ねるそうです。それを実行する処刑係ももう決めてあるようでした」

「ナスリーン・ハッサンだ、間違いない」そう言って、ウィリアムは時計を見た。「それはつまり、おれに残されているのはわずか四十九分で、そのあとは……」

精鋭SBSチームを乗せたC130輸送機は、午後六時三十分を過ぎた直後に〈コーンウォール〉上空に到達し、信号灯の三回の点滅に迎えられた。パイロットは翼を傾けて進路を変えると、〈コーンウォール〉上空で旋回を開始した。〈コーンウォール〉の艦長が艦橋から見守っていると、C130の尾部の扉が徐々に開き、三艘の頑丈なゴムボートが現われたと思うと、パラシュートでゆっくりと海面へ降下していった。C130はまだ機内に残っている人的貨物を放出すべく、ふたたび旋回を開始した。

最初に降下したのは、殿《しんがり》を務めるのが好きでないマイク・ダヴェンポート大佐だった。彼のパラシュートが開くや、部下が次々とあとにつづいて海面を目指した。准将の言ったとおり、子供がスイミングプールへ飛び込むのと同じぐらい易々《やすやす》とやってのけていた。

彼らは着水するとすぐにパラシュートを脱ぎ捨て、最寄りのゴムボートへと泳いでいった。全員が乗り込むと、ゴムボートはすぐに〈コーンウォール〉へ急行した。

ダヴェンポートは〈コーンウォール〉の舷側から降ろされた縄梯子《なわばしご》をするすると上っていき、甲板に立つと少尉に迎えられて、艦長の待っている艦橋へ案内された。タヴェンポートと艦長はそれから一時間、これからの計画をこれ以上ないほど細かい部分まで検討した。そこには作戦を成功させるために先遣隊として選抜された者たちが果たす役割も含まれていた。

艦長との検討が終わると、ダヴェンポートは部下と合流し、彼らが得意とするところでない時間の過ごし方、すなわち、休息を命じた。しかし、部下に思い出させるまでもなく、待つのはいかなる任務でも常に最悪の部分だった。〈海中投棄作戦〉は太陽が水平線の向こうに姿を消すまで開始できないのだから、いくらかでも睡眠を取る努力をすべきでもあったが、自分も含めてだれも一瞬も眠れないだろうことはダヴェンポートもよくわかっていた。

　ウィリアムが刑務所長室からホルブルック警視監のオフィスに電話をしたとき、警視監はいま一〇番地で首相に最新状況——ＳＢＳチームの全員が〈コーンウォール〉に到着し、じりじりしながら日没を待っている——を説明しているところだと教えられた。太陽の動きばかりは、首相をもってしてもどうにもならなかった。

　次に、首相執務室にいるホルブルック警視監に電話をつないでもらい、シャラビが自分に何をさせようとしているかだけでなく、ダイアナ妃が無事で生きているのは間違いないこと、右舷バルコニーにいること——同じぐらい重要だった——を微に入り細を穿《うが》つようにして報告した。

「ダイアナ妃たちの船室が右舷《スターボード》にあると、そこまではっきり断言できる根拠は何だ？」ホルブルックが答えを要求した。

「〝糞をちびるほど怯えて《シットスケアード》〟などという言葉遣いをレディ・ヴィクトリアがすることは、実際にそう感じているとしても、あり得ません」ウィリアムは報告をつづけ、〈ロウランダー〉がリビアに到着したら、たとえ自分たちが要求どおりのことをしたとしても、皇太子妃をどう処遇しようとハリファが考えているかをホルブルックに警告した。「四十一分後に、シャラビから私に電話がかかってきます」ウィリアムは時計を見て言った。「そのときに、ハリファがヒースロー空港へ向かう準備ができていることを確認するよう要求するはずです。もしそれができなければ、ロスかヴィクトリア、あるいは両方を殺すという脅しを実行することに疑いの余地はありません」

「それについては、私も強く同意する」ホルブルックが言った。「なぜなら、やつらもわれわれと同様、時間を厳密に守って計画を進めなくてはならないはずだからだ。シャラビから電話があったときにどう対応してもらいたいかをこれから正確に教えるが、きみが最優先すべきは、可能な限り私のために時間を稼ぐことだ。それを忘れないでくれ。SBSは現地二〇四三時に日没を迎えるまで動けない」そして、時計を見た。「あと三時間の待機を余儀なくされることを意味している」

ウィリアムはホルブルックが事細かに説明する、シャラビに伝えるべきメッセージに注意深く耳を傾けた。警視監は同じ説明を二度繰り返す人ではなかった。

「海軍大臣から一番に電話です」ホルブルックの後ろで切羽詰まった声がした。

「すぐに出るから、ちょっと待っていてもらってくれ」ホルブルックが言った。「きみの目的はたった一つ、ウォーウィック、私のために時間を稼ぐことだ」電話が切れる前にウィリアムが聞いた、それが最後の言葉だった。

ウィリアムはそれからの三十分で、それぞれに相手の異なる四本の電話をかけた。一本目はスコットランドヤードのホークスビー警視長で、彼はハリファをヒースロー空港へ連れていく車をすぐに三台、刑務所の前で待機させること、十分に時間的余裕を持って空港に到着させることを保証してくれた。あたかもホークスビーとウィリアムの立場が入れ替わったかのようだった。二本目をポール、三本目をレベッカ、最後の四本目をダニーにかけて、これから数時間のあいだに演じる役をそれぞれに説明した。

病室に戻る余裕はほとんどなかったが、それでも数分だけ立ち寄った。ハリファはほとんど別人になっていて、民族衣装のトーブをまとって頭にカフィーヤを巻いた姿は、たったいま隔離房を出てきたただれかどころか、アラブの大物のようだった。

「辛うじて次の死刑執行を免れるのに間に合ったようだな」走り込んできたウィリアムに、ハリファが言った。「車の準備はできているよな。どうしてそう考えるかというと、ホーガン警部補を処刑する口実をシャラビが探していることを知っているからだよ。どういうわけか、シャラビはあの警部に苛立っているらしい」

電話が鳴った。回線の向こうにいるのがだれなのかは訊くまでもなかった。

「ホルブルックと話して、すべての手筈を整えただろうな?」それがシャラビの第一声だった。

「ああ。数分後に一台、刑務所の前に車が到着する。ハリファを――」

「マンスール・ハリファ閣下だ」シャラビが訂正した。「王族がいるのはおまえのところだけじゃない」

「――ヒースロー空港へ連れていく準備のできている車だ」ウィリアムは言った。

「そこで閣下を祖国へ帰すプライヴェート・ジェットが待っているんだな？」

「そう簡単にはいかない」ウィリアムは挑戦的に言い返した。「そのプライヴェート・ジェットは三か月以上飛んでいない。技術部門が全力で検査と調整にあたっているけれども、空港当局から離陸許可が出るまでにしばらく時間がかかるかもしれない」そして、危険は承知で付け加えた。「もちろん、おまえの指導者とやらの命を危険に晒してもいいというなら話は別だがな」

シャラビはすぐに返事をしなかった。初めてのことだった。

ウィリアムはその沈黙に付け込んだ。「飛行するうえでの安全が確認され、手続きが完了したら、すぐに燃料を補給する。だが、リビアへ飛んでもいいというクルーを見つけるという問題が依然として残っている。だれもが是非とも行きたいと思うような目的地ではないからな」

「虚仮威《こけおど》しはやめろ、ウォーウィック」シャラビが言った。「一時間後にまた電話する。そのときには……」

「すべての準備が完了したと保証するには、少なくとも四時間が必要だ」

「二時間やろう。それ以上は一分たりと駄目だ。きっかり二時間後に閣下の専用電話にかけたときに応答がなかったら、処刑を開始する。レディ・ヴィクトリアの最後の言葉を聞かせてやってもいいぞ。そのあと、海の底でホーガン警部補に合流させてやる」

電話が切れた。一時間、ホルブルックのために稼ぐことはできたが、果たしてそれで十分だろうか？

35

まだまったく明るかったが、六名の士官と二十四名の選りすぐりの水兵が六艘のボートに分乗して〈コーンウォール〉を離れた。一時間後に本隊が出発することになっていた。ダヴェンポート大佐は最後の説明会議でこう強調した――諸君の役割は二次的なものではあるが、〈海中投棄作戦〉を成功させるうえでの重要性はいささかも劣るものではない。

一時間後、十四人からなるSBSチームがゴムボートで出撃した。最後に、ダヴェンポート大佐と最も年季の入った熟練の工作員六名が、二機のヘリコプターで作戦現場へ向かうことになっていた。自分たちの最強兵器――不意打ち――を利用するためには、出発時刻を分単位で刻まなくてはならなかった。

特徴もなくタイプも同じ三台の車が、刑務所の前に縦一列に駐まっていた。マンスール・ハリファは二台目の後部席に坐り、ウィリアムは一台目の助手席に陣取った。運転席では、ダニーがじりじりしながら出発命令を待っていた。一時間四十一分後には、彼らはヒースロー空港に着いていなくてはならなかった。その時間に、シャラビがハリファのプライヴェート・ジェットに、自分の主人の応答を期待して電話をかけてくることになっていた。

ホルブルックの言葉――「きみの目的はたった一つ、ウォーウィック、私のために時間を稼ぐことだ」――を思い出して、ウィリアムは必要以上に早くそこに着きたくなかった。だが、遅れる危険も冒せなかった。

「ヒースロー空港まで一番時間がかかったのはどのぐらいだ？」ウィリアムはダニーに訊いた。

「一度、一時間半かかったことがありますが、それは高速道路で事故があったからに過ぎません」

「事故があろうとなかろうと、その記録を超えてくれたら、おまえさんの超過勤務手当を倍にしよう」

「そろそろラッシュアワーですからね」ダニーが無邪気に言った。「それが味方になってくれるでしょう。ちょっとした秘密を教えましょうか。ロンドンから高速道路までで一番時間がかかるのは、走行車線を走った場合と決まってるんです。ただし、ロータリーが近づいているときは別です。そのときは追い越し車線に入ります」

追跡中なら時速七十マイルで角を曲がることも、信号を無視することも、歩道に乗り上げることも普段は何とも思わない男が、ギアをローに入れて走行車線に入った。最初の信号が近づくと減速し、黄色に変わるとゆっくりブレーキを踏んだ。三台の黒い車列は葬列の速度でヒースロー空港へ向かっていた。

三艘のゴムボートは波に揺られながら突入命令を待っていた。

ダヴェンポートはもう一度時計を見た。彼らを送り出すのがたとえ一分早すぎても、一分遅すぎても、作戦全体が危険に晒されることはよくわかっていた。

その腕がようやく、まるで大学対抗漕艇《そうてい》競争のスターターのように宙高く差し上げられ、三艘のボートのリーダーが自分に注目したことを確認すると、一気に振り下ろされて作戦開始を告げた。

三艘のゴムボートが波を蹴立てて突進しはじめた。二艘はヨットの右舷に乗り込むことになっていて、数秒後、最初のヘリコプターが彼らの船尾の上に姿を現わした。三艘目はこの作戦で最も難しい部分を担当し、そのときまで待機していなくてはならなかったが、艇長が〝王の従僕《ロイヤル・ギリー》〟と呼ばれるのはそれが理由だった。

ダニーは最終的に一時間三十二分後にヒースロー空港に着き、ハリファの乗機が駐まっているところを突き止めるのに手間取ってみせた。実際には、そのプライヴェート・ジェットは警光灯を点滅させた十二台のパトカーに囲まれ、アダジャ捜査巡査部長が明らかに指揮を執っている様子で立っていたから、それが手掛かりにならないはずはなかったのだが。

車が停まってもハリファは後部席を離れず、ドアを開けさせてからようやく外に出て言った。「これ以上は無理だというほど時間をかけてくれたようだな、警視。シャラビが私とまだ連絡を取ろうとしていないことを、レディ・ヴィクトリアのために祈ろうじゃないか」

シャラビが電話をかけてくるまでまだ九分あるとわかっていたから、ウィリアムは返事をせず、ハリファを連れて滑走路を横切った。待っているプライヴェート・ジェットのタラップの下までくると、ウィリアムはそこにとどまり、ハリファが機内に入って目の前でドアが閉まるのを見ているしかなくて絶望感に捕らわれた。

ハリファがゆったりとした革張りの座席に腰を下ろしたとき、二時間の猶予はほとんど使い果たされていた。

「離陸はいつだ?」彼はグラスに水を注いでいる女性客室乗務員に訊いた。

「もうすぐ燃料補給が完了しますので、サー、そんなに長くはかからないはずです」彼女が答えたとき、アームレストの電話が鳴り出した。

三艘のゴムボートが視界から消えた瞬間、ダヴェンポートは踵を返してヘリコプター甲板へと急いだ。そこでは、二人のパイロットが離陸前の最終確認作業を行なっていて、部下たちはグローブを着け終えてリングに上がるのを待ちかねるボクサーのように逸《はや》り立ってうろうろしていた。

ダヴェンポートはすでに報告を受けていたが、潜水艦〈アーシュラ〉が早くも〈ロウランダー〉の下にいて、作戦が失敗したら魚雷を発射してヨットを撃沈する態勢を整えていた。ダヴェンポートはそれを考えないようにした。

ダヴェンポートは先導ヘリコプターに最後に乗り込んだ。降りるのは最初だった。座席に着いてシートベルトを装着すると、ストップウォッチの秒針がもう二回りするのを待ったあと、パイロットの肩をしっかりと叩いた。

先導ヘリコプターのローターブレードが回転速度を増して風を巻き起こし、海水を飛び散らせて、整備員が目の上に手をかざして見送るなか、ついにゆっくりと甲板を離れた。

直後に二番機があとにつづき、最初はせいぜい百ヤードしか離れていなかったけれども、目標空域に達するや、それぞれに変針して別々の方向へと分かれていった。

「十分」ダヴェンポートが無線封止を破った。

「十一分にできますか、サー？」ゴムボート隊の隊長の声が返ってきた。

「了解」

ヨットに近づくにつれて空が徐々に暗さを増していき、太陽がようやく水平線の向こうへ姿を消した。

電話に応答がなければだれを最初に殺すか、シャラビはすでに決めていた。ハリファが応答し、離陸しようとしていることが確認されたら、トリポリで英雄を出迎えるのを楽しみに待つとしよう。そのときに最後の仕事として残されているのは、すべての片をつけることだけだった。

ナスリーンはホーガン警部補を海へ投げ捨てる前に彼の片腕と片脚を切り落とす役に選ばれていた。そして、レディ・ヴィクトリアは生かしておいて、愛人である警部補の最期を目の当たりにさせ、そのあとで海へ放り込んで水中で合流させて、感動的な数秒を共に過ごさせてやるとシャラビに約束していた。どっちが先に沈むか、ナスリーンはそれを見るのが楽しみだった。シャラビは二人の断末魔を録画するつもりでいた。そうすれば、何度でも再生ボタンを押して楽しむことができる。リビアへ戻ったら、アル・ジャマヒリヤ・テレヴィジョンが際限なく放送しつづけるはずであり、全世界がこの偉業達成を目にすることができる。男としてこれ以上の何を望み得ようか。

ハリファが二時間のうちの一時間五十九分五十九秒が経ったところで電話を取ると、声が言った。「アラーを称えよ」

「アラーを称えよ」ハリファは繰り返してから受話器を戻した。興奮と疲労の両方があったが、離陸してヒースローの明かりが後方へ消え去ると、疲労が勝って深い眠りに落ちた。

「アラーを称えよ」シャラビは繰り返し、ホルスターの拳銃を抜いた。自分が直接処刑できるよう、ホーガン警部補を甲板へ連行しろと命令を発しようとしたそのとき、頭上からの銃撃に気を取られた。受話器を置いて両膝を突き、空を見上げた。船尾の上でヘリコプターがホヴァリングしているのが見えた。海面に目を戻すと、小型舟艇の小艦隊が高速で接近してくるのが見えた。

ナスリーンの部下が撃ち返していたが、圧倒されるのは時間の問題でしかないとシャラビにはわかっていた。自分の命を救うチャンスは一度しか残されていなかった。彼は仲間に背を向けると、下層甲板へ下りる螺旋階段へと這っていきはじめたが、船首で二機目のヘリコプターがホヴァリングしているのが見えただけだった。いま、ヘリコプターから太いロープが垂らされ、一人が高速降下をしはじめたと思うと、すぐさま二人目があとにつづいた。シャラビが螺旋階段を下りきった直後、ダヴェンポートが総攻撃を開始した。

ロスは最初の銃声を聞くや、自分の船室のバルコニーから隣りの船室のバルコニーへ飛び移り、ダイアナに合流した。先頭のゴムボートのSBS隊員がすでにヨットの舷側に梯子を取りつけ終わり、隊長を先頭にわれ先にと梯子に取りついて甲板へ上がろうとしていた。それとほぼ同時にヘリコプターの同志が甲板へ降下し、さらには〈コーンウォール〉

の陽動作戦部隊がヨットの船尾にたどり着いていた。このあと始まる戦闘はものの数分で片がつくとロスは確信したが、長い廊下をロイヤル・スイートへと突進するジャミル・シャラビにとっては、そうであってはならなかった。

ロイヤル・スイートのドアを突破して侵入したシャラビを尻目に、ロスはダイアナを抱き上げてバルコニーを走り、彼女を舷側から海へ下ろした。数秒もしないうちに三艘目のゴムボートが彼女の横に取りつき、艇長が身を乗り出して、作法もへったくれもなく水から引き上げた。ダイアナがゴムボートに乗ったのを見届けるや、ロスはバルコニーの手摺の下に隠しておいた拳銃をつかんでロイヤル・スイートへ取って返した。そして、飛び込むようにして床に臥《ふ》せると、三回、つづけさまに引鉄を引いた。動きもせずにそこに立ち尽くしているシャラビは簡単な的のはずだった。が、ロスが予想していた発射音は響かず、三回とも、撃鉄が落ちる乾いた音がしただけに終わった。シャラビの顔に満足の笑みが浮かんだ。

「またもやおれを見くびったな、捜査警部補殿」シャラビがゆっくりと銃口を上げ、ロスの眉間に狙いをつけた。その引鉄が引かれる寸前、一本の手がシャラビのポニーテイルをつかんで後ろへぐらつかせ、天井へ向かって発砲させることに成功した。体勢を立て直そうとしたシャラビは、鋭い何かが首に突き刺さるのを感じた。銀のレターオープナーが左耳の下から右耳の下まで首を横に、実に滑らかな動きで切り裂いた。シャラビが床に崩れ落ち、首のすべての血管の血が奔流のように流れ出した。仰向けに足元に横たわるシャラビを見下ろしているのは、女官レディ・ヴィクトリアだった。

「わたしを見くびったわね」彼女が今際《いまわ》の際の息をするシャラビに優しい笑みを浮かべて言った。

間もなくダヴェンポート大佐が船室に飛び込んできたが、シャラビの死体を信じられないという顔で見て言った。「あなたがやったんですか、ミス?」

「そうですよ」ヴィクトリアは平然と答え、箱からティッシュペーパーを一枚取ってレターオープナーを拭いた。

「これまでに、SBSに加わろうと考えたことはありませんか」ダヴェンポートが訊いた。

「あるものですか。子供のころにイギリス版のガールスカウトをやらされて、向いていないと身に沁《し》みましたからね」


女性客室乗務員は彼を一時間眠らせたあとで起こしてやった。「そろそろ着陸いたします、サー。心地よい空の旅だったでしょうか?」

マンスール・ハリファは返事もしなかった。もっと大きなことが頭を占めていた。

女性客室乗務員はアームレストを優しく下ろし、シートベルトを着けたままの姿勢でハリファを起こしてやった。ハリファは隔離房に閉じ込められていた長いあいだに準備した演説の推敲《すいこう》に、身じろぎもせずに没頭した。さらには、プライヴェート・ジェットが着陸して滑走しているときに実際に窓の外に向かって手を振ってみせることまでしたし、カダフィ大佐自らが滑走路まで出迎えてくれていることさえ期待した。

機が停止すると、女性客室乗務員が客室のドアを開けて片側に寄った。ハリファァは座席から立ち上がると、裾の長い白いトーブの皺を伸ばし、カフィーヤをかぶり直して、ゆっくりと通路を歩いていった。

機長が操縦室を出て、敬礼して言った。「ようこそお帰りくださいました、サー」

ハリファァは勝利の表情を浮かべてドアの外へ出た。カメラのフラッシュと待っていた群衆の歓呼が迎えてくれるはずだった。それに応えようと手を挙げたが、実際にはカメラのフラッシュも歓呼の声もなかった。タラップの上から見下ろすと、その下でカダフィ大佐が出迎えてくれていないことも確かだった。

急いで機内に戻ろうとしたが、ハイヒールが胸の真ん中にしっかりと食い込んだだけに終わった。ハリファァが後ろ向きにタラップを転がり落ち、王室警護責任者の腕のなかに飛び込むのを見て、レベッカは笑みを浮かべた。

ダニーが記録的短時間でハリファァをベルマーシュ刑務所へ連れ戻した。所長が門の前でハリファァを出迎えていた。

ダヴェンポート大佐が残念に思ったのは、小戦闘――十二分の戦いはその言葉で首相に報告された――のなかで、部下の一人が負傷したことだった。その日の夜遅くまでに判明した損害は、不可解にも下層甲板から飛来した一発の銃弾に足を撃たれた、若い伍長《ごちょう》一人にとどまった。

十一人のテロリストはすでに海に投棄され、船上は事件の跡形もなかった。ヴィクトリアが子供のころの子守りなら、これが話題になったらこう助言するはずだった。「口は災のもとです。黙っているに越したことはありません」

マヨルカへ帰港した〈ロウランダー〉はどこからどこまで整然《シップシェイプ・アンド・ブリストル・ファッション》とした姿に戻っていて、貸船会社に鍵を返したのはダヴェンポート大佐だった。数日前、絵のように美しいこの湾を出ていったときには間違いなく乗船していなかった二十人は、それぞれの異なる便でロンドンへ戻り、そこからは鉄道でプールにある本拠へと帰って、次の小戦闘に備えることになっていた。

ロスは作戦の翌日、曙光《しょこう》と同時にヘリコプターで〈コーンウォール〉へ移動した。着艦したときに教えられたのは、ダイアナ妃とレディ・ヴィクトリアは士官食堂で艦長と朝食を共にしていることだけだった。

鐘が四回鳴らされ、王室からの訪問者を歓迎すべく、全乗組員が軍の完全正装で甲板に整列した。皇太子妃は案内されて空母を見学し、女王と祖国のために大事な仕事をしてくれていることを乗組員に感謝するために午前中を費やした。乗艦している士官全員との昼食のあと、彼女はヘリコプターでマルタのヴァレッタへ飛び、そこから飛行機でスコットランドへ向かった。

SBSの姿はどこにもなく、〈コーンウォール〉はまだ二か月はポーツマスへ帰らないというなかで、彼女の出発を見送る歓声と宙を舞う帽子が、この神話が伝説になることを強く示唆していた。

ロスは皇太子妃とヴィクトリアに同行し、空路バルモラル城への帰途に就いた。警護対象は明日、ハイランド・ゲームズに出席することになっていた。ロスは少しだけでもヴィクトリアと二人きりになりたかったが、そういう機会は訪れなかった。どうしてかというと、彼はバルモラル城の敷地内の小屋で寝て、彼女は城内にとどまるというのが、王室の決まりだったからである。独りでベッドに横になっていると、自分とヴィクトリアがずいぶん近しくなったこと、妻が死んでから初めて関心を持ったたった一人の女性であることしか頭に浮かばなかった。自分の気持ちを彼女に伝えるときかもしれなかった。そして、ロスは眠りに落ちた。

翌朝、ヴィクトリアはダイニングルームで王族たちと朝食をとり、ロスは執事居住区画に下りて、王室スタッフとともに同じ朝食を堪能した。

腰を下ろし、深皿で盛大に湯気を立てているポリッジに塩を振って蜂蜜を垂らしながら、執事がアイロンをかけて銀の盆に載せて上階へ運ぶ前の〈デイリー・テレグラフ〉の見出しを一瞥した。〝皇太子妃殿下、スコットランドの休暇を中断して〈コーンウォール〉へ意表を突く訪問〟

以前、ヴィクトリアが教えてくれたのだが、〈デイリー・テレグラフ〉の元編集長で、枢密顧問官でもあるディーズ卿《きょう》によれば、〈デイリー・テレグラフ〉が第一版に〝特ダネ〟を載せるときは常に信用してよく、他紙が例外なく第二版で後追いをするのも間違いなく、王室スタッフにも感謝されると決まっているとのことだった。

唯一〈デイリー・メイル〉だけが独自の見出しを一面に躍らせ、売れっ子の王室担当カメラマンがマヨルカでの休暇中に謎の失踪を遂げたことを告げていた。しかし、彼は〈デイリー・メイル〉の専属ではなかったから、他紙がわざわざその話を追いかけることはなかった。王室はすでに〝陰謀説〟という言葉を使って、大事《おおごと》になった場合に備えていた。

その日の午前中遅く、ロスは皇太子妃とヴィクトリアを後部席に乗せてハイランド・ゲームズへ向かうジャガーの助手席にいた。

到着すると、ロスはロイヤル・ボックスの後ろに控えた。チャールズ皇太子と皇太子妃はランドローバーのオープンカーに乗ってトラックを周回しながら、二人を敬愛する群衆に手を振った。

ロスは近衛歩兵第三連隊《スコッツ・ガーズ》のバンドのバグパイプが演奏するスコットランド舞踏曲、「ダッシング・ホワイト・サージャント」に合わせたハイランドのダンサーの踊りを楽しんだ。筋骨たくましい獣のような大男が重い丸太を投げるのを見て驚き、百ヤード競争に参加する六人が芝の走路を本物のアスリートのようにしなやかに走るのを見て驚き、勝者が十秒かからずにゴールテープを切ったことに驚いた。ヴィクトリアがときどきちらりと振り向き、ロスに優しい笑みを送ってくれた。

ロスが嬉しかったのは、お茶のあいだにヴィクトリアが王室の一団から離れ、ロイヤル・ボックスの後ろにいる自分のところへきてくれたことだった。ロンドンへ帰るのはいつかと訊こうとしたとき、〈ラヴァット〉の洒落たジャケットに青と緑のタータンチェックのキルトという服装の客が、ゆっくりと二人のところへやってきた。

ロスは招待客のリストと、そこに添付されている朝食のときの写真を検め、その紳士がサー・ハミッシュ・マクタガート、スコットランド最大のエネルギー企業〈アバディーン石油〉の会長であることを知った。

「ハミッシュ」やってきた彼にヴィクトリアが挨拶した。「こちらはロス・ホーガン捜査警部補、皇太子妃殿下の専属身辺警護官です」

「会えて何よりだよ、ホーガン」マクタガートが握手をしながら言った。

「ハミッシュは」ヴィクトリアが彼に腕を絡ませて言った。「わたしのフィアンセなの」

ロスはすぐには言葉にならず、しばらくしてからようやく言った。「それはおめでとうございます」

「ありがとう、警部補」マクタガートが応えた。「週末も私たちと一緒なのかな？」

「いいえ、サー。私は今夕、同僚の一人と役目を交替してロンドンへ戻ります」

「気の毒に」マクタガートが言った。「ゲームズのハイライトを見られないとはな。スコットランド・チームとイングランドからのヴィジター・チームの綱引きだよ」

「どっちが勝つかは、見るまでもないような気がします」イングランドからのヴィジターは応えた。

36

「あなた、きちんとしようとすると、いつだって女性好みの二枚目俳優みたいな服装になるのね」ベスが言った。「法廷へ行くか、お父さまに会うか、それだけなんでしょうに」

「両方だ」ベスにネクタイを直されながら、ウィリアムは言った。

「被告はだれなの？」

「マイルズ・フォークナーだ。刑務所で過ごす時間がどのぐらい延びるか、もうすぐやつにもわかるはずだ」

「あなたたちのチームは、彼らが関わった裁判の結果について本が一冊書けるぐらい詳しく知っているんでしょうけど、あなたの見込みでは、あの男が釈放されるのはいつごろになるの——二〇〇三年？　二〇〇四年？　二〇〇五年？」

「それはあいつがどういう申し立てをするかによるな」

「でも、たとえ有罪を認めるとしても」ベスが言った。「あの男は過去に脱獄し、自分が死んだと見せかけて逃走したじゃない。裁判長はもちろんそれを考慮に入れるわよね」

「それはそのとおりだ。だけど、やつがスペインの自分の別荘から不法に拉致され、送還命令も出ていないのに、意志に反してイギリスへ連れ戻されたと陪審員が判断したら、ぼくが被告席に坐ることになりかねない」

「必ず面会に行ってあげるわ」ベスが言った。「でも、ときどきよ。いまのわたし、かなり忙しいんだから」

「笑いごとじゃないんだ」ウィリアムは言った。「ブース・ワトソンはこうも主張するだろう。ぼくがフォークナーのスペインの別荘から許可なく貴重な絵画作品を持ち出し、ロンドンへ持ち帰ってきみに与えた、とね」

「あれはわたしに貸与されたの」ベスが挑戦的に言った。「ハルスの展覧会が終わった当日に返却することでブース・ワトソンと合意し、すでにそれを返却しているし、それを証明することもできるわ。それはつまり、あなたはその絵を借りただけで、正当な所有者に返すつもりでしかなかったってことよ」

「だけど、だれが正当な所有者なんだ？」ウィリアムは訊いた。

「クリスティーナに決まってるじゃないの。そして、彼女はすでに、その絵をフィッツモリーン美術館の恒久コレクションに加えることを認めてくれているわ」

「ブース・ワトソンはそれについても異議を申し立てて」ウィリアムは言った。「正当な所有者は自分の依頼人、すなわち、マイルズ・フォークナーだと主張するはずだ」

「少なくともそれは、あなたにはあの絵を盗むつもりなんか最初からなかったと証明することになるんじゃないの？」

「法律上の論点としてはいいところを突いているから」ウィリアムは言った。「父もぼくの弁護をするとき、必ずそれを持ち出して雄弁に議論を展開するだろう。だけど、裁判長は同じようには考えないかもしれないし、ブース・ワトソンが陪審員――新聞は言うまでもなく――に、原告側代理人がぼくの父で、被告席に坐るべき人物を間違えているのではないかと思い出させるに決まっている」

「そうなるとしたら残念ね」ベスが言った。「だって、わたしたちの結婚記念日を楽しみにしていたんだもの。今夜、〈ルシオズ〉に席を取ってあるのよ。ベルマーシュ刑務所でテーブルを予約するよりずっと難しいんだから」

「どこへ行くんです、マイ・ダーリン？」セバスティアンがクリスティーナにコートを着せてやりながら訊いた。

「劇場よ」

「朝の九時に？」

クリスティーナは笑い、セバスティアンが彼女の自宅フラットの玄関のドアを開けた。

「十時にオールド・ベイリーで幕が開くんだけど、それよりずっと早く行って、正面特別席に坐っているつもりなの」

クリスティーナはエレベーターへ歩きながら付け加えた。「今回の判事はミスター・ジャスティス・セジウィックが演じることになっていて、主役のミスター・マイルズ・フォークナーの運命を決めなくてはならないの。それで、わたしの元夫は市民を代表する十二人の観客を前にしてさよなら公演を行なうのよ。陪審長に判断を問われたときに有罪か無罪か、どちらか一言だけ発すればすむことを期待している、陪審員という観客を前にね」

「でも、もしあなたの元夫が有罪を認めたら？」セバスティアンがエレベーターに乗り込みながら訊いた。

「それはマイルズのやり方じゃないわね」クリスティーナは一階でエレベーターを降りながら言った。「敗北を認めるより、弾丸《たま》を撃ち尽くすほうを選ぶはずよ。白状すると、実はわたし、もはや彼に同情すら感じているのよね」

「なぜですか？」セバスティアンが訝った。「だって、彼は自分のアート・コレクションをあなたに譲ることに正式に同意しておきながら、あなたを騙してその同意をなかったことにしたうえに、その埋め合わせにあなたに支払った一千万まで掠《かす》め取ったんでしょう？一千万といったら、ぼくとあなたが死ぬまでシャンパンとキャヴィアの生活ができる大金ですよ」

「忘れないで。マイルズはこれからの一生を制限された空間で、パンと水だけで送るはめになる可能性があるの。一方、わたしはと言えば、いまも住むところがあり、扶助料という名目で週に二千の収入があり、さらに、わたしのビジネス・パートナーのベス・ウォーウィックからときどきボーナスも入ってきているわ」クリスティーナが建物を出ると、専属運転手が正面入口の前に車を停めた。「だから、あなたが文句を言う筋合いはないの」

セバスティアンは賞味期限を過ぎたという決心がようやくついたクリスティーナは、動き出したメルセデスの後部席から、さよならと手を振った。

「いつもどおりでよろしゅうございますか、サー?」メニューを返してきたブース・ワトソンにボーイ長が訊いた。

「いや、今日は昼をきちんと食べている時間がないだろうから、イングリッシュ・ブレックファストのフルコースを頼む」

ボーイ長が小さく頭を下げた。

別のウェイターが湯気の立つブラックコーヒーをカップに注ぎ、ブース・ワトソンは腰を落ち着けて〈タイムズ〉を読みはじめた。マイルズ・フォークナーの裁判が今日の午前中にオールド・ベイリー一番法廷で開かれることを告げる記事に目が留まった。裁判長がミスター・ジャスティス・セジウィックだと知ったとき、ブース・ワトソンは内心にんまりしたのだった。寛容を旨とする判事ではないからである。わが依頼人はさらに数を増した年月を刑務所で過ごすことになる、とブース・ワトソンは密《ひそ》かに確信していた。それはサー・ジュリアン・ウォーウィックの勝利のように見える。なぜなら、おれが敗北を優雅に認めるからであり、そのあとで、この仕事は充分やったし、そろそろ鬘《ウイッグ》とガウンを脱いで田舎《カントリー》に引っ込む潮時だと判断したと昔からのライヴァルに告げるからだ。ただし、その国《カントリー》がどこかを教えるつもりはない。

依頼人がベルマーシュ刑務所へ送り返されるや、おれはしっかり練り上げた脱出戦略を実行に移す。まず、美術品輸送会社の〈アート・リムーヴァルズ・リミテッド〉に連絡し、ガトウィックの美術品保管所からマイルズのアート・コレクションを引き揚げて香港へ送り出すよう指示する。特に急いではいないと付け加えるが、それはおれ自身がこの国を出る前に片づけなくてはならない問題がいくつかあるからだ。何よりも、メイフェアのマイルズの銀行を何度か――おれのグラッドストーンバッグは一度に二十万ポンドしか入らないから――訪れる必要がある。だとすると、あそこにある一千万がすべて取り出されて貸金庫が空になるまでしばらく時間がかかる。いずれはグラッドストーンバッグを二つ持っていかなくてはならないかもしれない。

マイルズがそこに置いている金はそもそもは元妻のものだったわけで、それを盗んだわけだから――もっとも、おれの見るところでは、彼女は生活するのに十分どころかお釣りがくるほど金に不自由していないが――、その金がある口座から別の口座へ移されたとしても、法的に訴えられる心配はほとんどない。最初の口座を空にしたら、次はマイルズのアート・コレクション――もうすぐおれのコレクションになる――だ。そのころには九龍へ着いていて、ミスター・リーが好きなときに好きなようにそれを検め、さらなる一億ドルを、最近開いたもう一つのおれの口座に振り込んでくれる。

それらの処理が終わったら香港へ飛び、迂回ルートを取る長い旅をして、最終目的地のシアトルを目指す。すでにそこに安くない頭金を入れて、ピュージェット湾を望む超高級ペントハウス・アパートメントを確保してある。裁判長が判決を言い渡して完全にすべての片がついた時点で、その契約を完了させる。

ブース・ワトソンは最近、偽造パスポートまで作って新しい身分を手に入れることに成功し、その身分で世界のあちこちにいくつかの銀行口座を開いていた。マイルズとの長年の付き合いで教えられた見事な手口の一つだった。

「被告人は退廷」と密かにつぶやいたとき、卵、ベーコン、マッシュルーム、そして、豆の皿が前に置かれた。

ブース・ワトソンはナイフとフォークを手にして攻撃態勢を整えた。

チューリップはプラスティックのフォークを置いた。

「有罪を認めるんですか、それとも無罪を主張するんですか?」彼はテーブルの向かいに腰を下ろしたマイルズ・フォークナーに訊いた。

マイルズはオールド・ベイリーでの裁判の前日、フォード開放型刑務所からベルマーシュ重警備刑務所へ移送されて、ロンドンで夜を過ごしていた。その日の朝はいい始まりとは言えなかった。朝食の列の最後尾に並ぶよう指示され、かつての定席がすでに埋まっているのを知ることになっただけだった。

マイルズは少し考えてから、チューリップの質問に答えた。「まだ決めてない。ブース・ワトソンとウォーウィック警視、どっちがより信用できないかの判断がついていないんだ」

「信用できないことにかけては、どっちも似たり寄ったりでしょう」チューリップは新しいとは言えないパンでベイクド・ビーンズの残りを掬《すく》い取りながら言った。「たとしたら、まだしもましなほうを選ぶしかないんじゃないですか」

「大変に有益な助言だな」マイルズが言った。

マイルズが気づかないうちに看守がやってきて、肩をしっかりと押さえて言った。「急げ、フォークナー。判事を待たせたくはないだろ？」

マイルズは手つかずの皿を脇へ押しやると、それをつかむチューリップを尻目に監房へ戻り、時間をかけてこの日のための服装に着替えた。一年近く着ていない洒落たネイヴィブルーのスーツ、アイロンをかけたばかりのシャツ、ハロー校のスクール・タイ。次の十年を刑務所で過ごす可能性のある男というよりは、会社の重役のように見えるはずだった。壁に捩子で留めてある鉄縁の鏡でネクタイを検めていると、二人の警備員が房に入ってきて、そこにいる男を後ろ手にして手錠をかけた。明らかにマイルズ・フォークナーを知らなかった。煉瓦敷きの緑の通路を進み、いくつかの保安ゲートを抜けて、ようやく人気《ひとけ》のない、寒々とした昼の陽の当たっている中庭に出た。最後に、外の世界へつづく木製のゲートが開けられた。

「今夜の再会を楽しみに待っているからな、フォークナー」看守の一人が無駄口を叩き、服役囚が逃走してくれるのを願っているかのように見える、三人の大柄な警察官にマイルズを渡した。

三人はマイルズの足が宙に浮かんばかりにがっちりと左右と後ろを固め、待機している車へ連行して、後部席へ突き飛ばした。筋骨隆々の警察官が左右に、三人目が助手席に坐った。自動的にドアが閉まって車が動き出し、オールド・ベイリーまで絶対に不必要に停止しなくてすむよう、二台の警察オートバイが先導した。今回はいかなる危険も冒すつもりがないようだった。

その間《かん》、マイルズは後部席で一言も発することなく、どう申し立てをするかを考えつづけた。小規模な車列がオールド・ベイリーの被告人出入り口を通り抜けて裏庭に停まったときも、どう申し立てをするかの判断はまったくついていなかった。

さらに三人の警察官が待っていて、地下の狭くて薄暗い監房にマイルズを連行した。手錠が外される気配はまるでなかった。ドアが閉まって一人になると、マイルズは窮屈そうなベッドの端に背筋を伸ばして腰かけた。横になってスーツが皺になるのを避けたかった。唯一読むものといえば、前の住人が壁に殴り書きしたメッセージだけだった。〝警察に嵌められた。おれは無実だ……〟どう申し立てをするか考える時間はまだまだありそうな様子だったが、そのとき、ようやく頑丈なドアが開いて手錠が外され、石の階段を上がって被告席へ連れていかれた。

壊れそうな木の椅子に腰を下ろすと、武装警備員が両側に立った。全員が裁判長の入廷を待っていた。

ブース・ワトソンはいつもの被告側弁護人席に坐って、冒頭陳述の確認をしていた。サー・ジュリアン・ウォーウィックは腕組みをし、後ろへのけぞるようにして自分の下級法廷弁護士と相談をしていた。ちらりと左を見たマイルズは、クリスティーナが法廷の後ろに一人でいることに気がついた。これが元夫の顔を見る最後になることを願っているのが見え見えだった。彼女に欠けているのは、編み物をしながらギロチンが落ちるのを待つための編み棒だけだった。

法廷の反対側に目を移すと、ホークスビー警視長とウォーウィックが並んで坐っていた。ウォーウィックは緊張している様子で、こちらがどういう申し立てをするか気にしているに違いなかった。が、その答えはもうすぐわかるはずだった。

時計がチャイムを十回鳴らして定時を告げると、法廷の奥の扉が開き、赤い裾長のガウンにグレイの鬘《ウイッグ》のセジウィック裁判長が入廷した。法廷にいる全員が起立して裁判長——退場を恐れるあまりプレイヤーの誰一人として抗議など考えもしない審判員——に一礼した。裁判長は答礼すると赤いフォルダーを自分の前のベンチに置き、ハイーバックの革張りの椅子に着席した。腰を落ち着けるやガウンを直して、高い位置からまずはサー・ジュリアンに、次いでミスター・ブース・ワトソンに目礼したあと、開廷手続きを始めるよう法廷事務官にうなずいた。黒いガウンをまとってヴィクトリア時代の学校長の雰囲気を漂わせている法廷事務官が立ち上がり、今日の最も重要な仕事を遂行するためにゆっくりと進み出た。そして、被告人席の前で足を止めると、法廷じゅうに大音声を響き渡らせた。

「被告人は起立してください」

マイルズは起立したが、ひどく脚が震えて、目の前の手摺をつかまなくてはならなかった。何とか持ちこたえていると、法廷事務官がつづけた。「ミスター・マイルズ・フォークナー、被告は脱獄、偽名を使っての不法出国、偽造パスポートの使用、自らの死の偽装の容疑で起訴されています。どのように申し立てますか？　有罪ですか、無罪ですか？」

法廷にいる全員が被告を見た。が、ブース・ワトソンだけは例外で、まっすぐ前を見つめていた。それがマイルズにふたたび考えを変えさせた唯一の理由だった。彼は正面から裁判長を見上げて言った。「有罪です」

サー・ジュリアンは反対側の弁護人席で安堵のため息が漏れたのを聞いたような気がしたが、そのため息はすぐに大きなどよめきに呑み込まれた。数人の新聞記者が法廷を飛び出して最寄りの電話へと走っていった。

裁判長は喧騒《けんそう》が静まるのを待って自分の前のフォルダーを開き、法廷に入る直前に完成した声明文について考えた。午前中の早い時間に控訴局長官から、被告が無罪を申し立て、陪審員が有罪と判断したら、推奨されている手続きに従って、被告の刑期を以前の二倍にするべきだとの助言を受けていたのだった。が、その助言はたったいま、無用のものになっていた。

「これから言い渡そうとする判決について、本職はずいぶんと考えました」裁判長は被告を見据えて口を開いた。

申し立てを変更するには遅すぎるだろうかとマイルズは考え、ブース・ワトソンは口元をかすかに緩めた。

「そして」裁判長はつづけた。「被告が有罪を申し立てたこと、それによって、本法廷にかなりの時間と経費を節約させてくれたことのみならず、このほうがもっと重要なのですが、脱獄したあと、自らの自由意志でイギリスへ戻り、当局へ身柄を預け、貴重な絵画をフィッツモリーン美術館へ貸し出し、本職の理解するところでは以降も当該美術館の恒久コレクションに加えることに同意したという事実も考慮の対象としました」

マイルズは反応せず、ブース・ワトソンは驚きを顔に表わし、クリスティーナはただ笑みを浮かべてうなずいた。

裁判長は間を置き、フォルダーのページをめくってからつづけた。「最近、本職の注意を喚起する別の問題がありました。検事総長の訪問を受けるまで私はそれを知りませんでした。検事総長と会ったあと、実質的に酌量すべき情状があり、被告の服役期間の長さについて考えるべきだという結論に本職は至りました。しかし、それらの酌量すべき情状が何であるかについて、公開法廷で本職が言及するのは適切ではありません。故に、本件に直接関わりのない全員の退廷を法廷事務官に要請します」

陪審員、不満の声を漏らす新聞記者の何人か、そして、一般傍聴席の全員――なかには失望を隠せない者もいた――が渋々法廷から出ていくまでに、しばらく時間がかかった。

法廷事務官が一番法廷の扉を閉めて施錠し、裁判長に一礼して手続きを再開できることを示した。

「本職はまた」裁判長はふたたび口を開いた。「警察がテロリストの攻撃を阻止するに際して被告が果たした立派な役割についても考慮に加えました。自らの命が危険に晒されるのを顧みることなく被告が協力してくれたからこそ数多の市民の命が救われたことは、疑いの余地がありません。さらに、被告のその行動によって、警察がさらなる犯罪を阻止できたことも確かです。阻止できなければ首都警察のみならず政府が大きな屈辱を味わうことになるという、国家的に重要な犯罪です。被告が介入してくれたおかげで、その犯罪に加わった者たちは、現在、警察に勾留されています。これらのことを念頭に置いても、八年の刑を被告に課すのが妥当と考えます――」マイルズは異議申し立ての声を上げようとしたが、それは次の言葉を聞くまでだった。「――が、情状を酌量し、その期間を猶予します。しかし、期間中にふたたび罪を犯すという愚かなことをしたら、執行猶予は即刻取り消され、さらに服役期間が延びることになります。その場合、以降も刑期の短縮はありません。わかりましたか？」裁判長がまっすぐに被告を見据えて言った。

「よくわかりました、裁判長《ミラッド》」マイルズは答えた。震えていた膝にとたんに力が戻った。

　裁判長が赤いフォルダーのページをめくった。「ベルマーシュ刑務所服役中、また、最近ではフォード刑務所服役中――そこでは刑務所図書館の司書を務めていました――も、被告が模範囚だったとの刑務所当局からの報告もあります」ウィリアムは内心で笑みを浮かべた。「故に、元々の刑期を半減することとし、被告は三か月後に釈放されることになります」

　法廷の後ろのほうにいたクリスティーナが弾かれたように立ち上がって出口へ向かった。マイルズが復讐に取りかかるまで数週間しかないことはよくわかっていた。

「申し訳ありませんが、マダム」法廷事務官が行く手を塞いだ。「裁判長の手続きが完了するまで、扉の開錠を許されておりません」

「サー・ジュリアン」裁判長が原告側代理人を見下ろした。「この判断に対して、あなたが原告側を代表して異議を申し立てられるとしても、本職は無条件に理解します」

裁判長が驚いたことに、サー・ジュリアンはゆっくりと起立すると、こう言った。「この判断を受け容れます、ミラッド。質問はありません」

「ありがとうございます、サー・ジュリアン」裁判長はそう応えると、顔面蒼白《そうはく》になっているブース・ワトソンを見た。彼は裁判長の判断に異議を申し立てたいかのように見え、自分が被告側弁護人でさえなかったら実際にそうしていたはずだった。

ブース・ワトソンはマイルズが釈放される前に彼の貸金庫から残りの金を持ち出すのに、また、彼のアート・コレクションを香港へ移すのに、猶予は二か月しかないことも受け容れた。それを頭において、依頼人に祝福の笑みを送り、親指を立ててみせることまでした。考えてみれば、有罪を認めればクリスマスまでに釈放されるようにしてやると約束していたのではなかったか？　だが、ブース・ワトソンは新年を最近手に入れたシアトルのペントハウス・アパートメントで祝うのを諦めたわけでは金輪際なかった。

二人の警備員に連行されて被告席を出るマイルズが、ブース・ワトソンを見つめて穏やかな笑みを送り、首を振ってみせた。

37

「お客さまには、マダム」ルシオが言った。「マッシュルームを敷き、レモンソースをほんの少し振った、バターで軽く焼いた舌平目のムニエルはいかがでしょう?」

「完璧じゃないかしら」ベスはメニューを返した。

「冷えたプイィ・フュメがぴったりかと」

「素晴らしい選択ね」

「ぼくには?」ウィリアムが訊いた。

「お客さまには、サー、グリーンピースを添えたフィッシュ・アンド・チップス人がよろしいかと。酢とトマトケチャップを十分にお使いいただければと存じます」

「その下には何が敷いてある――」

「〈ニューズ・オヴ・ザ・ワールド〉でございます」

「合わせる飲み物は?」

「一パイントの常温のビールでいかがでしょう」

「最高だ」ウィリアムが満足を顔に浮かべた。

「ルシオ、あなたは知らないでしょうけど、この人は野蛮人なの」ベスはウィリアムの手を取って言った。「でも、わたしの野蛮人というところが、たった一つだけどあるの」

ルシオがシャンパンの栓を抜いて三つのグラスに注ぎ、自分のグラスを挙げて言った。

「ご結婚記念日、おめでとうございます！」そして、ボトルをアイスバケットに戻して去っていった。

「プレゼントを開ける前に」ベスが自分の前のテーブルに置かれた、きちんと包装されている小さな包みを見て言った。「裁判長がマイルズ・フォークナーの刑期を何年増やしたか、それを早く知りたいわ」

「ゼロだ」ウィリアムは応えた。「それどころか、実際には、免罪符というか釈放カードというか、それをあいつにくれてやったんだ」

「何ですって！　そんなことがどうして可能なの？」

「裁判長の言葉を借りるなら、情状酌量だよ」

「たとえば？」

「父に訊いてくれ」

「あなたに教えないんだったら、わたしにはもっと教えてくれないわよ」

ウィリアムはそれに応えず、シャンパンを飲んだ。

「ブース・ワトソンは欣喜《きんき》雀躍《じゃくやく》ってところだったんでしょうね」ベスが言った。

「そのときのあいつの顔を見たら、きみだってそうは思わなかったはずだ」ウィリアムは言った。「実は、閉廷後に廊下で会ったときに父が話してくれたんだが、父自身もブース・ワトソンが判決に異議を唱えるんじゃないかと、一瞬思ったそうだ。だけど、きっと考え直したんだろうな。だって、意外も意外、最終的には自分の手柄にしようとしたんだから」

「もちろん、フォークナーはそれに乗らなかったんでしょうね」

「ああ、乗らなかった。ブース・ワトソンは富をもたらしてくれる収入源を失っただけに終わったんじゃないかな」

「あの男を過小評価しちゃ駄目よ」ベスが言った。「強風のなかの風見鶏《かざみどり》みたいな速さで向きを変えることができるんだから。一も二もなく喜んでクリスティーナの代理人になるし、そうなったら、背後を気にしつづけることになるのはフォークナーよ」

「そして、暗闇に潜んでいる彼女の共犯者、すなわち、きみを見つけることになるのは間違いないな」ウィリアムは宣言し、グラスを挙げた。「結婚記念日、おめでとう、マイ・ダーリン」

「おめでとう。わたしたち、マイルズ・フォークナーにも乾杯するべきじゃない？」

「なぜ？」

「もし彼が無罪を申し立てていたら、わたしたちは今夜、結婚記念日をお祝いできなかったかもしれないでしょう」

「確かに、どっちに転んでいてもおかしくなかっただろうな」ウィリアムは認めた。

「それは夜が明ける前にあなたがベッドを飛び出して、蛇じゃないほうの〈コブラ〉の会議に出席したことと何か関係があるの？」ウィリアムはシャンパンを飲んだ。「〈コブラ〉って何の頭文字なの？」ベスが閉ざされた扉を開けようと粘った。

「閣議室《キャビネット・オフィス・ブリーフィング・ルーム》だ」ウィリアムは答えたが、それ以上の説明はしなかった。

「最後のAは？」

「伝説では、ある公務員が後知恵でAを付け加えたことになっている。そのほうが重要な委員会に聞こえると考えたんだそうだ。彼以外は普通に〈委員会室A〉を提案しているときにね」

長い沈黙のあと、ベスはついに諦め、自分の前の包みに目を戻した。

「何かしら？」彼女は包みを開きはじめた。「もしかしてダイヤモンドのネックレスだったりする？」

「その希望を叶えるには、十回目の結婚記念日を待ってもらうしかないな」

「真珠、ルビー、それとも、金？」

「三十年、四十年、五十年の順で長くなる」ウィリアムが軽口を叩くあいだも、ベスは赤い包装紙をゆっくりと開いて箱の蓋を取った。エタニティ・ブレスレットが露わになった。

「わたしがまさにこれを欲しがっていたことがどうしてわかったの？」

「このひと月、そのことを結構あからさまにきみが仄めかしていたからかな」ウィリアムは彼女の手首にブレスレットを通すと、小さな金のドライヴァーでしっかり留め金を固定して外れないようにした。

「終身刑ね」ベスがため息をついた。「そして、わたしを弁護してくれる弁護士もいないのよね」

「きっとブース・ワトソンなら喜んで弁護してくれるぞ。現状、あいつはかなり依頼人が不足しているからな」

「彼を雇う余裕はないわ」ベスが額に腕を当ててため息をついた。「だから残念だけど、野蛮人、わたしはあなたから離れられないの」

「その時計はだれにもらったんだ？」ウィリアムはベスの手首にある、これまで見たことのない〈カルティエ・タンク〉に気づいて訊いた。「ぼくのライヴァルがいるのか？」

「何人かね。でも、あなたの質問に対する答えは、警視、クリスティーナよ」

「それにしても驚くほど気前のいいプレゼントだな。断言してもいいが、彼女の元夫はぼくに何もくれなかったぞ。早期釈放を勝ち取らせてやったのに」

ベスが怪訝そうに片眉を上げたが、ウィリアムは答えを教えてやらなかった。

「クリスティーナの場合、いつものことだけど」ベスが言った。「見かけどおりであったためしがほとんどないの。この時計だって、フランス・ハルスのオープニングで彼女がしていた記憶があるわ。でも、この時計の鰐《わに》革のベルトは新品みたいだし、おさがりだとしても、そんな気前のいいことができる人はクリスティーナ以外にいないわ」

「それはつまり、きみの共同事業者は儲かってるってことか？」

「それは確かね。最大の理由は、最近、わたしがラッセル・フリントの水彩画でささやかな当たりを取ったことにあるの」

「父親のほうか、それとも、息子のほうか？」

「知識をひけらかすのはやめなさい」ベスが咎めた。「その絵を売って、かなりの見返りを得ることができたのよ。それで、クリスティーナが自分の取り分の再投資をつづけてくれているの。だから、彼女を対等のパートナーにしたわ」

「きみは着々と強欲資本主義者になりつつあるな」ウィリアムはふたたびグラスを挙げて言った。

「でも、いつまでつづくかしら」ベスが物思わしげに言ってウィリアムに片眉を上げさせ、シャンパンを一口飲んでから、暗黙の質問に答えた。「今朝、フィッツモリーンの理事長から電話があったの。ジェラルド・スローンが館長を辞めたことを教えるためにね」

「なぜ？」ウィリアムは一拍置いて付け加えた。「理由があるはずだろう」

「あるとしても」ベスが言った。「彼らは何も言っていないわ」

「彼が辞めることを、きみはあらかじめ知っていたのか？」

「理事会に復帰するかどうかを理事長に訊かれたクリスティーナが、そのときに突き止めたのよ」

「だったら、クリスティーナは理由を知ることになったはずだ」ウィリアムは言ったあとで付け加えた。「それはつまり、きみも知ってるってことだろう」

「スローンが館長になってまだ日が浅いのに、秘書が三人も立てつづけに辞表を出して、理事会がそれを深刻に受け止めたのかもしれないわね」

「いや、絶対にそれだけじゃないはずだ」

「あなたがフォークナーの件について知っていることを教えてくれたら、わたしもスローンの件について知っていることを教えてあげる」

ウィリアムは一瞬ためらったかに見えたが、間もなく思い直した様子で、妻の言葉など聞こえなかったかのように言った。「館長に立候補したらどうだ？　だって、ハルスの肖像画がいまもフィッツモリーンの壁に掛かっているのはきみのおかげだと、理事会だって気づいているに違いないんだから」

「実は迷っているの」ベスがもう一口シャンパンを飲んで言った。「フィッツモリーン美術館の館長になるということは、いまの収入の約五十パーセントがなくなり、出勤しなくてはならなくなり、子供たちを世話する時間が激減することを意味するわ。同時に、美術館の財政を赤字にしないという現在進行形の困難と闘いつづけなくてはならないということでもあるのよ」

「それなら、ぼくは警視正に昇任しないといけないいな」ウィリアムは言った。

「でも、館長になってくれとすら言われないかもしれないわ」ベスが憂わしげに言った。

「理事会だって、二度の過ちは犯さないさ」

ルシオが再登場して、舌平目のムニエルをベスの前に、フィッシュ・アンド・チップスを渋々ウィリアムの前に置いた。二人とも満足の顔になった。ソムリエが進み出てプイィ・フュメの栓を抜き、ベスのグラスに少量を注いだ。彼女は一口味見をして笑みを浮かべた。ソムリエが彼女のグラスに白ワインを満たし、ルシオはウィリアムの前に一パイントのビールを置いた。

ベスがナイフとフォークを手にしたとき、ウィリアムの携帯電話が鳴り出した。

「応答するんだったら、危険を覚悟しなさいよ、野蛮人」ベスが言った。

ウィリアムが内ポケットから携帯電話を取り出して電源を切ろうとしたとき、スクリーンで瞬いている番号が見えた。結果を考えているあいだも呼出し音は鳴りつづけ、ウィリアムはベスの言う危険を覚悟して、電話を耳に当てた。

「おはようございます、サー」ウィリアムは応えた。「ベスと私の結婚記念日を祝う電話だと考えてよろしいでしょうか。これから主菜を堪能しようとしているところなのですが」

「結婚記念日、おめでとう」ホークが言い、間を置くことなく付け加えた。「たったいま一〇番地から電話があった……」警視長の言葉を注意深く聞くウィリアムを睨みつけ、ベスが魚料理用のナイフを頭上高く掲げた。

「すぐに向かいます」ウィリアムは電話を切り、申し訳ないという顔で妻を見た。

「わたしがあなたを殺すべきでないと納得できる理由を一つでも考えついた?」ベスがナイフをじりじりと夫の心臓に近づけながら言った。

「いや、考えつかない」ウィリアムは認めた。「でも、首相と面会するまで刑の執行を猶予してもらえないだろうか?」

親愛なる読者のみなさん

ウィリアム・ウォーウィックの最新の冒険を読んで、執筆中の私と同じぐらいに楽しんでいただけたでしょうか。

執筆することに勝る楽しみの一つに、詳細な調査をすることが挙げられます。それが作品に正確さを付け加えてくれるからです。本作も例外ではありませんでした。しかしながら、事実とは違う変更を意図的に行なわなくてはならなかったところもあります。特に挙げるなら、プロムスの最終夜の時間に関してです。また、読者のなかにはそれ以外の、重要性の低い不正確な部分についても、些細な難点を見つけた方がおられるかもしれません。しかし、それを指摘すべくペンを取る前に、これがフィクションであることをどうぞ思い出していただきたい。私はただみなさんに物語を楽しんでほしいのです。

敬具

ジェフリー・アーチャー

著者インタヴュー

――窃盗、詐欺、薬物、殺人と、それぞれに異なる犯罪と警察のそれぞれに異なる対応部局を調査して題材にしてこられたわけですが、今回、王室警護を選ばれた理由は何でしょう。

このシリーズを通じて、ウィリアムは一作ごとに階級が上がり、それぞれに異なる部局でそれぞれに異なる犯罪に立ち向かっています。第一作では窃盗、第二作では薬物……という具合です。ですから、一作ごとに新しいテーマを見つけなくてはなりません。今回、王室警護を選んだのは、それが実際に魅力的な部局だとわかったからです。理論上は警察組織に属しているけれども、警察組織とはほぼ全面的に切り離されていて独立性が高く、ウィリアムと彼のチームにとって興味深い領域なんです。

――本作の調査はどのように行なわれたのでしょう。

大変ありがたいことに、ジョン・サザーランド元警視正、麻薬対策班にいたミシェル・ロイクロフト元捜査巡査部長が、常なる助言者として控えてくれています。二人のおかげで、警察にまつわるすべてについて正確を期することができています。私にとってそれが重要であるのは言うまでもないことであるし、さらに、警察の仕事の詳細を知ることが大好きな読者が大勢存在することがわかっているからでもあります。次の作品のテーマを知ると、彼らは特にその領域にいた人物を紹介することもしてくれました。今回は、かつて王室警護班にいたことのある二人に助けを求め、どういう物語にしようとしているかを説明して、何が可能で、何が不可能かを教えてもらわなくてはなりませんでした。のみならず、ダイアナ妃の警護官の一人から、彼自身の体験を聞かせてもらうこともできました。

――調査をしているあいだにわかった事柄でお気に入りのものがあるとしたらどんなことでしょう。

警護官は消えていなくてはならない――これが結構気に入っています。装いも物腰もその場にふさわしくしているせいで、すっかり雰囲気に溶け込んでしまっているんです。とても注意深く観察すれば、必ずそこにいるのですが、でも、そうは見えないんです。その術の身に着け方に私は魅力を感じます。もちろん、私が知らなかったことはそれだけではありません——たとえば、王族が訪れることになっている建物に事前に三度足を運び、すべての出入り口を一つ一つ検め、招待客リストに載っている一人一人の身元照会をし、彼らがどこに坐り、どこを歩き、どこで足を止め、どこで車を降りるかを確認することも、今回初めて知りました。彼らはどんな些細なことも何一つとしてなおざりにしません。非常事態が生じたときに超の字がつくほど迅速に、躊躇なく動けるようにしておかなくてはならないからです。もちろん、それらもすべて、物語と関連して本作に取り込まれています。

——本作のための調査から、優秀な警護官となるためには何が必要だと思われますか。警察のほかの仕事と、技術的にどこが違っているのでしょう。

まず、とても勇敢でなくてはなりません。そうですね、アン王女の乗った車がバッキンガム宮殿へ帰る途中、ザ・マルで襲われたとき、彼女の命を救った警護官を例に取りましょうか。その警護官はもう引退していますが、ありがたいことに、彼の人生と仕事について、会って話を聞くことができました。アン王女の一件のあと、彼は女王の警護官として仕事をつづけました。ですから、聞くべき話はたっぷりありました。実際、警護官として必要な条件の上位に位置づけられるのは、勇敢であること、そして、予想外のことが起きたときに自力で考える能力があることです。同時に、自分が警護している王族と、個人的なものになることなく関係を構築する能力も必要でしょう。

――このシリーズのこれまでの五作品で、ウィリアムはそれぞれの種類の異なる捜査をしてきているわけですが、執筆していて最も楽しかった作品はどれでしょう。

正直に言ってもいいと思いますが、次の作品に移るとき、過去の作品との関連が完全になくなるわけではないし、これから執筆にかかる作品がその前の作品より刺激的だという振りはできません。しかし、ほかの作家もそうだと思いますが、いま書いている作品が一番刺激的だと考える傾向はあります。本作はとてもとても刺激的でした――私はそれをこの上なく楽しむことができました。

――自身が冒険的な起業をし、ジョジョを家族の一員として迎えて、本作ではベスの役割がより大きくなっています。ウォーウィック・ファミリーを描くことの愉しみは何でしょう。

私は〈クリフトン年代記〉を楽しんで書きました。あれは本質的には家族の物語です。それに、警察のことを書くのであれば、彼らが普通の生活をしている普通の人間であることを示す必要があると私は考えています。実際、私は第一作『レンブラントをとり返せ』でこう言っています――〝これは警察の物語ではない、これは警察官の物語である〟。ですから、ウィリアムの妻のベスは、このシリーズのすべての作品でとても大きな役を演じます。彼女は美術の専門家であると同時に二児の母でもあるので、読者は彼女と子供たちとの関係と、現代のプロフェッショナルな職業に就いている現代のプロフェッショナルな女性を目の当たりにすることになるわけです。それは並列して描かれるので、二人の子供の面倒を見なくてはならなくなったときに生じる困難も読者は知ることになります。

――ベスとクリスティーナ、レベッカとジャッキー、本シリーズでは強い女性が重要な役どころを演じています。彼女たちを描き出すうえで楽しいのはどういうところでしょう。また、その着想はどこから得るのでしょう。

このシリーズに登場しているのは、ベスからクリスティーナまで、典型的なタイプの女性です。ベスはとても頭がよく、重要な仕事をしている高度な教育を受けた女性として描かれています。クリスティーナはフォークナーと結婚し、かなり抜け目がないけれども、この上ない悪として描かれていて、略奪者であり、とても狡猾でもあります。私は彼女を描くのが大好きです。彼女はとても面白い。妻がいつも言っているとおり、主人公より敵役のほうがはるかに面白いんです。もちろん、ウィリアムのチームにもジャッキー・ロイクロフトとレベッカ・パンクハーストという二人の女性がいます。ですから、読者は彼女たちの生活も追うことになります。

私の小説では、女性――特に強い女性――が、とても大きな役割を演じます。それは私の妻が強い女性だからかもしれません。それに、私はマーガレット・サッチャーと仕事をするというまたとない機会にも恵まれました。また、私を育ててくれた母のローラも強い女性でした。彼女たちは私の人生においてとても大きな役割を果たしてくれています。ですから、私の作品にそれが反映されるのは自然なことなんです。作家志望の若い人たちに私が常々言っているのは、知っていることを書きなさいということです。なぜなら、読んでいる人たちに信じてもらえるからです。いい物語がすぐそばに転がっていることは珍しくありません。それを見つけて、一捻《ひとひね》りするだけでいいんです。

——本作ではマーガレット・サッチャーとダイアナ妃が登場します。あなたはどちらもご存じだったわけですが、二人を書くことに妙な感じはありませんでしたか。

ありませんでした。マーガレット・サッチャーとダイアナ妃を書くのは愉しかったですね。なぜなら、私が二人を知っていて、二人がそこにいることが必然だと読者に思ってもらえる自信、二人を生き生きと描き出す自信があったからです。それがとても大事だと私は考えています。本作で私が何よりも嬉しかったのは、早々に本作を読んでくれた読者の本当に多くが、私がダイアナ妃とマーガレット・サッチャーをとてもよく知っているのがよくわかると言ってくれていることでした。これこそがまさに執筆の醍醐味です。私はダイアナ妃やマーガレット・サッチャーが実際にそこにいるかのように読者に思わせ、「いや、実際にそうなんだろうな」と言わせたいのです。

——現実の世界でダイアナ妃と出会った経緯を教えてもらえますか。

望外にも彼女のために仕事をする機会があったんです。私はかつて、彼女のチャリティ・オークションの多くで競売人を務めました。それが趣味だったんです。四十年のあいだに千回以上もチャリティ・オークションの競売人を務め、六千万ポンド超を売り上げました。ダイアナ妃との初対面は有名な心臓外科医のサー・マグディ・ヤコブの昼食会で、私はそのあと〈ハロッズ〉のメイン・ダイニングルームで行なわれるオークションの競売人を務めることになっていたのです。彼女のために競売人を務めた、最初のオークションです。三十年か三十五年ぐらい前のことです。後に競売人について訊かれた彼女が、私と仕事をするのを気に入っていると言ってくれたときは嬉しかったですね。そして、面白いことに、突然大量の招待状が届くようになりました。

——実在の人物と虚構の人物を書くときの違いは何でしょう。

そうですね、前者の場合はより正確に書かなくてはならないというところではないでしょうか。たとえば、マイルズ・フォークナーとかウィリアム・ウォーウィックを書くときは、自分が面白ければいいんです。白状するなら、どこであれ自分の好きな方向へ向かって進み、書かれていることを信じるかどうかは読者に任せればいいんです。ダイアナ妃やマーガレット・サッチャーを書くときは、「いや、それは信じられないな、ジェフリー。テレビで見て知っているが、二人ともそんなふうじゃなかったぞ」と読者に言わせるわけにはいきません。読んでこう言ってもらわなくてはならないんです。「そうとも、もちろん信じるよ。自分の感じ方とぴったり同じだ」実は、これは大きな挑戦なんです。いくつかの点で、ノンフィクションを書いているのとほとんど同じなんですから。しかし、もちろん、そのことは本作のエピグラフ――〝これは実話では？〟――が示唆しています。

――このシリーズの次作について教えてください。

本作を書き終えて次作を考えなくてはならないとき、奇妙なことが起こりました。新型コロナウイルスのせいで、私も妻もケンブリッジに閉じ込められてほとんど外へ出られなくなったために、新しい題材を探す作業は簡単ではありませんでした。そのあと急に四週間から六週間の外出が許されたときがあり、そのあいだに〈ヴァイキングライン〉から進水式の招待状が届きました。経営者が私の友人で、自社の船の進水式をするというんです。その進水式のときに私の隣りに坐った〈ヴァイキングライン〉の会長がこう言ったんです。

「きみのための物語があるんだ、ジェフリー」

それから二分、彼は自分がその中心にいればこそ可能な、実に驚くべき物語を披露してくれました。その夜、私はベッドでこう思いました——あれはほぼ間違いなく、これまでに聞いたことのない最高の物語だ。というわけで、私はいま、その物語を書いています——それがあったからこそ次作を着想できたんです。読むことはまだだれも許されていません。警察について調べてくれている二人は読んでいますが、それは新たに私が相談すべき人物を見つけるためなんです……。

訳者あとがき

ジェフリー・アーチャーの最新作『狙われた英国の薔薇　ロンドン警視庁王室警護本部（原題：*NEXT IN LINE*）』をお届けします。

本作はロンドン警視庁《スコットランドヤード》の警察官、ウィリアム・ウォーウィックを主人公とする連作の第五作に当たります。

第一作『レンブラントをとり返せ』で、新人巡査ながらスコットランドヤードに配属され、美術骨董に関する詐欺を次々と暴いていったウィリアムは、第二作『まだ見ぬ敵はそこにいる』で麻薬捜査班に巡査部長として異動になり、ロンドンを牛耳っている麻薬王を相手に不眠不休の捜査をつづけたあと、ついに一味を一網打尽にすべく一大作戦を展開します。第三作『悪しき正義をつかまえろ』では警部補に昇任し、警察内部の堕落腐敗を摘発すべく奮闘します。第四作『運命の時計が回るとき』では警部に昇任して五件の未解決殺人事件の捜査に乗り出し、同時進行で不倶戴天の敵とも言うべきマイルズ・フォークナーを追跡して刑務所へ逆戻りさせようと試みます。

そして、本作です。

ウィリアムは堕落腐敗しているとの情報を得た王室警護本部への潜入捜査を、これまでのチームの仲間——ジャッキー・ロイクロフト巡査部長、ポール・アダジャ巡査部長、レベッカ・パンクハースト巡査——とともに開始します。一方で、ロス・ホーガン警部補はダイアナ皇太子妃の専属身辺警護官を務めることになります。

長年、王室警護本部を率いているミルナー警視とその部下の警護官たちは権力を笠に着て、ウィリアムたちの想像を超えた悪事を重ねていることが徐々に明らかになります。また、獄中に戻ったマイルズ・フォークナーは自らの刑期短縮を目論み、ウィリアムに情報提供をしようと刑務所内で暗躍。ウィリアムはその重大情報をもとに動かざるを得なくなり、その一方でマイルズの弁護士ブース・ワトソンは密かに別の企みを進めて、三者の緊迫した関係が描かれます。そしてロスは、ダイアナ皇太子妃の行動に翻弄されることになりますが、妃の休暇を機に英国政府をも揺るがすテロ事件に巻き込まれ、手に汗握る攻防が展開されていきます。前作の著者インタヴューでアーチャーが予言したとおり、本作ではロス・ホーガンがほとんど主人公と言ってもいいほどの大きな役割を演じています。

また、マイルズ・フォークナー、ブース・ワトソン、クリスティーナといった敵役も健在で、今回はマイルズとブース・ワトソンの関係に変化が現れます。どういう変化なのか、そこは読んでのお楽しみです。

というわけで、本作もこれまでの四作と同じく、警察内部の堕落腐敗や凶悪事件、そして、マイルズ・フォークナーとブース・ワトソンの騙し合いと、複数の物語を同時に楽しむことのできる仕組みになっています。

本作に登場する実在した二人の人物、ダイアナとサッチャーについて、簡単に紹介しておきます。

ダイアナ・フランセス・スペンサーは一九八一年にチャールズ皇太子（現国王チャールズ三世）と結婚し、皇太子妃となります。英国民だけでなく世界中から熱狂的に支持された一方で、皇太子との結婚生活は決して幸せなものとは言えず、一九九二年の別居を経て一九九六年に離婚が成立しますが、一九九七年、交通事故によってパリで命を落としてしまいます。生前はファッション、慈善活動などが高く評価されて人気が高く、その人気はいまもつづいています。

マーガレット・サッチャーは停滞していたイギリス経済を再建した、保守的で強硬な政治姿勢を持ったイギリス初の女性首相です。首相在任期間は一九七九年から一九九〇年と長きにわたり、その間、その政策や手法を批判されることもありましたが、彼女自身は一切ぶれることがなく、〝鉄の女《アイアン・レディ》〟の異名で知られることになりました。

さて、このシリーズのこれからですが、次作（第六作）“TRAITORS GATE”がすでに本国では刊行されていて、次々作（第七作）"AN EYE FOR AN EYE"も九月に本国で発売されました。わが国でも、いずれもハーパーBOOKSでお目見えすることになっていますので、乞うご期待。そして、第八作（情報によれば、最終巻になるそうです）が執筆の佳境にあるとのことです。

第五作まで進んできたこのシリーズは一話完結になっているので、もちろん一作単体でも楽しめますが、時系列順に読んでいくと、登場人物それぞれの人格がより深く理解できて、さらに興が増すのではないでしょうか。

著者のジェフリー・アーチャーは一九四〇年生まれですから、今年で八十四歳ですが、一九七六年にデビュー作『百万ドルをとり返せ！』がミリオンセラーになって以来四十八年、ほぼ毎年のようにベストセラーを生み出し、いまもなお創作能力、創作意欲は衰えを見せていません。それどころか、このシリーズが完結したら、また新たな驚きを提供してくれるのではないかとさえ思われるほどで、脱帽する以外にありません。

二〇二四年九月

戸田裕之

訳者紹介　戸田裕之

1954年島根県生まれ。早稲田大学卒業後、編集者を経て翻訳家に。おもな訳書にアーチャー『運命の時計が回るとき　ロンドン警視庁未解決殺人事件特別捜査班』ほか〈ウィリアム・ウォーウィック〉シリーズ、『遥かなる未踏峰』『ロスノフスキ家の娘』（以上、ハーパー BOOKS）、アーチャー『運命のコイン』（新潮社）、フォレット『光の鎧』（扶桑社）など。

ハーパーBOOKS

狙《ねら》われた英国《えいこく》の薔薇《ばら》
ロンドン警視庁《けいしちょう》 王室警護本部《おうしつけいごほんぶ》

2024年10月25日発行　第1刷

著　者　ジェフリー・アーチャー

訳　者　戸田裕之《とだひろゆき》

発行人　鈴木幸辰

発行所　株式会社ハーパーコリンズ・ジャパン
東京都千代田区大手町1-5-1
04-2951-2000（注文）
0570-008091（読者サービス係）

印刷・製本　中央精版印刷株式会社

この書籍の本文は環境対応型の植物油インクを使用して印刷しています。

ISBN978-4-596-71595-1